Romy Petrick

Die Entführung der Primadonna

Historischer Roman
nach einer wahren Begebenheit

DONATUS

Die Musikwissenschaftlerin und Sängerin Romy Petrick entführt mit ihrem ersten Roman in ein spannendes Kapitel der Musikgeschichte: Frauen erobern die Bühne und erlangen dabei so viel Einfluss, dass sie sogar politische Konflikte heraufbeschwören. Der Roman beruht auf einer wahren Geschichte, die sich zwischen Venedig und Dresden im Barockzeitalter abspielte – einer Epoche voller Sinnlichkeit, Opulenz und düsteren Abgründen. Die promovierte Musikwissenschaftlerin zeichnet dabei ein lebendiges Bild der ersten Primadonna jenseits der Alpen, die 1685 spektakulär an den Dresdner Hof entführt wurde.

Bibliografische Information der Deutschen Nationalbibliothek:
Die Deutsche Nationalbibliothek verzeichnet diese Publikation in der Deutschen Nationalbibliografie; detaillierte bibliografische Daten sind im Internet über www.dnb.de abrufbar.

Impressum

© 2017 Donatus Verlag

Umschlaggestaltung:	Spitzenton.Design
Bilder:	© Fotos von Andrey Kiselev & Conorcrowe
	www.fotolia.de
Redaktion:	DONATUS VERLAG
Verlag:	DONATUS VERLAG, Niederjahna
Druck & Herstellung:	Books on demand, BOD Norderstedt
ISBN:	978-3-946710-08-0
	www.donatus-verlag.de

Für

Anna Petrick &

Liana Bertók

Erster Teil

Venedig, Karneval, Februar 1685

Erleuchtung

Es war dunkel und stickig, als der sächsische Gesandte Giovanni Conte di Hoyerswerda die Augen wieder öffnete. Stille herrschte im ganzen Theater, und niemand traute sich, diesen Moment des Staunens zu durchbrechen. Er wagte es kaum zu atmen und empfand den ruhigen Augenblick wie ein Stillstehen der Zeit, wie einen Kuss der Ewigkeit, der ihn aus dem irdischen Treiben direkt in die himmlischen Sphären gehoben hatte. Seine Glieder waren taub und schienen ihm nicht mehr gehorchen zu wollen. Wie gebannt blickte er im Kerzenlicht auf die Gestalt im weißen Kleid in der Mitte der Bühne, die sich nun langsam und graziös verbeugte.

Plötzlich fingen die Menschen an zu schreien und ekstatisch zu klatschen: „Brava Salicola! Brava Margarita!", rief die Menge begeistert.

Giovanni blieb jedoch wie erstarrt sitzen. Was hatte er da eben erlebt? Konnten solche Klänge wirklich von einem Menschen geschaffen werden? Hatte die Frau auf der Bühne wirklich diese Schauer auf seiner Haut ausgelöst, diese Schweißausbrüche, dieses Gefühl von Erleuchtung? Ihre Stimme klang wie klares, reinstes Kristall und hatte in seinen Ohren ein leichtes Vibrieren und Flirren verursacht, wie er es höchstens vom Kanonendonner und lauten Schlachtentreiben her kannte. Gleich einem Engel war sie ihm erschienen und hatte ihn in Welten getragen, von deren Existenz er bisher noch nicht einmal etwas geahnt hatte. Er konnte sich immer noch nicht rühren. Wie in einer Schockstarre verharrte er auf seinem samtenen Sessel in der Theaterloge und ließ den Rausch der Masse um sich toben, ohne selbst eine einzige Regung zu zeigen. Menschen strömten an den Bühnenrand und warfen Blumen auf die Bühne, wo sich die Sängerin tief verneigte und dabei zarte Einblicke in ihr üppiges Dekolleté bot. Giovanni wollte eigentlich nicht hinschauen, nicht diesen göttlichen Moment durch irdische Begierden zerstören, und doch konnte er den Blick nicht von ihr wenden. Sie war schön, und ihre Schönheit nahm ihn ebenso gefangen, wie zuvor ihre außergewöhnliche Stimme.

Um ihn herum versank die Welt in Bedeutungslosigkeit. War es möglich, dass eine Frau derartige Gefühle in ihm hervorrufen konnte? Ihm wurde schlagartig klar, dass diese Sängerin, dieses Weib, einzig und allein für ihn geboren worden war, und dass er sie mit an den Hof nach Dresden nehmen musste, koste es, was es wolle. Ihre Stimme sollte ihn immer umgeben, und er würde sie mit niemandem mehr teilen.

Glück

Margarita verließ unter tosendem Beifall die stickige Bühne und trat in die engen und dunklen Gänge des Theaters San Giovanni Grisostomo, um zu den Garderoben zu gelangen. Ihr folgten viele Musiker, die ihr gratulierten, wobei die Wachen etliche Verehrer davon abhalten mussten, über den Bühnenrand zu springen und ihr nachzustellen, denn das Publikum war immer noch rasend.

Margarita war dankbar für die Möglichkeit, sich hinter die Bühne zurückziehen zu können. Die ‚Penelope‘ war ihr bisher größter Triumph, und sie liebte es, diese Rolle in all ihren Facetten darzustellen – eine umschwärmte Frau, die alle Bewerber in den Wind schlägt. Sie spürte ein allumfassendes Glück und gleichzeitig eine unendliche Erschöpfung. Ihr Herz schlug noch schnell, und sie versuchte, langsamer zu atmen, doch die Anstrengung und Aufregung der Vorstellung zollten ihren Tribut. Singen war Höchstleistung, und das merkte sie nach jeder Vorstellung am ganzen Körper. Seit sie die Penelope sang, strömten die Menschen förmlich ins Theater, um sie, die

‚Margarita bella' zu erleben. Sie war nun 22 Jahre alt und wusste, dass dieser Karneval in Venedig der Beginn von etwas Großem war. Maestro Carlo Pallavicino hatte ihr die Rolle praktisch auf den Leib geschrieben, und wie Öl floss diese Musik durch ihre Kehle. Die Leichtigkeit der Noten beflügelte sie zu Bestleistungen. Manchmal hatte sie sogar das Gefühl, durch die Musik völlig von der Welt entrückt zu werden und förmlich zu schweben. Es fühlte sich fast wie eine Vereinigung mit dem Göttlichen an, falls man so etwas überhaupt zu denken vermochte. In solchen Momenten glaubte sie manchmal, dass sie nicht selbst auf der Bühne stand, sondern eine ganz andere Kraft durch sie hindurch wirkte.

Margarita wandelte nun durch die langen Gänge, von denen unzählige Türen zu den Garderoben abgingen. Obwohl das Theater erst vor zwanzig Jahren gebaut worden war, begann das Haus bereits wieder zu verfallen. Der Fußboden knarrte und ächzte unter ihren Schritten und von den Wänden löste sich der Putz. Doch das gehörte zum speziellen Flair von Venedig – überall war es feucht und man kämpfte immer gegen den drohenden Verfall, der allen Dingen innewohnte.

Sie öffnete die Tür zu ihrer Garderobe, wo ihre Schwester Angiola schon ungeduldig auf sie wartete.

„Du warst einfach wunderbar!" Angiola umarmte Margarita liebevoll. „Wenn das so weitergeht, muss dir Grimani das Doppelte zahlen!"

„Das wäre schön. Leider spiegelt sich die Begeisterung des Publikums noch nicht in unserem Honorar", seufzte Margarita.

Obwohl beide Frauen nun schon seit drei Jahren in dieser Operngesellschaft sangen, hatte sich an ihrem Gehalt kaum etwas geändert, und sie konnten von den Einnahmen mehr schlecht als recht leben. Ohne die Hilfe des Herzogs von Mantua, der die ganze Familie unterstützte, würde es ihnen noch schlechter ergehen.

Es klopfte, und Maestro Pallavicino, der die Vorstellung vom Graben aus begleitet hatte, trat ein und überschüttete beide mit Komplimenten. „Meine Damen – sie waren heute einfach großartig! Alle sind ganz aus dem Häuschen, und wie ich hörte, saß sogar ein Gesandter des sächsischen Kurfürsten im Publikum! Vielleicht gelingt uns ja mit dieser Oper eine Rückkehr in mein geliebtes Dresden!" Aufgeregt küsste er Margarita und Angiola auf die Wangen.

Pallavicino hatte vor mehr als einem Jahrzehnt am sächsischen Hof als Kapellmeister unter Kurfürst Johann Georg II. gewirkt. Er dachte jetzt an das herrliche Opernhaus am Taschenbergpalais, das erst 1667 eröffnet worden war. Es hatte mit seinen Säulen, Balkonen und dem vielen Marmor wie eine festliche Arena gewirkt, in der über 1.500 Zuschauer Platz fanden. Vor der Bühne thronten an den Seiten zwei riesige Obelisken, die das Geschehen auf der Bühne umrahmten und Pallavicino immer an die Säulen am Piazza San Marco erinnert hatten. An der Decke des Theaters schwebte auf einem Gemälde Helios mit seinem Sonnenwagen. Wie oft hatte Pallavicino in diesen erhabenen Tempel geblickt und den Raum mit seiner göttlichen Musik gefüllt?

Auch wenn die Anfangszeit in Sachsen schwer gewesen war, so dachte er immer noch mit Wehmut an die Stadt an der Elbe und würde alles dafür tun, noch einmal diese kleine Perle des Nordens zu besuchen.

„Du machst einen fabelhaften Eindruck mit deiner standhaften Penelope, die jeden Freier abzuschmettern vermag", wandte er sich an Margarita, deren Kopf er zwischen die Hände nahm und ihr nun liebevoll in die Augen blickte. „Vielleicht ist das endlich deine große Chance, Margarita, auf die du schon so lange gewartet hast!"

Die Sängerin entzog sich seinen Händen und ging zum großen Spiegel, der von Kerzen beleuchtet über dem Schminktisch hing.

„Maestro, wir hatten schon so oft gedacht, dass sich etwas än-

dert, aber von Ruhm und Bewunderung kann ich mir einfach nichts kaufen. Sie wissen außerdem, dass Frauen nur hier in Venedig auftreten können, und ich werde kaum die Gesetze der Bühne brechen und die heißgeliebten Kastraten ablösen."
„Du sollst ja auch niemanden ablösen, sondern nur sinnvoll ergänzen. Die Menschen wollen Frauen mit echten Brüsten auf der Bühne sehen und keine verkleideten, dicken und langgliedrigen Männer. Und warum sollten wir es nicht im protestantischen Sachsen versuchen, wenn uns hier in Italien der Papst die Türen versperrt? Wir werden mit meiner Musik und deiner Stimme die Theaterwelt Europas verändern! Genau wie in Venedig wirst du Begeisterungsstürme auslösen, und andere Sängerinnen werden dir auf die Bretter, die die Welt bedeuten, folgen."
„Um dann meine gefürchteten Konkurrentinnen zu werden? Sie übertreiben einfach maßlos, Maestro", antwortete Margarita. „Sie wissen, dass wir glücklich sein können, wenn das Geld zum Leben reicht."
„Oder wir einen reichen Gatten finden…", warf Angiola ein.
Dem konnte Margarita nur beipflichten. Beide stammten aus einer alteingesessenen Schauspielerfamilie und kannten die Höhen und Tiefen des Berufsstandes. Margarita hatte Zeiten erlebt, in denen sie tagelang nur trockenes Brot und Wasser gegessen hatten und die Falten im Gesicht ihrer Mutter immer tiefer geworden waren. Die Schwestern wussten außerdem, dass sie keinen anderen Beruf ergreifen konnten. Als Schauspieler geboren, blieb ihnen nur der Weg, selbst Schauspieler, Gaukler oder Tänzer zu werden, oder sich dem unsäglichen Geschäft des Bettelns und der Hurerei zuzuwenden, wobei sich das eine vom anderen manchmal kaum unterschied.
Im Gang hörte man plötzlich laute Stimmen, und nach einem kurzen Klopfen trat Domenico Cecchi ein, der als umjubelter Kastrat der Star der Gesellschaft war. „Meine liebe Margarita, da hast du ja heute wieder die Sterne vom Himmel geholt und

meine Verehrer abtrünnig werden lassen! Lass dich umarmen, meine Kleine."

Der Kastrat versuchte, offen und freundlich zu sein, doch der unterschwellige Neid in seinen Worten war nicht zu überhören. Er kannte die Schwestern schon seit Jahren und hatte sie gesanglich ausgebildet. Nun stand er mit ihnen auf der Bühne und ihr Erfolg schmälerte den seinen. Dabei hatte er viel größere Opfer bringen müssen: Bereits im Alter von sieben Jahren war er entmannt worden und konnte sich glücklich schätzen, diesen Eingriff überlebt zu haben. Außerdem war er zu einem der erfolgreichsten Sängerkastraten Venedigs aufgestiegen, wohingegen sein Bruder damals an einer Infektion nach dem fürchterlichen Eingriff gestorben war. Cecchi verdrängte meist jede Erinnerung an seine Vergangenheit, doch für das erlebte Leid seiner Kindheit beanspruchte er unbedingten Respekt von anderen Sängern und war selten bereit, seinen Erfolg zu teilen. Er wusste, dass er durch seine außergewöhnliche Stimme und seinen Fleiß privilegiert war, und dankte Gott, dass er sich von den vielen anderen Knaben, die sich auf Jahrmärkten tummelten oder harmlose Liebhaber reicher Patrizierinnen waren, unterschied.

„Wißt Ihr, dass ein sächsischer Gesandter im Publikum saß?", wandte er sich jetzt an Pallavicino. „Vielleicht wird er Euch wieder nach Sachsen verpflichten? Sicher wird er unseren süßen Pfirsich Salicola mitnehmen wollen – die Spatzen pfeifen es doch schon vom Dach!"

Der unterschwellige Spott in Cecchis Ton war unverkennbar, da er genau wusste, dass jenseits der Alpen noch nie eine Frau eine Opernbühne betreten hatte. Natürlich würde man auch ihn fragen, aber er konnte dankend ablehnen. Auf einer Provinzbühne wie Dresden wäre sein geniales Talent nur verschwendet; hier in Italien schienen die Möglichkeiten und Einnahmen für Kastraten einfach um vieles besser.

„Ja, ich habe von dem Gesandten gehört. Wir werden sehen, was sich daraus ergibt", entgegnete Pallavicino diplomatisch.

Cecchi schwieg und betrachtete etwas mürrisch die Damen, die ungeduldig im Zimmer ausharrten. Es war kühl geworden, und da in den Garderoben keine Öfen vorhanden waren, wollten sich die Schwestern endlich aus den verschwitzten Kostümen schälen. Margarita wandte sich deshalb mit Angiola an die Herren. „Würdet ihr die Güte haben und uns beim Umkleiden allein lassen?"

Pallavicino und Cecchi lächelten wissend, verließen den Raum, und Angiola begann, sich hinter einem großen Paravent umzuziehen.

„Dass dieser Cecchi auch nie Ruhe gibt. Er kann einfach nicht akzeptieren, wenn andere besser sind als er." Angiola regte sich maßlos auf. Jahrelang hatte er sie beide unterrichtet, und obwohl sie nun gemeinsam auf der Bühne standen, behandelte er sie immer noch wie kleine Schülerinnen, die selbstständig keinen Schritt allein auf der Bühne gehen konnten.

Margarita schluckte eine Bemerkung hinunter, nahm nun zuerst die schwere Perücke ab und wischte sich die bunte Farbe aus dem Gesicht. Das Umkleiden danach nahm einige Zeit in Anspruch, wobei sich die Schwestern gegenseitig halfen. Die aufwendigen Kleider mussten vorsichtig entschnürt und gelöst werden, bis Schicht für Schicht ausgezogen werden konnte. Nachdem sich Margarita von ihrem Kostüm und der Maske befreit hatte, trat darunter eine gerötete, aber natürliche Schönheit zutage.

„Rege dich nicht auf, Angiola. Wir werden ihn nicht mehr ändern. Und überhaupt – wollen wir nicht erst einmal etwas essen gehen?"

„Natürlich. Ich sterbe vor Hunger!"

Nach den anstrengenden Vorstellungen war es immer schwierig, wieder in das normale Leben einzutauchen. Die vielen Eindrücke auf der Bühne erforderten höchste Konzentration und Anspannung. Musik war zerfließende Zeit, und die Künstler schwammen in diesem Meer aus Klängen und versuchten, gemeinsam ein Ziel zu erreichen. Wenn nur ein

Musiker oder Sänger einen Fehler beging, geriet die gesamte Strömung außer Kontrolle, und zu starke Wellen konnten Gefühle von Unsicherheit, Angst, Panik oder Kontrollverlust verursachen. Doch wenn alles ineinandergriff, ließ man sich einfach treiben und spürte eine unendliche Geborgenheit in Raum und Zeit. Margarita ließ sich in solchen Momenten in eine andere Welt forttragen und vergaß alles um sich herum. Nach den Vorstellungen war sie dann allerdings völlig erschöpft und fühlte sich leer und verausgabt. Und sie konnte die Stille danach, wenn das Publikum verschwunden war, nicht allein ertragen und musste das Loch der Einsamkeit mit Ablenkung überwinden. Deshalb ging sie meist mit Angiola und den anderen Sängern zum Mitternachtsmahl. Auch heute würden sie die Vorstellung mit einem Tavernenbesuch ausklingen lassen, wobei Margarita im Gegensatz zu ihrer Schwester peinlichst genau vermied, Alkohol zu trinken. Denn ihre Mutter pflegte stets zu sagen: „Im Alkohol sind schon mehr Künstler ertrunken als in der Adria!" Diese Worte hatten sich in Margaritas Gedächtnis gebrannt. Sie hielt sich daran und vermied gänzlich das rauschhafte Getränk.

Kurze Zeit später trafen sich die Schwestern mit anderen Musikern vor dem Bühnenausgang, um gemeinsam durch die engen Gassen in die venezianische Nacht zu entschwinden. Margarita bemerkte dabei den dunklen Schatten nicht, der sich wenige Meter neben ihr in einer kleinen Gasse im Mondlicht ausbreitete. Sie folgte den ausgelassenen Stimmen, deren Lachen über den dunklen Kanälen der Stadt verhallte und wollte den Triumph des Abends ausklingen lassen.

Neugier

Giovanni musste der Versuchung widerstehen, der johlenden Gruppe von Schauspielern und Sängern zu folgen. Er hatte sie noch einmal sehen wollen – ganz nah, ganz echt und ohne Schminke. Für einen kurzen Augenblick hatte sie in seine Richtung geschaut, und er hatte bereits befürchtet, dass sie ihn entdecken würde, doch die Dunkelheit der Nacht war das beste Versteck für ihn gewesen.

Was er gesehen hatte, war die vollkommene Schönheit. Inmitten der anderen Gestalten schien Margarita Salicola im Mondlicht förmlich zu leuchten. Das lockige, außergewöhnlich helle Haar fiel ihr wild über die Schultern und umrahmte das puppenhaft sinnliche Gesicht.

Giovanni war es nicht gewohnt, derart aus der Fassung zu geraten. Er vergaß nie seine offizielle Rolle. Doch vielleicht waren es gerade die Umstände dieser Reise, die Eindrücke der Musik und die besondere Karnevalsatmosphäre, die ihn in eine derartige Stimmung versetzten und schlummernde Sehnsüchte in ihm weckten.

Er war als sächsischer Gesandter nach Venedig gekommen, um die militärischen Verhandlungen mit dem Dogen Marc Antonio Giustinian zum Abschluss zu bringen. Ganz Europa ächzte unter der Vorherrschaft der Türken, und Venedig erhoffte sich von Sachsen militärischen Beistand, um Dalmatien zurückzuerobern. Sachsen hatte in der Schlacht am Kahlenberg im September 1683 unter polnischer Führung dem Kaiser Leopold I. beigestanden. 9.000 sächsische Soldaten hatten gemeinsam mit 24.000 polnischen, 21.000 kaiserlichen, 10.000 bayerischen und 9.000 Soldaten aus anderen Fürstentümern gegen das riesige Heer von 100.000 Türken gekämpft und ruhmreich gesiegt. Den 2.000 Toten, die auf Seiten der christlichen Allianz zu beklagen waren, standen 50.000 Tote auf Seiten der Osmanen gegenüber. Der sächsische Kurfürst Johann Georg III. war stolz auf seine Mannen, unter denen sich Heinrich von Reuß und Generalfeldmarschall Heino Heinrich von Flemming besondere Verdienste erworben hatten. Doch trotz der großen Anerkennung war der sächsische Kurfürst als Protestant bei den katholischen Verbündeten ein Außenseiter geblieben. Dies hatte er vor allem bei der Aufteilung der Kriegsbeute zu spüren bekommen – während sich die anderen ihre Taschen füllten, wurde der Sachse mit einer vergleichsweise mageren Ausbeute nach Hause geschickt. Nur sechs Kanonen, fünf Zelte, ein Elefant, ein paar arabische Manuskripte und mehrere Kisten Kaffee gelangten nach Dresden. Auf dem Rückweg hatte man der sächsischen Armee außerdem die Versorgung verweigert. Zu allem Überfluss verstarb der Elefant in Dresden wenige Wochen nach seiner Ankunft, und den vielen Kaffee hatte man nur mit rauen Mengen Zucker trinken können, weil er einfach nur scheußlich bitter schmeckte. Mit dem Verleih einiger Soldaten an die Republik Venedig wurde Sachsen nun wenigstens gebührend als Kriegsmacht gewürdigt und auch gut bezahlt. In den Logen der venezianischen Theater konnte man in ungezwungener Atmosphäre völlig entspannt mit den Ministern des Dogen verhandeln und nebenbei die Crème de la Crème der Lagunenstadt beobachten. Giovanni blühte in dieser Welt zwischen Politik und Genuss regelrecht auf – alles verband sich hier miteinander, und die sonst so strengen Grenzen zwischen den Gesellschaftsschichten schienen in Venedig aufgehoben. Natürlich würde er deshalb später auch unbedingt seine Söhne in die Lagunenstadt schicken, damit sie dieses Gefühl erlebten und spürten, was ein freies Leben bedeuten konnte.

Seine Blicke folgten der entschwindenden Primadonna, und er drehte sich in der dunklen Gasse zu seinem venezianischen Begleiter Girolamo Molino um. „Könnt Ihr bitte diese Damen verfolgen und mir Bericht erstatten?"

„Zu Euren Diensten, Durchlaucht."

Der Venezianer, der einen großen dunklen Umhang mit Dreispitz trug, setzte seine schwarze Maske auf und folgte der sich entfernenden Gruppe. Damit war er von den vielen anderen Nachtschwärmern Venedigs kaum zu unterscheiden und bewegte sich wie ein Wiesel hinter der Künstlerschar her.

Giovanni machte sich hingegen auf den Weg zu seinem Quartier im Palazzo della Torre. Er lief die kurze Gasse zum Theater San Giovanni Grisostomo zurück und stieg dort in seine Gondel, in der bereits der Gondoliere und sein Kammerherr Dietrich von Miltitz warteten.

„Ihr scheint von den Eindrücken des heutigen Abends völlig entrückt, Durchlaucht. Darf ich fragen, ob Ihr die Primadonna noch sprechen konntet?" Miltitz fragte dies mit einer gewissen Neugier in der Stimme.

„Der Abend war durchaus nach meinem Geschmack, obwohl mir die Dame leider entfleucht ist. Doch wenn mit den Verhandlungen alles wie geplant verläuft, steht meinem vollkommenen Glücke nichts mehr im Wege."

Damit meinte Giovanni zugleich die militärischen und künstlerischen Verhandlungen, doch er wollte in der Gondel nicht weiter darauf eingehen. In dieser offenen Stadt wimmelte es überall von Spionen und jede Wand schien Ohren zu haben.

Die Gondel schwankte leicht, als sich Giovanni mit etwas zu viel Schwung auf die breite Sitzbank fallen ließ. Lichter von vorbeiziehenden Booten mit Laternen glitten über die spiegelnde Wasseroberfläche und erhellten die umliegenden Palazzi. Wohlig warm streifte ein Hauch von Frühling Giovannis Gesicht, während er sich zurücklehnte und auf den Kanälen dahintreiben ließ. Von Ferne klang der Gesang eines Gondoliere über das Wasser.

Der Palazzo della Torre lag am Canal Grande, wo einige Ehrenmänner der sächsischen Gesandtschaft bei dem Patrizier Lucio della Torre Quartier bezogen hatten. Giovanni verstand sich blendend mit dem Spross des alten italienischen Adelsgeschlechtes, der ihn zudem bei den Verhandlungen mit den Ministern des Dogen tatkräftig unterstützte. Lucio war ein treuer Verbündeter Sachsens, und Giovanni liebte Lucios direkte Ehrlichkeit, die er in höfischen Kreisen sonst nicht vorfand. Diese Leichtigkeit wollte Giovanni mit in seine Heimat nehmen. Dresden sollte mit der Rückkehr der Gesandtschaft ein Stück des venezianischen Flairs zu spüren bekommen. Und spektakuläre Opernaufführungen wären das geeignete Mittel, um Sachsen für diese Lebensart zu begeistern.

Obwohl der Palazzo della Torre noch hell erleuchtet war, wollte Giovanni heute schnellstmöglich zu Bett gehen. Wie Opium hatten dieser Abend und die Stimme der Primadonna seine Sinne benebelt. Seine Ohren brauchten Ruhe, um diesen Rausch auf sich wirken zu lassen und ihn zu verstehen. In Gedanken begann er aber schon, einen Schlachtplan für die Eroberung der Salicola zu entwerfen. Natürlich müsste er sie erst einmal kennenlernen, und dann könnte er sein weiteres Vorgehen anpassen. Trotz aller Begeisterung für ihre Stimme und Erscheinung war sie doch letztendlich nur eine Frau, die man mit Geld und Schmuck sicher schnell erobern würde. Er sah sich schon an ihrer Seite durch die Gassen Venedigs lustwandeln und schlief erfüllt von dem Gedanken an sie ein.

Am nächsten Morgen erwachte Giovanni voller Tatendrang und klingelte nach seinem Kammerherrn von Miltitz und dem Venezianer Molino, dem er am Abend zuvor den pikanten Auftrag der Beschattung dieser besonderen Weibsperson erteilt hatte. Giovanni brannte darauf zu erfahren, was sich in den nächtlichen Stunden zugetragen hatte, um sich ein besseres Bild von den Lebensumständen der Primadonna machen zu können.

Kammerherr von Miltitz trat zuerst ein und begann sich um die Morgentoilette Giovannis zu kümmern. Dieser stieg aus seinem leinenen Nachthemd aus und zog ein neues Seidenhemd und Strümpfe an. Es folgten Kniehose, Seidenweste, Wams und Lederstiefel. Die braune Perücke wurde neu gerichtet und gepudert, und zum Schluss ein Hauch französischen Parfums aufgelegt. Giovanni mochte diesen französischen Tand eigentlich nicht und bevorzugte einfache und praktische Kleidung, doch hier in Venedig musste man sich den modischen Gepflogenheiten anpassen, um in diplomatischen Kreisen Erfolg zu haben.

In wenigen Tagen würden die Verträge zwischen Sachsen und der Republik Venedig unterzeichnet werden. Dann würde der sächsische Kurfürst der Serenissima 3.000 Soldaten für die Dauer von zwei Jahren zur Verfügung stellen. Dafür erhielt Sachsen die stattliche Summe von 120.000 Talern und konnte damit die Staatskasse etwas aufbessern. Das Geld wurde allerdings auch stark benötigt, um die Opernpläne in Dresden umzusetzen. Das Theaterwesen würde Unsummen verschlingen, denn allein die Kastraten kosteten ein Vermögen. Deshalb hatte der Kurfürst nach seinem Amtsantritt 1680 auch kurzerhand die italienische Oper geschlossen und alle Sänger entlassen. Nun sollte sie auf seinen Wunsch hin wiederbelebt werden.

Es klopfte, Miltitz öffnete und der Venezianer Molino trat ein.

„Guten Morgen, Durchlaucht."

„Ja, was für ein wundervoller Morgen, Molino. Was gibt es Neues? Berichtet mir doch etwas über Eure geheimen Nachforschungen der letzten Nacht."

Mit einem Lächeln gab Giovanni seinem Kammerherrn zu verstehen, dass er sie nun allein lassen sollte, und Miltitz verließ daraufhin das Zimmer. Anschließend breitete Molino seinen Bericht über die Primadonna Margarita Salicola aus.

„Die Gesellschaft, der ich gestern Nacht folgte, hat sich nicht weit vom Theater entfernt, sondern kehrte bereits bei der Kirche San Giovanni Grisostomo in ein kleines Lokal ein. Dort blieben die Damen bis kurz nach Mitternacht, um sich dann durch die Gassen bis zur Chiesa di Santa Maria dei Miracoli zu wenden, wo sie am Campo gegenüber der Kirche Logis bezogen haben und bis heute Morgen nicht herauskamen."

„War eine männliche Begleitung auszumachen?"

„Wie ich aus der Ferne erahnen konnte, begleitete ein Mann die beiden Damen, wobei es sich höchstwahrscheinlich um den Bruder der beiden, Francesco Salicola, handelte. Er ist ebenfalls Schauspieler und zurzeit unter Abbé Grimani am Theater San Giovanni Grisostomo mit Aushilfstätigkeiten beschäftigt.“

„Sehr schön, Molino. Wie immer seid Ihr perfekt informiert. Ich habe einen weiteren Auftrag für Euch: Organisiert bitte innerhalb der nächsten Tage ein Treffen mit Maestro Pallavicino, damit entsprechende Verhandlungen zur Neugründung einer italienischen Oper in Dresden getroffen werden können. Bitte ladet auch ein paar Sänger zu den Gesprächen, wobei die Primadonna Margarita Salicola unbedingt zu bedenken ist. Aber jetzt schlaft erst einmal ein Stündchen, sonst kippt Ihr mir noch aus der Gondel!“

„Wie Ihr wünscht, Durchlaucht.“

Giovanni drückte ihm eine Silbermünze in die Hand, und Molino verließ mit dem Rücken voran, sich leicht verbeugend, den Raum. Nun war Giovanni wieder allein und konnte sich ganz seinen Gedanken hingeben. Wenn die Salicola nachts nur von ihrer Schwester und ihrem Bruder begleitet wurde, war sie höchstwahrscheinlich nicht verheiratet. Das kam Giovanni nur gelegen. Er wollte so wenig wie möglich Aufsehen wegen dieser Sängerin erregen, und ein Ehegatte hätte Verhandlungen mit Sachsen sicher nur im Wege gestanden. Es klopfte wiederum an der Tür und Oberkämmerer von Polheim trat ein. „Guten Morgen, Durchlaucht. Ich hoffe, Sie haben wohl geruht.“

„Guten Morgen, Polheim, ich habe ausgezeichnet geschlafen.“ Giovanni hatten in Wirklichkeit wilde Träume gequält, doch er wollte seine eigenen Befindlichkeiten nicht zum Thema der Morgenaudienz werden lassen. Momentan war sowieso nicht absehbar, wie sich die Dinge entwickeln würden.

„Ihr habt heute nur wenige Termine, Durchlaucht. Das Frühstück wird gegen neun Uhr im großen Salon serviert werden.

Am Nachmittag werdet Ihr vom Herzog von Braunschweig in seinem Palazzo erwartet, wo eine Lustbarkeit veranstaltet wird. Am Abend folgt bei ihm ein Maskenball unter dem Motto ‚Diana – die Göttin der Jagd‘. Der Herzog rechnet fest mit Eurer Anwesenheit.“

„Natürlich werde ich erscheinen. Sucht mir ein passendes Kostüm heraus, Polheim.“

„Selbstverständlich, Durchlaucht. Soll ich für eine angemessene weibliche Begleitung sorgen?“ Polheim kannte den Geschmack Giovannis und dachte schon über die venezianischen Damen nach, die er für diesen Anlass gewinnen könnte, doch Giovanni fiel ihm ins Wort: „Ich werde heute ohne Begleitung erscheinen. Die Dame, deren Anwesenheit ich ersehne, steht leider nicht zur Verfügung, und daran könnt auch Ihr im Moment nichts ändern, Polheim.“

„Ihr wisst, Durchlaucht, dass ich auch in Bezug auf das weibliche Geschlecht alles tun würde, um Euch befriedigt und glücklich zu sehen.“

„Manchmal kann eine schnelle Befriedigung allerdings auch langweilen. Deshalb übe ich mich jetzt in Abstinenz.“

„Euer Wille sei Euer Himmelreich, Durchlaucht.“ Mit einem vieldeutigen Lächeln verließ Polheim den Raum.

Giovanni hatte bis zum Frühstück noch zwei Stunden Zeit und überlegte, wie er diese sinnvoll nutzen könnte. Das schöne Wetter und die herrliche Stadt weckten seinen Entdeckerinstinkt, und er beschloss, allein einen Spaziergang zu unternehmen. Er nahm sein dunkles Cape, den Hut und die Maske, lief gemächlich die Treppe hinunter und trat aus dem Hintereingang des Palazzos. Wildes Treiben herrschte vor der Tür, weil die Gassen sehr eng waren und den vielen Dienstboten und Handlangern kaum Platz boten. Für Giovanni war die Möglichkeit, sich unerkannt in das Gewusel zu stürzen und frei zu bewegen, ein ungekannter Luxus. Er genoss die Aussicht auf ein kleine Abenteuer und ließ sich im bunten Durcheinander venezianischen Morgenlebens ins Unbekannte treiben.

Morgendliche Begegnung

Margarita erwachte von einem Sonnenstrahl, der ihr zärtlich die Nase küsste. Der Geruch des Meeres wehte vermischt mit dem moorigen Kanalduft in einer leichten Brise durch das kaum geöffnete Fenster. Es war ein ungewöhnlich lauer Winter. Die Menschen schienen durch das milde Wetter und den neuen Dogen Giustinian, der rauschende Feste liebte, noch ausgelassener und gelöster zu sein. Man hörte das laute Geschrei und die Rufe von Händlern, die über die Kanäle drangen und vernahm sogar schon morgens den sehnsuchtsvollen Gesang der Gondolieri.

Margarita stand auf und ließ ihre Schwester Angiola, die neben ihr im Bett lag und schnarchte, weiterschlafen. Im Schlaf wirkte sie noch verletzlicher und schöner, und Margarita spürte, wie sehr sie ihre Schwester liebte. Mit Angiola konnte sie alles teilen. Sie war nicht nur ihre Schwester, sondern auch ihre innigste Freundin. Als Kinder hingegen hatten sie sich oft gestritten und regelrecht gehasst. Einmal hatte Angiola sogar das Gesicht und die Haare von Margaritas Lieblingspuppe zerstört.

Doch dann war unerwartet ihre ältere Schwester Maria durch das Fleckfieber gestorben. Zurück blieben Margarita, Angiola und ihr jüngerer Bruder Francesco. Benommen von der Trauer um die verlorene Schwester, begriffen die Mädchen, wie kostbar und endlich ihr junges Leben war. Daraufhin hatten sie beschlossen, sich nie wieder ernsthaft zu streiten, sondern gemeinsam durchs Leben zu gehen und einander immer beizustehen. Zusammen waren sie von Jahrmarkt zu Jahrmarkt gewandert, tanzten und sangen für eine gaffende Masse, die nach Sensationen lechzte. Neben der Begeisterung hatten die Kinder auch immer die Verachtung spüren können, die ihnen aus dem Publikum entgegenschlug, denn Schauspieler waren fahrendes Gesindel, das wie Freiwild behandelt wurde. Viele Frauen in den Wandertruppen verdienten nebenbei ihr Geld mit Hurerei. Der schlechte Ruf der Komödianten führte dazu, dass sie nicht einmal anständig begraben werden durften. Margarita erinnerte sich genau, wie sie an dem regnerischen Novembertag Marias Leiche vor den Stadttoren Bolognas verscharrt hatten.

Ihre große Schwester muss etwa 13 Jahre alt gewesen sein, als sie starb, und bei der Beerdigung war nicht einmal ein Priester dabei gewesen. Angiola hatte Margaritas Hand gehalten, während der Regen an ihnen herablief und alle Kleider durchnässte. Kein Wort des Trostes war gesprochen worden, stattdessen hatten sie gemeinsam mit ihren Eltern nur eine alte italienische Weise gesungen.

An diesem Tag hatte Margarita zum ersten Mal an Gott gezweifelt. Wie konnte er es zulassen, dass ihre Schwester, die immer die Schönste und Begabteste unter ihnen gewesen war, wie ein Stück Dreck verscharrt wurde und nicht einmal ein Priester ein Gebet für ihre Seele sprach? Margarita litt danach tagelang an Übelkeit, die allein von dem Gedanken an ihre unter der Erde begrabene Schwester ausgelöst wurde. Mehrmals hatte sie sich übergeben müssen und ihre Trauer förmlich ausgespien. Die Welt war ihr taub, leer und sinnlos erschienen, und wenn ihre Schwester Angiola damals nicht gewesen wäre, die Tag und Nacht bei ihr gewacht und mit ihr geweint hatte, dann wäre Margarita vielleicht selbst in das Reich der Schatten geflohen, um wieder mit Maria vereint zu sein. Doch jede Zeit geht vorüber, und ihre Trauer wurde stumpf. Beide Schwestern wuchsen heran und wurden zu kleinen Schönheiten. Vor allem ihre außergewöhnlich klangvollen Stimmen, die in Duetten miteinander wetteiferten, erregten schnell Aufmerksamkeit auf den Jahrmärkten. Die Eltern erkannten, dass man aus ihren Begabungen Kapital schlagen konnte, und deshalb ließen sie ihre Töchter umfassend ausbilden. Neben Lesen und Schreiben erhielten sie frühzeitig Gesangsunterricht. Da eine derartige Ausbildung allerdings auch sehr kostspielig war, schickten sie die beiden ab dem Alter von zehn Jahren nach Venedig – dem einzigen Ort, wo Mädchen Musik studieren konnten.

In der Stadt gab es vier große Waisenhäuser, die ursprünglich für die vielen Kinder der venezianischen Huren gegründet worden waren. Dort bildete man Mädchen musikalisch aus, da es für sie sonst kaum eine Zukunft gab. Niemand wollte die Findelkinder der Kurtisanen ehelichen, und ein klösterliches Leben im Gebet schien nicht die richtige Beschäftigung für alle zu sein. Was lag näher, als die vielen verwaisten Mädchen musikalisch zu schulen, um in der Stadt den enormen Bedarf an Musikern zu decken? Überall in Venedig wurden für die Kirchen und die vielen Festlichkeiten Musiker gebraucht. Während die Jungen das Waisenhaus verließen, um ein Hand-werk zu erlernen oder um Soldaten zu werden, brachten es viele Mädchen in der Musik zu höchster Virtuosität und blie-ben ihr ganzes Leben im Ospedale. Deshalb gab es in dieser Sündenstadt am Meer die einmalige Möglichkeit, den virtuo-sesten Musikerinnen und einzigen Mädchenorchestern der Welt zu lauschen, wenn sie in Kirchen und bei Stadtfesten auf-spielten. Ganz Europa strömte in die Stadt, um diese außerge-wöhnlichen Orchester zu hören.

Vor über zwölf Jahren waren Margarita und Angiola am Ospedale degli Incurabili aufgenommen worden. Die Schule lag direkt am Canale della Giudecca und wirkte mit dem re-lativ flachen, länglichen Bau am Wasser keinesfalls so prunk-voll wie die Palazzi der Stadt. Doch für die beiden Mäd-chen war es damals der schönste Ort der Welt gewesen. Im Ospe-dale hatten sie Maestro Pallavicino kennengelernt, der zu den berühmtesten Komponisten Italiens zählte und dort unter-richtete. Er erkannte ihr unglaubliches Gesangstalent und nahm sie später mit ins Theater, wo sie in seinen Opern auf-treten konnten, obwohl sie Frauen waren.

Margarita hatte Venedig von Anfang an geliebt – diese Lagu-nenstadt mit den verwinkelten Gassen, dem lärmenden Treiben, den vielen Händlern, die Waren aus der ganzen Welt feilboten, den stattlichen Palazzi und den Kanälen. Sie genoss es, durch dieses Labyrinth zu laufen und hinter jeder Ecke etwas Neues zu entdecken. Manchmal schien es ihr, als ob die Stadt mit ihren ungewöhnlichen Verzweigungen ihrer eigenen Seele glich, deren Facetten sie Tag für Tag neu entdeckte. Deshalb liebte sie auch die Verkleidung und das Bühnenspiel, das ihr ermöglichte, in immer neue Rollen und Schicksale zu schlüpfen und sich dabei selbst neu zu erfinden und kennenzulernen. Und genau das war das Größte an Venedig: Zum Karneval tummelten sich auf den Straßen maskierte und kostümierte Menschen, wobei man nie wusste, wer sich hinter einer Maske versteckte! Jeder konnte der sein, der er zu sein wünschte, und die Menschen offenbarten in der Wahl ihrer Verkleidung meist mehr über ihr wahres Ich, als ihnen vielleicht lieb war.

Margarita zog nun ihr einfaches, graues Leinenkleid an, steckte ihre Haare zusammen, schlüpfte in die Holzpantoffeln und warf sich ein großes, gestricktes Tuch um die Schultern. Dann nahm sie den Korb mit der verschmutzten Wäsche, lief die Treppe hinunter und wandte sich in Richtung Campo Santi Giovanni e Paolo. Sie ging zum Rio dei Mendicanti, wo die Frauen allmorgendlich ihre Wäsche wuschen. Ohne Perücke und Schminke erkannte sie im Gassengewirr wahrscheinlich niemand. Sie war einfach eine von vielen jungen Frauen, die dieser täglichen Beschäftigung nachgingen.

Auf den Kanälen glitten die Dienstboten besser begüterter Patrizier vorbei, denn nur die einfachsten Mägde und Lakaien benutzten die engen und schmutzigen Gassen, die sich wie ein Spinnennetz durch die Stadt spannten. Margarita fühlte sich hier unter den einfachen Menschen zu Hause, obwohl sie abends von Hunderten gefeiert wurde. Die Zeit auf der Bühne erschien ihr manchmal so unwirklich. Und nur hier auf der Straße erlebte sie das wahre Leben und nicht nur die schöne, glänzende Fassade.

Der Weg bis zum Kanal war sehr kurz, und Margarita war

froh, den vollen Korb endlich am Ufer abstellen zu können. Sie nahm jedes einzelne Kleidungsstück, tauchte es ins Wasser ein und schlug es dann mehrmals auf den steinigen Kanalrand, um so den Dreck aus den Stoffen zu klopfen. Das war erbärmlich laut und klang so, als ob man jemandem eine kräftige Tracht Prügel verabreichte, doch es war eine der besten Methoden, um die Wäsche tatsächlich sauber zu bekommen.

Am Kanal tauschten die Frauen zwischen dem Lärm die neuesten Gerüchte der Stadt aus, und so war dieser morgendliche Ausflug für Margarita auch immer eine interessante Abwechslung und wichtige Informationsquelle.

„Mein Sohn soll wieder nach Griechenland gegen die Türken ins Feld ziehen", beschwerte sich eine Wäscherin. „Nur Gott weiß, ob er vom Schlachtfeld wieder gesund nach Hause kommen wird." Bitterkeit schwang in ihrer Stimme mit.

„Der Doge hat doch Verstärkung von den Deutschen gefordert", erwiderte eine andere. „Jetzt reichen nicht mal mehr unsere Soldaten, um diesem Übel ein Ende zu bereiten."

Margaritas Gedanken schweiften ab. Sie war froh, dass sie als Frau von der Kriegslast befreit war. Als Kind hatte sie es oft bedauert, als Mädchen das Licht der Welt erblickt zu haben, weil Jungen und Männer in jeder Hinsicht bevorzugt behandelt wurden. Männer waren viel freier und konnten über den Weg ihres Lebens meist selbst entscheiden. Frauen durften hingegen nicht einmal selbst ihren Gatten wählen, Verträge abschließen oder gar ein Geschäft führen. Doch im letzten Jahr hatte Margarita so viele verwundete Soldaten gesehen, die mit verfaulten Gliedern und schweren Verstümmelungen aus dem Türkenfeldzug nach Italien zurückgekehrt waren, dass sie der Anblick von jeglichem Wunsche nach Männlichkeit geheilt hatte. Das Klagen der halbtoten Kriegsgestalten hatte sich in ihr Gedächtnis gebrannt, und sie dankte insgeheim Gott, dass sie als Mädchen geboren worden war. Allerdings erwartete man von einem Mädchen auch, dass es heiratete oder in ein Kloster eintrat. Darüber hatte Margarita schon oft nachdenken müssen. Nur der Gesang hatte ihr die rettende Ausflucht gezeigt. Gott hatte ihr diese außergewöhnliche Stimme geschenkt, mit der sie sich ihr Brot auch als Frau selbst verdienen konnte. Ein Mann an ihrer Seite würde ihr dabei nur im Wege stehen. Eine Ehe würde für Margarita außerdem vor allem eines bedeuten: Kinder. Und das war etwas, was sie im Moment auf keinen Fall gebrauchen konnte. Als Mutter würde sie sich von der Bühne zurückziehen müssen, ihr Leben der Familie weihen und von diesem Zeitpunkt an völlig von ihrem Gatten abhängig sein. Es schauderte sie bei dem Gedanken daran, ihre Freiheit zu verlieren. Sie tröstete sich nur damit, dass ohnehin kein angesehener Bürger eine Sängerin heiraten würde. Und sie selbst wollte wiederum keinesfalls einen Schauspieler oder Sänger ehelichen. Natürlich könnte sie ihr Geld auch als Kurtisane verdienen, doch dafür besaß sie im Moment noch zu viel Würde und vor allem genug Geld. Und bislang war die Tür der Leidenschaft zu einem Mann und damit zur Mutterschaft für sie verschlossen geblieben.

„Die Salicola muss gestern grandios gesungen haben", hörte sie eine Frauenstimme rufen. „Mal sehen, wie lange die noch auf der Bühne steht. Mit dickem Bauch will die auch keiner mehr hören!"

Margarita musste mit den Frauen lachen, weil sie gerade jetzt das aussprachen, was sie eben selbst über sich gedacht hatte. Sie spülte ihre Kleider, wrang sie aus, legte sie in den Korb und machte sich auf den Heimweg. Am Campo Santi Giovanni e Paolo kaufte sie zwei Brote und einige eingelegte Oliven, die sie oben auf die nasse Wäsche legte. Der Korb wurde mit dem Einkauf und den nassen Sachen immer schwerer. Sie musste sich mit Mühe durch das enge Gewühl in den Gassen drängen, und versuchte, nichts von ihrem Einkauf zu verlieren. In ihre Nase drangen Gerüche von den verschiedensten Gewürzen, die aus aller Welt in Venedigs Straßen feilgeboten wurden.

Sie sah leuchtende Farben von feinsten Stoffen und freute sich an dem Geschrei der Händler. So unbeschwert und glücklich fühlte sie sich selten.

Plötzlich versperrte ihr ein großer Mann den Weg. Er trug eine weiße Maske und einen schwarzen Umhang und war so dicht vor ihr stehengeblieben, dass sie seinen Atem zu spüren glaubte. Etwas Bedrohliches ging von ihm aus.

„Würdet Ihr mich bitte vorbeilassen, Signore?", bat sie inständig, doch er verwehrte ihr jeden weiteren Schritt. Er blickte sie nur starr an, als ob er selbst nicht sicher sei, wie er sich verhalten sollte. Als sie sich entschlossen in die Gegenrichtung wandte, um ihm zu entfliehen, hielt er sie leicht bei der Schulter fest.

„Wartet, Signorina. Ich möchte mit Euch sprechen."

Seine Stimme, die warm, durchdringend männlich und beherrscht klang, hatte einen merkwürdigen Akzent, den sie nicht zu deuten vermochte. Seine Worte verströmten etwas bittend Forderndes, das sie zwang, sich wieder zu ihm zu wenden. Die Stelle, an der er sie kurz berührt hatte, brannte heftig, und es schien eine Hitze von diesem Punkt in ihren ganzen Körper überzugehen.

Er nahm langsam seine Maske ab und blickte ihr ruhig und vertraut mit seinen dunklen Augen ins Gesicht.

„Verzeiht, wenn ich Euch aufhalte, doch darf ich kurz das Wort an Euch richten, Signorina?" Margarita nickte knapp und schaute sich den Mann dabei etwas genauer an. Sein schulterlanges, dunkles Haar fiel in leichten Wellen herab und umspielte zärtlich ein männliches und doch knabenhaftes Gesicht. Seine Hände waren groß und prankig. Er roch leicht nach Schweiß und Moschus, und sie war sich nicht sicher, ob ihr der Geruch gefiel oder sie abstieß. Sein Alter konnte sie schlecht schätzen, doch er war ein reifer Mann und sicher um einige Jahre älter als sie selbst. Das Gewühl um sie herum machte ein Gespräch kaum möglich, aber als er sprach, schienen alle Geräusche in den Hintergrund zu treten.

„Signorina Salicola, ich habe Euch überall gesucht und nun endlich gefunden", begann er mit überzeugter Stimme.

In ihrem Kopf schwirrten tausend Gedanken – woher kannte er ihren Namen? Sie wurde misstrauisch. Als könne er ihre Bedenken ahnen, antwortete er ungefragt mit einer leichten Verbeugung. „Ich habe Euch gestern als ‚Penelope' erlebt und wollte Euch meine tiefe Verehrung ausdrücken. Ihr habt alle meine Erwartungen übertroffen. Dürfte ich Euch ein Stück des Weges begleiten?"

Margarita zögerte unmerklich. Sie war oft im Theater oder nach Vorstellungen angesprochen worden, doch niemals zuvor hatte jemand auf der Straße ihren Namen genannt. Wie hatte er sie nur finden können? Da sie mitten unter Menschen waren, wähnte sie sich in Sicherheit und antwortete deshalb nach kurzem Zögern: „Gern."

Sie schoben sich gemeinsam durch die Menschenmassen, bis sie am Ende der Calle Erbe angelangt waren und ruhiger sprechen konnten.

Er verneigte sich jetzt nochmals vor ihr. „Mein Name ist Giovanni Conte di Hoyerswerda. Ich gehöre zu einer sächsischen Delegation, die momentan in Venedig weilt, um unter anderem eine Operngesellschaft für den Dresdner Hof zusammenzustellen. Gestern hörte ich Euch im Theater singen – Ihr wart großartig, wenn ich mir dies zu sagen erlauben darf – und in mir reifte der Entschluss, Euch als Primadonna für die sächsische Residenz gewinnen zu wollen. Dann verfehlte ich Euch nach der Vorstellung, erkannte Euch eben zufällig dank Eurer ungewöhnlich hellen Haare im Marktgewimmel und habe mir die Freiheit genommen, Euch anzusprechen. Habt Ihr schon einmal von Dresden gehört, Signorina?"

Margaritas Herz begann unmerklich etwas schneller zu schlagen. „Natürlich. Maestro Pallavicino hat uns viel von der Stadt und der Pracht bei Hofe erzählt."

„Dann werdet Ihr sicher nichts dagegen haben, wenn ich Euch an den sächsischen Hof einlade?"

Margarita versuchte die Fassung zu wahren. Hatte dieser Mann tatsächlich vor, ihr mitten auf der Straße ein Engagement für Dresden anzubieten? Dieser Tag schien ganz ungeahnte Wendungen zu nehmen! Und auch wenn Dresden weit im Norden lag und nicht die künstlerischen Möglichkeiten einer Weltstadt wie Venedig bot, so war doch ein solches Angebot, sich fest an einen Hof zu verpflichten, sehr verlockend. Margarita müsste dann nicht mehr von einem Opernhaus zum anderen wandern, sondern hätte für eine gewisse Zeit ein festes Einkommen. Sie mahnte sich zur Ruhe und Besonnenheit, um keine vorschnelle Antwort zu geben.

„Wenn Ihr der seid, für den Ihr Euch ausgebt und keine Scherze mit mir treibt, habe ich natürlich Interesse an einem Engagement in Dresden."

Giovanni musste innerlich lächeln. „Natürlich bin ich der, der ich zu sein scheine. Und ich würde mich geehrt fühlen, wenn Ihr mich einfach Giovanni nennt."

„Ihr wollt, dass ich Euch bei Eurem Vornamen anspreche? Aber wir kennen uns doch noch gar nicht."

„Signorina, Ihr verzeiht nochmals, doch ich habe das Gefühl, Euch schon Ewigkeiten zu kennen."

Margarita war jetzt völlig verwirrt.

Er sah ihre Verunsicherung am leichten Erröten ihrer Wangen und an ihrer zögerlichen Mimik, die er als aufkeimende Zuneigung für seine Person deutete. Diese Unbekümmertheit und Natürlichkeit ihrer Reaktion überwältigte ihn schier. Offen und ehrlich strahlten ihn ihre großen braunen Augen an, und sie wirkte auf ihn wie ein zarter Pfirsich, den man nur zu pflücken bräuchte. Er bemerkte, wie es ihm immer schwerer fiel, sich auf das Gespräch zu konzentrieren. Warum sollte er nicht gleich seinen Wünschen freien Lauf lassen und seinen Trieben nachgeben? Als sie an einer ruhigeren Gasse angelangt waren, konnte er nicht mehr an sich halten. Er presste sie ohne Vorwarnung in eine dunkle Nische, umschlang sie mit den Armen und küsste sie leidenschaftlich.

Margarita war so überrascht, dass sie den Korb mit der Wäsche und dem Einkauf fallen ließ und Giovanni danach mit beiden Armen heftig abwehrte.

Er ließ nach einem winzigen Moment des wonniglichen Genusses von ihr ab, da sie heftig mit den Fäusten auf seine breite Brust schlug und ihm danach eine kräftige Ohrfeige verpasste.

Leute blieben nun stehen und blickten in ihre Richtung.

„Wie könnt Ihr es wagen, mich zu küssen?“, schrie sie ihn an.

„Verzeiht, Signorina, ich habe mich einfach nicht beherrschen können.“

Margarita raffte hektisch die herabgefallene Wäsche, die Brote und ein paar Oliven zusammen, griff den Korb und begann zu laufen, ohne sich nach ihm umzudrehen.

Peinlich berührt rannte er hinter ihr her und versuchte, sie zu beschwichtigen. Was hatte er sich nur dabei gedacht, gleich über sie herzufallen wie über eine dahergelaufene Dirne? Seine Gedanken überschlugen sich. „Mein Verhalten ist unverzeihlich, Signorina, ich verstehe selbst nicht, was über mich gekommen ist.“ Krampfhaft suchte er nach Worten, die sein Verhalten entschuldigen konnten, doch es gab kein Pardon für ein derartiges Benehmen. „Erweist Ihr mir bitte trotz dieses Vorfalls die Ehre, Euch für Vertragsverhandlungen zu gewinnen?“

„Lasst mich sofort in Ruhe! Es wird kein Engagement mit Sachsen geben!“, schleuderte Margarita ihm aufgebracht entgegen. Sie wollte diesen Mann und diesen Morgen so schnell wie möglich hinter sich lassen und das Geschehene einfach vergessen. Wenn sie den Campo Santa Maria Nova erreichen würde, hoffte sie, im Gewühl der Masse einfach verschwinden zu können. Sie beschleunigte ihre Schritte und rannte so schnell sie ihre Beine tragen konnten, doch der schwere Korb wurde zum ernstzunehmenden Hindernis. Sie wollte ihn abstellen, um schneller vorwärts zu kommen, doch dann wären die Wäsche und der Einkauf verloren gewesen. So musste sie versuchen, diesen Giovanni trotz des schweren Korbes abzuschütteln.

Tausend Gedanken schossen ihr blitzschnell durch den Kopf. Wie hatte er es wagen können, sie am helllichten Tag derart bloßzustellen und zu demütigen, indem er sie wie eine Hure behandelte? Und wie hatte er sie bloß erkennen und finden können? Wut kochte in ihr hoch. Endlich, auf einer belebteren Gasse, bog sie schnell um zwei kleine Ecken und verschwand hinter einer angelehnten Haustür, die sie mit einem Riegel fest hinter sich verschloss. Sie lauschte den Schritten auf der Gasse und lehnte sich mit dem Rücken gegen die geschlossene Tür. Außer Atem versuchte sie, sich zu beruhigen. Jetzt, wo sie wieder durchatmen konnte, bedauerte sie am meisten, dass sie kurz davor gewesen war, den flüchtigen Kuss dieses Fremden zu genießen. Er hatte sie mit so viel Leidenschaft und Kraft bedrängt, dass ihr fast schwindelig geworden war. Für einen winzigen Moment hatte sie sogar geglaubt, den Boden unter den Füßen zu verlieren. Zu unwirklich erschien ihr auf einmal die ganze Szene. War er wirklich auf offener Straße über sie hergefallen? Wer war er eigentlich? War er überhaupt ein sächsischer Gesandter?

Margarita spürte immer noch ein heißes Brennen auf ihren Lippen. Ein wohliges Kribbeln breitete sich in ihrem Unterleib aus, und obwohl sie sich dagegen wehrte, spürte sie, wie sehr ihr Körper diesen Kuss im Grunde genossen hatte und sie sich noch mehr von dieser köstlichen Nahrung wünschte. Sie ordnete ihre Haare, steckte sie wieder hoch und lauschte an der Tür. Nach einiger Zeit schien sie sicher zu sein, dass der Fremde inzwischen das Weite gesucht hatte. Nun wollte sie sich auf schnellstem Wege nach Hause begeben. Ihre Schwester würde sich schon Sorgen machen, und gegen Mittag mussten beide für Proben im Theater sein.

Sie spähte vorsichtig zur Tür heraus und konnte ihn unter den vorbeieilenden Menschen nirgends erblicken. Vorsichtig nahm sie den Korb, der ihr nun noch schwerer vorkam, stemmte ihn auf die rechte Hüfte und verließ auf leisen Sohlen ihr Versteck. Erst nachdem sie sicher war, dass er tatsächlich nicht in der Nähe war, wandte sie sich mit einigen Umwegen zu dem Haus, in dem sie während des Karnevals mit ihrer Schwester wohnte.

Vor dem Hauseingang schien alles wie immer, und Margarita stieg erleichtert die Treppen in die dritte Etage hinauf. Nachdem sie hörte, dass die Haustür ins Schloss gefallen war, fühlte sie sich gleich viel sicherer. An der Zimmertür wurde sie bereits von ihrer Schwester besorgt erwartet.

„Wo bist du so lange gewesen, Margarita? Ich habe mir schon Sorgen gemacht! Ein Bote war hier und hat mit dir sprechen wollen. Als ich sagte, dass du nicht da seist, hat er einen Brief für dich hinterlassen."

Margarita stürzte zur Tür herein, stellte den Korb ab und fiel ihrer Schwester um die Arme. „Angiola, du wirst nicht glauben, was mir gerade passiert ist! Wo liegt der Brief?", fragte sie hastig, während sie Angiola bereits wieder losließ. Ihre Schwester reichte ihr das Schreiben, das mit einem Siegel verschlossen war. Darauf stand in großen Lettern:

,Per la Primadonna di Venezia, Margarita Salicola.‘

Margaritas Hand zitterte, als sie das rote Siegel durchbrach. Der Brief enthielt nur wenige Zeilen, die sie zu einem Gespräch mit dem sächsischen Gesandten Giovanni di Hoyerswerda einluden!

Margarita ließ den Brief sinken. So schnell hatte sie nicht damit gerechnet, wieder von dem aufdringlichen Sachsen zu hören, den sie eben erst abgeschüttelt hatte. Immerhin wusste sie jetzt, dass er tatsächlich ein Diplomat aus Sachsen und kein Hochstapler war. Sie bemerkte plötzlich ihre Schwester, die neben ihr stand und die Zeilen ebenfalls überflogen hatte. „Mein Name steht gar nicht in der Einladung", stellte sie erschüttert fest. „Es geht nur um dich – die Primadonna."

Margarita hörte die traurige Bitterkeit in Angiolas Stimme und wandte sich ihr beschwichtigend zu: „Angiola, das ist völlig bedeutungslos, denn ich werde die Einladung nach Sachsen nicht annehmen und keinesfalls nach Dresden gehen. Und du weißt, dass ich ohne dich sowieso nirgendwohin gehen werde."

Margarita erzählte ihrer Schwester jetzt ausführlich von der außergewöhnlichen Begegnung mit dem Fremden auf dem Markt und seinem direkten Annäherungsversuch.

„Er hat dich geküsst?" Entsetzt starrte Angiola ihre Schwester an. „Was für ein ungehobelter Sachse!"

Die beiden Schwestern mussten laut lachen und Margarita erschien der ganze Vorfall plötzlich mehr als lächerlich. Beide tauschten sich weiter über den Morgen aus, während sie sich für die Probe im Theater vorbereiteten. Die Haare wurden gekämmt, Locken eingedreht und hochgesteckt und etwas Puder aufgetragen. Margarita wechselte zudem ihr einfaches Hauskleid gegen ein besseres aus Brokat, damit man wenigstens im Theater sehen konnte, dass sie nicht zu den Hausmägden gehörte. Beschwingt und hübsch drapiert rannten beide die Treppe herunter und liefen durch das Gassengewirr zum Opernhaus, wo sie bereits erwartet wurden.

Im Theater San Giovanni Grisostomo herrschte die höchste Aufregung. Der Kastrat Cecchi kam ihnen auf einem der langen, bogenförmigen Gänge hinter der Bühne entgegen und begann in einem Redeschwall zu plappern: „Guten Morgen, meine Damen! Habt ihr schon das Neueste gehört? Pallavicino hat ein Angebot für Dresden erhalten. Mein Gott, er freut sich so unermesslich, aber diese Provinzstadt! Keine zehn Pferde bringen mich in den kalten Norden. Für kein Geld der Welt verlasse ich mein geliebtes Venedig."

Er redete ungemein schnell und wollte gar nicht aufhören zu sprechen. Seine Worte schienen sich förmlich zu überschlagen. „Hast du etwa auch eine Einladung bekommen, Kleine? Aber dir ist doch auch jede Abwechslung willkommen, nicht wahr, Margarita?" Er ließ sie nicht zu Wort kommen, sondern eilte mit einem Grinsen im Gesicht an ihr vorbei. „Ich habe noch eine wichtige Verabredung, die ich keinesfalls versäumen darf. Wenn die Primadonna und ihre Schwester mich jetzt entschuldigen mögen!"

Er rauschte an ihnen vorbei, und Margarita konnte nur noch seinen fischigen Atem riechen, der unangenehm hinter ihm herzog. Der Kastrat wirkte immer wie ein kleiner Junge in einem zu großen Körper, und seine langen Arme hingen wie bei einer Marionette von seinen Schultern herab. Auf der Bühne spielte er oft die junge Geliebte und sorgte wegen seiner Statur für amüsierte Lacher beim Publikum. Doch wenn er sang, rührte er alle zu Tränen.

Margarita wollte etwas antworten und rief ihm hinterher: „Ich bin schon informiert, Cecchi. Doch so schnell wirst du uns leider nicht mehr los!", aber der Sänger war schon hinter einer Ecke verschwunden und hörte ihre Worte nicht mehr.

Obwohl Margarita die Kastraten stets um ihren enormen Erfolg und ihre außergewöhnlichen Stimmen beneidete, so sehr bemitleidete sie diese Zwitterkreaturen auch. Zu oft hatte sie auf Jahrmärkten die gescheiterten Geschöpfe dieses grausamen Eingriffes gesehen, die sich notdürftig mit ihrer Kunst über Wasser zu halten versuchten. Man erkannte Kastraten immer schon von weitem. Neben ihren hohen Stimmen besaßen sie oft sehr lange Arme und Beine und waren besonders dick. Ein normales Leben war für diese Männer nicht mehr möglich. Heirat war ihnen verboten, die Übernahme eines weltlichen oder geistlichen Berufes war schlichtweg unmöglich und auch das Militär blieb ihnen erspart. Andererseits zählte Cecchi jetzt zu den bestverdienenden Sängern Italiens, und Margarita erreichte mit ihrem Honorar nicht annähernd die Höhe seiner Entlohnung. Im Moment sang Cecchi auch noch in den Theatern San Salvatore und San Luca und verdiente zusätzliches Geld.

„Cecchi hat es heute aber wirklich eilig", seufzte Margarita.

„Wahrscheinlich muss er wieder über einen neuen Kontrakt verhandeln", erwiderte Angiola etwas spöttisch.

Die Schwestern strebten nun auf Pallavicinos Zimmer zu. Obwohl jetzt Tageslicht in die Gänge des Theaters flutete, wirkte die Luft noch immer staubig und abgestanden von der gestrigen Vorstellung. Sie begegneten auf dem Weg dem Bühnenmeister und vielen Dienstboten und Mägden. Überall wuselten Menschen, die Requisiten und Kostüme herumtrugen oder sauber machten. Ein Junge tauschte Unmengen von Kerzen und Öllampen aus, die in den Wandleuchtern das Theater erhellten. Und eine Magd brachte einen riesigen Korb voller Speisereste und Müll aus den Spielzimmern, die unmittelbar an das Theater angegliedert waren und am Abend für den prallen Geldbeutel jegliche nur denkbare Unterhaltung boten. Margarita sog den Geruch der Gänge ein. Jedes Theater roch anders, und allein an diesem Aroma würde sie mit verbundenen Augen jede Bühne erraten können, auf der sie jemals gestanden hatte. Dieses Theater war erst vor wenigen Jahren eingeweiht worden, und trotzdem roch sie den Staub der vergangenen Jahre, der sich wie eine dicke Schicht mit den Gerüchen von Holz, Öl und gegerbtem Stoff verbunden hatte. Beide Schwestern grüßten und plauderten kurz mit dem Bühnenmeister, der so früh schon wieder auf den Beinen war, bevor sie an Pallavicinos Tür ankamen. Angiola klopfte an, und sie traten ein.

Der Maestro wirkte sehr unruhig und sah aus, als hätte er die ganze Nacht nicht geschlafen. Aus seinen Gedanken gerissen, sprang er wild gestikulierend von seinem Sessel auf und begrüßte beide Damen mit einem überschwänglichen Kuss auf die Wangen. „Buongiorno, meine Liebsten! Endlich seid ihr da", begann er euphorisch. „Was ich gestern Abend angedeutet habe, ist heute tatsächlich Wirklichkeit geworden!" Er zog einen Brief, ähnlich dem Schreiben, das Margarita erhalten hatte, aus dem Mantel und reichte es ihr, während er den Inhalt des Briefes zusammenfasste.

„Der Kurfürst Johann Georg III. möchte uns an den Dresdner Hof verpflichten. Oberkämmerer von Polheim wird gemeinsam mit Giovanni di Hoyerswerda die Vertragsverhandlungen führen und möchte uns morgen Abend nach der Vorstellung im Theater treffen. Einzige Bedingung für ein Zustandekommen des Vertrages ist dabei deine Zusage, Margarita. Wenn du nicht nach Dresden gehen wirst, werde auch ich nicht gehen können.“

Sie las nochmals die aufgeführten Namen der anderen Künstler in Pallavicinos Brief, ließ das Papier sinken und blickte auf. „Ich fühle mich sehr geschmeichelt, dass ein Kurfürst sich derart um mich bemüht, doch Angiola fehlt auf dieser Liste. Warum soll sie nicht engagiert werden?“

„Nun, vielleicht hat der Kurfürst einzig und allein Ohren für den Gesang der Primadonna oder kann sich zwei Sängerinnen nicht leisten?“, antwortete Pallavicino mit überdrehter Stimme. Er war so aufgeregt, dass ihn weitere Details bisher nicht interessiert hatten.

„Sie wissen, Maestro, dass ich ohne meine Schwester nirgendwohin gehen werde.“

„Beruhige dich doch, Margarita“, sagte er besänftigend. „Wir können doch noch verhandeln. Außerdem legt der Kurfürst mir die volle Verantwortung für die Zusammenstellung des Ensembles in die Hände, und wenn ich dich, liebste Angiola, für unentbehrlich halte, wirst du uns natürlich nach Dresden begleiten! Was mich aber im Moment mehr beschäftigt, sind eure Verpflichtungen in Mantua.“

Margarita schrak innerlich zusammen. Daran hatte sie überhaupt noch nicht gedacht! Natürlich konnten sie ohne die Erlaubnis des Herzogs von Mantua, der bereits seit Jahren ihr Förderer und Gönner war, nirgendwohin gehen. „Wenn wir wirklich einen Vertrag mit dem sächsischen Kurfürst abschließen wollen, müsste uns der Herzog unbedingt seine Zustimmung geben und uns von jeglichen Verpflichtungen entbinden. Auch unser Vater muss natürlich einwilligen.“

„Bei unserem Vater wird es wohl kaum ein Problem mit der Zustimmung geben", warf Angiola ein. „Doch der Herzog könnte uns erhebliche Schwierigkeiten machen."

„Diese Frage müssen wir doch nicht gleich klären", beschwichtigte Pallavicino erneut. „Wichtiger sind doch die Verhandlungen mit den Sachsen! Wenn der Kurfürst kein gutes Angebot macht oder uns nicht entgegenkommt, brauchen wir auch keine Genehmigung des Herzogs einzuholen, weil dann der Vertrag mit den Sachsen ohnehin nicht zustande kommen wird."

Über all das wollte und konnte Margarita im Moment nicht nachdenken. Zu aufgewühlt war sie noch von den Ereignissen am Morgen. Sie erzählte Pallavicino allerdings nichts von dem Vorfall in den Gassen, sondern erkundigte sich stattdessen direkt nach Giovanni di Hoyerswerda.

„Er scheint mir absolut zuverlässig und vertrauenswürdig – ein Mann von Charakter und Kunstverstand. Giovanni hat übrigens mir gegenüber mehrmals betont, wie fantastisch er deinen Gesang findet. Und der sächsische Kurfürst Johann Georg soll übrigens auch inkognito in der Stadt weilen, wobei Giovanni zu seinen engsten Vertrauten zählen soll."

Mit einem vieldeutigen Lächeln blickte Pallavicino Margarita an, die leicht errötete. Ihr war nicht genau klar, wer nun eigentlich ihr Engagement in Dresden forcieren wollte und konnte die Rolle des Mannes, der sie frühmorgens so wüst überfallen und geküsst hatte, nicht deuten. Bei dem Gedanken an ihn rieselte ein leichtes Prickeln zwischen ihre Schenkel, und sie spürte, wie erneut Hitze in ihr aufstieg.

„Soll ich persönlich zu den Verhandlungen morgen Abend erscheinen?", fragte sie Pallavicino.

„In deinem eigenen Interesse wäre es vielleicht vorteilhaft, wenn du anwesend wärst, allerdings muss natürlich ein Mann die Verhandlungen führen."

Das wusste Margarita. Als Frau konnte sie keine konkreten Verträge abschließen. Eigentlich hätte ihr Vater sie vertreten müssen, doch der weilte noch in Mantua und ihr Bruder Francesco hatte keinerlei Erfahrungen mit Vertragsverhandlungen. Sie wandte sich deshalb mit einer Idee an Angiola.

„Kannst du bitte sofort nach Giulio Mazzolini schicken und ihn für morgen Abend ins Theater bitten? Er wird für uns beide die Verhandlungen führen und versuchen, das Beste herauszuholen."

„Jetzt muss ich schon deine ergebene Laufbotin spielen, aber für die Kunst ist uns ja kein Weg zu lang", entgegnete Angiola, die ihre Schwester scherzend auf die Wangen küsste, sich mit einem Knicks von Pallavicino verabschiedete und eilig den Raum verließ. Der Maestro, der nun endlich mit Margarita allein war, begann nun deutlicher und offener mit ihr zu sprechen, wobei er seine Worte mit Bedacht wählte.

„Meine Liebe, es gibt trotzdem noch einiges zu bedenken. Wahrscheinlich haben der Kurfürst oder dieser Conte nicht nur ein Ohr für deinen entzückenden Gesang gehabt, sondern auch ein Auge auf dein hübsches Dekolleté und deine blühende Jugend geworfen. Du solltest dir ganz sicher sein, worauf du dich überhaupt einlässt, wenn du einen Vertrag für Dresden unterschreibst."

Margarita verstand genau, was Pallavicino andeutete. „Ich vermute vielmehr, dass der Conte – oder vielmehr der Kurfürst – sich mit einer Sängerin schmücken möchte, um den anderen europäischen Herrschern ein doch recht exotisches Exemplar der Gesangskunst vorzuführen", erwiderte sie scharfsinnig.

„Wir können nur raten, was die eigentlichen Motive der Sachsen sind, aber sei auf der Hut und bedenke deine Schritte wohl. Doch jetzt wollen wir uns unseren Übungen widmen."

Pallavicino setzte sich ans Clavichord und schlug einige Akkorde an. Margarita begann ihre Übungen mit Tonleitern und wärmte sich für die Probe auf. Obwohl sie gestern Abend eine Vorstellung gehabt hatte, spürte sie nun, wie stark die veränderte Situation und die Aussicht auf ein neues Engagement ihren Gesang beflügelten. Wie von selbst glitten die Töne aus ihrer Kehle, und sie musste sich kaum auf die Skalen konzentrieren, doch dazu war sie ohnehin nicht in der Lage.

Pallavicino bemerkte hingegen nichts von ihrem Seelenzustand. Er war einfach nur zufrieden mit seiner Muse. Ihre Stimme war in fantastischer Form, und er brauchte sie kaum zu unterbrechen oder zu verbessern. Ruhig ging er ein paar Arien von seinem neuesten Opernprojekt mit ihr durch und ahnte, dass er mit dieser Sängerin noch weitaus größere Erfolge feiern würde, als es dieser Karneval in Venedig erhoffen ließ.

Frühstücksmahl

Giovanni war wie angewurzelt stehen geblieben und hatte Margarita hinterhergeschaut, die mit Korb und gerafftem Rock durch das Menschengewühl entschwunden war. Er hatte sich gezwungen, ihr nicht zu folgen, da er mit seinem Kuss bereits deutlich zu weit gegangen war. Nun wollte er nicht noch als ungehobelter Lüstling erscheinen, der sein Opfer bis in die dunkelsten Ecken trieb, um sie wie eine wehrlose Beute zu erlegen. Obwohl ihn dieser Gedanke reizte, erschrak er über den völligen Kontrollverlust, den er scheinbar erlitten hatte. Wie eine dahergelaufene Dirne hatte er sie nehmen wollen – mitten in der Stadt und am helllichten Tag. Alles um ihn herum war völlig im Dunkel versunken, und alle seine Sinne hatten nur noch sie gesehen, gehört und gerochen. Sogar das Pulsieren ihres Blutes hatte er zu spüren geglaubt. Wie eine köstliche Mahlzeit, die einem Verhungernden hingeworfen wird, war sie ihm inmitten dieses Morgengewimmels erschienen, und so war es kein Wunder, dass er seinen Trieben nachgegeben hatte. Mit ihrer deutlichen Reaktion hatte sie allerdings eine klare Antwort auf sein körperliches Werben gegeben.

Giovanni setzte seine Maske wieder auf und wandte sich zurück zum Palazzo della Torre. Dieser unerwartete Zwischenfall war ihm trotz aller Folgen eine angenehme Abwechslung am Morgen gewesen. Dankbar gestand er sich ein, dass er jede Sekunde an der Seite dieses weiblichen Geschöpfes genossen hatte. Kein Page oder Diener war Zeuge seines Ausbruches gewesen, und er hatte diesen abgründigen Moment allein erleben können. Wahrscheinlich hätte er in Begleitung eines Dieners erst gar nicht mit Margarita gesprochen, doch die Anonymität dieser sündenvollen Stadt hatte ihm diese einmalige Möglichkeit inmitten der Gassen geboten.

Giovanni kannte natürlich auch die besonderen Viertel Venedigs und überlegte kurz, ob er seine entflammte Lust durch den Besuch bei einer Hure stillen sollte, doch die Erinnerung an Margarita und ihre heftige Reaktion, die er immer noch am ganzen Leib spürte, hielten ihn zurück. Magisch hatte es ihn heute Morgen zu ihrem Haus gezogen, wo er sie mit der Wäsche herauskommen sah. Er war ihr gefolgt und musste sie einfach ansprechen. Nun fühlte er sich wie ein Boot, das auf den Wellen der Gefühle hin und her getrieben wurde und gänzlich die Orientierung verloren hatte. Sein Körper wurde von Hitze und Aufregung durchflutet, und er glaubte, die Welt erobern zu können. Ein einziger Opernabend und eine einzige Frau hatten sein Leben mit einer Heftigkeit verändert, die ihn zugleich beflügelte und ängstigte!

Immer noch schmeckte er den Duft ihrer Lippen auf seinem Mund – ein süßer Geschmack, den er nie zuvor gekostet hatte und der ihm wie ein paradiesischer Honig vorkam. Würde er diese Lippen jemals wieder kosten können?

Während er weiter zum Palazzo lief, wurde ihm klar, dass die Vertragsverhandlungen mit Pallavicino schnellstmöglich abgeschlossen werden mussten, damit er diese Frau ganz für sich gewinnen konnte. In wenigen Tagen, am Aschermittwoch, der dieses Jahr auf den 7. März fiel, endete der Karneval ohnehin. Spätestens dann sollten die Reisevorbereitungen getroffen werden und die Primadonna musste in seiner Kutsche sitzen. Sicher würde ihr Preis durch sein Benehmen in die Höhe geschnellt sein, und es würde einiges an Überredungskraft kosten, sie zu überzeugen, doch letztendlich hatte jede Frau einen Preis. Und Giovanni war bereit, eine hohe Summe für diese Sängerin zu zahlen.

Wieder war er von seiner eigenen Entschlossenheit überrascht. Noch nie hatte eine Frau bei ihm derartige Gefühle, Sehnsüchte und Entschlossenheit ausgelöst. Er achtete seine Gemahlin, die ihm zwei gesunde Söhne geschenkt hatte und ihn auch leiblich immer wohl befriedigte.

Aber dieses leidenschaftliche Feuer, das nun in ihm brannte, drängte nach mehr Nahrung, um ihn nicht selbst zu verzehren. Seine Gedanken schweiften immer wieder zu Margarita. Bestimmt würde sie jetzt bei der Ankunft in ihrem Quartier schon die Einladung zu den Vertragsverhandlungen vorgefunden haben. Erschrocken würde sie seinen Namen darin lesen, und sich trotzdem nicht der Verlockung eines derartigen Angebotes entziehen können. Und deshalb würde er sie schon morgen Abend bei den Verhandlungen wiedersehen!

Am Palazzo della Torre angekommen, erwartete ihn sein Kammerherr von Miltitz, der ihn nach oben in die Gemächer begleitete. Giovanni entledigte sich der Maske und des schwarzen Umhanges und begab sich in den großen Salon, wo eine lange Tafel mit einem ausladenden Frühstücksmahl wartete. Neben Lucio della Torre, der an der gegenüberliegenden Stirnseite Platz genommen hatte, saßen an der Längsseite des Tisches dessen Gattin Eleonore und die Töchter Lucia und Magdalena.

Eleonore war ohne Zweifel eine schöne Frau, obwohl man ihr in den Augen die Ehejahre und die Strapazen mehrerer Geburten ansah. Ihre Töchter waren hingegen noch wirkliche Kinder von neun und zehn Jahren, doch man konnte bereits ahnen, dass sie in wenigen Jahren zu außergewöhnlichen Schönheiten erblühen würden.

Giovanni bemerkte überrascht, dass sich sein Blick auf Frauen durch die Begegnung mit Margarita Salicola völlig verändert hatte. Frauen erschienen ihm nun nicht mehr nur als schmückendes Beiwerk, sondern als geheimnisvolles und vielschichtiges Abenteuer.

Lucio della Torre begrüßte seinen deutschen Freund wohlwollend. „Habt Ihr wohl geruht, Durchlaucht? Wie ich hörte, unternahmt Ihr bereits allein einen Morgenspaziergang durch unsere Serenissima? Ich hoffe, Ihr seid dabei nicht auf Abwege geraten?"

Das hintergründige Lächeln Lucio della Torres beantwortete Giovanni ebenfalls mit ironischer Miene. „Eure Sorge ist völlig unbegründet. Ich habe lediglich die Pracht der Bauten genossen, die diese herrliche Stadt so vortrefflich schmücken. Meine Begeisterung für die grandiose Architektur Eurer Heimatstadt wächst stetig."

„Dabei ist Venedig ganz auf Holz gebaut. Ihr müsst wissen, dass wir jeden Flecken Erde dem Meer abtrotzen, und manchmal holt sich das Meer sogar ein Stück wieder zurück."

„Deshalb wird hier wahrscheinlich auch mit solch immenser Pracht gebaut. Wenn schon alles dem Untergang geweiht ist, so geht man doch hier mit einer gewisser Grandezza zugrunde", warf Eleonore ein. Sie schaute dabei mit einem durchdringenden Blick zu ihrem Gatten Lucio, der die indirekte Anspielung geflissentlich überhörte.

„Dresden liegt auch in einer sumpfigen Gegend, doch wir haben unsere Festung wohl gesichert, und nur selten wird die Stadt ernsthaft von einem Hochwasser bedroht", entgegnete Giovanni. Er schenkte Eleonore und Lucio dabei einen besänftigenden Blick. Die Ehe seiner italienischen Freunde unterschied sich grundsätzlich sehr von seiner eigenen. Mann und Frau befanden sich hier in einem steten Dialog, wenn nicht gar im offenen Streit, und machten aus den täglichen Diskussionen eine Kunst der indirekten Andeutungen und Neckereien. Lucio gebot seiner Frau jedoch nicht Einhalt, sondern schenkte ihren Argumenten Aufmerksamkeit und lachte über ihre doppeldeutigen Scherze. Zwischen beiden schien ein Band zu herrschen, dass Giovanni in seiner Ehe nie kennengelernt hatte. Seine eigene Gattin sah er eigentlich nur zu offiziellen Anlässen und bei seinen nächtlichen Besuchen.

„Gibt es denn in den nächsten Tagen noch wichtige Festivitäten in der Stadt?", fragte er seine Gastgeber.

„Ihr wisst doch, Durchlaucht, dass Venedig niemals schläft und Langeweile ein Fremdwort für die Venezianer ist. Deshalb kommen wir auch mehrmals im Jahr für ein par Wochen in dieses Tollhaus, um danach die Ruhe auf dem Lande wieder in vollen Zügen genießen zu können. Und um Eure Frage gern zu beantworten – es gibt verschiedene Feste, doch nichts von außerordentlicher Bedeutung..." Mit seiner Serviette tupfte sich Lucio die Lippen ab. „Morgen möchte ich gern die ‚Penelope' hören, und vielleicht wollt Ihr mich nochmals in diese Oper begleiten?"

„Was für ein Zufall! Morgen Abend bin ich für Verhandlungen ohnehin im Theater San Giovanni Grisostomo und werde mir den erneuten Genuss schöner Stimmen natürlich nicht entgehen lassen", entgegnete Giovanni, der beiläufig mehr über Margarita zu erfahren hoffte. „Wissen Sie denn Genaueres über die Primadonna zu berichten?"

„Momentan ist sie der Stern an Venedigs Himmel. Sie soll ursprünglich aus einer Schauspielerfamilie in Bologna stammen. Soviel ich weiß, gaben ihre Eltern sie und ihre Schwester frühzeitig in ein venezianisches Ospedale, wo sie eine musikalische Ausbildung erhielten. Nun sind sie in Venedig zu singenden Kanarienvögeln aufgestiegen." Mit einem zweideutigen Lächeln sprach Lucio della Torre weiter: „Beide stehen übrigens in der Gunst des Herzogs von Mantua, der sie wie seine Augäpfel hütet..."

Giovanni musste sich beherrschen, um seine aufkeimende innere Unruhe zu bezähmen.

„Meines Wissens weilt der Herzog von Mantua gerade in Venedig, um seine Schützlinge zu hören", fuhr Lucio fort. Er sagte dies mit einer gewissen Süffisanz in der Stimme, die durch einen strengen Blick seiner Frau in die Schranken gewiesen wurde. „Meine Liebe, auch wenn ich ein großer Verehrer der italienischen Musik und der Oper bin, so bezahle ich keine jungen Damen oder Herren für ihre Dienstleistungen außerhalb der Bühne", verteidigte sich der getroffene Ehemann.

Eleonore verschluckte und räusperte sich und versuchte danach die Aussagen ihres Mannes zu erklären.

„Sie müssen wissen, Durchlaucht, dass in Venedig die Beziehungen zwischen den Menschen sehr unterschiedlich gelebt und gedeutet werden. Allerdings halte ich es im Interesse unserer Töchter für meine Pflicht, hier am Tisch für klare moralische Grundsätze einzutreten, die in dieser Stadt oftmals mit einem Lächeln übergangen werden."

Beide Mädchen, die sittsam schwiegen, senkten ihre Blicke und schauten auf die Speisen auf ihren Tellern. Auch wenn sie nicht alles verstanden, was bei Tische gesprochen wurde, so ahnten sie doch, dass hier viele Worte fielen, die nicht für ihre Ohren bestimmt waren. Aber ein Gast aus dem hohen Norden an ihrer Tafel war gar zu spannend, und keinesfalls wollten sie jetzt des Tisches verwiesen werden.

Giovanni spürte die leichte Spannung zwischen den Eheleuten, die die Luft zu durchzucken schien, doch er wollte sich nicht in dieses Schlachtfeld begeben oder gar zum Schlichter aufschwingen. „Verehrte Eleonore, Eure Tugendhaftigkeit ehrt Euch, doch wisst Ihr selbst, dass die Anziehung einer schönen Frau jeden Mann zu Fall bringen kann. Vor allem in einer so bezaubernden Stadt wie Venedig, in der die schönsten Damen Italiens zu finden sind." Giovanni blickte sie dabei direkt an und glaubte, ein leichtes Lächeln über ihre Mundwinkel huschen zu sehen.

Lucio, der mit seinem Essen beschäftigt war, bemerkte den kurzen Blickkontakt nicht, sondern sagte kauend: „Eine tu-

gendhafte Frau erscheint mir wie ein Jäger, der beständig vermeidet, das ihm zulaufende Wild zu erlegen."
Eleonore errötete und wurde nun lauter. „Lucio della Torre, wie könnt Ihr es wagen, vor unseren Töchtern eine derartige Konversation zu führen? Ein liebendes Herz ist stets treu, und Tugendhaftigkeit ist geradezu die Voraussetzung für Treue."
Giovanni hatte nicht erwartet, ein solch heikles, moralisches Gespräch am Frühstückstisch zu führen, doch offenbar hatte er Eleonore völlig unterschätzt. Dennoch sprach er aus, was ihm durch den Kopf ging. „Natürlich benötigen wir die Tugenden, um unsere Leidenschaften zu zügeln, Signora, doch ist die Tugend nicht manchmal auch ein unnötiges Gefängnis, das uns von der Erfüllung unserer größten Sehnsüchte abhält?" Giovanni dachte dabei an Margarita, die er so unerwartet über alle Maßen begehrte. Er blickte Eleonore an und sah, dass ihre Aufregung ihr Gemüt gänzlich zum Kochen brachte, während sie über eine Antwort nachdachte.
„Mag Eure Theorie auf die Männerwelt zutreffen, Durchlaucht, doch wir Frauen sind doch nur Spielbälle in den Händen politisierender Männer. Würden wir Frauen unsere Tugenden aufgeben und frei über unsere Laster entscheiden, wäre manche Ehe nicht geschlossen worden", entgegnete sie mit leichter Bitterkeit in der Stimme. Sie starrte dabei bissig ihren Gatten Lucio an, der sie amüsiert besänftigend anlächelte. „Dein aufbrausendes Gemüt rührt sicher nur von deinem Zustand her, meine Liebste", versuchte er sie zu beruhigen.
Eleonore war wieder guter Hoffnung, obwohl man ihr dies unter den wallenden Gewändern noch nicht ansehen konnte. „Wir wünschen uns von Herzen einen Sohn, Durchlaucht, und manchmal habe ich das Gefühl, dass das Gemüt meiner Frau unter der Last der Schwangerschaften stark leidet."
Er blickte nochmals beschwichtigend zu Eleonore und schaute dann auf seine Töchter. In den letzten Jahren hatte seine Gattin mehrere Fehlgeburten durchlitten, und es grenzte an ein Wunder, dass sie die letzte Fehlgeburt überhaupt über-

lebt hatte und nicht verblutet war. Der Venezianer schwor sich deshalb, dass er nach dieser Schwangerschaft seiner Frau nicht mehr beischlafen würde, um sie vor einem zu frühen Ende zu bewahren. Sie war gerade 26 Jahre alt geworden, und eine solch kluge und stolze Gefährtin würde er sicher nicht so schnell wiederfinden. Er wollte sich stattdessen in Zukunft in einem Freudenhaus Abhilfe schaffen und so den Körper und das Leben seiner Gattin schonen. Natürlich konnte man so etwas aber nicht vor einem Gast und vor den Kindern am Frühstückstisch debattieren. Deshalb war er dankbar, als Giovanni das Gespräch nochmals auf den Herzog von Mantua lenkte. „Wird denn der Herzog von Mantua am Feldzug gegen die Türken teilnehmen?"

„Wohl kaum. Die Republik Venedig hat ihm alle Ehren abgesprochen und jeglichen Kontakt abgebrochen, nachdem er die Festung Casale für eine jährliche Pension von 60.000 Lire an Ludwig XIV. verkauft hat."

„Was für ein interessanter Schachzug! Ein größerer Verrat ist ja kaum denkbar. Man verschachert sein Vaterland für ein wenig Geld und vielleicht einen neuen Titel einfach an die Franzosen?"

„Die genauen Vereinbarungen sind nicht nach außen durchgedrungen, aber der Herzog hat seine Schäfchen natürlich ins Trockene gebracht. Ganz Italien hasst ihn für sein Bündnis mit Frankreich."

Giovanni wurde nachdenklich. Ludwig XIV. war ein taktisch kluger Herrscher, aber gleichzeitig eine große Gefahr für Europa. Er regierte mit einer harten Hand und kaufte überall strategisch wichtige Burgen, um Frankreich an allen Grenzen mit großen Befestigungsanlagen zu sichern. Dadurch hatte der französische König jetzt in Europa die absolute Macht, und niemand wagte es, sich ihm entgegenzustellen. Nur Spanien hatte sich zu widersetzen versucht, gab jedoch bald kleinlaut auf, weil alle anderen europäischen Mächte mit der Vertreibung der Türken beschäftigt waren. Und der Herzog von Mantua war also dem Golde des Sonnenkönigs gefolgt.

„Kennt Ihr den Herzog persönlich?", fragte Giovanni seinen Gastgeber.

„Ich machte ihm noch vor seinem großen Verrat in Mantua mehrmals meine Aufwartung, und wir haben uns oft beim Karneval gesehen. Er ist ein recht eitler, selbstverliebter und machthungriger Despot, der vor allem durch seine Eroberungen beim weiblichen Geschlechte von sich reden macht."

„Man rühmt seine Liebeskünste weit über Mantua hinaus, und er hinterlässt eine Schar illegitimer Kinder. Wahrscheinlich ist er nur von tugendlosen Damen umgeben", spöttelte Eleonore. Lucios Töchter wurden rot und senkten erneut ihre Köpfe, während sie leise zu kichern begannen. Eleonore, die selbst für einen Moment vergessen hatte, dass ihre Töchter zugegen waren, entließ die beiden Halbwüchsigen von der Frühstückstafel. „Ihr dürft euch von der Tafel entfernen und euch in eure Zimmer begeben." Die beiden Mädchen standen auf, knicksten vor ihren Eltern und dem deutschen Gast und verließen eiligst mit unterdrücktem Gelächter den Raum.

„Sie sind noch Kinder, obwohl sie schon so viel von der Welt gesehen und gehört haben", wandte sich Eleonore entschuldigend an Giovanni, der von der Ungezwungenheit dieser Familie fasziniert war.

„Ich kann es grundsätzlich verstehen, dass Ihr eure Töchter derart an eurem Leben teilhaben lasst. Mir sind bisher nur zwei Söhne vergönnt, und ich möchte natürlich auch, dass sie die Welt in all ihren Facetten kennenlernen. Warum sollte dieses Wissen euren Töchtern vorenthalten bleiben?"

„Weil sich für das weibliche Geschlecht die Tugendhaftigkeit ziemt, und zu viel Wissen zu Ungehorsam und unbeugsamem Willen führt", sagte Eleonore mit ironisch anklagendem Ton zu ihrem Gatten. Damit waren sie wieder bei dem Hauptthema des Morgens angelangt.

Giovanni musste an Margarita denken, die sich so heftig gegen ihn gewehrt hatte. War dies aus Tugendhaftigkeit oder

aus persönlicher Abneigung heraus geschehen? Diese Frage konnte er momentan nicht beantworten, doch er hoffte, dass sie ihn der Schicklichkeit wegen von sich gestoßen hatte. Plötzlich entwich ihm unbedacht die Frage, die ihn schon die ganze Zeit über auf den Lippen lag: „Zählt denn Margarita Salicola offiziell zu den Mätressen des Herzogs?"
„Ich sehe wohl, Durchlaucht, dass Ihr ein gesteigertes Interesse an dieser Sängerin habt. Doch soviel ich weiß, bevorzugt der Herzog ihre jüngere Schwester Angiola und soll mit ihr ein inniges Verhältnis pflegen." Lucios Augen ruhten mit einem gespannten Blick auf seinem Gast, und auch Eleonore war das gesteigerte Interesse des Sachsen nicht entgangen. Giovanni fiel hingegen ein Stein vom Herzen, obwohl er sich seine Erleichterung nicht anmerken ließ. „Ihr müsst verstehen, dass ich vom Gesang dieser Sirene völlig gefangen genommen wurde. Wenn wir morgen das Vergnügen haben werden, ihrer Engelsstimme gemeinsam zu lauschen, werdet Ihr meine Bewunderung und mein Interesse verstehen und mir hoffentlich beipflichten", setzte er erklärend hinzu.
„Ich zweifele keinen Moment an Eurer Urteilsfähigkeit, Durchlaucht, und bin begierig darauf, die schöne Primadonna kennenzulernen."
„Eure Ohren könnt Ihr gern der schönen Salicola weihen, doch Eure Augen und Eure Liebe solltet Ihr weiterhin Eurer entzückenden Gattin schenken", bemerkte Giovanni mit anerkennendem Blick zu Eleonore. Lucio schluckte eine Bemerkung herunter. Er würde seiner Gattin sicher treu bleiben, doch er sah seinen sächsischen Freund geradewegs in ein heikles Abenteuer mit einer Sängerinnen gleiten. Kurz überlegte er, ob er ihn warnen und davon abbringen sollte. Doch dann entschied er sich, dem Sachsen seine Verliebtheit zu lassen. Denn einen Ertrinkenden konnte man retten, aber einen Verliebten musste man blindlings untergehen lassen, damit er das Wasser in seinen Lungen spürte und von selbst wieder nach Luft schnappte und zur Vernunft gelangte.

Dufterlebnis

Margarita verließ beseelt die Probe und trat freudestrahlend aus dem Theater. Die Welt erschien ihr plötzlich so leicht und verändert, dass sie unendliche Freiheit in ihren Adern zu spüren glaubte. Obwohl dieser Giovanni heute Morgen so unflätig und ungehobelt mit ihr umgegangen war, sehnte sie sich nun nach ihm und seinem leidenschaftlichen Kuss zurück. Ihre Gedanken gingen soweit, dass sie eine Ehe mit dem unbekannten Kavalier in Betracht zog. Doch nein, über diesen Einfall musste sie selbst den Kopf schütteln! Ihre Gefühle lösten ein völlig unbedachtes Wunschdenken aus, das von der Wirklichkeit weit entfernt war. Und sein Benehmen hatte im Eigentlichen auch schon das Gegenteil bewiesen – er hielt sie für das, was sie war: Eine Sängerin und damit eine leichte Beute, die man erlegen konnte, ohne auch nur einen Gedanken an eine Ehe zu verschwenden.

Am Nachmittag hatte Margarita einen Termin bei der Schneiderin, wo sie sich ein Kleid nach neuester französischer Mode nähen lassen wollte. Und am Abend würde sie bei einem kleinen Privatkonzert im Palazzo Foscari das Honorar für diese neue Anschaffung verdienen.

Beflügelt lief sie in Richtung Rialto-Brücke, um zum Campo di San Silvestro zu gelangen. Bevor sie losging, schaute sie sich nochmals zum Theater um und vergewisserte sich, dass ihr wirklich niemand folgte. Giovanni würde es sicher nicht mehr wagen, ihre Nähe zu suchen. Trotzdem fühlte sie sich seltsam beobachtet und drehte sich nach kurzer Strecke nochmals um. Wahrscheinlich spielten ihre Gefühle ihr nur einen Streich. Oder wurde sie vielleicht diesmal sogar vom sächsischen Kurfürsten persönlich verfolgt?

Sie schüttelte lachend über ihre eigenen Gedanken den Kopf, verlangsamte ihre Schritte und wandte sich instinktiv zum Fondaco dei Tedeschi, dem Handelsplatz der Deutschen. Ohne es sich eingestehen zu wollen, hoffte sie, dort Giovanni zwischen den Händlern wie zufällig zu erspähen. In dem großen Gebäude, das fünf Stockwerke umfasste und sich um einen Innenhof schloss, wohnten die meisten deutschen Händler und Gäste der Stadt. Auch Teile der sächsischen Gesandtschaft mussten hier untergebracht sein. Im Innenhof herrschte ein wildes Durcheinander von Menschen und Waren. Weinfässer wurden gerollt, Stoffe begutachtet, Reis und Gewürzsäcke geschleppt, und vor allem feilschte und handelte man laut.

Unauffällig wandelte Margarita durch die Gänge des Hauses, doch Giovanni konnte sie nirgends erblicken. Sie verließ das Gebäude ein wenig enttäuscht und ging weiter zur Rialto-Brücke. Dort drängten sich viele Menschen, so dass Margarita nur sehr mühsam vorankam und kaum etwas sehen konnte. Die Brücke war die einzige Verbindung zwischen den beiden großen Hauptteilen der Stadt und wirkte wie ein Nadelöhr, durch das sich jeder hindurchzwängen musste.

Immer wenn sie die Brücke überquerte, musste Margarita unweigerlich daran denken, dass die vorherige Konstruktion aus Holz unter dem Gewicht einer gaffenden Menge während einer großen Hochzeit zusammengebrochen war. So hatte sich eines der schönsten Feste zu einem grausamen Tag mit vielen Toten gewendet. Aber dieses neue Wunder aus Stein, das zum Symbol der Stadt im Wasser geworden war, hielt nun schon über zweihundert Jahre und würde hoffentlich nicht unter ihren Schritten zusammenbrechen.

Margarita schaute gern in die kleinen Geschäfte auf der Brücke, die Waren aus aller Welt feilboten. Auch Gold- und Silberschmiedearbeiten waren darunter. Der Wert und der Luxus dieser Schmuckstücke überstiegen Margaritas Vorstellungskraft. Etwas derartig Wertvolles am Körper zu tragen, erschien ihr verschwenderisch, und trotzdem ertappte sie sich bei dem Gedanken, das eine oder andere Collier am eigenen Körper glänzen zu sehen. Wie die meisten Frauen liebte sie die Vorstellung, sich schön und prunkvoll zu kleiden und auch Schmuckstücke zu tragen – eine Leidenschaft, die sie zumindest auf der Bühne sogar ausleben konnte. Im Alltag trug sie eher schlichte und unauffällige Kleidung, um zwischen den Dirnen, Schauspielern und Edelleuten keine unnötige Aufmerksamkeit auf sich zu ziehen.

Hinter der Brücke begann das eigentliche Marktviertel der Stadt. Hier staunte Margarita mit allen Sinnen über den lärmenden Trubel und die außergewöhnlichen Waren. Ihre Hand glitt vorsichtig über zart gewebte Stoffe, sie roch neugierig an orientalisch duftenden Gewürzen und betrachtete forschend riesige Muscheln und matt glänzende Perlen. In Venedig konnte man einfach alles kaufen, und Margarita ahnte den Atem der ganz großen Welt.

In einer Seitengasse hielt sie vor einer Parfümerie an. Ein ungewöhnlicher Duft hing in der Luft und hatte ihre Nase seltsam gekitzelt. Wie magisch angezogen betrachtete sie neugierig im Fenster einen großen Strauß getrockneter Blumen, der sie einladend anstrahlte, und sie entschloss sich kurzerhand einzutreten.

Auf den hohen Holzregalen an den Wänden reihten sich hunderte kleine, bunte Glasflakons aneinander, auf denen lateinische Bezeichnungen standen und die verlockend zum Öffnen und Schnuppern einluden. Der Händler, der hinter einem wuchtigen Schreibtisch inmitten des kleinen Ladens saß, war ein hagerer, älterer Herr. Seine Haut war dunkel und wirkte wie gegerbtes Leder. Das Haar war schon leicht ergraut, und er hatte es zu einem einfachen Zopf nach hinten gebunden. Die Augen des Mannes blickten klar und besonnen, während er Margarita musterte. „Kann ich Euch behilflich sein, Signorina?", fragte er aufmerksam, ohne aufzustehen.

Margarita hörte sofort, dass er kein Italiener war und fragte sich, aus welchem Land er nach Venedig gekommen war. „Gern. Ich suche einen Duft, der meine Vorzüge besonders gut zur Geltung bringt."

Der alte Mann musste unwillkürlich lächeln. Jeder wünschte

sich natürlich einen Duft, der die Vorzüge besonders gut zur Geltung brachte und vor allem den Gestank des eigenen Körpers überdeckte. Obwohl Venedig am Meer lag, hielt es hier niemand für nötig, sich regelmäßig zu waschen. Er hingegen wusste um die reinigende Kraft des Wassers und wusch sich täglich – so, wie er es aus der fernen Heimat gewohnt war. Und seine Parfums halfen ihm, sich mit dem Gestank der ihn umgebenden Menschen zu versöhnen. Seine feine Nase hatte ihm zu Reichtum verholfen, und seine exklusiven Düfte aus dem Orient zählten zu den teuersten Luxusgütern, die man in der Stadt kaufen konnte.

Margarita fragte sich hingegen, ob er sie in ihren schlichten Kleidern überhaupt bedienen würde. Und tatsächlich betrachtete der Händler sie forschend neugierig mit einer gewissen Skepsis. Obwohl sie keinen Schmuck trug, hielt er sie nicht für eine Dirne oder Kurtisane, denen es grundsätzlich untersagt war, jegliche Art von Schmuckstücken anzulegen. Venedig hatte diese Verordnung einführen müssen, da viele ehrbare Frauen für Kurtisanen oder Huren gehalten worden waren. Jetzt war die Unterscheidung für alle etwas einfacher geworden. In seinen Laden traten ständig Weibspersonen, die auf der Suche nach einem neuen Wunderwässerchen waren, mit dem sie einen reichen Verehrer verführen konnten. Die Kleidung dieses Mädchens aber war recht schlicht, sodass sie keinesfalls von Adel sein konnte, aber auch keine Dirne war. Wahrscheinlich war sie eines dieser Mädchen aus den Waisenhäusern, das an die große Liebe glaubte. In ihrem Gesicht lag etwas anmutig Verträumtes, das ihn an eine noch nicht erblühte Blume erinnerte, die kurz davor stand, ihre Pracht zu entfalten. Er stand auf, trat vor den Schreibtisch und fixierte sie durchdringend.

„Darf ich Euch um Eure Hände bitten, Signorina? In den feinen Linien der Haut kann ich Dinge sehen, die für Euer Leben und die Wahl eines Duftes von entscheidender Bedeutung sein könnten."

Seine Stimme klang seltsam beschwörend. Margarita reagierte wie magisch angezogen, und ohne zu zögern, reichte sie ihm ihre rechte Hand.

Der Händler wusste, dass man am Zustand der Haut sehr viel über einen Menschen ablesen konnte. Die Hände des Mädchens waren gepflegt und außerordentlich klein. Sie trug ihre Fingernägel sehr kurz, was darauf hindeutete, dass sie tatsächlich aus einem Ospedale kam und ein Instrument spielte. Sicher ging sie jedoch keinem Beruf nach, der harte körperliche Arbeit von ihr erforderte – sie konnte also keine Magd oder Spitzenklöpplerin sein. Nach einem scheinbar ewigen Moment des nachdenklichen Betrachtens begann er wieder zu sprechen.

„In Eurer Hand sehe ich ein bedeutendes Schicksal. Eure Seele ist sehr alt und hat schon viele Leben durchlitten. Wahrscheinlich wart ihr einst ein großer Krieger oder König und hattet Macht, da außergewöhnlich starkes Blut durch Eure Adern fließt. Nun schenkte Gott Euch den Körper einer Frau, damit Ihr auch als Weib Großes auf Erden vollbringt."

Margarita war erstaunt. Sie wusste nicht, ob sie das, was sie hörte, glauben konnte, oder ob es nicht schon Gotteslästerung und Sünde war. Wie konnte eine Seele mehrere Leben durchschreiten? Sie wagte es nicht, den alten Mann anzuschauen und zu fragen, woher er dieses Wissen nahm.

Der Händler ließ sich viel Zeit, bis er weitersprach. „Ich sehe auch einen stattlichen Mann, der Eure Zukunft gestalten will. Er scheint von edlem Geblüt, doch… – Ahhhh!"

Ein kurzer Aufschrei entfuhr seiner Kehle. Er zog die Augenbrauen hoch und verkrampfte sein Gesicht scheinbar schmerzerfüllt. Es dauerte nochmals eine Weile, bis er wieder zu sprechen begann: „Leider sehe ich auch eine große Gefahr für Euch. Wo viel Licht ist, da ist viel Schatten, und Eure Feinde stehen mit gezückten Dolchen bereit. Hier ist noch ein zweiter Mann, der Euch nach dem Leben trachtet. Ihr solltet vor ihm fliehen, Signorina."

Margarita dachte sofort an Giovanni und zog ihre Hand erschrocken zurück. Wie konnte dieser Fremde so viel über sie wissen und ihr derartige Sachen erzählen?

Der Händler sah ihre verängstigte Miene und nahm einen besänftigenderen Ton an: „Nicht alles, was man sehen kann, muss auch so zutreffen. Die Launen des Schicksals sind unergründlich."

Sein vielsagendes, ernstes Lächeln beunruhigte sie allerdings nur noch mehr. Sie verstand nicht, was er ihr gesagt hatte und vor allem, was er mit diesen Worten bezweckte. „Warum sprecht Ihr so zu mir?", fragte sie deshalb verunsichert.

„Nun, als Ihr durch diese Tür hereintratet, umgab Euch eine besondere Aura. In Eurer Seele liegt ein seltenes Leuchten verborgen, dass nur wenige Menschen in sich tragen. Diese Gabe ist ein Geschenk Gottes und Ihr solltet sorgsam damit umgehen. Jeder Mensch hat eine ureigene Bestimmung, und Euer Auftrag ist von besonderer Natur."

Margarita begriff seine Worte immer noch nicht. Welchen Auftrag sollte sie ausführen? Und was für eine Bestimmung meinte er? Der Mann sprach für sie in Rätseln.

„Ich werde Euch einen speziellen Duft mischen, der aus den Elixieren der Rose, des Jasmin und des Meeres besteht. Die Rose steht für Eure Schönheit, der Jasmin für die Liebe und das Meer für die unbändige Kraft Eurer Seele. Der Liebreiz Eures Wesens wird durch den Duft noch stärker zur Geltung kommen, und Ihr werdet damit von größerem Unglück verschont bleiben." Er zwinkerte ihr gutmütig zu und drehte sich abrupt um.

„Ich habe nur wenig Geld bei mir, Signore", sagte Margarita unsicher.

„Für Euch, Signorina, mische ich nur eine kleine Probe, die Ihr als Geschenk des Hauses betrachten könnt. Und wenn Ihr mit meiner Arbeit zufrieden seid, werdet Ihr sicher zu mir zurückfinden."

Er zwinkerte ihr nochmals mit einem einnehmenden Lächeln

zu, nahm einige Flakons und begann, die Flüssigkeiten vorsichtig tröpfchenweise zu vermischen. Margarita roch die unterschiedlichen Zutaten, deren Aroma sich im Raum verflüchtigte, und fragte sich, wie wohl aus diesem penetranten Geruch ein angenehmes Parfüm entstehen sollte. Doch der Händler bewegte seine Hände geschickt und schnell, führte alles in einem gläsernen Röhrchen zusammen, gab etwas Öl hinzu und tröpfelte ihr die Flüssigkeit in einen kleinen, schlichten, dunkelroten Glasflakon.

„Wenn ich Euch nochmals um Eure Hand bitten dürfte, Signorina?"

Langsam hob sie ihren rechten Arm. Er schob den Ärmel ihres Kleides vorsichtig nur wenige Zentimeter nach oben, nahm den Flakon und tröpfelte ihr behutsam eine winzige Menge des Duftes auf die entblößte Haut über ihrem Handrücken. Margarita spürte, wie ein wohliger Klang ihren Körper durchrauschte. Der Duft ließ eine Saite in ihrem Gemüt erklingen, die sie selbst nie bewusst wahrgenommen hatte. Wie ein Kleid legte sich dieses Parfüm um sie und verschmolz mit ihr zu einem Bündel duftender Freude. Soviel Glück glaubte sie nie zuvor gespürt zu haben! Wie eine Droge rauschte der Geruch durch ihren Körper und hypnotisierte sie fast. „Mein Gott, so etwas habe ich nie zuvor gerochen. Ihr seid ein wahrer Zauberer!"

„Geht sorgsam mit dem Fläschchen um, und benutzt nur äußerst wenig davon. Dann entfaltet es die stärkste Wirkung."

Sie bedankte sich bei dem alten Mann für das Parfüm, nahm das kleine Fläschchen, das sie zwischen ihrem Busen verstaute und verließ wie betäubt den kleinen Laden. Selbstvergessen überlegte sie vor der Ladentür, warum sie eigentlich in die Parfümerie gegangen war, und was sie ursprünglich in der Stadt gewollt hatte, bis ihr nach einiger Zeit einfiel, dass sie eine Verabredung bei der Schneiderin hatte und am Abend noch ein Konzert singen musste. Sie beschleunigte ihre Schritte und warf sich wieder in den Trubel der Gassen.

Der alte Händler blickte ihr indes gedankenverloren nach und hoffte, dass sie nicht das Schicksal ereilen würde, das er wenige Minuten zuvor in ihrer Hand gelesen hatte.

Maskenball

Giovannis Gondel näherte sich am Nachmittag langsam dem Palazzo Foscari, in dem sich der Welfenfürst Ernst August von Braunschweig mit seinem Gefolge für die Karnevalszeit eingemietet hatte. Dabei staunte Giovanni nicht wenig über den stattlichen Palazzo, der zu den größten und prachtvollsten Gebäuden am Canal Grande zählte. Die sächsische Delegation wohnte dagegen im Palazzo della Torre regelrecht bescheiden und unauffällig. Der gotische Bau, auf den er nun zusteuerte, wirkte mit seinen marmornen hohen Fenstern wie ein Palast aus dem Orient, auf dessen langen Balkonen sich schon erheiterte Gäste unterhielten und den Ankommenden beschwingt zuwinkten. Auf dem Wasser tummelten sich einige Bote, die auf den großen Torbogen des Palazzo Foscari zusteuerten. Der Gesang der Gondolieri wehte über die seichten Wellen und verbreitete eine ausgelassen heitere Stimmung, die Giovanni schwelgen ließ. Schließlich lenkte sein Gondoliere sicher in die hohe Torbogeneinfahrt ein, und die Klänge des Kanals traten in den Hintergrund.
Nachdem Giovanni ausgestiegen war, überwältigte ihn die Pracht des Palazzo. Eine große, steinerne Treppe, die mit edlen Teppichen bedeckt war, führte ins erste Obergeschoss. An den Wänden waren großflächige Gemälde und Fresken angebracht, deren Figuren aus der römischen Mythologie den Ankömmling mit ihren Augen regelrecht fixierten und zu durchdringen schienen.
In der ersten Etage befand sich ein großer Raum, in dessen Mitte eine üppige Tafel gedeckt war. Wieder buhlten unzählige Gemälde um die Aufmerksamkeit des Betrachters, sodass

man kaum wusste, wohin man sein Auge lenken sollte. Die großen Fenster reichten bis zum Boden und dienten als offene Durchgänge zum langen Balkon, von dem man einen überwältigenden Ausblick über den Canal Grande genießen konnte. Im Raum standen viele Gäste verteilt, unterhielten sich und hatten noch nicht an der Tafel Platz genommen. Ein Diener trat auf den Neuankömmling zu. „Willkommen im Palazzo des Herzogs von Braunschweig. Wen darf ich melden?"
„Giovanni Conte di Hoyerswerda aus Sachsen. Ich bin auf Einladung des Herzogs hier."
„Sehr wohl, Signore. Bitte folgt mir."
Der Diener führte ihn durch den großzügigen Raum zum Balkon, und Giovanni begrüßte im Vorübergehen mehrere Nobili, die er im Zuge der Militärverhandlungen bereits kennengelernt hatte. Auf dem Balkon stand der schon etwas ältere Herzog von Braunschweig, der vertieft in ein Gespräch mit mehreren Damen war. Er trug eine dunkelblonde Perücke und einen weißen Spitzenkragen über dem blauen Wams, wie es nach französischem Vorbild nun Mode war.
Der Diener meldete den Gast an und der Herzog blickte überrascht auf. „Da kommt ja unser sächsischer Conte!" Er begrüßte Giovanni mit einer herzlichen Umarmung und zwinkerte ihm kurz zu. „Meine Damen, darf ich vorstellen: Giovanni Conte di Hoyerswerda aus Sachsen – mein starker und unschlagbarer Begleiter im Kampf gegen die Osmanen."
Giovanni verbeugte sich leicht.
„Ihr übertreibt, Durchlaucht. Nur mit Euch an meiner Seite konnte sich mein Schwert siegreich gegen die Türken erheben, und der Glanz der Euch umgebenden Damen bestätigt nur Eure entwaffnende Wirkung, die sich nicht allein auf die Kriegskunst beschränkt."
„Euer Schmeicheln ehrt mich. Darf ich Euch die Dame meines Herzens vorstellen, Conte?"
Giovanni hatte schon gehört, dass der Herzog seit Langem eine Schwäche für eine gewisse Dame hegte, die im Laufe

seiner Regentschaft zur Mätresse aufgestiegen war und großen Einfluss auf ihn ausübte.

Der Herzog wandte sich an die edel gekleidete Dame zu seiner Linken, die interessiert dem Gespräch gelauscht hatte. „Dies ist Clara Gräfin von Platen, Hofdame meiner Gattin Sophie. Ihr Mann ist mein getreuer Hofmarschall. Beide erfüllen ihre Dienste mit äußerster Zuverlässigkeit und Hingabe."

Die doppeldeutige Anspielung in seinen Worten war nicht zu überhören gewesen. Auch die Gräfin quittierte sie mit einem vielsagenden Lächeln.

Giovanni begrüßte die herzogliche Mätresse mit Handkuss, während sie ihn von oben bis unten musterte.

Der Herzog von Braunschweig betrachtete hingegen seine Mätresse mit Wohlwollen. Sie trug ein scharlachrotes Samtkleid und sah mit ihren 37 Jahren noch äußerst attraktiv aus. Clara war für ihn zur beständigen Begleiterin geworden und wusste immer genau, wonach er verlangte. Ihre Erfahrung und Weitsicht hatte sie Gelassenheit gelehrt. Und sie wusste, dass sie ihre Position bei Hofe nur halten konnte, wenn sie den Herzog an der langen Leine laufen ließ. Deshalb schenkte sie ihm gleichsam die Freiheit, in Venedig seinen Neigungen beim weiblichen Geschlechte nachzugehen und sich völlig auszuleben.

„Wie ich hörte, verkauft auch Ihr tatsächlich Eure Truppen für den Türkenfeldzug an Venedig?", wandte sich der Herzog an Giovanni.

„Da habt ihr richtig gehört. 3.000 Mann werden bald aus Sachsen in Richtung Dalmatien aufbrechen, zu Euren Truppen stoßen und hoffentlich siegreich heimkehren."

„Ja, ich habe bereits im Dezember letzten Jahres einen Vertrag mit Venedig unterschrieben. Meine 7.000 Rotröcke werden noch im März an die Adria kommen, um nach Dalmatien zu ziehen. Und vereint werden unsere Soldaten ein schlagkräftiges Heer abgeben!"

Bereits im Vorfeld hatten sich der sächsische Kurfürst und

der Herzog von Braunschweig über einen eventuellen Feldzug mit Venedig verständigt, da sie wussten, dass sie nur gemeinsam gegen die Türken gewinnen konnten. Obwohl sich in Dresden der Generalfeldmarschall Flemming vehement gegen den Verkauf von Soldaten stemmte, weil er jederzeit eine Invasion Frankreichs befürchtete, wollte Giovanni schon allein aufgrund seines unerschütterlichen christlichen Glaubens den Venezianern beistehen. Denn das türkische Heer war derart grausam, skrupellos und todesmutig, dass nur eine Vielzahl von gut ausgebildeten Kriegern, die fest im Sattel des christlichen Glaubens saßen, dieses Heer zurückdrängen konnte. Giovanni war besonders betroffen gewesen, als der türkische Feldherr Kara Mustafa Pascha nach der verlorenen Schlacht am Kahlenberg auf Befehl des Sultans mit einem Seidentuch erdrosselt worden war. Man erzählte sich, dass dessen Schädel anschließend gehäutet und ausgestopft zum Sultan gesandt wurde, damit sich dieser vom tatsächlichen Tod seines gescheiterten Feldherrn überzeugen konnte.

„Der Prinz von Savoyen, mit dem Ihr in Wien gegen die Türken gekämpft habt, wird heute Abend ebenfalls beim Maskenball zugegen sein. Wie ich hörte, beschäftigt sich der junge Feldherr im Moment mit dem Machtgebaren Frankreichs. Und hier in meinem Palazzo wird sich doch sicher eine Möglichkeit finden, ungestört miteinander zu plaudern. Ihr wisst ja, dass Venedig voll von Spionen ist, die nur darauf lauern, die nächste Sensation zu verkaufen. Und vor allem Ludwig XIV. wittert überall Verschwörung und wird nicht ruhen, bis er mit allen einen Nichtangriffspakt unterzeichnet hat.“

Der Herzog nippte kurz an seinem Weinglas, während Giovanni nachdachte. „Für uns wird es also immer etwas zu kämpfen geben. Wenn wir erst die Türken verjagt haben, wartet schon der nächste Feind im Westen!“

In politischen Fragen war sich Giovanni mit dem Herzog von Braunschweig absolut einig. Doch heute wollte er eigentlich nicht an Politik denken, sondern sich vor allem von den Gedanken an die Primadonna und seiner Erinnerung an den peinlichen Auftritt in den Gassen der Stadt befreien. „Aber das ist Politik und wir wollten uns doch heute bei Euch amüsieren?!", entgegnete er deshalb dem Herzog.

Dieser lächelte gekonnt und wusste, dass heute alle ganz sicher auf ihre Kosten kommen würden. Er hatte ein Orchester mit talentierten, jungen Mädchen eingeladen und eine besondere Überraschung für seine Gäste vorbereitet.

„Wie ich hörte, wart ihr von Margarita Salicola in der Oper ‚Penelope la casta' ganz begeistert – ein Werk, das Maestro Pallavicino übrigens mir gewidmet hat", fuhr der Herzog beiläufig fort. „Ich war davon so entzückt, dass ich gedenke, in Hannover ein neues Opernhaus zu errichten. Hier habe ich mich schon so an die täglichen Opernabende gewöhnt, dass ich ohne diese glanzvolle Lustbarkeit gar nicht mehr nach Hause zurückkehren möchte!"

„Das Werk ist Euch gewidmet worden? Womit habt Ihr denn diese Ehre verdient?", fragte Giovanni. „Vielleicht habt Ihr schon gehört, dass auch Sachsen plant, die Oper wiederzubeleben. Das große Opernhaus wird momentan kaum genutzt, da uns die italienischen Musiker bisher zu kostspielig waren. Doch das wird sich nun bald ändern. Und Pallavicino zählt natürlich zu den Favoriten für das Amt des Kapellmeisters."

„Ich hörte schon davon. Vielleicht müssen wir uns dann um die Gunst des Maestros duellieren?"

Beide Männer lachten. „Es geht sogar das Gerücht um, dass Ihr Sängerinnen nach Dresden engagieren wollt. Habt Ihr Euch das gut überlegt, Durchlaucht?", fragte der Herzog mit unverhohlener Neugier. „Jeder Herrscher, der etwas auf sich hält, leistet sich heutzutage natürlich italienische Musiker. Aber Frauen auf einer Bühne außerhalb Venedigs singen zu lassen, halte ich für sehr gewagt."

„Euer Einwand ist durchaus berechtigt. Es wird sicher noch

Jahre dauern, bis eine Weibsperson nördlich der Alpen in einem Opernhaus singen wird, aber vielleicht ist es ja auch hübsch, weibliche Stimmen in der Kammermusik einzusetzen?"

Die gekonnte Antwort Giovannis zwang dem Herzog ein weiteres Lächeln ab, dessen Gedanken schon bei seiner abendlichen Überraschung waren. Ein Diener reichte Giovanni einen Becher Rotwein, den er dankend annahm. Die Männer stießen an, und der Herzog bat anschließend die gesamte Festgesellschaft zu Tisch.

Es gab eine genau festgelegte Sitzordnung, wobei Giovanni neben der Mätresse des Herzogs zum Sitzen kam.

„Ihr genießt die Zeit in Venedig?", fragte er die beherrscht wirkende Dame.

„Mein Genuss besteht in der gänzlichen Befriedigung der Wünsche anderer, wobei ich gern als Werkzeug des Glückes diene", antwortete Clara in einem Ton zwischen Ernsthaftigkeit und Zynismus.

„Entschuldigt meine Direktheit, doch wie ich hörte, hatte der Herzog sogar vor, sich Euretwegen scheiden zu lassen."

„Eine Scheidung kommt keinesfalls in Frage, auch wenn sie sicher gerechtfertigt wäre. Sophie ist eine langweilige Gattin, die ihrem Mann keinerlei Freude schenkt, sondern ihn nur mit Vorwürfen überhäuft."

„Sie duldet also sein freizügiges Leben mit Euch hier in Venedig nicht?", fragte Giovanni voller Neugier.

„Wo denkt Ihr hin?! In einem Brief hat sie ihm erst vor kurzem ihren Standpunkt dargelegt, da sie ohnehin nur schriftlich miteinander kommunizieren. Wenn ich zitieren darf?"

Giovanni nickte kurz und wartete gespannt auf die Worte einer gekränkten Gattin, die eine Mätresse an der Seite ihres Mannes erdulden muss.

„In Venedig denkt man immer nur an Liebesangelegenheiten, und Damen halten sich für entehrt, wenn sie keine Verehrer haben. Koketterie und schamlose Lust sind die Moral Italiens, für mich hingegen sind sie ein Verbrechen. Und Ihr seid mit Eurem Treiben der schändlichste Verbrecher, da Ihr die aufrichtige Liebe und Achtung Eurer Gattin vor aller Augen mit Füßen tretet."

„Der Herzog scheint eine kluge Frau zur Gattin zu haben", antwortete Giovanni nachdenklich.

Clara hingegen konnte bei diesen Worten nur lachen. „Jede halbwegs erfahrene Frau weiß, wie man Männer glücklich macht, und wenn man sich dem nicht fügt und unterordnet, muss man eben mit den Konsequenzen leben."

Die Direktheit der Mätresse verwirrte Giovanni, der im Moment keine Debatten über moralische Fragen führen wollte. Er dachte erneut an seinen spontanen Kuss mit Margarita und begriff, dass in Venedig kein Mann nach moralischen Grundsätzen handelte – hier nahm man sich, was man begehrte und meistens zahlte man nicht einmal dafür. Deshalb entschied er sich, das Gespräch in eine andere, harmlosere Richtung zu lenken und sprach über das Wetter.

Nach dem Festmahl, das mehrere Stunden dauerte, zogen sich die Gäste in separate Räume zurück, um sich für den Maskenball vorzubereiten. Die Diener des Herzogs von Braunschweig hatten die entsprechenden Taschen und Koffer von den Gondeln hereingetragen und in den Zimmern die Kostüme bereitgelegt. Auch Giovanni legte seine Verkleidung an und wollte als Kriegsgott Mars auf dem Maskenball Eindruck hinterlassen. Er legte eine römische Rüstung mit einem langen scharlachroten Mantel an, der seinen muskulösen Körper vorteilhaft zur Geltung brachte. Unter seinem Helm trug er eine schlichte, dunkle venezianische Maske, die sein Gesicht bedeckte und den Abenden in Venedig diesen unwiderstehlichen Reiz verlieh. Niemand würde ihn erkennen, und auch er stand einer Masse unbekannter Personen gegenüber. Über den Canal Grande legte sich schon die Dämmerung, als im Palazzo Foscari unzählige Kerzen und Fackeln angezündet wurden, die das Haus in einen Märchenpalast aus magischem

Licht verwandelten. Die Masken trafen sich im großen Saal des zweiten Obergeschosses, wo eine Tanzfläche einladend auf die Gäste wartete. Die Paare reihten sich hintereinander auf, und die vorgegebenen Tanzfolgen wurden nach der Musik des exzellenten Mädchenorchesters abgetanzt.

Giovanni gab sich dem Rausch des Vergnügens hin und wählte je nach Belieben eine Göttin Diana oder eine zum Schwan verwandelte Dame als Tanzpartnerin, mit denen er versuchte, Margarita zu vergessen. Die Masken halfen ihm dabei, denn er konnte sich der Illusion hingeben, dass hinter jeder Verkleidung Margarita verborgen sein konnte.

Der Herzog von Braunschweig hatte als Gastgeber die Verkleidung eines wilden Ebers gewählt und trug um den Hals eine opulente Kette aus dem Gewaff mehrerer Keiler. Seine lederne Weste roch nach Wald und Wild und ließ bei Giovanni die Vermutung aufkommen, dass er die Kleidung tatsächlich bei einer seiner letzten Jagden in den hessischen Wäldern getragen hatte. Während des Tanzes hielt der Herzog plötzlich und unerwartet inne und klatschte laut zweimal mit seinen Händen in die Luft. Augenblicklich stoppte die Musik und die Tänzer blieben stehen. Alle Augen wanderten jetzt zur großen, doppelflügeligen Tür in der Mitte des Saales, durch die eine große, hölzerne und prächtig bemalte Muschel von mehreren Männern unter dem Raunen der Festgesellschaft hereingezogen wurde. Ein Diener trat vor und schlug mit einem langen Stab dreimal laut auf den Boden.

„Hochverehrte Gäste! Seine herzogliche Hoheit Ernst August von Braunschweig ist entzückt, Euch ein besonderes Geschenk präsentieren zu können, dass Ihr nur heute Abend und hier im Palazzo Foscari in dieser Form erleben werdet."

Der Diener klopfte erneut dreimal auf den Fußboden, trat zur Seite und das Orchester begann wieder zu spielen. Die Musik schwoll vorsichtig an, während sich die Muschel langsam öffnete. Im Kerzenschein konnte man erkennen, dass im Inneren des Muschelraumes eine Frau lag. Ihr langes, helles

Haar bedeckte ihren ganzen Körper, der nur in ein leichtes, weißes Gewand aus fließender Seide gekleidet schien. Über und über bedeckten Perlen ihre Glieder und in das glänzende Haar waren blaue Bänder geflochten. Wie in Trance schien sie sich grazil emporzuheben, bis sie gleich einer Aphrodite aus der Muschel emporwuchs und vor den erstaunten Gästen stand. Sie trug eine perlenbestickte Maske im Gesicht und das lange Haar bedeckte ihren sichtlich schönen Körper wie ein schützender Mantel. Die Musik wurde lauter, bis sich die Lippen der unbekannten, maskierten Schönheit öffneten und sie zu singen begann.

Giovanni erschrak, denn er glaubte die Stimme Margaritas zu hören. Nach kurzem Zögern begriff er, dass es keine Einbildung war, sondern dass es sich tatsächlich um die Primadonna handeln musste; das ungewöhnlich helle Haar und ihre Stimme verrieten sie. Wie ein göttliches Wesen erfüllte sie den Raum mit Klang. Geschmeidig glitten die Töne aus ihrer Kehle, während alle Augen gebannt auf ihren jungen Körper starrten. Giovanni wollte zu ihr gehen und sie berühren, um sich zu überzeugen, dass kein Trugbild vor ihm stand. Doch unter den Blicken der vielen Augen getraute er sich nicht vom Fleck. Erstarrt blickte er auf das Objekt seiner Begierde, das nur wenige Meter vor ihm stand und sang wie ein Engel. Fast unbemerkt trat der Herzog von Braunschweig von hinten an ihn heran. „Habe ich uns da nicht ein hübsches Spielzeug für den Abend kommen lassen?", fragte er mit flüsternder Stimme. „Sie hat eine hübsche Summe gekostet, doch etwas Besseres kann man in Venedig momentan nicht hören und auch nicht sehen..." Seine Stimme schien sich trotz des Flüstertons vor Ekstase förmlich zu überschlagen.

Giovanni verkrampfte sich innerlich und drohte, vor Eifersucht zu platzen. Er konnte es nicht ertragen, dass Margarita sich hier so offen für alle präsentierte, und dass jedes Auge an ihr klebte und lüstern ihren Körper verschlang. Am liebsten hätte er den Herzog gepackt und geschüttelt, doch dieser nahm die inneren Regungen und das Brodeln in Giovannis Gemüt nicht wahr.

„Leider soll sie für Angebote kaum empfänglich sein. Man munkelt sogar, dass sie noch Jungfrau sei…", fuhr der Herzog leise flüsternd fort.

Giovanni war entsetzt. Er hatte natürlich gewusst, dass sich in Venedig alles um Liebschaften drehte, doch dass hier in dieser sündigen Atmosphäre jeder die Frau, die ihm den Schlaf raubte, wie ein begehrenswertes Juwel begutachtete und über ihre Jungfernschaft spekulierte, machte ihn jetzt förmlich rasend. Nur mit großer Überwindung konnte er seine wahren Gedanken verbergen und musste sich förmlich auf die Zunge beißen. Vielleicht versuchte der Herzog sogar bewusst, ihn mit dieser Einlage zu provozieren? Oder hatte er der Primadonna vielleicht sogar schon ein Angebot für Braunschweig unterbreitet? Giovannis Gedanken überschlugen sich, während ihn der Gesang der schaumgeborenen Aphrodite völlig gefangen nahm. Sie hier in diesem Palazzo so nah vor sich zu wissen, sie betrachten und hören zu können, ohne sie berühren zu dürfen oder mit ihr zu sprechen, bereitete ihm fast unerträgliche Qualen. Wie gern würde er einfach danach zu ihr gehen und mit ihr plaudern, doch sein übergriffiges Verhalten am Morgen würde jegliche Annäherung verhindern. Selbst als glorreichen Mars würde sie ihn sicher an seiner Stimme erkennen und zurückweisen. Er musste lernen, sich in Geduld zu üben und sich zurückzunehmen, um diesen kostbaren Schatz tatsächlich später gänzlich für sich allein gewinnen zu können.

Die Musik verstummte, während die Primadonna in die sich langsam schließende Muschel zurücksank und von den Dienern wieder vorsichtig aus dem Saal gezogen wurde. Das ganze Spektakel hatte nur kurz gedauert, doch alle wirkten wie verzaubert und waren durch die Anmut des Momentes in ein bannendes Staunen versetzt worden. „Brava"-Rufe begleiteten die Sängerin deshalb auf dem Weg nach draußen.

„Ich muss mich leider entschuldigen, um der holden Aphrodite meine Aufwartung zu machen", bemerkte der Herzog gegenüber Giovanni und folgte der fahrenden Muschel in den angrenzenden Raum.

Giovanni wollte ihm am liebsten folgen, doch das hätte zu viel Aufsehen erregt und den Herzog womöglich misstrauisch gemacht.

Im Nachbarraum entstieg indessen Margarita ihrem engen Versteck und war froh, dass dieser außergewöhnliche Auftritt einigermaßen ästhetisch und problemlos vonstattengegangen war. Sie entfernte gerade die Bänder aus ihrem Haar, als der Herzog auf sie zutrat.

„Ihr ward großartig und habt meinen ganzen Palazzo verzaubert!", begann er voller Bewunderung seinen Annäherungsversuch. Seine Worte klangen dabei etwas affektiert und aufgesetzt. „Ich bedauere sehr, dass wir uns nicht schon früher hier in Venedig begegnet sind. Eine derartig außergewöhnliche Sängerin hätte ich ohne Zögern als huldvolle Perle in mein Gefolge aufgenommen. Wahrscheinlich gibt es aber jetzt schon andere Bewerber um Eure Gunst, doch falls Ihr Interesse an einem Intermezzo haben solltet...?"

„Mich überrascht Euer direktes Werben, Durchlaucht, doch bevorzugt die Perle den Ort ihrer Herkunft – eine verschlossene Muschel, die sich nur öffnet, um im Glanze der Musik zu erstrahlen", antwortete Margarita etwas schnippisch. Sie kannte genügend Männer seines Schlages, die bereits fortgeschrittenen Alters waren und sich am Brunnen weiblicher Jugend gesund trinken wollten. Auch im Theater hatte sie solche Verehrer zuhauf kennenlernen dürfen.

Ihre Ablehnung entfachte allerdings den Jagdinstinkt des Herzogs nur noch stärker.

„Um Perlen zu einer schönen Kette zu binden, muss man sie aus dem Gefängnis ihrer Schale befreien. Nur so können sie in voller Pracht vor der ganzen Welt glänzen und bewundert werden", entgegnete er ihr mit einem vielsagenden Lächeln.

„Ich trage grundsätzlich keine Perlen, sondern bevorzuge
Steine“, antwortete Margarita mit noch kühlerem Unterton.
Der alternde Herzog musste sich eine neue Taktik überlegen,
um diese für ihn durchaus reizvolle Festung zu erobern.
„In meiner Sammlung befinden sich ausnehmend schöne
Edelsteine, die durch meinen Goldschmied kunstvoll gefasst
wurden und die sicher auch Euch gut kleiden würden.“
Als sie wiederum nicht reagierte, lenkte er das Gespräch in
eine philosophischere Richtung. „Aber vielleicht seid Ihr eine
Idealistin und Verfechterin der schönen Künste, Signorina?“
Margarita, die eigentlich schnellstmöglich in ihr Quartier zurückkehren wollte, und keinerlei Interesse an diesem Mann
hatte, bemühte sich trotz allem um Freundlichkeit. Immerhin
hatte dieser deutsche Herzog ihr ein anständiges Honorar für
den Abend gezahlt und damit ein neues Kleid finanziert.
„Natürlich verehre ich die Künste, doch sie sollten nicht nur
der verschwenderischen Prunksucht, sondern vor allem der
inneren Erbauung dienen.“ Ihre Worte mit leicht belehren-
dem Unterton sollten das Gespräch eigentlich beenden, doch
der Herzog ließ sich nicht abbringen.
„Ist denn nicht alle Kunst letztendlich Verschwendung? Wir
brauchen sie nicht, um überleben zu können, sondern ergöt-
zen uns an ihrer Schönheit und lassen uns zu sehnsüchtigen
Träumen inspirieren“, entgegnete er mit einem Hauch von
ehrlicher Melancholie in der Stimme.
„Die Künste und vor allem die Musik entspringen einem tiefen
Drang des Menschen, seinen Gefühlen Ausdruck zu verleihen
und zählen zu einer der wichtigsten Fähigkeiten, die uns von
den Gebaren der Tiere unterscheidet – eine Fähigkeit, die
übrigens vor allem Männern oft abhandenkommt“, entgegnete Margarita wieder spitzer.
Der Herzog wurde durch den scharfen Ton ihrer Zunge wie
aus einer Erinnerung gerissen und begriff, dass er an diesem
Abend keinen Erfolg haben würde. „Verzeiht, wenn ich Euch
zu nahe getreten bin. Ich sehe schon, Ihr seid eine Frau von

Geist und Ehre. Doch Euer Gesang hat mich so beglückt, dass ich Euch trotzdem noch ein Geschenk überreichen möchte, dass ich extra für Euch hier in Venedig erworben habe."

Er rief einen Diener herbei, der augenblicklich mit einem Bild hinzutrat. Margarita betrachtete die darauf abgebildete, liegende Venus, die kunstvoll und sehr realistisch nackt gemalt worden war, während der Herzog den Sinn des Gemäldes zu erklären versuchte.

„Ihr seht hier die Königstochter Danae. Sie wurde von ihrem Vater in ein tiefes Verlies gesperrt, weil ihm ein Orakel geweissagt hatte, dass seine Enkel ihn eines Tages töten würden. Da sie seine einzige Tochter war, hielt er sie von der Welt fern, damit sie nie empfangen könne. Zeus sah aber die schöne Maid und begehrte sie so sehr, dass er sich in einen Goldregen verwandelte, der durch das Dach des Gefängnisses zu ihr herabrieselte und sie heimlich im Schlaf beglückte."

Der Klang des Orchesters drang mit heftigen Akkorden durch die Wände und wirkte wie ein mahnendes Omen. Margarita verstand sehr wohl, warum der Herzog ihr dieses Gemälde schenkte und wandte sich entsetzt von der plumpen Botschaft ab. Sie konnte seinen Geruch nach Wild und Blut riechen und fühlte sich innerlich noch stärker abgestoßen. Aber vielleicht würde sie das Bild ja teuer verkaufen können?

„Ich danke Euch für Euer großzügiges Geschenk, doch werde ich bereits an anderer Stelle erwartet und muss Euer Fest leider schnellstmöglich verlassen. Bitte schickt mir das Gemälde ins Theater", antwortete sie deshalb.

„Vielleicht sehen wir uns an anderer Stelle nochmals wieder und Euer Sinnen hat sich gewandelt?!" Mit einer gekonnten Verbeugung und betonter Zurückhaltung nahm er ihre Hand, gab ihr einen Handkuss und wandte sich zum Gehen, denn im Moment schien die Schlacht um diese Schönheit eindeutig verloren. Er würde erneut seinen Astrologen befragen müssen, wie er am besten in diesem Falle vorgehen sollte und ob bei dieser Frau überhaupt noch Hoffnung bestand.

Giovanni hingegen hatte seine Blicke nicht von der Tür wenden können, durch die Margarita gemeinsam mit dem Herzog entschwunden war. Er zählte die Augenblicke und stellte sich die wildesten Szenarien vor. Umso erleichterter war er, als bereits nach kurzer Zeit der Herzog von Braunschweig wieder zu seiner Festgesellschaft stieß und völlig gefasst wirkte. Giovanni trat auf ihn zu, um Näheres zu erfahren.

„Ihr habt uns tatsächlich ein großes Geschenk gemacht, Durchlaucht."

„Ahnte ich doch, dass ich Euren Geschmack treffe. Doch glaubt mir, bei dieser Frau kommt man nicht so leicht zum Zuge. Da muss man Geduld und eine kluge Taktik mitbringen. Vielleicht lade ich sie irgendwann zu einem Privatkonzert aufs Land ein, wo wir ungestörter sind. Ihr könntet wie zufällig auch anwesend sein und mir bei meinem Werben helfen. Schließlich seid ihr etliche Jahre jünger als ich und verfügt wahrscheinlich über Qualitäten, die einer derartigen Perle würdig sind..."

„Ihr wünscht, dass ich Euch bei dieser Eroberung auch noch behilflich bin?" Der leicht vorwurfsvolle Unterton in Giovannis Stimme entging dem Herzog nicht. „Nur wenn es Euch nicht zu viel Mühe macht. Aber es scheint, Ihr verfolgt auch eigene Interessen?"

Giovanni wollte seine Souveränität gegenüber dem Herzog nicht aufgeben. „Im Moment steht mir nicht der Sinn nach derartigem Treiben. Meine Gattin vertraut voll auf meine Treue, und ich werde sie nicht enttäuschen."

„Eure Gattin weilt in der Ferne und Ihr genießt die Früchte nicht, die Euch hier in den Schoß fallen? Durchlaucht, Ihr solltet die Chancen ergreifen, die sich Euch bieten! Seht mich an: Ich bin ein alter Mann und versuche mein Glück, wo ich kann. Und wenn Gold die Lösung ist, so biete ich den Frauen Gold! Wer weiß schon, wieviele Jahre uns noch bleiben! Diese Zeit sollten wir in vollen Zügen genießen und die Frauen beglücken!"

„Was sagt denn Eure Gattin zu diesen Worten?", entgegnete Giovanni.

„Sophie? Wollt Ihr mir etwa auch noch ein schlechtes Gewissen einreden?", entgegnete der Herzog. „Ich habe meine Gattin stets respektvoll behandelt, und sie hat mir viele gesunde Nachkommen geschenkt, aber als Mann und Herrscher habe ich doch das unbedingte Recht und die Pflicht, meinen Samen noch weiter zu streuen. Auch Ihr solltet über eine Mätresse nachdenken, damit Ihr nicht griesgrämig werdet!"

Der Herzog klopfte Giovanni auf die Schulter und führte ihm eine Dame zu, die den nächsten Tanz mit ihm antreten sollte. Giovanni wusste nichts mehr zu antworten und wollte eigentlich den Maskenball schnellstmöglich verlassen, doch in seinem Kopf hallten die Worte des Herzogs noch nach, und er gab sich ohne weiteres Nachdenken dem bunten Treiben der venezianischen Nacht hin.

Zwischenfall

Giovanni erwachte und musste sich zunächst orientieren. Er wusste nicht, in welchem Bett er lag und erkannte nur schemenhaft, dass es sich um ein prunkvolles Schlafgemach handelte. Wahrscheinlich hatte er dem Wein zu stark gehuldigt und dadurch die Erinnerung verloren. Sein Schädel brummte und nur langsam kam ihm wieder ins Bewusstsein, dass er auf dem Maskenball des Herzogs von Braunschweig eingeladen war. In seiner Erinnerung traten Fetzen eines leidenschaftlichen Abends zutage, bei dem er Margarita singen gehört hatte. War sie ihm dann in seine Schlafkammer gefolgt? Hatte er sie sogar leidenschaftlich geküsst und umarmt oder war dies nur ein Traum gewesen?

Bei einem Blick zur Seite sah er, dass er diese Nacht tatsächlich nicht allein verbracht hatte, doch neben ihm lag nicht Margarita, sondern eine ihm unbekannte junge Schönheit, die er im Moment jedoch keinesfalls kennenlernen wollte. Er raffte seine Sachen zusammen und verließ schnellstmöglich das Schlafgemach, um sich im Nebenraum anzukleiden. Danach trat er auf den Flur, wo mehrere Diener bereitstanden. Sie verneigten sich höflich. „Guten Morgen, Durchlaucht. Wir hoffen, Ihr habt wohl geruht."

„Die Betten waren etwas hart", erwiderte Giovanni irritiert.

„Im Saal ist bereits das Frühstück serviert. Wenn Ihr mir bitte folgen wollt."

Ein Diener trat voran, und Giovanni folgte ihm in den Saal des ersten Obergeschosses, wo bereits die lange Tafel gedeckt worden war und zahlreiche Gäste vom Vorabend Platz genommen hatten. Der Geruch von Kaffee durchströmte den Raum und der Herzog von Braunschweig lächelte den Hereinkommenden wohlwollend an. „Ihr seht gut aus, obwohl Ihr dem Wein gestern Nacht in ungeahnten Maßen zugesprochen habt", begann der Herzog die Morgenbegrüßung.

Er hatte Giovanni die schöne Dame ins Schlafgemach kommen lassen, damit sich auch der Sachse anständig amüsieren konnte. In seinen Augen gehörte Giovanni zu den Männern, die ihr Leben ihren Idealen opferten und dabei sich selbst und den Spaß am Leben völlig vergaßen.

„Da Ihr mir geraten habt, das Leben in vollen Zügen zu genießen, habe ich mit dem italienischen Wein begonnen", entgegnete Giovanni.

In der Tischgesellschaft erhob sich zustimmendes Gelächter. Giovanni setzte sich auf den für ihn vorgesehenen Stuhl am anderen Ende der Tafel und ließ sich etwas von dem neumodischen, schwarzen Gebräu einschenken, dessen Duft den Raum schwängerte. Vielleicht schmeckte der Kaffee hier ja besser als die bitteren Zubereitungen, die er in Dresden probiert hatte. Der Herzog von Braunschweig riss das Gespräch wieder an sich und wandte sich an die anwesenden Frauen: „Meine Damen, ich hoffe, dass auch das weibliche Geschlecht mit dem gestrigen Abend mehr als beglückt wurde. Die schöne Venus hat doch alle einfach nur verzaubert. Wie ein Sahnehäubchen erschien mir dieses musikalische Bonbon und besonders das Mädchenorchester war doch einfach nur entzückend! Was würde ich dafür geben, ein solches Orchester in Hannover spielen zu hören!"

„Aber es besteht doch keinerlei Grund, der Euch hindert, diese Frauen in die deutschen Lande mitzunehmen", entgegnete Giovanni vom anderen Ende der Tafel.

„Um Gottes willen! Wollt ihr, dass ich einen Skandal lostrete und in der Hölle lande? Auch wir Lutheraner können es uns nicht leisten, gegen derartig alte Gesetze vorzugehen und Frauen als Musiker zu beschäftigen. Nur weil in Venedig alles ein wenig anders ist, können wir doch nicht Sodom und Gomorrha in unseren Ländern einziehen lassen! Und was soll der Hofstaat von mir denken? Dass ich einen Harem mitgebracht habe?"

Am Tisch wurde ausgiebig gelacht, während man gekonnt an Kaffeetassen nippte und das Frühstück fortsetzte.

Nur wenige Stunden später saß Giovanni am Abend mit seiner Gefolgschaft in der gleichen Loge wie bereits zwei Tage zuvor, um die Klänge von Pallavicinos Oper „Penelope la casta" noch einmal in sich einzusaugen. Neben ihm hatten Lucio della Torre mit seiner Gemahlin Eleonore, Generalmajor von Reuß, Oberkämmerer von Polheim, Kammerherr von Miltitz, der Kämmerer von der Sahla und Generaladjutant von Pflug Platz genommen. Aus der Nachbarloge grüßte der Herzog von Braunschweig freundlich den Sachsen zu.

Das Theater war vollkommen überfüllt, und viele Gäste trugen Masken, um nicht erkannt zu werden. Sie wandelten in den Gängen, aßen, tranken, lachten und vertrieben sich die Zeit in den Spielzimmern. Krämer verteilten Gebäck und Getränke, und manch frecher Gruß drang aus dem Stehparkett zu den Logen, wo vor allem die Patrizier mit ihrer Begleitung Platz genommen hatten. Die Stimmung war ausgelassen, laut und energiegeladen.

Giovanni war mit zwei Ministern des Senats verabredet, die er beim Herzog von Braunschweig kennengelernt hatte. Offiziell war es den venezianischen Nobili zwar verboten, mit ausländischen Gesandten zu sprechen, doch getarnt in Masken und verborgen im Rausch des Theaterspektakels konnte das Unmögliche möglich gemacht werden. Der Opernabend dauerte mehrere Stunden, und auf ein Handzeichen der Minister hin verließ Giovanni gemeinsam mit Reuß die Loge und besprach in einem der Spielzimmer diskret die letzten Details des Militärvertrages. Normalerweise vertrieb sich Giovanni in diesen Räumen die Zeit beim Glücksspiel, wobei ihm Fortuna das letzte Mal die dreifache Summe seines Einsatzes geschenkt hatte, doch heute war ihm nicht nach einer derartigen Ablenkung zumute. Zu wichtig waren diese Verhandlungen, da die Summe, die Sachsen letztendlich erhalten sollte, noch nicht offiziell feststand. Venedig hatte Geldprobleme und wollte deshalb so wenig wie möglich für die sächsische Armee bezahlen. Giovanni war als Verhandlungsführer aber nicht bereit, in seinen Forderungen zurückzustehen, da die Sachsen die Schmach von Wien bis heute nicht verwunden hatten.

Letztlich regelte sich auch alles zu seinen Gunsten. Er war erleichtert, als er sich wieder zu Lucio della Torre setzen konnte und seine Aufmerksamkeit endlich ganz der Handlung und der Musik der Oper galt.

Die meisten Sänger auf der Bühne standen vorn an der Rampe und bewegten nur ihre Arme in einer grazilen Zeichensprache, die jeder verstehen konnte. Das Publikum grölte aber lautstark, wenn die Sänger aus ihrer Rolle heraustraten und direkt die Zuschauer ansprachen. Die ganze Szenerie wirkte dann wie ein Jahrmarktstreiben mit Musik. Manchmal lockerte ein Ballett die Handlung auf, doch Giovanni wartete nur auf die Primadonna. Dabei gestand er sich ein, dass der Gesang der Kastraten ebenfalls eine gewisse Faszination auf ihn ausübte, obwohl er diesen Zwitterwesen an sich keine Begeisterung entgegenbringen konnte. Der Verlust der Männlichkeit schürte in ihm Ängste, die er tunlichst zu verdrängen suchte.

Jeder im Theater wartete gespannt auf den Auftritt der Salicola. Als sie endlich auf die Bühne trat, verstummte jegliches Geräusch im Publikum und alle Blicke waren auf sie gerichtet. Im Zuschauerraum entstand eine Spannung, in der man das Fallen einer Nadel gehört hätte. Diese Ruhe wirkte beinahe beängstigend. Während des langsamen Orchestervorspiels schritt sie majestätisch auf die Bühne und trat mit geöffneten Armen nach vorn, wobei sie fast zu schweben schien. Ihr rotes Kleid wirkte wie ein leuchtendes Signal, und es war ganz deutlich in jeder ihrer kleinsten Bewegungen sichtbar, dass sie nicht eine Bühnenfigur verkörperte, sondern selbst Penelope war. Giovanni konnte seine Erregung kaum dämpfen und auch aus der Nachbarloge drang ein entzücktes Seufzen.

Noch bevor die Primadonna ihren ersten Ton gesungen hatte, glaubte Giovanni, vor Sehnsucht nach ihr vergehen zu müssen. Sie strahlte so viel Größe und Anmut aus, wie er es nie zuvor bei einer Frau erlebt hatte. Dann öffnete sie ihren Mund, und es perlten die herrlichsten Töne heraus. Giovanni spürte mit jeder Note seine wachsende Ekstase, fühlte das Vibrieren in seinem Körper und meinte in einem Rausch aus Klang und Musik zu versinken. Er starrte einfach nur auf dieses fleischgewordene Wunder. Wie verzaubert geriet er in den Bann ihrer Kehle und schwankte zwischen ungläubiger Faszination und gierigem Durst nach mehr. Immer höher schwangen sich ihre Koloraturen, bis sie in einem langen hohen Ton gipfelten, der zugleich wie eine Engelstrompete und ein kindlicher Urschrei klang. Nun hielt er es nicht mehr aus, sprang von seinem Sessel auf und verließ augenblicklich zum Erstaunen seiner Begleiter die Loge.

Schweißüberströmt lehnte er sich im Gang mit dem Rücken an eine Wand und atmete tief durch. Ihr sirenenhafter Gesang war ihm durch Mark und Bein gegangen und löste Gefühlswallungen in ihm aus, die er nie zuvor gespürt hatte. Er glaubte gar, die Kontrolle über sich selbst zu verlieren – dieser Zustand war trotz aller lustvollen Schauer für einen Mann wie ihn sehr beängstigend.

Masken glitten an ihm vorüber und starrten ihn mit kalten Augen an. Kammerherr von Miltitz kam leise hinter ihm aus der Loge. „Ist alles in Ordnung, Durchlaucht?", fragte er besorgt.

„Ich brauche nur etwas frische Luft. Gehen wir hinaus ins Freie, damit ich wieder klar denken kann."

Aus dem Zuschauerraum drang tosender Applaus. Giovanni hastete mit Miltitz an bunt kostümierten, nach schweren Parfüms riechenden Damen vorbei, zwängte sich durch die immer voller werdenden Gänge, bis er endlich nach draußen an die frische Luft treten konnte. Er genoss die Abkühlung und atmete tief durch. Fackeln erhellten den winzigen, kleinen Platz vor dem Theater. Giovanni schaute hinauf in den Himmel. „Glaubt Ihr an die Vorsehung, Miltitz?" Fragend blickte er seinen Kammerherrn an, der nachdenklich wurde.

„In dem großen Strudel der wirkenden Kräfte müssen wir glauben, dass alles einem vernünftigen Zwecke folgt. Und dabei obliegt allein Gott die Macht, unseren Weg zu lenken und zu leiten. Unser Schicksal ist bereits geschrieben, und wir treten auf Erden nur durch es hindurch, um zur göttlichen Vollkommenheit zu gelangen."

Giovanni war von Miltitz überrascht. Er hatte diesen treuen Freund aus altem sächsischen Adel bereits neun Jahre zuvor zu seinem Kammerherrn ernannt, und obwohl er wusste, dass Miltitz das Hofleben verabscheute, war dieser ihm immer ein unterhaltsamer und treuer Begleiter auf Reisen gewesen, der stets kluge Antworten zu geben wusste. Er würde ihn in Dresden mit einer höheren Position bedenken müssen.

„Ihr sprecht weise Sätze, Miltitz. Wisst Ihr, hier in Venedig beginne ich Dinge wahrzunehmen, die mir früher nichts bedeutet haben. Und mich wundert im katholischen Venedig besonders die überschweifende und sündige Lebensweise. In den vielen Kirchen wird zwar Frömmigkeit gepredigt, aber tagtäglich bei Maskenbällen, Festen und in der Oper der Sünde gehuldigt. Was soll denn nun am Katholizismus besser sein, als an unserem festen Glauben, der Jesus Christus in den Mittelpunkt stellt?"

„Durchlaucht sprechen eine wichtige Frage an, deren Beantwortung selbst Theologen fürchten. Gerade weil die katholischen Brüder so frei ihren Glauben leben, hat sich unser Herr Luther aus dem Sündenpfuhl erhoben und uns einen neuen und besseren Glauben geschenkt. Dies muss auch Gottes unbedingter Wille und Vorsehung gewesen sein, deren Nutzen wir nicht immer erkennen können."

Giovanni blieb still stehen und blickte weiter in den klaren Himmel. „Glaubt Ihr, dass es Gottes Wille ist, dass ich mir neben meiner treuen Gattin eine andere Geliebte nehme und dem Ehebruch fröne?"

Miltitz war von der Direktheit seines Herrn überrascht und um eine Antwort etwas verlegen: „Wenn es Durchlaucht gestatten, möchte ich offen mit Euch sprechen. Ich war meiner Gattin stets treu, obwohl ich auf Reisen mit Euch oft der Versuchung ausgesetzt war. Meine Gattin liegt nun schwerkrank darnieder, und ich weiß nicht, ob sie mich auf Siebeneichen bei meiner Rückkehr wieder lebend empfangen wird. Doch ich trage die tiefe Zuversicht und Hoffnung, dass Gottes Trachten größer ist, als unsere eigenen Wünsche, und er das Richtige für jeden Einzelnen bestimmt. Auch für Euer Durchlaucht wird er das Richtige bestimmen." Miltitz wusste, dass Giovanni mit seiner Frau Anne Sophie nicht mehr glücklich war, sondern in Dresden bereits in Ursula von Haugwitz, der Schwester des Oberhofmarschalls, eine dauerhafte Abwechslung gesucht hatte.

„Werdet ihr Euch nach dem Tod Eurer Frau eine neue Gattin nehmen?", fragte Giovanni seinen Kammerherrn.

„Ich glaube nicht, dass ein Mann allein leben sollte. Das weibliche Gegenüber ersetzt und ergänzt das männliche Geschlecht auf so wunderbare Weise, dass ich nach angemessener Trauerzeit, auch zur Versorgung meiner Kinder, wahrscheinlich wieder heiraten werde."

„Daran tut Ihr gut. Ihr wisst, Miltitz, wie sehr ich meine Frau achte, da sie mir zwei gesunde Söhne geschenkt hat und auch sonst gute Anlagen besitzt. Doch aus Liebe habe ich sie damals nicht zur Frau genommen. Und Ihr wisst auch von der Haugwitz, die einst das Feuer der sündigen Liebe in mir entzündete und viele Jahre eine treue Begleiterin meiner schlaflosen Nächte war. Nun glaubte ich, von den Flammen der Leidenschaften endgültig geheilt zu sein, und plötzlich – hier in Venedig – treffe ich ein weibliches Geschöpf, das ich derart begehre, dass ich für sie sofort in den Tod gehen würde."

Miltitz war von den Worten seines Herrn entsetzt. „Ihr übertreibt, Durchlaucht. Eure Sinne werden von einem starken Begehren vernebelt."

„Wahrscheinlich habt Ihr Recht, Miltitz. Ein Mann sollte sich nicht für ein Frauenzimmer opfern, sei es auch noch so schön und begehrenswert."

Giovanni klopfte Miltitz auf die Schultern und gemeinsam wandten sie sich zum Hintereingang des Theaters, wo Polheim mit dem Kämmerer von der Sahla bereits auf sie wartete. Von dort konnten sie zu den Garderoben der Künstler gelangen, um endlich in die Verhandlungen mit Pallavicino zu treten.

Die Zuschauer strömten ihnen aus dem Theater entgegen, und auch hinter der Bühne machte sich eine große Unruhe breit. Lucio della Torre hatte sich in der Zwischenzeit mit Pflug und Reuß anderen Vergnügungen zugewandt und würde den Verhandlungen fernbleiben. Ein Page führte Giovanni mit seinen drei Begleitern nun zur Garderobe des Maestros, der immer noch beim Orchester weilte. Der kleine Raum war nur spärlich von einer Öllampe beleuchtet. Darin standen ein Clavichord, ein Tisch, Stühle und ein kleiner Sessel. Giovanni und Polheim setzten sich, während Miltitz an der Tür stehen blieb. Der Page schenkte ihnen Wein ein, den Giovanni genüsslich in seine Kehle laufen ließ. Er fühlte sich beschwingt, da der Wein in Italien deutlich besser als der gewohnte Meißner Tropfen schmeckte, und er wies Polheim sofort an, mehrere Fässer des italienischen Trunkes mit nach Sachsen zu nehmen.

Wenige Minuten später trat Maestro Pallavicino durch die enge Tür. „Durchlaucht, welche Freude, Euch hier im Theater begrüßen zu dürfen! Hat Euch die Vorstellung gefallen?"

Giovanni stand mit Polheim auf, und beide nickten leicht vor dem Komponisten. „Ich muss Euch meine Komplimente aussprechen, Maestro. Die Musik und die Darbietung der Künstler haben mich wahrhaft überwältigt und stellen alles bisher Gehörte völlig in den Schatten."

„Vielen Dank, Durchlaucht, doch Ihr schmeichelt meinem bescheidenen Können zu sehr."

„Keineswegs", warf Polheim ein. „Der Kurfürst ist äußerst entzückt von Euren Kompositionen und möchte Eure alten Verbindungen zu Dresden wiederaufleben lassen. Wir brechen in den nächsten Tagen nach dem Ende des Karnevals auf und möchten Euch deshalb hier und jetzt ein Angebot für ein Engagement am sächsischen Hofe unterbreiten."

Pallavicino konnte seine innere Aufregung und Freude kaum unterdrücken, während er weiter Polheims Worten lauschte.

„Ihr begleitet uns in die sächsische Residenzstadt, werdet zum Hofkapellmeister ernannt und erhaltet ein jährliches Honorar von 600 Talern. Natürlich erstatten wir Euch ebenfalls die Reisekosten. Ihr stellt dafür in Italien ein Sängerensemble Eurer Wahl zusammen, das in Dresden in Euren Opern auftreten wird. Damit werdet Ihr selbstverständlich die italienische Musik in Dresden leiten."

Die Worte waren so schnell aus dem Munde Polheims gequollen, dass Pallavicino die Einzelheiten des Angebotes kaum verstehen konnte.

„Ich fühle mich durch ein derartiges Angebot geschmeichelt,
doch wird in der Kürze der Zeit kaum die Möglichkeit bestehen, hervorragende italienische Sänger oder Musiker zu verpflichten. Derartige Verhandlungen benötigen Fingerspitzengefühl und Geduld.“

„Uns ist die Knappheit der Zeit durchaus bewusst, doch Ihr
könnt natürlich selbstverständlich auch später nachreisen.
Einzige Bedingung für das Zustandekommen unseres Vertrages ist allerdings die Zusage der Primadonna Margarita Salicola.“

Nun lag es offen auf dem Tisch. Der Kurfürst hatte also ange-
bissen und wollte unbedingt Pallavicinos Entdeckung nach
Dresden locken. Damit würde sie die erste Sängerin auf einer
Opernbühne jenseits der Alpen sein. Pallavicino konnte innerlich kaum an sich halten – das würde eine Sensation werden! Und er war sicher, dass er mit der Salicola in Dresden
Triumphe feiern und in die Ewigkeit eingehen würde.

„Margarita Salicola wird nur gemeinsam mit ihrer Schwester
nach Sachsen ziehen, da beide seit ihrer Kindheit unzertrenn-
lich sind. Das solltet Ihr bei den Verhandlungen bedenken“,
sagte er nach außen völlig beherrscht zu den sächsischen
Gesandten.

„Wir danken Euch für diesen nützlichen Hinweis. Unsere Delegation wünscht bis morgen Abend eine Antwort, damit die
Advokaten genügend Zeit haben, um noch die Verträge aufsetzen zu lassen. Etwaige Details können wir morgen Abend
im Palazzo della Torre besprechen, wenn Ihr keine anderweitigen Verpflichtungen habt. Mit Signorina Salicola und dem
Kastraten Cecchi werden wir gleich selbst sprechen.“

„Ich danke Euch für Euer großzügiges Angebot und werde es
bis morgen Abend überdenken“, antwortete Pallavicino überwältigt von den Zukunftsaussichten. Er verneigte sich tief.

Miltitz öffnete die Tür und verließ gemeinsam mit Giovanni
und Polheim den engen Raum. Auf dem Gang wartete der Page auf sie, der sie weiter zu den Garderoben der Primadonna

und des Kastraten führte. Giovanni wollte zuerst mit dem Kastraten Cecchi verhandeln und bat deshalb den Pagen, sie anzumelden.

Cecchi, der noch im vollen Kostüm war und eine große Perücke auf dem Kopf trug, bat die Herren überrascht herein. Sichtlich betroffen von der unerwarteten Nähe zu dem stark geschminkten Künstler, fühlte sich Giovanni plötzlich peinlich berührt. Er bat deshalb Polheim, das Gespräch mit dem Kastraten zu führen, setzte sich auf einen Stuhl und hielt sich still im Hintergrund.

„Signore, verzeiht unser unerwartetes Eindringen, doch der sächsische Kurfürst ist ein großer Bewunderer der italienischen Oper und wurde durch Euren Gesang verzaubert. In seinem Namen überbringe ich Euch folgendes Angebot: Nach dem Ende des Karnevals reist Ihr auf unsere Kosten mit Maestro Pallavicino nach Dresden, wo Ihr zunächst für die Dauer eines Jahres für ein Honorar von 600 Talern verpflichtet werdet. Zusätzlich erhaltet Ihr einen Sack Weizen pro Jahr. Die Kosten für Garderobe und Kopfputz werden ebenfalls vom Kurfürsten übernommen. Ihr singt während des Karnevals und zu verschiedenen Festlichkeiten bei Hofe. Wir bitten Euch außerdem höflichst um Entschuldigung für unser kurzfristiges und übereiltes Angebot, doch wir reisen bereits in den nächsten Tagen ab und benötigen deshalb schon bis morgen Abend Eure Zu- oder Absage.“

Der Kastrat stand in seinem opulenten Kostüm mitten im Raum und fühlte sich von dem Auftreten der Sachsen völlig überrollt. Derartige Gespräche wurden normalerweise nicht in schäbigen Garderoben geführt, sondern fanden in prachtvollen Palazzi bei einem Festmahl statt. Doch diese ungehobelten Nordländer wussten offenbar nicht, wie man sich gegenüber einem Primo Uomo verhielt. „Auch ich danke Ihnen für Ihr Angebot und werde es bis morgen Abend bedenken“, entgegnete er kühl.

„Falls Ihr Fragen oder Wünsche habt, können wir diese Ange-

legenheiten gern im Palazzo della Torre besprechen. Jetzt
möchten wir Euch nicht weiter behelligen und entschuldigen
uns nochmals für die Störung." Polheim verneigte sich etwas.
Giovanni stand auf, nickte dem Kastraten zu, und schon waren sie aus seiner Garderobe wieder entschwunden.
„Außergewöhnliche Kreaturen", sagte Giovanni auf Deutsch
zu seinen Begleitern. Polheim schwieg, und auch Miltitz folgte
den Herren wortlos.
Vor Giovanni lag nun der schwierigste Teil des Abends. Er
musste der Frau gegenübertreten, die er so unflätig behandelt hatte – einer Frau, die er so sehr begehrte, wie keine
zuvor und die er unbedingt als Sängerin und Geliebte besitzen
wollte. „Polheim, bei der Primadonna werde ich selbst das Gespräch führen."
„Wie Ihr wünscht, Durchlaucht."
Miltitz klopfte an die Tür von Margarita, und ihre Schwester
Angiola öffnete den Herren mit erwartungsvollem Antlitz.
Giovanni trat als erster in die Garderobe, gefolgt von Polheim,
wobei Miltitz im Gang stehen blieb und die Tür von außen
verschloss, da die Garderobe für so viele Menschen einfach zu
klein war. Zu Giovannis Überraschung waren die Damen nicht
allein: Ein junger Mann mittlerer Größe stand mitten im
Raum und machte eine übertrieben große Verbeugung. Die
Schwestern trugen noch ihre aufwendigen Bühnenkostüme
und knicksten tief vor den eingetretenen Gästen.
„Mein Name ist Giovanni Conte di Hoyerswerda, und ich bin
ein Mitglied der sächsischen Delegation, die heute Abend das
Vergnügen hatte, Euch lauschen zu dürfen. Wir möchten den
Damen unsere Komplimente für die hervorragende Vorstel-
lung aussprechen."
Giovanni und Polheim verbeugten sich leicht und reichten
jeder Dame einen Handkuss zur Begrüßung. Dabei konnte
Giovanni seine Augen nicht von Margarita lassen. Sie sah in
dem scharlachroten Kleid einfach atemberaubend schön aus.
Er glaubte, unter der vielen Schminke ein Funkeln in ihren

Augen zu erkennen, doch sie wandte sich schnell von ihm ab. Hatte er sie so verärgert, dass sie ihn nicht mal mehr eines Blickes würdigte?

„Wir sind sehr erfreut, ihre Bekanntschaft zu machen", blitzte ihn stattdessen Angiola mit forschen Augen an.

Nun übernahm der junge Herr in der Mitte des Raumes das Wort: „Die Damen freuen sich außerordentlich, Euch heute hier begrüßen zu dürfen. Wenn ich mich vorstellen darf: Mein Name ist Giulio Mazzolini. Ich bin ein langjähriger Freund der Familie Salicola und vertrete sie bei geschäftlichen Angelegenheiten."

Giovanni wusste, dass Frauen grundsätzlich keine Vertragsverhandlungen führen durften und war deshalb erleichtert, in Mazzolini einen Ansprechpartner gefunden zu haben.

„Sehr erfreut. Sie dürfen sich auch gern setzen und nach der anstrengenden Vorstellung etwas ausruhen", antwortete Giovanni an die Damen gewandt.

Angiola und Margarita setzten sich vorsichtig mit ihren breiten Kleidern auf die kleinen Stühle. Doch an ein Ausruhen war in einer solch außergewöhnlichen Situation nicht zu denken.

„Der Kurfürst von Sachsen ist von Eurem Gesang verzaubert und wünscht deshalb, die italienische Oper in Dresden mit den Stimmen der Salicolas wiederzubeleben. Eure Gesangskunst passt perfekt zu den Wünschen, die wir für Dresden hegen. Da unsere Gesandtschaft jedoch nur noch wenige Tage in Venedig bleibt, ist Eile bei eventuellen Verhandlungen geboten. Ich möchte mich deshalb kurz fassen: Die unverkennbare Einzigartigkeit Eurer Gesangskunst, Margarita Salicola, veranlasst den Kurfürsten, Euch ein Honorar von 1.300 Talern im Jahr, freie Reisekosten und Logis, sowie die Übernahme aller sonstigen Kosten anzubieten. Bedingung wäre allerdings Euer sofortiger Aufbruch gemeinsam mit Maestro Pallavicino und den anderen Musikern, da der Kurfürst bereits im Frühjahr Opernaufführungen in Dresden plant. Für Euch, Angiola, ist ein Honorar von 600 Talern vorgesehen. Wir würden es begrüßen, wenn Ihr Eure Schwester auf der strapaziösen Reise nach Sachsen begleiten würdet."

Angiola, die den Worten Giovannis intensiv gelauscht hatte, fühlte eine plötzliche Wut in sich aufsteigen. „Wie könnt Ihr es wagen, mich derart gegenüber meiner Schwester zu brüskieren! Wir haben gemeinsam studiert, und unsere Stimmen klingen nahezu identisch. Dieses Angebot ist für mich eine absolute Beleidigung!"

Margarita, die ihre jüngere Schwester unbedingt an ihrer Seite wissen wollte, zerrte sie mit Bestimmtheit auf den Stuhl zurück und blickte sie streng an. Damit hielt sie wenigstens einen weiteren Redeschwall Angiolas zurück. Doch innerlich kochte Angiola.

Mazzolini versuchte den Ärger zu beschwichtigen: „Wir danken Euch für dieses interessante Angebot. Die Damen werden alles in Ruhe bedenken. Doch wir müssen Euch noch darauf hinweisen, dass unabhängig von den Konditionen, die Ihr anbietet, zuerst die Verhältnisse in Italien geklärt werden müssen. Natürlich sollten der Vater der Sängerinnen, Abbate Grimani als Besitzer des Theaters und vor allem der Herzog von Mantua einem derartigen Kontrakt zustimmen. Ganz zu schweigen von der Serenissima selbst, die den Salicolas die entsprechenden Papiere für die Reise ausstellen muss. Ich fürchte, dass derartig viele Hindernisse einer sofortigen Abreise entgegenstehen, dass es schier unmöglich scheint, diese innerhalb der nächsten Tage zu bewältigen."

Mazzolini beendete seine Ausführungen mit einem resoluten Blick zu Angiola und Margarita. Margarita schaute bestätigend zurück, da sie Giovanni trotz seines offenbar großzügigen Angebotes deutlich machen wollte, dass es nicht so leicht sein würde, sie zu engagieren. Mit diesen Einwänden konnte sie auch die Ernsthaftigkeit seines Angebotes und seiner anderweitigen Absichten prüfen. Wollte er wirklich sie oder einfach nur irgendeine italienische Sängerin? Und welchen Preis war er bereit, für sie zu zahlen? Dass Geld offenbar

keine Rolle spielte, zeigte schon das exorbitant hohe Angebot
von 1.300 Talern. Doch würde Sachsen auch einen offenen
Konflikt mit dem Herzog von Mantua riskieren?
„Ich danke Euch für Eure Einwände, Signore Mazzolini", sagte
Giovanni.
„Doch glaube ich kaum, dass der Vater der Damen etwas gegen einen derartigen Vertrag einzuwenden haben wird. Auch
Abbate Grimani wird zu überzeugen sein, und die Papiere für
die Ausreise können meine Agenten sicher in Venedig be-
schaffen. Einzig die Verpflichtungen gegenüber dem Herzog
von Mantua bedürfen einer Klärung, wobei es sich völlig
unserer Kenntnis entzieht, von welcher Art Eure Verbindungen mit dem Herzog sind." Bei seinen Worten ruhten seine
Augen prüfend auf Margarita, die ihm selbstbewusst entge-
genblickte.
„Der Herzog ist ein langjähriger Freund meiner Familie und
hat unsere Talente bereits frühzeitig gefördert und zu würdigen gewusst. Wir stehen tief in seiner Schuld und können keinesfalls ohne seine Genehmigung Verträge abschließen oder
gar die Stadt verlassen."
„Könnt Ihr einen konkreten Vertrag vorweisen, der Euer
Dienstverhältnis regelt, oder erhaltet Ihr für Eure Dienste ein
Honorar von ihm?"
Margarita zögerte. Sie hatte keinen offiziellen Vertrag mit
dem Herzog unterschrieben, da vieles mündlich vereinbart
worden war. Zudem störte sie die offensichtliche Zweideu-
tigkeit in den Worten Giovannis, der ihr ein Verhältnis mit
dem Herzog von Mantua zu unterstellen schien. Obwohl dieser Gedanke grundsätzlich nicht abwegig war, da der Herzog
tatsächlich einer der größten Schürzenjäger Italiens war,
fühlte sie sich unangenehm berührt. Denn nicht sie war die
Geliebte des Herzogs, sondern ihre Schwester Angiola. Margarita wusste nicht, ob und wie sie diesen Umstand im hiesigen Gespräch unterbringen sollte.
Angiola spürte instinktiv ihre Unsicherheit und übernahm

deshalb die Antwort. „Unsere Beziehungen zum Herzog sind rein geschäftlich. Er zahlt uns kein direktes Honorar, sondern übernimmt lediglich die Spesen in Venedig. Allerdings ist er grundsätzlich sehr um das Wohl seiner Künstler bemüht. Es wird einige Überwindung kosten, um sein Einverständnis für ein Engagement in Dresden zu erhalten, und ich kann nicht dafür garantieren, dass wir tatsächlich seine Zustimmung erhalten.“

Margarita blickte währenddessen Giovanni mit ihren strahlenden Augen an. Er meinte, ein Feuer darin zu erahnen, das ihn schier in den Wahnsinn trieb. Am liebsten hätte er sie sofort an sich ziehen und küssen wollen.

„Wir möchten den Damen bis morgen Abend Bedenkzeit geben und erwarten Eure Antwort bei einem Abendessen im Palazzo della Torre. Jetzt nehmen wir Eure kostbare Zeit nicht weiter in Anspruch. Habt vielen Dank für die Aufmerksamkeit, die Ihr unserem Angebot geschenkt habt und bleibt behütet. Wir wünschen einen angenehmen Abend.“

Die Schwestern standen auf. Das ganze Gespräch hatte nur wenige Minuten gedauert. Giovanni verbeugte sich förmlich mit Handkuss und verließ mit Polheim, der die Situation stumm beobachtet hatte und nun nur kurz nickte, den Raum. Nachdem die Männer die Tür hinter sich geschlossen hatten, sank Margarita in ihrem wallenden, roten Kleid auf ihren Stuhl zurück. Es hatte sie so viel Kraft und Überwindung gekostet, die Fassung vor Giovanni zu bewahren! Einerseits missfiel ihr sein offensives Werben um sie als Sängerin, indem er ihr dreist ein enorm hohes Honorar anbot und ihr damit das Gefühl gab, ein käufliches Objekt zu sein. Andererseits hatte ihr Körper eine andere Sprache gesprochen ihre Hände waren von kaltem Schweiß bedeckt, und die feinen Härchen in ihrem Nacken hatten sich bei seinem Handkuss einzeln aufgestellt. Die Verwirrung ihrer Gefühle wurde durch die Hitze zwischen ihren Beinen noch vollendet.

Angiola erkannte sofort, was ihre Schwester fühlte und bewegte. Deshalb sorgte sie zuerst dafür, dass Mazzolini den Raum verließ, damit sie mit Margarita ungestört reden konnte. Sie schämte sich außerdem über ihren unbeherrschten Ausbruch, der ihre Eifersucht so deutlich offenbar gemacht hatte. „Giulio, wir danken dir für deine Unterstützung, doch du verstehst, dass wir nun genau unsere weiteren Schritte überlegen müssen. Vor allem die Erlaubnis des Herzogs ist von wichtiger Bedeutung. Er weilt doch gerade in Venedig. Könntest du bitte noch heute Nacht bei ihm im Palazzo Michiel vorsprechen und mich für morgen Vormittag in dieser Angelegenheit ankündigen?" Angiolas Stimme klang resolut. „Ich möchte natürlich persönlich mit dem Herzog über das Angebot aus Sachsen sprechen, doch es wäre gut, wenn er schon wüsste, dass ein wichtiges Gespräch bevorsteht. Du verstehst, was ich meine?"

„Ich werde mich sofort an ihn wenden und ihn entsprechend vorbereiten."

„Ich bin dir zu großem Dank verpflichtet, Giulio." Freundschaftlich küsste sie Mazzolini auf die vertraute Wange. Er nickte Margarita aufmunternd zu, nahm seinen Mantel und verschwand behände durch die Tür in die Gänge des Theaters. Als seine Schritte nicht mehr zu vernehmen waren, drehte sich Angiola zu Margarita. „Geht es dir gut, geliebte Schwester? Es tut mir so unendlich leid, dass ich meine Gefühle nicht beherrschen konnte, doch ich fühlte mich so gedemütigt!"

Margarita nahm Angiolas Hand und führte sie an ihre Wange. „Du brauchst dich nicht zu entschuldigen. Ich war von dem Angebot des Sachsen auch schockiert. Er hat mir so unverschämt viel geboten, dass ich an deiner Stelle ebenfalls erzürnt gewesen wäre. Doch weißt du, Angiola, wir haben nun so lange auf eine derartige Chance gewartet, dass es schade wäre, wenn wir uns wegen solch äußerer Dinge entzweien würden. Das Glück müssen wir gemeinsam am Schopfe packen und uns nicht durch Eifersüchteleien auseinander treiben lassen."

Margarita berührte ihre Schwester dabei sanft am Arm und blickte ihr beschwichtigend in die Augen.

„Darüber brauchst du dir keine Sorgen machen, Margarita. Ich werde wahrscheinlich sowieso nicht nach Sachsen gehen, denn ich kann unsere Eltern nicht im Stich lassen. Und außerdem hat bei mir tatsächlich der Herzog von Mantua ein Wörtchen mitzureden.“

„Du willst, dass wir uns trennen und ich allein nach Sachsen gehe?“ Margarita blickte erstaunt und verunsichert zu Angiola auf. „Du weißt, dass ich nur mit dir zusammen in die deutschen Lande gehen kann. Wir haben uns doch geschworen, immer einander beizustehen, und nun zwingst du mich, bei der schwierigsten Entscheidung meines Lebens zwischen meiner Familie und einer Karriere in der einsamen Fremde zu wählen?“

Angiola griff nun fester nach Margaritas Hand. „Margarita, wir sind doch keine Kinder mehr. Du begreifst doch, dass ich unsere Eltern nicht allein hier lassen kann. Und auch wenn du es nicht glauben willst – ich liebe Ferdinando und werde vielleicht nicht die Kraft haben, ihn zu verlassen.“

„Ich habe es immer geahnt, doch ich wollte es nicht wahrhaben“, antwortete Margarita seufzend.

Angiola nannte den Herzog von Mantua liebevoll bei seinem ersten Vornamen Ferdinando und ließ im Gespräch mit Margarita immer seine offiziellen Titel weg. Sie war schon seit zwei Jahren seine heimliche Liebschaft. Auch bei Margarita hatte der Herzog mehrmals sein Glück versucht, doch sein pfauenhaftes, aufgeplustertes Wesen hatte sie immer abgrundtief abgestoßen. Bei einem derartig selbstverliebten Mann, der nur seine eigenen Qualitäten und seine männliche Potenz im Blick hatte, konnte sie nichts Anziehendes finden. Obwohl er von stattlicher Größe war und durchaus attraktiv auf Frauen wirken konnte, störte Margarita seine gespaltene Natur, die sich in gefährliche Verachtung verwandeln konnte. Außerdem hatte er eine lange Nase, die wie ein großer Zinken sein Gesicht dominierte. Nein, diesem Mann würde sie sicher nicht verfallen können. Bei Giovanni verhielt es sich dagegen ganz anders. Schon bei dem Gedanken an ihn wurde ihr heiß.

„Jeder Blinde kann sehen, welche Gefühle der Sachse für dich hegt", begann Angiola. „Er hat dich angestarrt, als seist du ein wohlverpacktes Geschenk, das er aufreißen wollte. Und sieh dich doch an – wie eine Königin thronst du in dem scharlachroten Kleid in deinem Audienzsaal!"

Sie zog ihre Schwester vom Stuhl und wirbelte sie durch den engen Raum. Margarita vermochte trotzdem nicht, sich zu freuen und loszulassen. Dieser Mann und das Angebot aus Sachsen nahmen ihre Gedanken derart gefangen, dass sie die Welt um sich herum kaum mehr wahrnehmen konnte, sondern nur die drückende Last einer schwer zu fällenden Entscheidung spürte.

Angiola fasste Margarita an der Schulter, drehte sie zum großen Spiegel und setzte sie wieder auf den kleinen Hocker. Anschließend nahm sie ihr die schwere Perücke ab, die mit vielen kleinen Klemmen festgesteckt worden war.

„Jede Frau erbleicht vor Neid bei Deinen hellen Haaren, Margarita. Und trotzdem müssen wir diesen Kopfputz tragen", sagte Angiola, während sie Margarita die Perücke abnahm. „Warum sind Deine Haare nur so hell geraten?"

„Vielleicht hatte Gott keine Farbe mehr für mich übrig", antwortete Margaita scherzhaft. Unter der Perücke war es immer heiß und juckte. Deshalb war das Tragen der fremden Haarpracht wie ein Studium der Selbstbeherrschung, bei dem man lernte, sich auf der Bühne nicht beständig zu kratzen.

Anschließend halfen sie sich gegenseitig beim Ausziehen der Kleider. Margarita redete nicht viel, sondern dachte nach. Ihr wurde ebenfalls klar, dass Angiola Italien wahrscheinlich nicht verlassen konnte. Einerseits musste sie sich tatsächlich um die Eltern kümmern, und andererseits würde der eifersüchtige und besitzergreifende Herzog sie niemals gehen lassen. „Ferdinando wird dich keinesfalls nach Sachsen reisen lassen, Angiola. Und es müsste an ein Wunder grenzen, wenn mein Weggang nicht seinen Stolz verletzen würde. Schließlich gehe ich ja nicht in sein geliebtes Frankreich an den Hof Ludwigs XIV., sondern in das protestantische Sachsen."

„Du redest, als hättest du dich schon für Sachsen entschieden und würdest die Erlaubnis des Herzogs gar nicht abwarten?"

„Warum sollte ich auf eine Genehmigung warten, die ich von einem selbstverliebten Despoten, der es mag, wenn alle vor ihm auf den Knien rutschen, sowieso nicht bekommen werde? Angiola, wie kannst du nur mit diesem Manne das Bett teilen?"

„Margarita, darüber haben wir doch schon so oft gesprochen. Nur weil du die tugendhafte Jungfrau spielst, heißt das nicht, dass andere den gleichen Weg einschlagen müssen. Und auch du ziehst viele Vorteile aus meiner Liaison – ohne den Herzog hätten wir kein Quartier in der Stadt, und deine Schneiderrechnungen müsstest du auch selbst bezahlen."

„Meine letzte Rechnung hat ein deutscher Herzog beglichen, dem ich ein Ständchen in einer Muschel gesungen habe", entgegnete Margarita stolz. Doch natürlich standen beide tatsächlich tief in der Schuld des Herzogs. Auch wenn er ihnen kein direktes Honorar zahlte, so half er doch, wo er konnte und hatte sie auf ihrem steinigen Weg immer finanziell unterstützt. Und Angiola wusste weitere Argumente für ihr Verbleiben vorzubringen: „Margarita, du willst es vielleicht nicht hören, aber ich genieße die fleischlichen Wonnen mit ihm. Und das, obwohl mir immer die Angst im Nacken sitzt, ein Kind von ihm zu bekommen. Aber was bleibt uns denn schon übrig? Es wird sich kein Mann finden, der eine Sängerin wie mich zur Ehefrau nimmt. Und du brauchst dir nicht einzubilden, dass dein sächsischer Conte um deine Hand anhalten wird."

Margarita wusste, dass Angiola Recht hatte, trotzdem versetzte ihr diese Bemerkung einen kleinen Stich. Als Kind hatte sie manchmal insgeheim gehofft, dass ein Prinz kommen würde und sie als Gattin aus ihrem einfachen Dasein in einen prunkvollen Palast entführen würde.

Es klopfte und die Ankleiderin Nora trat ein, um ihnen die schweren Bühnenkleider abzunehmen, die sie danach zum Lüften und Aufbügeln in die Wäschekammer brachte. „Gibt es wieder Liebeskummer?", fragte sie mit einem verständisvollem Blick zu den Schwestern.

„Ach, Nora, ist die Welt in Venedig nicht ständig voller Liebeskummer?", antwortete Margarita mit zustimmendem Unterton. Nora nickte seufzend.

Angiola zog sich schnell wieder an und schlüpfte in ein schlichtes, aber doch elegantes Abendkleid aus dunklem Samt, das sie wohlig wärmte und außerordentlich gut kleidete. Sie wollte die Gelegenheit nutzen und noch heute Abend mit dem Theaterbesitzer Abbate Grimani über eine vorzeitige Auflösung ihrer Verträge für den Herbst sprechen, denn wenn sie schon selbst nicht nach Sachsen gehen würde, konnte sie vielleicht wenigstens ihre Schwester damit glücklich machen. Margarita half ihr gemeinsam mit Nora beim Verschnüren des Kleides. Sie selbst zog sich jedoch noch nicht an, um den Moment der Befreiung aus dem engen Korsett noch etwas auskosten zu können. „Ich werde Abbate Grimani jetzt aufsuchen und mit ihm über die Auflösung unserer Verträge an diesem Theater sprechen."

„Ist das nicht etwas voreilig?", fragte Margarita.

„Wenn du wirklich vorhast, nach Dresden zu gehen, um Giovanni zu folgen, kann es gar nicht früh genug sein, oder?"

Mit einem Zwinkern im Blick verließen Nora und Angiola die leicht bekleidete Margarita, die ihnen unschlüssig nachsah, während sich die Tür schloss. Endlich allein dachte Margarita über ihre Zukunft nach. Wollte sie wirklich nach Sachsen gehen, um in einer kleinen Stadt zu singen und vor Heimweh zu vergehen? In ein Land, dessen Sprache sie nicht verstand und dessen Gepflogenheiten sie nicht kannte? Und das alles nur wegen eines Mannes, der sie faszinierte? Bei dem Gedanken daran wurde ihr angst und bange. Sie setzte sich, betrachtete ihr Gesicht im Spiegel und löste die zu-sammengesteckten Haare, bis sie lockig über ihre Schultern fielen. Sie sah eine junge Frau mit lebendigen Augen und inte-ressantem Mienenspiel, doch wirklich hübsch fand sie sich selbst nicht. Allein ihre Jugendlichkeit und das fast blonde Haar verliehen ihr eine gewisse Anmut, die nicht zu leugnen war. Sie betrachtete nun auch ihren Körper, der sich unter dem luftigen Unterkleid abzeichnete. Margarita war weder schlank noch üppig, sondern einfach von äußerst weiblicher Statur und wohl proportioniert mit allen Reizen der Weiblichkeit ausgestattet. In ihre Gedanken und ihr Spiegelbild vertieft, bemerkte sie nicht, wie sich leise die Garderobentür öffnete und jemand in das Zimmer trat. Erst als der Riegel von innen vorgeschoben wurde, hörte sie das vertraute Klicken der Tür und erschrak. Sie wandte sich abrupt um und spürte instinktiv, dass ihr ernsthafte Gefahr drohte – vor ihr stand ein großer, kräftiger Mann, der mit einer schwarzen Maske und dunklem Umhang fast den ganzen Raum ausfüllte. Er trat augenblicklich flink und leise auf die überraschte Sängerin zu, zog sie an sich heran und hielt ihr mit einer Hand den Mund zu.

Margarita war so erschrocken, dass sie sich nicht wehrte, sondern alles mit sich geschehen ließ. Sie roch seine ledernen Handschuhe, während er ihr wispernd ins Ohr flüsterte. „Wen haben wir denn hier so ganz allein?" Seine Stimme klang wollüstig und erregt. „Ein hübsches Singvögelchen? Und dazu halbnackt, sodass ich keinerlei Arbeit mehr habe!"

Margarita wurde sich immer mehr der Gefahr bewusst, in der sie schwebte. Deshalb versuchte sie, sich mit aller Kraft von ihm loszulösen und laut zu rufen, doch sein Griff war einfach zu fest. „Wer wird denn gleich schreien wollen?! Nur ein winziges Stöhnen aus deinem Hals und du wirst nicht nur die Stöße meiner Lenden, sondern auch das Metall meines Dolches zu spüren bekommen!" Er schob sie grob in Richtung Schminktisch, presste ihren Körper gegen die hölzerne Tisch-

platte und zückte einen kleinen Dolch, den er im Gürtel stecken hatte. „Bei mir darfst du jetzt leider nicht mehr so schön singen, wie heut Abend auf der Bühne – deine ekstatischen Töne werde ich mir leider nur vorstellen müssen!"
Margaritas Angst wuchs ins Unermessliche und die Ausweglosigkeit ihrer Situation wurde ihr immer bewusster.
Als ob er ihre Gefühle ahnen konnte, sprach er flüsternd weiter: „Du brauchst keine Angst vor mir zu haben. Es wird nicht lange dauern, wenn du dich nicht wehrst. Und vielleicht werde ich auch besonders sanft zu dir sein!"
Er grinste bei seinen Worten höhnisch unter der Halbmaske. Aus Margaritas angsterfüllten Augen begannen kleine Tränen zu kullern und sie schluchzte stumm. Die Stimme dieses Mannes war ihr völlig unbekannt und sie verstand nicht, warum er ihr etwas antun wollte. Doch ihre Tränen reizten ihn scheinbar nur noch mehr. Sein Messer schlitzte genüsslich ihr weißes Unterkleid auf, und er riss ihr das kurze Höschen herunter. In Fetzen hingen die Kleidungsstücke von ihr herab, und sie stand nun ganz nackt vor ihm. Er umfasste sie nochmals mit seinem linken Arm, hob sie mit Leichtigkeit auf den Schminktisch, spreizte mit Gewalt ihre Beine und begann langsam, seine eigene Hose zu öffnen. Mit seiner Zunge fuhr er dabei an ihrem Hals und ihren Brüsten entlang. Er biß in ihre kleinen, rosanen Warzen, bis sie schmerzten, sodass sie schreien wollte. Doch sie dachte an das Messer, spürte den Druck seiner Hände überall an sich und fühlte sich wie gelähmt.
„Wenn du nur einen Laut von dir gibst, wird dies nicht nur deine erste Nacht mit einem Mann, sondern auch deine letzte Nacht gewesen sein. Hast du mich verstanden, Primadonna?"
Margarita nickte mit angsterfüllten Augen.
„Jetzt wirst du nur für mich zwitschern, kleiner Vogel", hauchte er ihr ins Ohr. Der Fremde legte das Messer auf dem Tisch ab, zog mit seinem Mund die Handschuhe aus und ließ nun seine rechte Hand zwischen ihre Schenkel gleiten, die sie au-

genblicklich zusammenpressen wollte. Doch mit seinem massigen Körper spreizte er ihre Beine noch weiter auseinander. Dann spürte sie, wie seine Hand zwischen ihre Beine glitt und sein Finger in sie eindrang und kreisend versuchte, sie zu befriedigen. „Gefällt dir das mein Singvögelchen? Du bist ja so feucht, als hättest du mich schon erwartet."

Margarita fühlte sich völlig ausgeliefert und hilflos. Er zerrte weiter an seiner Hose, sodass sie wusste, dass sie hier in der Garderobe ihre Jungfräulichkeit verlieren würde.

Plötzlich klopfte es heftig an der Tür.

„Margarita, bist du noch drinnen? Warum hast du dich eingeschlossen? Bitte öffne doch den Riegel!"

Angiolas Stimme drang aufgeregt durch die verschlossene Tür, während sie krampfhaft versuchte, diese durch Rütteln zu öffnen, denn die Schwestern hatten verabredet, dass sie die Garderobe nur in absoluten Notfällen verriegeln würden. Der Fremde hielt sofort inne und starrte Margarita drohend an, während er ihr noch fester den Mund zudrückte.

Angiola, die draußen weiter an der Tür rüttelte, vermutete zuerst, dass vielleicht Giovanni zurückgekehrt sei, um Margarita gleich hier und jetzt zu verführen. Doch das erschien ihr nach dem vorherigen Gespräch völlig abwegig, und sie verwarf diesen Gedanken. „Margarita, so antworte doch wenigstens!" Aber es drang kein Laut aus dem Zimmer. Nun war sich Angiola sicher, dass etwas Ungewöhnliches geschehen sein musste. Sie rannte los und begann laut um Hilfe zu rufen.

Giovanni, der sich mit Polheim und Miltitz noch vor dem Bühneneingang aufhielt, hörte das herzzerreißende Geschrei eines Frauenzimmers und dachte augenblicklich an die Primadonna. Schnell lief er zurück ins Theater. Auf den Treppenstufen fiel ihm die völlig aufgelöste Angiola in die Arme, die ganz außer Atem in Richtung Margaritas Garderobe wedelte. Giovanni hastete die letzten Stufen hinauf und klopfte heftig an Margaritas Garderobentür. „Signorina Salicola, ist alles in Ordnung?"

Tausend Gedanken schossen ihm durch den Kopf und vor allem spürte er eine aufsteigende Furcht. Sollte ihr etwas geschehen sein, noch ehe er sie für sich gewinnen konnte? Als er keine Antwort erhielt, nahm Giovanni all seine Kraft zusammen und trat beherzt gegen die hölzerne Tür, die berstend unter seinem Gewicht zusammenkrachte.

Was er nun in der Garderobe vorfand, brachte sein Blut vollkommen zum Rasen. Margarita saß nackt mit weit gespreizten Beinen auf dem Schminktisch und vor ihr stand ein Hüne von einem Mann, der sie offensichtlich mit einem Messer bedrohte. Ihre weit aufgerissenen Augen blickten Giovanni erschrocken und voller Scham an. Die eindeutige Situation verwandelte ihn in ein rasendes Tier. Wie berauscht ging er mit dem gezückten Degen auf den Eindringling los, der behände zur Seite wich.

Margarita sprang augenblicklich vom Tisch und rannte an ihnen vorbei zur Tür heraus, wo bereits ihre Schwester wartete und sie erschrocken in die Arme nahm. Angiola legte Margarita sofort ein großes Tuch um, damit ihre Blöße wenigstens halbwegs bedeckt wurde. Margaritas wollte diesen Ort sofort verlassen, doch Angiola hielt sie zurück. „Margarita, du musst sehen, was jetzt geschieht. Giovanni kämpft für dich!"

„Ich will hier weg! Bring mich sofort weg, Angiola!"

Da hörten beide Damen den schreienden Giovanni. „Wie könnt Ihr es wagen, diese Dame zu belästigen?"

„Ich wollte ihr nur ein wenig das Singen beibringen. Und du hättest mir dabei auch Gesellschaft leisten können", antwortete der Fremde mit einem breiten Grinsen im Gesicht, das Giovanni noch rasender machte. Wie ein wilder Stier trieb er den Lüstling in die Ecke des Zimmers und streifte ihn mit einem kräftigen Hieb am linken Arm. Der Fremde heulte kurz auf, setzte sich nun aber umso stärker zu Wehr. Er kämpfte so unerbittlich, dass Giovanni in einem unachtsamen Augenblick den Weg freigeben musste und der Maskierte durch die

Tür entwischen konnte. Bei seiner hastigen Flucht stieß er mit Angiola und Margarita zusammen, die wie in Schockstarre auf dem Flur die Szenerie beobachtet hatten. Der Blick des Fremden blieb kurz an Margarita hängen, und sie konnte das kalte Aufblitzen in seinen Augen bis im tiefsten Mark ihrer Seele spüren. Sie wandte sich ab und vergrub ihr Gesicht in den Schultern ihrer Schwester, während der Fremde weiter nach unten rannte.

Der Lärm und die Aufregung hatten dazu geführt, dass sich auf den Gängen einige Menschen versammelt hatten, die neugierig das Geschehen verfolgten. Man reichte Margarita einen Mantel, damit sie sich gänzlich verhüllen konnte, doch niemand hielt in der Sorge um Margarita den fliehenden, maskierten Mann auf – alles ging einfach so schnell. Nur Giovanni rannte geistesgegenwärtig sofort bis zum Bühnenausgang hinter ihm her, doch auch seine größte Sorge galt im Moment Margarita. Auf der Gasse angekommen, befahl er seinem Kämmerer von der Sahla, der flink auf den Beinen und gut im Zweikampf war, die weitere Verfolgung des verletzten Verbrechers aufzunehmen, und kehrte stattdessen zur Primadonna zurück. Er stürmte erneut auf ihre Garderobe zu und verlangsamte seine Schritte, als er Margarita erblickte. Sie hatte sich mit ihrer Schwester bereits wieder in die Garderobe zurückgezogen und notdürftig ein Kleid übergestreift. „Seid Ihr verletzt?", fragte Giovanni besorgt.

Er getraute sich nicht zu fragen, ob der Fremde tatsächlich das erreicht hatte, wozu er offensichtlich in die Garderobe eingedrungen war. Er wollte Margarita am liebsten an sich ziehen und festhalten, doch das schien in der jetzigen Situation völlig unmöglich.

„Nein, es geht mir gut. Er hat mir kein Haar gekrümmt", antwortete sie zaghaft. Ihre Stimme zitterte bei jedem ihrer Worte, und sie verschwieg den genauen Ablauf des Überfalls.

Noch außer Atem trat Giovanni mit seinem blutbefleckten Degen in der Hand an sie heran und strich ihr mit einer Hand

ganz vorsichtig eine helle Locke aus dem Gesicht. „Kanntet Ihr
diesen Mann?"

„Nein, ich habe ihn nie zuvor gesehen und kannte auch seine
Stimme nicht."

„Wenn er Euch noch einmal zu nahe kommt, werde ich ihn töten!" Die Heftigkeit seiner Worte überraschte beide, doch er
spürte einen unbändigen Hass und Eifersucht auf den Mann,
der dieser Frau so nahe gewesen war. Wie schön hatte sie
nackt in dem kurzen Augenblick, den er erhaschen konnte,
ausgesehen und wie hilflos war sie diesem Fremden
ausgeliefert gewesen. Trotz der Angst und Panik, die ihr
immer noch im Gesicht geschrieben standen, blickte sie ihn
nun offen an, und er konnte sein Begehren ihr gegenüber
kaum unterdrücken. Sie wirkte auf ihn wie ein verführerischer Duft, den er ganz in sich einsaugen wollte. Während
er sie kurz im Gesicht streichelte, spürte er ihre samtweiche
Haut unter seinen Fingern. Er zog seine Hand unwillkürlich
zurück, um sich nicht gänzlich am Feuer seiner Leidenschaft
zu verbrennen. Er wusste auf einmal, dass er sie nie zu etwas
zwingen würde. Sie war ein besonderes Weib, und sie sollte
sich ihm freiwillig hingeben und mit ihm gemeinsam die Lust
der körperlichen Liebe entdecken, oder er würde sie für immer vergessen müssen.

Margarita, die noch völlig unter Schock stand, spürte Erleichterung und Dankbarkeit in sich aufsteigen, und obwohl sie die
Arme schützend verschränkt hatte, blickte sie scheu zu ihrem
Retter auf. Am liebsten hätte sie sich in seine Arme fallen gelassen und vergessen, was eben passiert war, doch der An-
stand und die Blicke der anderen verboten ihr jegliche Annäherung. Ihr zerzaustes Haar hing ihr wild im Gesicht, und
sie wischte sich jetzt die Tränen aus den Augen.

Vor der Garderobe hatte sich eine Menschentraube gebildet,
die durch die zersplitterte Tür fragend hineingaffte. Giovanni
drehte sich um, verdeckte dabei schützend Margarita und
beschwichtigte die Neugier der Menge. „Ein unbekannter Ein-

dringling wollte sich an der Primadonna vergreifen, doch er wurde rechtzeitig in die Flucht schlagen. Er ist am linken Arm verletzt und müsste ziemlich stark bluten. Hat jemand den Flüchtigen erkannt?"

Ein Raunen ging durch die Menge. Ein Überfall hier im Theater? Niemand hatte den Mann deutlich sehen können – viel zu schnell war er an ihnen vorbeigerannt, und außerdem hatte er eine Maske getragen. Betroffenes Schweigen schlug Giovanni entgegen.

„Dann gibt es jetzt nichts mehr zu gaffen, und ich bitte alle, zu ihren Aufgaben zurückzukehren. Wir brauchen nur jemanden, der hier die Tür wieder repariert."

Ein Page sprang hervor. „Dafür bin ich zuständig!" Der gelockte Jüngling sammelte die zersplitterten Holzteile auf und verbeugte sich. „Nach dem Tischler kann ich erst morgen schicken lassen, da die Nacht schon zu weit vorangeschritten ist." Giovanni nickte ihm kurz zu und der Page verschwand. Auch auf dem Gang vor der Garderobe war es wieder ruhiger geworden. Er wandte sich nun wieder an Margarita. „Gibt es jemanden, der einen Grund hätte, Euch Derartiges anzutun?"

Margarita überlegte. „Glaubt Ihr etwa, dass eine Konkurrentin einen Vergewaltiger auf mich hetzt, um mich zu entehren?" Sie war selbst über die Drastik ihrer Worte erstaunt, denn niemand in ihrer Umgebung wäre zu einem solchen Anschlag in der Lage.

„Vieles ist möglich. Hattet Ihr das Gefühl, dass Ihr ein zufälliges Opfer wart, oder hat dieser Mann Euch gezielt angesprochen?"

Die Frage riss Margarita aus ihren Gedanken und verunsicherte sie. Natürlich konnte sie nicht sagen, ob er sie direkt gemeint hatte oder nur durch Zufall ihre Garderobe gewählt hatte. Nach kurzem Nachdenken, bei dem sie die schrecklichen Augenblicke nochmals vor ihrem inneren Auge passieren ließ, wurde ihr Blick klarer. „Ich glaube schon, dass er genau mich gemeint hat. Er sagte, dass er mich in der Vorstellung gehört hätte, und ich nun für ihn singen..." Margaritas Stimme stockte. Sie drehte sich von Giovanni weg und fiel leise schluchzend in Angiolas Arme, die dicht neben ihr stand.

Giovanni überlegte fieberhaft. Er kannte sich im Theaterleben Venedigs und in Margaritas Umfeld überhaupt nicht aus und würde den Grund für diesen Anschlag sicher nicht herausfinden können. Und vielleicht war sie tatsächlich nur ein zufälliges Opfer eines überspannten Kavaliers geworden. Aber Margarita war im Moment das Wichtigste für ihn, und er würde alles dafür tun, sie in Sicherheit zu wissen. Er wollte diesen Schatz nicht verlieren, bevor er ihn überhaupt besessen hatte. Sie musste schnellstmöglich aus Venedig weggebracht werden, damit ihr Leben geschützt wäre und er seinen Traum nicht aufgeben musste. „Signorina, solange wir den Schurken nicht gefasst haben und die Gründe für den Anschlag nicht kennen, fürchte ich ernsthaft um Eure Sicherheit. Da Sachsen gewillt ist, einen Vertrag mit Euch abzuschließen, gehört Ihr faktisch ab sofort zum Personal des sächsischen Hofes. Deshalb werde ich Euch zu Eurem Schutz für die nächsten Tage eine Leibwache zur Verfügung stellen."

„Ist das denn wirklich nötig?", warf Angiola zweifelnd ein.

„Ich fürchte ja."

Er nahm ein Stück des heruntergefallenen weißen Stoffes ichres zerrissenen Unterkleides und säuberte vorsichtig seine Klinge von dem Blut des Angreifers, bevor er sie wieder in seine Scheide steckte. Das befleckte Tuch steckte er ein, damit es ihn immer an diesen Vorfall erinnern möge. „Wir können die Vertragsverhandlungen und die Sicherheit einer so wertvollen Sängerin nicht gefährden. Deshalb werde ich Euch jetzt mit Polheim nach Hause begleiten. Heute Nacht wird er vor Eurem Hause Wache halten."

Margarita beruhigte der Gedanke, dass Giovanni noch eine kurze Weile bei ihr bleiben würde. Seine Nähe gab ihr ein gewisses Gefühl von Sicherheit, und das war etwas, wonach sie sich im Moment am meisten sehnte. Angiola half ihr, sich

endlich richtig anzuziehen, während Giovanni vor der Garderobe wartete und den Eingang mit seinem Rücken verdeckte. Margarita schlüpfte in ihre Schuhe und warf zum Schluss ein großes Tuch um ihre Schultern. Daraufhin löschte Angiola die Leuchter im Raum. Zu dritt verließen sie den Ort von Margaritas Pein und gingen die Treppe hinunter, bis sie vor dem Bühneneingang standen, wo Polheim noch immer ausharrte. „Miltitz ist mit Sahla dem Flüchtigen gefolgt und bis jetzt sind sie nicht zurückgekehrt", erklärte er pflichtbewusst. „Was ist eigentlich geschehen?"
„Das erkläre ich Euch später, Polheim. Die Primadonna ist überfallen worden und benötigt jetzt unseren Schutz, und Ihr werdet die erste Nachtwache bei ihrem Quartier übernehmen. Hoffen wir, dass die beiden Männer lebend zurückkehren und diesen Schurken zur Strecke gebracht haben!"
Polheim nickte verständnisvoll und stellte keine weiteren Fragen. Die Gruppe bewegte sich auf die Gondel zu, als Margarita auf einmal schwindelig wurde. Sie fühlte, wie eine Schwäche sie überkam und der Boden unter ihren Füßen zu schwanken begann. Bevor sie zusammensackte, konnte sie sich gerade noch an Angiola festhalten, die einen überraschten Schrei ausstieß. Giovanni wandte sich sofort wieder der Primadonna zu und fing sie auf. Ihre Ohnmacht dauerte nur wenige Sekunden. Als sie ihre Augen wieder öffnete, war sie überrascht, sich in seinen Armen wiederzufinden. Nach einem kurzen Moment der Verwirrtheit erkannte sie in seinem durchdringenden Blick eine tiefe Sorge, aber auch eine ungeahnte Leidenschaft, die ihr durch Mark und Bein ging.
„Ich werde Euch nicht nochmals fragen, ob es Euch gut geht, Signorina, da dies ganz offensichtlich nicht der Fall ist. Man kann Euch ja keinen Augenblick mehr allein lassen."
Ein leichtes Lächeln auf seinen Lippen versuchte, die ernste Sorge hinter seinen Gedanken zu überspielen. „In diesem Zustand muss ich Euch nun zu meinem größten Vergnügen selbst in Euer Quartier begleiten. Polheim, sie bleiben bei uns

und werden bis zum Eintreffen des Generaladjutanten Pflug Signorina Salicola bewachen."

Polheim schien nicht besonders begeistert von der Aussicht auf eine schlaflose Nacht vor der Tür einer vermeintlichen Eroberung seines Herrn zu sein, doch er ließ sich seinen Unmut nicht anmerken und nickte erneut nur kurz.

Die Gesellschaft begab sich in die wartende Gondel, sodass Margarita den kurzen Weg nach Hause nicht zu Fuß gehen musste, sondern geradezu fürstlich auf dem Wasser dahinglitt. Giovanni setzte sich neben sie und zog die Vorhänge seiner kleinen Kabine zu, während die anderen im vorderen, unbedachten Teil der Gondel Platz genommen hatten. Nur eine kleine Laterne erhellte das Innere der Barke. Margarita, die keinerlei Kraft oder Gegenwehr verspürte, ließ sich in den mit rotem Samt gepolsterten Sitz fallen und genoss die unerwartete Nähe dieses Mannes, der sie eben aus einer der schlimmsten Situationen ihres Lebens befreit hatte. Deshalb fühlte sie sich bei ihm vollkommen sicher und geborgen. Er setzte sich neben sie, nahm vorsichtig und zärtlich ihre Hand in die seine und küsste gefühlvoll ihre Finger. Flüsternd blickte er in ihre dunklen Augen. „Ich möchte mich bei Euch für mein respektloses Verhalten am vorgestrigen Tag entschuldigen. Eure Anmut und Schönheit haben mich derart überwältigt, dass ich völlig die Kontrolle über meine Sinne verloren habe."

„Ihr habt mir eben meine Ehre gerettet und vielleicht sogar das Leben. Ich stehe tief in Eurer Schuld, Giovanni."

Diesen Namen aus ihrem Munde zu hören, löste eine Woge von Wärme und tiefer Zuneigung in ihm aus. Er begann sanft ihre Hand und ihren Arm zu streicheln und zu küssen und sog dabei ihren Duft wie eine lang vermisste Erinnerung auf.

„Ihr dürft mich Margarita nennen", setzte sie zart wispernd hinzu.

Er spürte, wie sich ihre kleinen Härchen auf der Haut unter seiner Berührung aufrichteten. Ihr Atem wurde unmerklich

schwerer, und sie schloss halb ihre Augen. Er wusste nicht, ob sie aus Schwäche oder Wonne so verzückt auf ihn wirkte und zögerte einen Moment. Das Tuch, das ihre Schultern bedeckte, glitt langsam zur Seite, und Giovannis Blick fiel auf ihre seidige Haut, die im Kerzenlicht verführerisch leuchtete. Er konnte sich kaum mehr beherrschen, beugte sich langsam über sie und küsste sie so zärtlich und vorsichtig auf die leicht geöffneten Lippen, wie er nie zuvor ein Weib geküsst hatte.
Zu seiner Überraschung erwiderte sie sein Begehren. Sie zog ihn an sich, und ihre Lippen verschmolzen in einem fast schon verzweifelten Kuss voller Leidenschaft. Giovanni spürte, wie sehr sie ihn begehrte, wodurch auch sein eigenes Verlangen noch stärker entfacht wurde. Er presste ihren zarten Körper heftig an sich. Raum und Zeit schienen in Bedeutungslosigkeit zu versinken, und für einen kurzen Moment wurde nur die Seligkeit dieses Kusses zum Sinn seines Lebens. Sie bemerkten nicht, dass die Gondel inzwischen schon gehalten hatte.
„Durchlaucht, wir sind am Campo di Santa Maria dei Miracoli angelangt."
Die Stimme Polheims drang wie aus der Ferne durch die schweren Stoffe zu dem innig umschlungenen Paar. Giovanni löste sich sanft und widerwillig von Margarita los und rief nach draußen: „Bitte wartet einen Augenblick, wir haben noch etwas zu besprechen." Zärtlich streichelte er ihr nochmals über die leicht geröteten Wangen und küsste sie voller Leidenschaft ein zweites Mal. „Ich hole Euch morgen Nachmittag zu einer Spazierfahrt über die Kanäle ab, Margarita."
Noch ehe sie ihm antworten konnte, öffnete er den Vorhang, sprang behände aus der Gondel und hielt ihr die Hand zum Aussteigen hin. Margarita stand auf, ordnete ihre Kleidung und trat an seiner Hand in die abendliche Kühle des Platzes, wo Angiola und Polheim schon auf sie warteten.
Angiola warf ihr einen prüfenden und vielsagenden Blick zu. „Ich bin noch etwas benommen von den Ereignissen des Tages. Der Conte war so freundlich, das Geschehene mit mir

nochmals zu überdenken und einen eventuell Schuldigen des Überfalls zu suchen“, erklärte Margarita.

„Leider sind wir mit unseren Überlegungen nicht weit gekommen“, setzte Giovanni mit einem wissenden Blick zu Margarita hinzu.

„Wir wünschen Durchlaucht eine gute Nacht“, verabschiedete sich Polheim von seinem Herrn.

Die Damen knicksten vor Giovanni und wandten sich ebenfalls in Richtung Haus. Dieser verabschiedete sich förmlich und setzte sich zurück in die Gondel, die sich schnell von der Anlegestelle entfernte. Er blickte Margarita nach und konnte noch immer seine heftige Erregung spüren, die ihn schier in den Wahnsinn zu treiben schien. Erschöpft und beseelt fühlte er eine innere Woge des Glücks in sich aufsteigen und ließ sich in der Hoffnung auf baldige Erfüllung seines drängenden Begehrens über die Kanäle zum Palazzo della Torre gleiten.

Flucht

Andrea Corte rannte aus dem Theater St. Giovanni Grisostomo. Er stieß Menschen beiseite, die ihm im Weg standen und wollte schnellstmöglich den Kanal erreichen, wo seine Gondel vertäut lag. Sein Arm blutete stark, und er versuchte, mit der rechten Hand die Blutung während des Laufens zu stoppen. Wenn er seine Gondel am Rio della Fava erreichen würde, wäre er für den Augenblick in Sicherheit. Hinter sich hörte er die Schritte seines Verfolgers, doch er erkannte mit einem schnellen Blick, dass es nicht der Deutsche aus Margaritas Garderobe war. Der Mann, der ihm folgte, wirkte etwas gedrungener und flinker. Jetzt trennten sie nur noch wenige Meter, und es würde zum Kampf kommen. Deshalb beschleunigte Andrea erneut seine Schritte und rannte, als ob ihn der Teufel persönlich verfolgen würde. Vor sich sah er bereits den Kanal. Mit einem Ruck sprang er beherzt auf seine

Gondel, zerschnitt blitzschnell mit dem Messer das Seil, welches das Boot am Ufer festhielt und stieß sich mit einem kräftigen Tritt los.

In diesem Moment erreichte auch sein Verfolger das Kanalende und sprang mit einem großen Satz auf die sich schon entfernende Gondel. Das Boot schwankte stark, doch die Männer konnten sich beide im Boot halten. Nun standen sie sich wie zwei lauernde Kampfhähne mitten auf dem kleinen Kanal gegenüber.

Andrea, der schon seit seiner Kindheit in Booten gelebt hatte, verlagerte nun permanent sein Gewicht, um die Gondel wieter zum Schwanken zu bringen. Sein Verfolger hingegen schien mit der ungewohnten Bewegung auf dem Wasser die größten Schwierigkeiten zu haben – er konnte sich kaum auf den Beinen halten und drohte jede Sekunde aus der Gondel zu fallen. Andrea nutzte die Verwirrung des Mannes, nahm sein Messer und stieß es mit einer heftigen Vorwärtsbewegung in den Bauch seines Gegners. Der Verletzte schrie auf, versuchte sich jedoch zu wehren und stieß Andrea mit einem starken Fußtritt von sich. Durch die kraftvolle Bewegung verlor er aber selbst vollends das Gleichgewicht und stürzte rückwärts in den Kanal.

Andrea lachte kurz über den leicht besiegten Gegner und wollte sich schon schnellstmöglich davonmachen, als er bemerkte, dass der Mann sich krampfhaft an das Boot klammerte und nun seinerseits versuchte, die Gondel zum Kentern zu bringen. Da zögerte Andrea nicht, sondern trat mit seinen Füßen mehrmals heftig auf die sich festgekrallten Hände ein, bis der Mann sich mit schmerzverzerrtem Gesicht und einem Schrei vom Boot löste und in das kühle Wasser zurückglitt. Andrea konnte sehen, wie er an eine Anlegestelle schwamm, wo ein Gefährte ihn erwartete und mühsam aus dem Wasser zog. Nun verlor Andrea keine Zeit, sondern nahm den Riemen, stieß sich nochmals ab und glitt lautlos auf dem Wasser zum Canal Grande hin. Dort verschwand er mit seiner Gondel in der Dunkelheit und war unter den anderen Booten schon nicht mehr auszumachen.

Für einen kurzen Moment freute er sich, dass er den Verfolger so schnell abschütteln konnte. Doch dann dachte er sofort wieder an die Primadonna, und es überwog das Gefühl einer Kränkung, weil er seinen Auftrag nicht vollständig zu Ende gebracht hatte. Ein dahergelaufener Deutscher hatte ihn bei seinem lustvollen Treiben abrupt unterbrochen. Nur noch wenige Minuten hätten gereicht, um die Sängerin gänzlich zu schänden. Doch so war es nur bei einem kurzen Vorspiel geblieben. Da er seine Bezahlung schon zur Hälfte erhalten hatte, sollte es ihn eigentlich nicht stören, ob er den Auftrag gänzlich ausgeführt hatte oder nicht, doch er fühlte sich wegen der erlebten Lust, die er nicht hatte befriedigen können, in seiner Manneskraft verletzt. Bei dem Gedanken an ihren jungen, prallen Körper und ihre angsterfüllten Augen versteifte sich sein Glied erneut. Er roch an seinem Finger, an dem noch der Duft ihres Honigs klebte.

Andrea ergötzte sich an solchen Aufträgen, die etwas Abwechslung in sein tristes Tagesgeschäft brachten. Denn normalerweise lieferte er auf Bestellung einen unauffälligen, aber sehr wirkungsvollen Gifttrank zu den gewünschten Adressaten, die dann auf sonderbare Weise einschliefen und verstarben. Die Kunst des Vergiftens hatte er durch jahrelange Erfahrung zu einer nie gekannten Perfektion geführt, die ihn zu einem der begehrtesten Auftragsmörder Venedigs gemacht hatte. Für ein derartiges Geschäft war die Lagungenstadt ideal geeignet – es gab Unmengen von Intrigen um Macht, Geld und Einfluss, und manche Patrizier kämpften mit allen Mitteln um ihre Vormachtstellung. Außerdem brachten die vielen Händler Gifte aus aller Welt in die Stadt. Andrea hatte mehrere Bezugsquellen für seltene Schlangengifte und galt als absoluter Experte auf dem Gebiet.

Zu seinem eigenen Schutz kannte er seine Auftraggeber nie. Anonym erhielt er Briefe, die zusammen mit einem Geldbeu-

tel in der Kirche Santa Maria del Giglio in einem Beichtstuhl
hinterlegt wurden. Bei erfolgreicher Erledigung des Geschäf-
tes fand er meist am Folgetag ein weiteres Säckchen mit Geld.
Nur einmal war ein Kunde zahlungsunwillig gewesen, doch
diesen hatte Andrea mit Hilfe eines anderen Spions ausfindig
machen können und wirkungsvoll beseitigt, damit alle anderen Kunden die deutliche Botschaft verstehen konnten.
Diesmal war sein Auftrag besonders pikant gewesen. Er sollte
die Primadonna Margarita Salicola schänden und zum Beweis
ein Taschentuch mit ihrem Blut in der Kirche hinterlegen.
Einen derartigen Auftrag erhielt er nicht alle Tage und vermutete deshalb einen tief gekränkten oder zurückgewie-
senen Kavalier als Auftraggeber. Ein Taschentuch konnte Andrea nun zwar nicht vorweisen, doch wahrscheinlich würde
sich die Kunde vom Überfall rasend schnell in der Stadt verbreiten und als Beweis schon ausreichen.
Das großzügige Honorar war nicht der einzige Grund dafür
gewesen, dass er sich gern dieser Aufgabe annahm. Andrea
liebte es, wenn Frauen vor Schmerzen und Lust vor ihm win-
selten und ihn um Gnade anflehten. Seine Erregung steigerte
sich mit ihrem Leiden und wurde erst befriedigt, wenn er sie
ganz besitzen konnte. Viele Male hatte er seinen Vater so mit
seiner Mutter umgehen sehen, und die einprägsamen Bilder
aus seiner Kindheit hatten ihn nie losgelassen. Leider war er
bei Margarita nicht so weit gekommen, sondern musste die
Unterbrechung durch diesen unbekannten Deutschen ver-
kraften.
Nichtsdestotrotz würde sich mit der Primadonna eine andere
Gelegenheit finden, bei der er sein angefangenes Werk erfolgreich zuende führen konnte. Und trotz des Zwischenfalls hielt
er seinen Auftrag nach einigem Nachdenken doch für erfüllt –
die Nachricht vom Überfall auf die schöne Primadonna würde
ihren Ruf ruinieren. Denn eine geschändete Primadonna glich
einer Hure, die jetzt von jedem genommen werden konnte.
Andrea steuerte mit seiner Gondel in einen Nebenkanal, wo

er kurz anhielt, um notdürftig seine Wunde zu versorgen. Dazu legte er seinen Mantel ab, zog das Wams aus und zerriss den Ärmel seines Hemdes. Mit dem Stoff verband er fest die blutende Stelle, erleichtert darüber, dass die Verletzung keine große Ader getroffen hatte und sicher schnell verheilen würde. Trotzdem fluchte er nochmals innerlich über diesen Ausgang des Unternehmens. Ein zweites Mal würde ihm dieses Weib nicht entwischen, und er würde sich für sie etwas ganz Spezielles ausdenken…

Überraschung

Margarita wälzte sich im Bett hin und her. Sie konnte einfach keinen Schlaf finden. Der Tag war so aufwühlend und ereignisreich gewesen, dass ihr Herz vor Aufregung und Anspannung noch wild und unruhig schlug. Man hatte ihr tatsächlich ein Engagement in Sachsen angeboten, und das Honorar war äußerst großzügig, sodass man es kaum ablehnen konnte. Dann war sie unerwartet in ihrer Garderobe von einem Fremden überfallen und fast vergewaltigt worden, und zur Krönung des Abends hatte sie Giovanni leidenschaftlich geküsst! Margarita wusste nicht, welches dieser Ereignisse nun eigentlich für sie die wichtigste Bedeutung hatte und konnte das Geschehene weder einordnen noch verstehen. Wer hatte denn einen Grund, sie zu überfallen und derartig zu verletzen? Noch immer fröstelte sie beim Gedanken an den fauligen Atem des Fremden, der mit ihrem Körper wie mit einem Stück Fleisch auf dem Viehmarkt umgegangen war. Die Berührungen Giovannis waren hingegen von solch unbeschreiblicher Zärtlichkeit gewesen, dass Margarita alles um sich herum vergessen hatte und förmlich in seinen Armen zerflossen war. Selbst wenn ihr Verstand sagte, dass sie sich von diesem Sachsen fernhalten musste, so gab ihr Körper doch eine ganz andere Antwort. Dabei wusste sie nichts über diesen Deutschen. Wenn sie das Angebot aus Sachsen annehmen würde, könnte sie weiter in seiner Nähe bleiben und würde vielleicht mehr über ihn in Erfahrung bringen. Empfand er genauso wie sie? War er verheiratet? Hatte er vielleicht sogar schon Kinder? Wie erleichtert war sie gewesen, als er sie aus den Fängen ihres Peinigers befreit hatte. Gleichzeitig spürte sie jetzt Scham in sich aufsteigen, weil er sie so bloßgestellt und nackt vorgefunden hatte.

Leise drehte sich Margarita zu ihrer Schwester, die neben ihr im schmalen Holzbett schlief, während Polheim vor der Zimmertür saß und die beiden bewachte. „Bist du noch wach, Angiola?"

„Ja, was hast du denn?", fragte sie verschlafen.

„Ich verstehe einfach nicht, wer dieser Mann war, der mich überfallen hat, und warum er mich angegriffen hat."

„Darauf wirst du sicher nur schwer eine Antwort finden. Wahrscheinlich war er ein dahergelaufener Lüstling, der sich nur an dir befriedigen wollte."

Mit diesen Worten konnte Angiola sie kaum beschwichtigen.

„Zerbrich dir nicht den Kopf über eine Frage, die dir niemand beantworten wird."

„Vielleicht konnten Giovannis Diener den Eindringling stellen?"

„Die Wahrscheinlichkeit, dass man ihn fasst, ist mehr als gering und du kennst doch Venedig – hier herrschen ganz eigene Gesetze, und jeder ist des anderen Feind. Man kann das Labrinth von Verschwörungen und Intrigen nicht entwirren, und auch dein Giovanni wird nicht der Heilsbringer sein und den Gordischen Knoten entwirren", entgegnete Angiola schlaftrunken.

Margarita musste sich eingestehen, dass ihre Schwester Recht hatte. Sie dachte deshalb weiter über Giovanni nach. „Was denkst du über diesen Sachsen, Angiola?"

Ihre Schwester drehte sich nun zu ihr um, und das Bett knarrte laut bei ihrer Bewegung. „Dein Giovanni? – Er ist ein stattlicher Mann, auch wenn er um einige Jahre älter ist. Allerdings brauchst du dir trotz seiner offensichtlichen Zuneigung nicht einbilden, dass er dich zur Frau nimmt. Er trägt mehrere wertvolle Ringe, wovon einer sogar ein Ehering sein könnte, und außerdem würde er dich nie zu seiner Gattin erwählen, weil das Ansehen seines Geschlechtes sicher stark unter einem solchen Fehlgriff leiden würde. Somit kannst du höchstens seine Geliebte werden und versuchen, so viel wie möglich von der Beziehung zu profitieren."

Angiola sah immer nur den materiellen Vorteil, was durchaus nachvollziehbar war, doch heute verletzten diese Gedanken Margarita, weil damit ihre eigenen Gefühle für Giovanni mit Füßen getreten wurden.

„Angiola, ich fühle mich so stark zu ihm hingezogen, dass ich kaum an etwas anderes denken kann."

„Margarita, du musst einfach realistisch bleiben. Es ist ohnehin fraglich, ob du überhaupt nach Sachsen gehen kannst. Ich habe nach der Vorstellung kurz mit Abbate Grimani gesprochen, und er deutete an, dass er einer Vertragsauflösung ohne die Erlaubnis des Herzogs von Mantua keinesfalls zustimmen wird. Die Chance, nach Sachsen zu gehen, wird also durch ein weiteres Hindernis beeinträchtigt. Aber morgen früh versuche ich persönlich mit Ferdinando zu sprechen und ihn von der Notwendigkeit des Vertrages mit Sachsen zu überzeugen."

Trotz ihrer erklärenden Worte hörte Margarita einen missmutigen Unterton in Angiolas Stimme und dachte daran, dass dieser Tag auch für ihre Schwester sehr anstrengend gewesen sein musste. „Du bist eine wahre Schwester und meine allerliebste Freundin", sagte sie liebevoll zu ihr. Dabei streichelte sie Angiolas Gesicht und küsste sie beherzt auf die Stirn. „Gute Nacht, meine Liebste!"

Angiola erwiderte ihren Kuss, und endlich konnte auch Margarita Schlaf finden. Doch die Ereignisse vom Vortag durchkreuzten wie Gespenster ihre Träume, und sie schlief sehr unruhig. Überall sah sie dunkle Hände, die nach ihr griffen, an ihr zerrten und laut ihren Namen riefen.

Am Morgen öffnete sie langsam nach der unruhigen Nacht ihre Augen und blickte Angiola an, die bereits völlig angekleidet in der Diele stand und sich schon zum Gehen wandte.

„Wo gehst du hin?", fragte Margarita überrascht mit verschlafener Stimme, während sich Angiola nochmals kurz zu ihr auf die Bettkante setzte.

„Guten Morgen, meine Liebste. Konntest du nun doch etwas ruhen?" Sie streichelte Margarita kurz über die Haare.

Angiola wirkte mit ihrem souveränen und entschlossenen Auftreten viel reifer als ihre ältere Schwester. „Ich gehe jetzt zu Ferdinando, um mit ihm über unsere Verträge zu sprechen. Wünsch mir Glück, dass er uns ein Engagement in Sachsen gestattet, und ich ihn von der Auflösung der hiesigen Verträge überzeugen kann."

„Sei vorsichtig, Schwesterherz!"

„Ich werde den Löwen in der Höhle bezähmen", entgegnete Angiola mit einem vieldeutigen Lächeln, während sie durch die Tür entschwand.

Margarita ließ sich zurück ins Bett fallen. Sie hatte heute keine Pflichten, lediglich die Verabredungen mit Giovanni warteten auf sie, und bei dem Gedanken an ihn durchzog sie eine sehnsuchtsvolle Vorfreude.

Plötzlich fühlte sie in ihrem Bauch ein schmerzhaftes Ziehen und zwischen ihren Beinen wurde es unangenehm nass – da wusste sie, dass schon wieder einige Wochen vergangen waren und die weibliche Leidlichkeit wieder über sie kam. Sie stand widerwillig auf, holte ein Schwämmchen und legte es mit viel Stoff umwickelt in ihre Unterhose. Damit konnte sie wenigstens etwas von der Blutung auffangen. Margarita verstand nicht, warum sie jeden Monat dieses blutige Elend überkam, doch sie wusste von ihrer Schwester und von den Mädchen aus dem Ospedale, dass es sich bei allen Frauen so verhielt. Nur durch Schwangerschaften wurde der leidige

Blutfluss unterbrochen. Ein spezieller Tee der Nonnen und warme Umschläge halfen über diese qualvollen Tage und die Schmerzen hinweg. In dieser Zeit versuchte sie meist, sich etwas zu schonen, und sang auch weniger. Sie legte sich wieder ins Bett und nahm einen Stapel Noten, der auf dem Stuhl neben dem Bett lag. Vor ihr begannen die Zeichen zu tanzen, und sie hörte die herrlichsten Klänge in ihrem Kopf entstehen. Leise summte sie die Melodien mit und freute sich über besonders gewagte harmonische Wendungen.

In ihre Gedanken mischten sich unerwartete Geräusche, die vom Hausflur zu ihr drangen. Sie legte augenblicklich die Noten beiseite, stand wieder auf, warf sich ein großes Tuch über ihr Nachtkleid und öffnete die Tür.

Davor stand Polheim mit einem Unbekannten, mit dem er auf Deutsch diskutierte. Margarita verstand davon kein Wort. Daneben wartete ein halbwüchsiger Junge mit einem großen Korb in der Hand. Die Männer unterbrachen ihr Gespräch und schauten nun verwundert zu Margarita, die in Nachtkleidung vor ihnen stand. Sie wurde sich der unschicklichen Situation bewusst und überspielte sie gekonnt. „Was gibt es für Neuigkeiten?"

Die drei Herren verbeugten sich leicht. „Guten Morgen, Signorina, verzeiht, wenn wir Euren Schlaf gestört haben", antwortete der Deutsche, den sie noch nicht kannte. „Mein Name ist Hans Sigismund von Pflug. Ich bin der Generaladjutant des sächsischen Conte di Hoyerswerda und heute für Eure Sicherheit zuständig. Er lässt Euch freundlichst grüßen, überbringt Euch dieses Frühstück und wünscht, Euch nachmittags hier abzuholen."

Der Junge reichte ihr den Korb, den sie überrascht und dankend annahm. Margarita erkannte darin die köstlichsten Früchte, Schinken, einen Laib Brot und Oliven. Sie fühlte sich so überwältigt, dass sie kaum etwas zu entgegnen wusste. „Richtet dem Conte meinen Dank für diese köstliche Überraschung und meine Vorfreude auf den heutigen Nachmittag aus." Dabei reichte sie dem Jungen mit einem Lächeln einen Apfel aus dem Korb, und er entschwand mit flinken Schritten.

„Herr von Pflug, ich freue mich sehr, Eure Bekanntschaft zu machen. Signore Polheim hat mir bereits eine friedvolle Nacht geschenkt, für die ich ihm sehr dankbar bin."

Obwohl das eigentlich gelogen war, munterte sie damit den übernächtigten Polheim etwas auf, der sie für das kleine Kompliment dankbar anstrahlte. Natürlich wusste Margarita, dass die Herren ihre Zeit in Venedig gern anders verbringen würden, als zu nächtlicher Stunde eine Sängerin zu bewachen. Doch sie fühlte sich mit den Leibwächtern tatsächlich sicherer. Außerdem hatte Giovanni dies entschieden, und deshalb brauchte sie auch kein schlechtes Gewissen zu haben.

„Habt Ihr heute Termine, Signorina, oder wünscht Ihr gar, das Haus zu verlassen?", fragte Pflug.

„Nein, im Moment nicht. Nun, da mir ein so köstliches Frühstück gebracht wurde, werde ich im Zimmer speisen und mich danach dem Studium meiner Noten hingeben."

„Wie Ihr wünscht, Signorina."

Polheim, der sich endlich auf ein Bett und ein wenig Schlaf freute, verabschiedete sich, und Margarita schloss wieder ihre Zimmertür. Sie breitete den Inhalt des Korbes neugierig auf dem Tisch aus und setzte sich noch in ihrer Nachtkleidung zum Frühstück. Sie liebte es, so ungestört allein zu sein und ohne jeglichen Zwang über ihre Zeit verfügen zu können. Währenddessen überlegte sie, welches Kleid sie heute für ihr Treffen mit Giovanni wählen sollte, und entschied sich für ein dunkelblaues Kleid, das sie einst vom Herzog von Mantua bekommen hatte. Nach dem Essen kümmerte sie sich intensiv um ihre Körperpflege. Sie kämmte ihre Haare und steckte sie aufwendig geflochten nach oben. Über ein frisches Unterkleid zog sie das blaue Gewand und dachte an die kleine Parfüm- flasche, die ihr der alte Händler so geheimnisvoll überreicht hatte. Seit ihrem Besuch in der Parfümerie hatte sie jeden Tag einen winzigen Tropfen an ihre Schläfen getan und dadurch selbst geglaubt, eine schützende Aura zu spüren. Vielleicht würde ihr dieses Öl auch bei Giovanni von Nutzen sein? Anschließend widmete sie sich Näharbeiten, da die Kleider immer wieder Risse hatten oder Knöpfe fehlten. Ungeduldig hörte sie das Schlagen der Glocken an der nahen Kirche und hoffte, dass es bald nach Mittag sein möge, doch die Zeit wollte nicht vergehen. Als dann endlich die Stunde immer näher rückte, in der sie Giovanni wiedersehen würde, hielt sie es vor Aufregung kaum mehr aus.

Entscheidungen

Angiola hatte es nicht weit bis zum Palazzo Michiel, wo sich der Herzog von Mantua eingemietet hatte. Sie wollte ihn so zeitig wie möglich aufsuchen, da er ein Frühaufsteher war und am Morgen meist die beste Laune hatte. Sie kannte ihn sehr gut, weil sie schon lange das Bett mit ihm teilte. Ihr war dabei bewusst, dass sie nicht die einzige Frau im Leben des Herzogs war, doch für sie spielte die finanzielle Absicherung und seine Unterstützung eine wichtige Rolle, und dafür war sie auch bereit, ihren Leib hinzugeben. Da sie ohnehin aus einer Schauspielerfamilie stammte, hatte sie nichts zu verlieren, und im Moment war die ganze Familie Salicola vom Wohlwollen des Herzogs abhängig.
Mit ihren zügigen Schritten näherte sie sich schnell dem Palazzo Michiel. Am hinteren Eingang klopfte sie mehrmals, bis ihr ein Diener öffnete. Er erkannte die Sängerin und lies sie mit einem überraschten „Buon giorno, Signorina Salicola!" eintreten.
„Ich muss sofort den Herzog sprechen", entgegnete sie hastig. Sie ahnte, dass es nicht einfach werden würde, dem Herzog Zugeständnisse zu entlocken oder gar die Auflösung einer Verbindung mit ihrer Familie zu erwirken, aber vielleicht war ein Kompromiss möglich, und dafür würde sie kämpfen.

Der Herzog saß im ersten Obergeschoss an einer langen Tafel einer Frau gegenüber beim Frühstück. Angiola kannte die Dame nicht, doch sie schien von Stand und keine Kurtisane von der Straße zu sein. An der Wand lehnten mehrere großflächige Gemälde, die Angiola nur aus den Augenwinkeln streifte.

„Buon giorno, Durchlaucht. Verzeiht die morgendliche Störung, doch ich habe in dringenden geschäftlichen Angelegenheiten mit Euch zu sprechen."

Der Herzog ahnte nichts von den Hintergründen ihres Besuches und vermutete eine überraschend aufgetretene Geldnot, die er oft bei seinem Personal – und vor allem bei seinen Künstlern – feststellen musste. Trotzdem erfreute ihn der morgendliche Anblick seiner Gelegenheitsgeliebten, und er bat sie mit umschmeichelnder, zuckersüßer Stimme näher zu sich heran. „Angiola, mein Kind, Ihr wirkt so aufgelöst. Wollt Ihr Euch nicht zu uns setzen und noch einen Kaffee trinken?"

Der Herzog gönnte sich täglich den Luxus dieses exotischen Getränkes, das hauptsächlich in den Kaffeehäusern der Stadt angeboten wurde. Für Angiola war dieser schwarze Trank im Alltag viel zu kostspielig, und deshalb wollte sie jetzt ein solches Angebot trotz der Dringlichkeit ihres Anliegens nicht ablehnen. „Es ehrt mich, mit Euch den Morgenkaffee genießen zu dürfen, Durchlaucht", antwortet sie betont devot.

Sie setzte sich zwischen dem Herzog und der Dame an die Tafel und wartete, bis ein Diener ihr das dunkle Getränk in die Tasse gefüllt hatte.

Der Herzog beobachtete sie amüsiert und wartete auf ihren ersten Schluck. „Probiert nur, meine Liebe. Es ergötzt die Pulse und belebt das Herz."

Angiola nahm vorsichtig die Tasse aus zartestem chinesischen Porzellan und nippte daran. Der bittere Geschmack stieß sie ab, doch sie versuchte, sich nichts anmerken zu lassen. Heiß perlte das dunkle Gebräu ihre Kehle entlang und hinterließ einen unangenehmen Nachgeschmack im Mund.

„Ganz vorzüglich, Durchlaucht", sagte sie laut, während ihr Gaumen etwas anderes schmeckte und ihr Kopf etwas anderes dachte.

„Warum seid Ihr heute Morgen zu mir gekommen, meine Teure? Doch sicher nicht, um mit mir über das Wetter oder den Kaffee zu plaudern?" Der Herzog blickte angeregt zu der Dame, die am anderen Ende der Tafel saß, und Angiola spürte den herablassenden Blick, den diese ihr zuwarf. Eigentlich wollte Angiola nicht in Gegenwart von Dritten über diese diskrete Angelegenheit sprechen, doch die Zeit drängte, und im Moment gab es keinen anderen Weg. „Margarita und ich haben gestern nach der Vorstellung im Theater unerwartet Besuch von einem sächsischen Edelmann erhalten", antwortete sie ohne Umschweife. Sie machte danach eine kurze Pause, um das Gewicht ihrer Worte abzuwägen. „Er bietet uns einen Vertrag am Dresdner Hof an. Ich möchte Euch deshalb bitten, uns von den Verpflichtungen in Mantua zu entbinden." Der Herzog starrte Angiola regungslos an und schwieg lange. Dann schlug er plötzlich mit der rechten Hand auf den Tisch, stand wütend auf und ließ dabei den Stuhl nach hinten kippen. „Hat dieser sächsische Kurfürst es also doch geschafft! Die ganze Stadt spricht schon von seiner Anwesenheit hier und seiner Begeisterung für die Salicola! Er will mich damit vor ganz Venedig lächerlich machen. Kommt einfach hierher, steckt eine Menge Geld für ein paar lumpige Soldaten ein, spannt mir die besten Sängerinnen Italiens aus und fängt womöglich noch eine Affäre mit ihnen an?"
Er redete sich regelrecht in Rage und konnte sich kaum mehr beruhigen. Dann ging er rasch auf Angiola zu, und ohne erkennbare Vorwarnung verpasste er ihr schroff eine deftige Ohrfeige. „Wie kannst du es wagen, auch nur daran zu denken, mich zu verlassen und so einem dahergelaufenen Sachsen zu folgen! Du undankbares Weib gehörst allein mir und niemand wird dich mir entreißen!"
Erschrocken über die unerwartet heftige Reaktion des Her-

zogs erbleichte die andere Dame am Tisch und schaute betroffen auf ihren Teller.

Angiola hingegen kannte das launische Gemüt ihres Geliebten und ließ sich von seinem Wutausbruch kaum beeindrucken.

Der Herzog zerrte sie jetzt vom Stuhl, fasste sie heftig an der Kehle und schleifte sie rücksichtslos vor seinen Gast. „Dieses Weibsbild möchte mein Schlafgemach gegen das kalte Bett eines Nordländers tauschen, der zudem noch ein Gegner von Frankreich ist. Grenzt das nicht an Hochverrat? Was soll ich denn jetzt mit ihr machen?"

Angiolas Ruhe und Gelassenheit ihm gegenüber reizten ihn weiter bis zur Weißglut. Sie kannte seine Launen genau und wusste, dass er sich natürlich bald wieder beruhigen würde. Unzählige Male hatte sie ihn so erlebt, doch heute wollte er es ihr offenbar besonders schwer machen.

Er zerrte sie weiter, öffnete die Balkontür und stieß sie grob gegen das Geländer, sodass ihr Körper halb über der Brüstung hing. „Willst du den Geschmack des venezianischen Wassers kosten?!", drohte er, während er ihren Hals fest im Griff hatte. Er vergaß sich selbst und hätte Angiola vielleicht tatsächlich über die Brüstung gestoßen, wenn sich nicht die Dame eingemischt hätte, die ihn zu beschwichtigen versuchte. „Lasst doch das arme Ding in Frieden! Sie ist doch der Mühe nicht wert, die sie Euch jetzt bereitet. Wie schnell findet Ihr eine neue Sängerin und Gespielin, die zudem hübscher und talentierter ist als diese Provinzmagd!"

Sein Griff lockerte sich allmählich. Er ordnete seine Kleidung, indem er seinen Wams zurechtzog und sich mit einer verächtlichen Handbewegung über die Ärmel strich.

Angiola stand wieder sicher auf dem Balkon und war von dem direkten, selbstbewussten, aber auch für sie durchaus beleidigenden Eingreifen der Dame beeindruckt und staunte noch mehr, dass der Herzog dem Rat der Unbekannten tatsächlich folgte und gänzlich von ihr abließ. Er reichte ihr mit gespielter Freundlichkeit die Hand und half ihr zurück ins Zimmer. Danach räusperte er sich, trat an die Gemälde und zeigte sie Angiola, während er auch zu der unbekannten Dame blickte. „Siehst du diese Pracht, meine Liebe? Die besten Agenten der Stadt überschwemmen mich mit Ware, und ich weiß nicht, welches Bild ich zuerst kaufen soll. Doch bei Euch Sängerinnen sieht es ganz anders aus – da kommen Agenten und entreißen Euch mir! Es gibt einfach zu wenige gute Sängerinnen, und gerade Eure Schwester ist momentan so beliebt in Venedig, dass man jetzt richtig Geld mit ihr verdienen könnte. Deshalb werde ich keinesfalls einer Auflösung unserer Verbindung zustimmen. Das gebietet mir meine Ehre. Und wenn der sächsische Kurfürst tatsächlich so großes Interesse an euch beiden hat, soll er gefälligst selbst hierherkommen und mit mir persönlich verhandeln!"

Er blitzte Angiola an, die die unermessliche Wut in seinen Augen funkeln sehen konnte. „Bitte verlasst augenblicklich mein Haus und teilt meine Position umgehend dem sächsischen Kurfürsten mit, bevor ich mich gänzlich vergesse", zischte er. Sein Arm wies energisch in Richtung Tür, während er versuchte, seine Wut unter Kontrolle zu behalten.

Angiola hatte mit vielen Ausgängen dieses Gespräches gerechnet, doch dass der Herzog derart angegriffen und beleidigt sein würde, hatte sie nicht erwartet. Mit keinem Argument der Welt würde sie ihn heute umstimmen können, und da er schon eine Dame zu Gast hatte, blieb ihr auch die Möglichkeit der körperlichen Annäherung und Versöhnung versagt. Sie verabschiedete sich knapp vom Herzog und der Dame, lief die Treppe hinunter, durchquerte den kleinen Innenhof und fand sich schneller als gedacht in den Gassen der Serenissima wieder. Mit dieser Nachricht würde sie Margarita sicher keine Freude bereiten.

Sie ging auf dem direkten Wege zu ihrem Quartier, um ihre Schwester schnellstmöglich zu informieren. Vielleicht musste man tatsächlich auf diplomatischem Wege mit dem Herzog verhandeln oder sogar einen Advokaten hinzuziehen.

Auf dem Weg zu Margarita begegneten ihr mehrere Schauspieler, die zum Piazza San Marco strömten, wo den ganzen Karneval über gespielt wurde. Angiola war froh, nicht mehr zu diesen ganz armen, fahrenden Künstlern zu gehören, die wie Freiwild behandelt wurden und für Geld so gut wie alles machten. Doch unterschied sich ihre jetzige Situation so stark von ihnen? Ließ sie sich nicht auch wie eine Hure vorführen und war willig, wenn der Herzog es von ihr verlangte? Auch wenn er ihr einziger Liebhaber war, lebte sie in den Augen der Kirche doch in großer Sünde. Aber auch das erschien ihr jetzt zweitrangig, da sie endlich immer genug zu essen, ein Dach über dem Kopf und ordentliche Kleidung hatte. Und gerade in Venedig spielte es keine Rolle, ob man sich hingab – so viele Priester hielten sich hier eine Kurtisane, dass ein Kirchenmann ohne lustvolle Abenteuer in Venedig wie ein Tropfen Wasser in der Wüste erschien. Ganz zu schweigen von den Zuständen im Theater! Als sie gestern Abend mit Abbate Grimani sprechen wollte, fand sie den dicken, glatzköpfigen Operndirektor in eindeutiger Pose mit einem jungen Knaben vor. Sie hatte ihren Blick geflissentlich abgewandt und wollte den Raum schnell wieder verlassen, doch Grimani schien die grundsätzliche Anwesenheit von Angiola nicht zu stören. Er wirkte nur kurz peinlich berührt, ließ dann von dem Knaben ab und wandte sich völlig ihr zu, als ob der Junge überhaupt nicht mehr existieren würde. Angiola ahnte, dass er nach ihrem Weggang seine unzüchtigen Triebe vollends an dem Knaben befriedigt hatte und schauderte bei dem Gedanken.

Grimani hatte seine Zusage zur Auflösung des Vertrages an die Zustimmung des Herzogs von Mantua geknüpft. Er wagte offenbar nicht, sich ihm zu widersetzen, weil er dessen Charakter nur allzu gut kannte und in dieser Angelegenheit sehr vorsichtig war. Weil der Herzog von Mantua aber nun offensichtlich nicht geneigt war, die Salicolas ziehen zu lassen, würde auch Grimani seine Zustimmung zur Auflösung der Verträge verweigern, und die Sängerinnen müssten bald im

Herbst wieder in Venedig auf der Bühne stehen.

Angiola trat ins Haus, stieg schweren Schrittes die Treppe hinauf und grüßte den unbekannten Mann, der vor ihrer Tür saß. „Buon giorno, Signore. Ich nehme an, Ihr seid Generaladjutant Hans Sigismund von Pflug?"

Der lange, deutsche Name bereitete Angiola bei der Aussprache hörbar Schwierigkeiten, doch er nickte ihr zu und verbeugte sich leicht. „Und ich nehme an, Ihr seid Angiola Salicola, die Schwester der Primadonna. Ihr seht Eurer Schwester zum Verwechseln ähnlich."

Angiola fühlte sich geschmeichelt und spürte doch wieder einen gewissen Stich, weil er sie als ‚Schwester der Primadonna' bezeichnet hatte. Würde sie denn immer nur im Schatten Margaritas stehen?

„Da habt Ihr richtig geraten. Ich bin Angiola Salicola. Darf ich nun eintreten?"

Pflug gab ihr ein Zeichen zu warten und klopfte an die Tür. Nach wenigen Sekunden öffnete Margarita und begrüßte ihre Schwester freudig.

„Es handelt sich bei der Dame also tatsächlich um Eure Schwester?", fragte er mit verschmitztem Lächeln, das die Frauen ansteckte.

„Natürlich, Herr Generaladjutant. Oder glaubt ihr etwa, dass Ihr hier einen Liebhaber in Frauenkleidern vor Euch habt?"

Die Mädchen mussten kichern, schlossen die Tür lachend hinter sich und ließen den erheiterten Pflug zurück.

„Nun erzähl schon, Angiola! Was hat der Herzog gesagt?", fragte Margarita aufgeregt. Sie wollte sich vor Nervosität gar nicht setzen. Das Treffen mit Giovanni stand unmittelbar bevor, und sie würde ihm gleich die Neuigkeiten überbringen können, doch Angiolas Miene verriet nichts Gutes. „Leider überbringe ich dir keine guten Nachrichten. An Ferdinandos Tisch saß wieder eine neue, unbekannte Dame, und er war für unser Anliegen nicht offen. Um es kurz zu sagen: Er ist wie ein eifersüchtiger Liebhaber auf mich losgegangen und drohte, mich im Canal Grande zu versenken, wenn wir ihn verlassen sollten.“

„Was?!“ Margarita entfuhr ein Aufschrei. Sie hatte sich mehr Respekt des Herzogs im Verhalten gegenüber ihrer Schwester erhofft, doch vielleicht war gerade ihre enge Beziehung zu ihm bei geschäftlichen Fragen ein Hindernis.

„Er hat gefordert, dass der sächsische Kurfürst persönlich bei ihm vorspricht und sein Anliegen vorträgt. Dann wird er angeblich auch gewillt sein, über die Auflösung unserer Verbindung nachzudenken.“

„Wie kann er nur derartig gereizt und übertrieben reagieren?“, fragte Margarita aufgebracht.

Angiola, die ihn besser kannte, entgegnete nachdenklich: „Es ist sicher nichts Persönliches, sondern eher eine politische Frage. Der Herzog wurde doch offiziell aus Venedig verbannt, und seine Ablehnung gegenüber dem Sachsen ist sicher eine Antwort auf die Kränkung durch die Serenissima. Jeder weiß, dass der sächsische Kurfürst in der Stadt weilt, um einen Militärpakt mit Venedig abzuschließen, und dass ausgerechnet dieser Retter des Christentums nun des Herzogs Sängerinnen mitnehmen möchte, wird ihm wie bittere Galle aufstoßen.“

„Aber dann ist unsere Situation ja völlig hoffnungslos. Was sollen wir denn jetzt machen?“, fragte Margarita bestürzt.

„Wir haben keinerlei Einfluss mehr auf die Situation. Und dass der Kurfürst sein Inkognito nicht aufgeben wird, um beim Herzog von Mantua bettelnd für uns anzuklopfen, versteht sich von selbst. Uns bleibt eigentlich nur noch Giulio Mazzolini.“

Der Agent und Freund aus Kindertagen hatte den Schwestern schon in vielen ausweglosen Situationen gegen einen Taler oder ein Lächeln geholfen, und vielleicht würde sein Einfluss auch diesmal etwas bewirken. Giulio kannte den Herzog ebenfalls seit vielen Jahren und wusste manches Geheimnis, das er vielleicht als Druckmittel gegen den störrischen Monarchen einsetzen konnte.

„Vielleicht ist das eine Möglichkeit", überlegte Margarita.

Auf der Treppe war wieder lautes Getrampel zu hören, und Margarita wusste, dass nun der Augenblick gekommen war, da sie Giovanni für eine Gondelfahrt abholen würde. Endlich würde sie ausführlich allein mit ihm sprechen können! Sie hatte so viele Fragen und hoffte, schließlich Klarheit zu gewinnen. Die Aufregung schoss ihr wieder in alle Glieder und brachte ihren Herzschlag zum Rasen. „Wie sehe ich aus?", fragte sie aufgeregt flüsternd.

Angiola streichelte ihr flüchtig über die geröteten Wangen. „Du siehst einfach bezaubernd aus, Margarita! Kein Mann der Welt könnte dir in diesem Zustand innerer Vorfreude widerstehen."

Die Schwestern küssten sich auf die Wangen, und schon öffnete Margarita erwartungsvoll nach dem kurzen Klopfen die Tür. Vor ihr stand Kammerherr von Miltitz, den sie am Vorabend kurz gesehen hatte. Er begrüßte sie und geleitete sie aus dem Haus zur Gondel. Vor Aufregung konnte Margarita kaum sprechen. Sie spürte nur die überwältigende Macht des Augenblicks, als Miltitz ihr in die Gondel half, ohne selbst in die Gondel einzusteigen.

Überrascht staunte sie über das, was Giovanni für sie vorbereitet hatte. Obwohl alle Gondeln grundsätzlich schwarz sein mussten, waren im Inneren der Barke kostbarste, bunte Stoffe ausgebreitet und darüber lagen zart verteilt Rosenblätter aus Seide in den schillernsten Farben. Margarita war nicht minder überrascht, als sie Giovanni selbst erblickte. Er wirkte nachdenklich, doch seine Augen leuchteten, als er ihr seine Hand entgegenstreckte. Er trug ein dunkelblaues, glänzendes Wams mit aufwendigen Stickereien und sah darin beinahe majestätisch aus. Allein diese Kleidung musste ein Vermögen gekostet haben!

„Willkommen zu unserem bescheidenen Ausflug, Margarita Salicola. Ihr seht bezaubernd aus, und ich freue mich unsäglich, Euch als Gast auf meiner Gondel begrüßen zu dürfen."

„Die Freude ist ganz meinerseits“, erwiderte sie höflich zurückhaltend.

Margarita wusste, dass es sich in höheren Kreisen nicht ziemte, wenn man als Dame das Wort ergriff. Deshalb setzte sie sich lächelnd hin und blieb stumm, als die Gondel vom Ufer abgestoßen wurde. Beide schwiegen nun, während sie den kleinen Kanal dahinglitten, doch dabei verschlangen sie sich gegenseitig mit Blicken. Margarita schlug verschämt die Augen nieder – zu offensichtlich war ihr das gefährliche Spiel. Giovanni wusste hingegen, dass es bis zu seiner Abreise nur noch wenige Tage waren, und die Zeit gegen ihn arbeitete. Bis dahin musste er sie überzeugt haben, mit ihm zu kommen, um am Dresdner Hof zu singen und seine Liebschaft zu werden. Er hatte lange darüber nachgedacht, ob und wie er seine Gefühle ihr gegenüber äußern sollte und war zu dem Schluss gekommen, dass Ehrlichkeit in diesem Fall seine einzige Möglichkeit war. Sie würde jede seiner Taktiken durchschauen und ihm dann keinesfalls nach Sachsen folgen. Trotzdem wollte er sie im Moment nicht überfordern und würde ihr deshalb vielleicht nicht die ganze Wahrheit vor ihrer endgültigen Entscheidung verraten.

Als sie endlich auf dem Canal Grande angelangt waren, wo weniger Ohren lauschen konnten, ergriff er das Wort. „Margarita, Ihr seid das außergewöhnlichste Geschöpf, das mir jemals begegnet ist. Euer Gesang und Eure Erscheinung auf der Bühne wirken regelrecht magisch auf mich, und ich kann mich kaum von Eurem Antlitz lösen. Deshalb bitte ich Euch erneut, mir mein ungestümes Auftreten an dem einen Morgen zu verzeihen und mir die Möglichkeit zu geben, mich zu erklären.“ Er wartete kurz und deutete ihr zaghaftes Nicken als Zustimmung und Aufforderung zum Fortfahren. „Margarita, ich bekleide am sächsischen Hof ein sehr hohes, wichtiges Amt und bin ursprünglich wegen eines militärischen Bündnisses nach Venedig gekommen. Um offen und ehrlich mit Euch zu sein, möchte ich Euch gleich zu Anfang mitteilen, dass in Dresden eine Frau und zwei Söhne auf meine Rückkehr warten. Ich hatte nicht die geringste Absicht, meine Gattin hier in Venedig zu hintergehen und den geleisteten Treueschwur zu brechen. Doch Ihr müsst wissen, dass meine Vermählung keine Verbindung der Liebe gewesen ist, sondern aus politischen Gründen geschlossen wurde. Und trotz der Achtung, die ich meiner Frau entgegenbringe, habe ich selbst der Liebe und Gefühlen nie eine große Bedeutung beigemessen, ja sie sogar als Irrglaube und Fantasiegespinst des weiblichen Geschlechtes abgetan – bis ich Euch, Margarita, hier vor wenigen Tagen hörte und sah."

Er schaute sie erwartungsvoll an, um in ihren Augen eine Reaktion ablesen zu können, doch sie schaute hinaus auf die tanzenden Wellen des Wassers und entzog sich seinen Blicken. Es kostete ihn große Überwindung, sie anzuschauen und dabei nicht zu berühren. Deshalb fuhr er schnell fort: „Die Begegnung mit Euch hat mich so erschüttert und gepackt, dass ich zuerst glaubte, an der Flut meiner eigenen Emotionen zugrunde gehen zu müssen."

So hatte er noch nie über seine Gefühle gesprochen – er hatte solche Gefühle überhaupt noch nie erfahren! Immer wieder suchte er deshalb nach passenden Worten, die seinen Zustand rational umschrieben und die Situation für ihn beherrschbar machten. Immerhin hatte er tatsächlich auch ein geschäftliches Interesse an dieser Frau. „Es ist mir bewusst, dass es keinerlei Möglichkeit gibt, Euch legal an mich zu binden. Auch im Falle des Todes meiner Frau, wäre es leider völlig undenkbar, dass ich mich mit Euch vermähle. Ich hoffe, Ihr verzeiht mir meine Offenheit, doch ich möchte Euch reinen Wein einschenken und im Gegenzug auch Klarheit über Eure Gefühle erhalten. Falls ich Euch damit gänzlich überfordere und meine Gefühle nicht auf Gegenliebe treffen, so können wir unsere Gondelfahrt sofort abbrechen und Ihr betrachtet dieses Gespräch als gegenstandslos – so, als hätte es nie stattgefunden."

Margarita fühlte sich von seinen Worten tatsächlich völlig überfordert.

Hatte er sie vor wenigen Tagen körperlich bedrängt, so war dieses Geständnis ein emotionaler Übergriff, den sie so von Männern nicht kannte. Er hatte ihr eben auf der Gondel seine Liebe zu Füßen gelegt und ihr gleichzeitig gesagt, dass er sie niemals heiraten könne. Und zu allem Überfluss hatte er sich ihr bei seinem Geständnis in keinster Weise körperlich genähert, wie sie es von anderen Männer gewohnt war. Nun blickte er sie mit seinen großen Augen an und wartete auf ihre Antwort. Konnte sie seine Worte überhaupt ernst nehmen? Und was sollte sie darauf antworten? Dass sie ihn ebenso liebte und begehrte, obwohl er offensichtlich verheiratet war? Wieder schwirrten ihr tausend Gedanken durch den Kopf, doch sie vermochte nicht eine einzige klare Aussage zu fassen. Stattdessen nahm sie liebevoll seine Hand, hielt sie fest und legte sie behutsam auf ihren Schoß. Im Grunde genommen, dachte sie, hatte er sich ihr mit dieser Beichte vollkommen ausgeliefert, und es lag nun an ihr, damit umzugehen.

„Ihr antwortet nicht, Signorina. Wie soll ich das verstehen?", fragte er unsicher.

„Sind meine Hände denn nicht Antwort genug für Euch?" Sie streichelte behutsam seine langen Finger und zitterte dabei unmerklich. Es lag so viel Zärtlichkeit in ihrer Berührung, dass er sie auch ohne Worte zu verstehen glaubte. Vorsichtig beugte er sich zu ihr hinüber und wollte sie küssen, doch sie zog sich leicht zurück. „Bitte lasst mir etwas Zeit, Conte. Auch wenn meine Gefühle für Euch vielleicht ebenso stark sind wie die Eurigen, so muss ich doch das Gesagte erst begreifen."

In Giovanni brachen tausend Dämme – sie empfand wie er!

„Ich ahnte natürlich, dass ich niemals Eure Frau werden könnte, doch dies aus Eurem Munde so deutlich zu vernehmen und gleichzeitig Eure Liebe und Nähe zu spüren, stürzt mich in tiefe Verzweiflung", fuhr sie ergriffen fort.

„Mir ist Euer Zustand durchaus verständlich. Auch ich denke seit Tagen an nichts anderes als an Euch. In den Nächten kann ich kaum ein Auge schließen, ohne Euer Bild vor mir zu sehen. In meinen Träumen höre ich nur Eure Stimme – ihr habt mich verhext, Margarita Salicola!"

„Doch wie stellt Ihr Euch das vor? Ich soll als Eure Geliebte nach Sachsen kommen und Eure Frau und mich selbst vor aller Welt demütigen? Eine dahergelaufene Hure sein, nach der jeder faule Eier werfen kann?"

Margarita ließ ihren Zweifeln freien Lauf und redete sich dabei fast in Rage. Sie vergaß alle Konventionen und wusste, dass sie hier und jetzt die Bedingungen ihrer Liebe verhandeln musste und nicht den Vertrag mit einem Opernhaus.

„Ich habe darüber nachgedacht, ob es nicht noch eine andere Möglichkeit gäbe, Euch am sächsischen Hof eine geachtete Position zu verschaffen. Ihr wisst, dass Ihr die erste weibliche Sängerin an unserem Hofe wäret. Deshalb wäre der Titel einer Kammerfrau durchaus angemessen. Damit würdet Ihr direkt der Kurfürstin unterstehen, hättet Zugang zu fast allen Räumen des Schlosses, und wir hätten offiziell die Möglichkeit uns oft zu sehen."

„Was bedeutet dieser Titel? Muss ich die Kurfürstin bedienen?"

„Ihr würdet am Tag nur wenig Zeit mit der Kurfürstin verbringen und diese zu ihrem Zeitvertreib unterhalten. Ihr könntet sogar singen. Wichtig ist dieser Titel einzig und allein für eine gewisse gesellschaftliche Reputation bei Hofe, da ihr nicht von Adel seid."

„Ihr habt Recht, Giovanni. Mit einem angesehenen Titel würde meine Position offiziel gestärkt sein, und es muss ja niemand wissen, dass uns beide etwas Besonderes verbindet. Es scheint, dass Ihr wirklich schon an alles gedacht habt."

Sie wartete einen Augenblick, bis sie ihn vermeintlich enttäuschen musste. „Doch es schmerzt mich, Euch mitteilen zu müssen, dass es mir wahrscheinlich gar nicht möglich sein wird, mit nach Sachsen zu kommen. Der Herzog von Mantua hat heute Morgen seine Zustimmung zur Auflösung der Verbindung verweigert. Er fordert stattdessen, dass der sächsische Kurfürst persönlich bei ihm vorspricht und um unsere Freiheit bittet. Und Abbate Grimani gibt seine Erlaubnis nur, wenn auch der Herzog einwilligt. Ihr seht, dass Eure Pläne äußerst voreilig waren und eine dauerhafte Bindung zwischen uns kaum entstehen wird."

Margarita sagte diese Worte, die sie selbst sehr schmerzten, mit so viel Wehmut und Melancholie, dass sie ihre aufsteigenden Tränen mit Mühe herunterschlucken musste. Ihr wurde bewusst, dass dieses Treffen in der Gondel vielleicht ihre erste und einzige Begegnung mit ihm allein bleiben würde und ihre aufkeimende Liebe keine Nahrung finden konnte.

„Margarita, da ich nun weiß, wie es um Euer Herz bestellt ist, werde ich Himmel und Hölle in Bewegung setzen, damit wir uns nicht mehr verlieren. Ich weiß, dass Gott uns zusammengeführt hat und Ihr ein wichtiger Teil meines Lebens seid. Ich kann und werde nicht ohne Euch nach Sachsen zurückkehren – nicht jetzt, da ich spüre, dass Ihr ebenso empfindet wie ich!"

Er nahm nun seinerseits ihre Hand fest in die seine und küsste sie, während er ihr voller Liebe in die tränenfeuchten Augen blickte. „Es kann einfach kein Zufall sein, dass Ihr mir begegnet seid und solch starke Gefühle in mir auslöst. Diese Begegnung hat mein Leben verändert, und ich muss dieser neuen Welt nachspüren und sie begreifen."

Margarita musste ihre Tränen weiter zurückhalten. Noch nie hatte ein Mann so zu ihr gesprochen, und noch nie hatte sie selbst dabei die Liebe eines Mannes erwidert. Doch sie liebte ihn – das spürte sie mit jeder Faser ihres Körpers. Alles an ihr sehnte sich nach seiner Berührung, nach seinen Küssen, nach seinem Atem. Sollte sie etwa der Versuchung nachgeben und sich ihm hingeben, ohne zu wissen, ob sie überhaupt je nach Sachsen gehen würde? Sie hörte in sich selbst hinein und wusste, dass sie dies nicht konnte. Trotz aller Gefühle mahnte sie sich dazu, vorsichtig zu sein und seinen Worten nicht gänzlich zu erliegen. Es bestand immer noch die Gefahr, dass seine wohlgeformten Sätze nur süßes Geraspel eines starken Eroberungsdranges waren und sie nach der Erfüllung seines Wunsches fallen gelassen werden würde. Dieses Risiko durfte sie keinesfalls eingehen. Sie entzog ihm unmerklich ihre Hand und blickte gedankenverloren in die nun offen vor ihnen liegende Lagune. Immer weniger Boote streiften ihren Weg und beide wurden wieder ruhig. Sie hatte sich dieses Treffen so anders vorgestellt, und nun fühlte sie eine unendliche Traurigkeit in sich aufsteigen. Zu viele Hindernisse lagen zwischen ihnen, obwohl sie jede Sekunde der Zweisamkeit genossen hatte.

Nach wenigen Momenten der Stille bot er ihr ein Glas Wein und eine verführerisch süße Köstlichkeit an. Margarita hatte bisher kein Auge für die auserlesenen Speisen gehabt, die auf einem kleinen Tisch aufgebaut waren. Er reichte ihr die außergewöhnlich verzierte Praline, die wie ein Kunstwerk in ihren kleinen Händen aussah. Vorsichtig biss sie hinein und schmeckte das unnachahmlich herbe Aroma dunkler Schokolade, die zart auf ihrer Zunge dahinschmolz. Wie ein Feuerwerk entzündete der Geschmack in ihr ein starkes Verlangen nach mehr, sodass sie die ganze Praline vorsichtig kauend in den Mund gleiten und zergehen ließ. Obwohl sie keinerlei Hunger oder Appetit verspürte, lenkte sie der intensive Sinneseindruck von dem gerade geführten Gespräch ab. Plötzlich spürte sie unerwartet einen harten Widerstand, der sie erschreckte. In der Praline war etwas Ungenießbares versteckt, dass sie keinesfalls hinunterschlucken konnte. Sie nahm eine Serviette vom Tisch und versuchte den Gegenstand ohne viel Aufsehen auszuspeien, doch Giovanni hatte seine Augen fest auf sie gerichtet, und blickte sie mit seinem erwartungsvollen Lächeln an, während sie den Gegenstand unauffällig in der Serviette verschwinden ließ.

„Verzeiht, doch in der Praline war scheinbar etwas enthalten, dass ich nicht zerbeißen konnte“, sagte sie entschuldigend zu Giovanni, der sie amüsiert anblickte.

„Vielleicht war etwas enthalten, dass nur für Euch bestimmt ist?“

Sein Lächeln verunsicherte Margarita. Sie öffnete vorsichtig die Serviette, die sie auf ihrem Schoss abgelegt hatte, und fand darin einen Fingerring mit einem großen Edelstein. „Mein Gott – das ist ja ein Ring!“

Sie nahm das Schmuckstück und säuberte es vorsichtig, indem sie es in das dahingleitende Wasser hielt.

„An Eurer Stelle würde ich den Ring nicht ins Wasser halten, denn sein Wert entspricht in etwa einem Jahresgehalt, das Ihr in Dresden verdienen könntet.“

Nach den Worten Giovannis schnellte Margaritas Hand wie ein Blitz aus dem Wasser. Eine derartige Kostbarkeit hatte sie noch nie zwischen ihren Fingern gehalten. Sie betrachtete den funkelnden Schmuck in ihrer Hand – ein großer, warmroter Rubin wurde kunstvoll von mehreren goldenen Blättern umrahmt. Innen konnte sie Gravur lesen:

Per la mia amata Primadonna, 1685.

„Habt Ihr diesen Ring für mich gravieren lassen?“ Margarita war sichtlich überrascht und gerührt, doch Giovanni antwortete mit etwas Witz in der Stimme: „Wenn Ihr mir unterstellt, dass ich ihn für eine andere Sängerin vorgesehen habe, kann ich mich leider gegen den Vorwurf nicht hinreichend verteidigen. Doch seid versichert, dass dieses Schmuckstück hier erst gestern für Euch angefertigt und graviert wurde.“

Margarita war überwältigt von dem großzügigen Geschenk Giovannis und fühlte eine Welle ungekannter Freude in sich aufsteigen. Nie zuvor hatte sie einen derartig kostbaren Schatz besessen! Sie streifte den Ring an ihre linke Hand – er passte perfekt, sah einfach fantastisch an ihr aus und wirkte zugleich edel, elegant und warm.

Giovanni beobachtete sie die ganze Zeit und labte sich an ihrer unverdorbenen Freude. Jede ihrer Regungen schien so natürlich aus ihrem Herzen zu dringen, wie er es von den Damen bei Hofe in Dresden nicht kannte. „Ich möchte Euch mit diesem Ring meiner immerwährenden Zuneigung versichern. Er symbolisiert die Tiefe meiner Empfindungen für Euch und soll Euch stets an mich erinnern. Versteht den Rubin als Zeichen meiner wahren Leidenschaft, die bereit sein wird, für Euch alle Grenzen zu überwinden."

Margarita konnte nicht anders – sie beugte sich leicht zu ihm vor und küsste ihn unendlich sacht auf den Mund.

Er konnte das Aroma der Schokolade noch süß auf ihren Lippen schmecken und wusste nun, dass er einen Weg finden musste, um sie tatsächlich mit nach Dresden zu nehmen. Sie war die Frau, nach der er sich nie zu suchen getraut hatte, und allein die Tatsache, dass er sie kennenlernen durfte, schien ihm ein lebendiger Beweis der Existenz Gottes zu sein. Er glaubte sogar, mit diesem ersten gegenseitigen Kuss entrückt der Welt zu entschweben.

Nach einem unendlich langen Augenblick löste sie ihre Lippen von seinen und schaute ihn versonnen an. Auch sie meinte, ihren Verstand zu verlieren, doch für sie ging es um viel – ihre ganze Existenz geriet durch diesen Mann ins Wanken. „Mein Schicksal liegt nun also in der Hand eines Kurfürsten, dem ich noch nie begegnet bin. Wenn er so ein großes Interesse an mir hat, warum zeigt er sich dann nie?", fragte sie.

„Unser Kurfürst Johann Georg weilt inkognito in der Stadt und schwelgt offenbar in den Möglichkeiten seiner Tarnung. Er möchte keinesfalls persönlich in Erscheinung treten, und deshalb vertrete ich ihn bei allen hauptamtlichen Aufgaben. Ihr werdet ihn früh genug kennenlernen. Ich genieße sein vollstes Vertrauen und habe alle Vollmachten."

Giovanni nahm ihre Hand mit dem leuchtenden Ring an ihrem Finger und sah sie beschwörend an. „Margarita, Ihr bedeutet mir mehr als alle Reichtümer der Welt. Als ich Euch singen hörte, stand für mich die Zeit still, und ich vergaß alles um mich herum. Ich werde eine Möglichkeit finden, Euch nach Sachsen zu bringen, doch ich brauche Euer vollstes Vertrauen. Ihr müsst wahrscheinlich alles hinter Euch lassen, und werdet vielleicht auch Eure Familie eine lange Zeit nicht sehen können."

„Was habt Ihr denn vor?", fragte Margarita erschrocken.

„Der Kurfürst wird keinesfalls mit einem Feind Venedigs um Eure Freigabe verhandeln. Eine derartige Persona non grata verdient keinen Funken Aufmerksamkeit, die sie noch in ihrem frevelhaften Handeln bestätigen könnte. Stattdessen werde ich alles dafür vorbereiten, dass Ihr unbeschadet die Stadt verlassen könnt, ohne über die Erlaubnis des Herzogs zu verfügen."

„Das ist völlig ausgeschlossen! Der Herzog von Mantua ist von eitler und jähzorniger Natur und wird Euch eine Armee entgegensenden, wenn er sich in seiner Ehre gekränkt fühlt", antwortete sie aufgebracht.

„Wenn er so viel Ehrgefühl besäße, wie Ihr ihm zusprecht, würde er nicht heimlich in einer Stadt weilen, die ihn offiziell entehrt und verbannt hat. Zudem verbringt er die meiste Zeit mit einer Edelkurtisane, die als Spionin für den Rat der Zehn arbeitet. Damit betrügt der so Betrogene ganz offensichtlich nicht nur seine Gattin, sondern, wie ich hörte, auch Eure bezaubernde Schwester."

Margarita war von seinen Worten überrascht und getroffen. Woher wusste Giovanni von dem Verhältnis ihrer Schwester mit dem Herzog? Und woher wusste er vor allem von der anderen Geliebten? Sie konnte es sich nur so erklären, dass der Herzog von Mantua tatsächlich intensiv ausspioniert wurde. Fast tat er ihr leid, denn sie schätzte den Herzog trotz aller Bedenken als feinsinnigen und kunstliebhabenden Mäzen und bedauerte nun fast, dass er selbst offenbar zum Spielball der Serenissima geworden war. Er hatte stets ihre gesamte Familie unterstützt, obwohl er eigentlich nur an den zwei

Töchtern der Salicolas größeres Interesse zeigte. Trotzdem musste sie auch Giovanni innerlich beipflichten. Die Großzügigkeit des Herzogs war natürlich hauptsächlich von der Hingabefähigkeit ihrer Schwester abhängig, und nur weil Angiola seine dauerhafte Geliebte geworden war, war Margarita verschont geblieben.

„Falls ich tatsächlich ohne die Zustimmung des Herzogs fortgehen sollte, muss Angiola hierbleiben. Er würde toben, wenn man ihm auch noch die Geliebte entzieht. Meine Schwester ist für ihn wie ein Spielball, den er nach Belieben benutzt und wegwirft, aber ohne den er nicht leben kann. Glaubt Ihr, Giovanni, dass der Kurfürst auf meine Schwester Angiola verzichten könnte?"

Giovanni dachte kurz nach, kannte seine Antwort jedoch schon bereits in dem Moment, als die Frage gestellt wurde. „Natürlich hat der Kurfürst großes Interesse daran, beide Sängerinnen nach Sachsen zu verpflichten, doch wenn dies der Preis ist, den wir für Euer Engagement zahlen müssen, werden wir auf eine Sängerin verzichten können. Viel wichtiger ist doch die Frage, ob Ihr ohne Eure Schwester überhaupt eine derartig weite Reise anzutreten wagt?"

Margarita überlegte. Angiola war bisher der wichtigste Mensch in ihrem Leben gewesen. Doch jetzt, wo sie Giovanni kennengelernt hatte, schien alles so neu und anders, dass ihr die Liebe dieses Mannes viel bedeutender und wichtiger als die Beziehung zu ihrer Schwester erschien.

„Vielleicht gibt es stattdessen einen anderen Menschen, dem Ihr absolut vertraut und der Euch auf einer so beschwerlichen Reise begleiten würde?", ergänzte Giovanni.

Margarita überlegte erneut. Ihr fiel eigentlich nur ihr Bruder Francesco ein, den sie natürlich seit Kindertagen kannte und der auch für ein solches Abenteuer zu gewinnen wäre. „Ich kenne jemanden, der mich begleiten würde", sagte sie selbstbewusst.

„Ich hoffe, es ist niemand, mit dem Ihr auch das Bett teilt", antwortete Giovanni mit einem verschmitzten Lächeln.

Bei diesem Gedanken musste jetzt sogar Margarita lachen.

„Verehrter Conte, mein Bett habe ich bisher nur mit meiner Schwester geteilt, und wenn Ihr einen Konkurrenten wittert, so könnt Ihr versichert sein, dass die Warteliste der Männer, die gern des Nachts an meine Tür klopfen möchten, sehr lang ist. Doch leider galt meine Aufmerksamkeit in den letzten Tagen nur Euch. Es sei denn, dass mich wildfremde Männer überfallen und Ihren Spaß mit mir treiben…"

Trotz des ironischen Untertons erschauderte Margarita bei dem Gedanken an den Überfall in ihrer Garderobe. Auch Giovanni musste sofort an diesen düsteren Moment denken.

„Wir haben den Verdächtigen leider nicht weit verfolgen können. Mein Kämmerer von der Sahla liegt schwer verwundet darnieder, und wir wissen nicht, ob er überhaupt wieder genesen wird. Niemand hat den Angreifer erkannt, denn er konnte über die Kanäle schnell entfliehen."

Margarita war bestürzt über den Ausgang der Verfolgung, doch sie hatte den Fremden selbst erlebt und wusste wie skrupellos und kalt er gehandelt hatte. Sicher hatte er alles genaustens geplant.

„Margarita, Ihr versteht sicher, wenn ich Euch gerade jetzt, wo Klarheit zwischen uns herrscht, weiter bewachen lassen werde. Mir ist deutlich geworden, dass Ihr sicher kein Zufallsopfer wart, sondern einem gezielten Anschlag zum Opfer gefallen seid. Und solange wir die Hintergründe dieser Tat nicht kennen, wird der Auftraggeber auch im Dunkeln bleiben. Selbst die Spionin beim Herzog von Mantua hat nichts darüber herausfinden können und glaubt, dass er nichts damit zu tun hatte."

„Der Herzog von Mantua hätte doch auch keinerlei Gründe, sich derartig an mir zu vergehen. Es sei denn, er hätte zu stark unter meiner Zurückweisung gelitten. Da er aber regelmäßigen Umgang mit meiner Schwester und anderen Damen pflegt, glaube ich, dies fast sicher ausschließen zu können."

„Vielleicht ist er nun doch in unsterbliche Liebe zu Euch verfallen, nachdem er Euch als Penelope gehört hat?“

Giovannis Blicke wurden trotz der Ironie in seiner Stimme etwas eifersüchtig und fordernder. Ihm wurde bewusst, dass er mit der Frau, der halb Venedig zu Füßen lag und die er seit Tagen stark begehrte, allein auf einer Gondel in der Lagune unterwegs war. Nur ein Gondoliere war Zeuge dieses für ihn so wichtigen Treffens. Und nun konnte er sogar den Humor mit dieser offensichtlich klugen, jungen Frau teilen! Bis jetzt hatte er sich vornehm zurückgehalten und Contenance geübt, doch vielleicht konnte er ihr tatsächlich schon in Venedig näher kommen?

Unmerklich waren Wolken aufgezogen und das Meer wurde unruhig. Giovanni gab dem Gondoliere ein Zeichen, und sie glitten wieder langsam der Lagunenstadt entgegen. Die zahlreichen Kirchen und Piazza San Marco zogen an ihnen vorbei, als sie wieder in den Canal Grande einbogen.

„Darf ich Euch noch auf ein Glas Wein in meinem Quartier einladen?“, fragte Giovanni vorsichtig.

„Ich danke Euch für das Angebot, doch in Anbetracht unserer noch ungeklärten Zukunft möchte ich Euch bitten, mich zu meiner Anlegestelle zu bringen. Pflug wird sich schon sicher nach mir sehnen.“

Giovanni nahm ihre zarten Hände, an denen jetzt ein kostbarer Rubin glänzte, und küsste sie voller Hingabe. Er wollte den Moment der Nähe am liebsten festhalten.

Das letzte Stück glitten sie auf dem Wasser schweigend durch die Serenissima und warfen sich stille Blicke voll innerer Sehnsucht zu, bis die Gondel an der marmornen Treppe hielt und der Gondoliere beiden aus der Barke half.

Giovanni begleitete Margarita zu ihrem Quartier, wobei kaum ein Wort zwischen ihnen fiel. Beide spürten die Last des drohenden Abschiedes, ohne zu wissen, wann und ob es ein Wiedersehen in trauter Zweisamkeit geben würde.

An ihrer Zimmertür verabschiedete er sich förmlich von ihr,

erinnerte sie an das ausstehende geschäftliche Treffen am Abend und küsste nochmals ihre Hände. Margarita standen fast die Tränen in den Augen, doch in Anwesenheit des wartenden Generaladjutanten Pflug wollte sie sich nicht die Blöße dieser weiblichen Schwäche geben. Der Abschied fiel deshalb kurz und sachlich aus und wurde den Worten, die kurz zuvor zwischen ihnen beiden gefallen waren, nicht annähernd gerecht. Doch im Leuchten ihrer Augen konnte man ihre wahren Gefühle erahnen.

Giovanni sprach noch kurz ein paar Worte mit Pflug und verschwand in den zu Ende gehenden Nachmittag.

Margarita schloss zaghaft die Tür hinter sich und lehnte sich mit dem Rücken gegen das dunkle, schwere Holz, dessen Maserung sie mit jeder Faser ihrer Fingerspitzen zu spüren glaubte. Nichts von dem, was sie heute erlebt hatte, würde sie je vergessen können. Giovanni hatte sich in ihr Herz gebrannt, und diese Gondelfahrt würde für immer eine der schönsten Erinnerungen ihres Lebens bleiben.

Streit

Angiola saß ungeduldig auf dem einfachen Bett, das sie mit ihrer Schwester teilte. Sie wartete schon lange auf Margarita und wusste, wie wichtig die Gondelfahrt mit dem sächsischen Gesandten für ihrer beider Zukunft war. Hatte er jetzt das offizielle Angebot vom gestrigen Tag nochmals überdacht oder vielleicht sogar um Margaritas Hand angehalten? Angiola hielt alles für möglich und zog sogar in Betracht, dass der Sachse nach der Entscheidung des Herzogs sein Interesse an ihrer Schwester verloren hatte. Denn manche Süßigkeit wirkte nur appetitlich, wenn sie direkt vor einem auf dem Teller lag und man nicht noch Berge versetzen musste, um sie zu erreichen.

Angiola hatte den ganzen Nachmittag im Zimmer verbracht und darüber nachgegrübelt, wie man eine Lösung finden konnte, die alle zufrieden stellen würde. Doch sie hielt alles für aussichtslos. Sie wusste einfach, dass der Herzog von Mantua ihre Familie hart bestrafen würde, wenn die Schwestern beide Italien den Rücken kehren würden. Deshalb hatte Angiola bereits für sich beschlossen, in ihrer Heimat zu bleiben und Margarita allein ziehen zu lassen. Danach würde sie den Herzog schon zu beschwichtigen wissen und an seine Vernunft appellieren.

Nach einer scheinbaren Ewigkeit hörte sie endlich Schritte die Treppe heraufkommen. Ihre Schwester trat ins Zimmer, schloss die Tür und lehnte sich mit dem Rücken dagegen.

„Margarita, endlich!" Angiolas Ungeduld kannte jetzt keine Grenzen mehr. „Sag doch, wie ist es gewesen? Wie hat er reagiert?" Sie wollte nun unbedingt mit Margarita über ihre eigene Entscheidung sprechen, bevor ihre Schwester in wenigen Stunden wieder zu den offiziellen Verhandlungen in den Palazzo della Torre aufbrechen musste.

„Ich bin so glücklich!", antwortete Margarita freudestrahlend. „Hast du denn gute Neuigkeiten?"

Aber Margarita wollte noch nicht ihr neues Glück und die frischen Erinnerungen an ihre Gondelfahrt ausplaudern. Sie fürchtete, den kostbaren Moment dadurch zu zerstören und wollte die zarte Erinnerung noch für sich behalten und nicht alles zerreden. Erst einmal musste sie begreifen, was diese Begegnung auf dem Wasser für sie selbst bedeutete. Deshalb nahm sie sich zusammen und erzählte ihrer Schwester nur wenig. „Der Kurfürst und auch Giovanni werden wahrscheinlich nicht mit dem Herzog von Mantua verhandeln."
Angiola war schockiert. Eine strikte Weigerung der Sachsen hatte sie nicht erwartet. „Ich fürchte, dann ist es völlig ausgeschlossen, dass wir seine Zustimmung bekommen. Ich habe zwar unseren Freund Giulio Mazzolini beauftragt, nochmals mit dem Herzog zu reden, aber ich rechne im Moment nicht mit einer Änderung seiner Meinung."
„Dann gehen wir einfach ohne seine Erlaubnis nach Sachsen!"
Der forsche Ton in Margaritas Vorschlag beunruhigte Angiola. „Wir können uns doch nicht heimlich im Dunkeln davonschleichen und hier alles zurücklassen! Der Herzog wird uns bis ans Ende der Welt verfolgen, unsere Familie einsperren, und mich wird er vielleicht sogar foltern lassen!", entgegnete sie entrüstet.
„Dann hättest du dir vorher genau überlegen müssen, wen du dir zum Liebhaber nimmst! Denn offensichtlich kann dein Herzog nicht teilen und schon gar nicht verlieren."
„Er ist wenigstens ein echter Mann und nicht so ein honigsüßer Schmeichler, der nur schöne Worte macht und teure Ringe verschenkt!"
Angiola hatte den großen, neuen Ring an Margaritas Hand bemerkt und starrte wie gebannt auf das edle Schmuckstück.
Margarita fühlte ihre neidischen Blicke und drückte den Ring fest an sich. „Dieser Ring ist ein Geschenk der Liebe und an nichts als an eine schöne Erinnerung gebunden. Im Gegensatz zu dir bin ich ein freier Mensch und werde nicht von einem Tyrannen benutzt und unterjocht."

Zwischen den Schwestern sprühten blitzende Funken einer
lang unterdrückten Eifersucht, die sich nun in einem heftigen
Streit entlud. Ausgerechnet jetzt, wo ihnen endlich ein lang-
ersehntes, gutes Angebot vorlag, gerieten sie aneinander und
beschimpften sich mit Worten, die sie sonst nicht einmal zu
denken gewagt hatten. Ihre Stimmen wurden immer schriller
und lauter, und sie hätten sich gegenseitig die Haare ausge-
rissen, wenn Pflug nicht plötzlich eingetreten wäre.
„Kann ich den Damen vielleicht helfen?“
Augenblicklich herrschte Stille im Raum. Beide Sängerinnen
verharrten im Zustand äußerster Anspannung und musterten
sich gegenseitig mit Misstrauen.
Margarita ergriff als ältere Schwester das Wort. „Macht Euch
keine Sorgen, Pflug. Wir diskutieren nur ein sehr schwieriges
Thema.“
„Wir kommen allein zurecht und benötigen Eure Hilfe nicht,
Pflug“, fügte Angiola hinzu.
Widerwillig verließ er den Raum und schloss die Tür wieder
hinter sich. Angiola zischte ihrer Schwester entgegen: „Geh
doch, wohin du willst! Aber ich werde keinen Schritt mehr
mit dir gemeinsam gehen! Unsere Auffassungen vom Leben
sind einfach zu verschieden. Und wenn du einem Traumbild
aus Sachsen hinterherläufst, ohne zu wissen, was dich dort
eigentlich erwartet, kann und will ich dir nicht mehr helfen.
Unsere Wege trennen sich hier und jetzt.“
Margarita war bestürzt. Mit einer so drastischen Entscheidung ihrer Schwester hatte sie nicht gerechnet. Angiolas
Verzicht auf dieses Engagement konnte sie noch nachvollziehen, doch einen Bruch mit ihrer Schwester wollte sie keineswegs heraufbeschwören.
„Du übertreibst, Angiola. Wir haben doch bisher alles gemeinsam durchgestanden, und jetzt soll uns ein Verbot des Herzogs von Mantua auseinander treiben?“
„Nein. Nicht der Herzog von Mantua trennt uns, sondern dein
Giovanni aus Sachsen, der dir völlig den Kopf verdreht hat

und dich glauben lässt, nördlich der Alpen als Sängerin Erfolg zu haben. Du wirst in seinem Bett und vielleicht noch in anderen Betten landen, aber niemals auf einer Opernbühne. Wach endlich auf, Margarita!"

Die Primadonna wurde von den harten Worten ihrer Schwester schwer getroffen. Verletzt und enttäuscht wandte sie ihren Blick ab und ließ sich resigniert auf einen Stuhl am Fenster fallen.

Angiola merkte ebenfalls, dass sie mit ihren harten Worten zu weit gegangen war. Sie fühlte sich unsicher, ärgerte sich über sich selbst, traute sich aber nicht mehr, auf Margarita zuzugehen. Sie wollte jetzt einfach allein sein. Im Gehen nahm sie ihr großes Tuch und verließ ohne ein weiteres Wort mit resoluten Schritten das gemeinsame Quartier.

Margarita, die nun bestürzt allein zurückblieb, spürte die große Leere, die nach dem Weggang Angiolas dunkel im Zimmer hing. Sie ahnte, dass dies ein endgültiger Bruch mit ihrer Schwester sein könnte. Doch nach einem kurzen Moment des Innehaltens fasste sie für sich selbst ebenfalls einen Entschluss: Sie würde die Reise nach Sachsen tatsächlich auch ohne Angiola antreten!

Diese Erkenntnis gab ihr augenblicklich neue Kraft und Hoffnung, denn der Herzog von Mantua würde sicher gnädiger gestimmt sein und ihre Abreise akzeptieren, wenn seine geliebte Angiola in Italien verblieb. Und auch um ihre Eltern musste sie sich nicht mehr sorgen, weil Angiola sie gut versorgen würde.

Der Gedanke an ihre Eltern und den eventuellen Abschied ließ Margarita kurz wehmütig werden. Nun trennte sie sich doch wegen eines Mannes von ihrer Familie. Aber was bedeutete letztendlich ein kleiner Streit unter Schwestern, wenn man dem Mann folgte, den man liebte?

Sie machte aus Gewohnheit das Bett und räumte das Zimmer auf. Überall lagen noch Dinge, die Angiola gehörten und die Margarita bewusst liegen ließ. Die Gegenstände waren wie

das Versprechen einer Rückkehr und eine winzige Hoffnung
auf Versöhnung.

Anschließend kümmerte sie sich um ihre eigenen Bedürf-
nisse. Sie verrichtete ihre Notdurft, wechselte den blutigen
Schwamm zwischen ihren Beinen und verfluchte kurz ihre
weibliche Existenz, die sie in jeder Hinsicht abhängig und in
gewisserweise auch unselbstständig machte. Als Frau konnte
sie einfach nicht allein existieren – sie brauchte immer und
überall einen Mann oder eine Begleitung, um nicht als Dirne
zu gelten. Auch auf ihrer Reise würde sie offiziell jemand
begleiten müssen. Und nun, da ihre Schwester sie so
schmählich im Stich gelassen hatte und die Beziehung zu
Giovanni noch so unsicher war, fühlte Margarita ihre
wirkliche Einsamkeit umso deutlicher.

Ihr wurde bewusst, dass man die wichtigsten Entscheidungen im Leben immer allein treffen musste und dass man diese
Einsamkeit nur in kurzen Momenten des Glücks durchbrechen konnte. Sie legte sich noch kurz aufs Bett und ruhte sich
aus, bevor sie am Abend entschlossen mit Pflug zum Palazzo
della Torre aufbrach.

Abendmahl

In dem stattlichen Palazzo della Torre hatte Giovanni in
einem kleinen Saal eine Tafel decken lassen, an der nun die
Primadonna Margarita Salicola, der Kastrat Domenico Cecchi,
Maestro Carlo Pallavicino, Oberkämmerer von Polheim, Lucio
della Torre samt Gemahlin, der Venezianer Girolamo Molino
und Giovanni selbst Platz nahmen. Das Gespräch begann sehr
förmlich, da sich Giovanni durchaus darüber im Klaren war,
dass schon Gerüchte über seine Pläne in Venedig kursierten,
die vor allem um sein Verhältnis mit der Primadonna kreisten. Tatsächlich wollte er sie unbedingt mit nach Dresden
nehmen, aber dabei keinesfalls irgendjemanden um Erlaub-

nis fragen. Diese Gedanken musste er aber vor den Anwesenden geheim halten und sein Bemühen um eine diplomatische Lösung in den Vordergrund stellen. Er selbst hatte schließlich nie offiziell mit dem Herzog von Mantua gesprochen und konnte somit auch nichts von dessen ablehnender Haltung wissen, denn alle Gespräche waren bisher nur auf inoffizieller Ebene geführt worden.

Irgendwie musste er Mittel und Wege finden, wie er Margarita unbemerkt aus der Stadt bringen konnte. Die Sängerin hatte ihm bei ihrer Ankunft im Palazzo della Torre kurz mitgeteilt, dass ihre Schwester Angiola kein Interesse mehr an einem Engagement in Sachsen habe. Dies würde die ganze Sache vereinfachen und vielleicht schon zu einer Lösung des Konfliktes führen.

Nach der Begrüßung wurden nun bei einem kleinen Festmahl mit Fisch, Meeresfrüchten, Zitronen und Wein die Angebote des sächsischen Kurfürsten diskutiert. Jeder legte seinen Standpunkt dar und äußerte Wünsche und Bedenken.

Maestro Pallavicino schien von der Möglichkeit, zurück nach Sachsen zu gehen, begeistert zu sein. Er übernahm die Wortführung. „Wir fühlen uns alle sehr geschmeichelt von dem großzügigen Angebot des sächsischen Kurfürsten, und ich für meine Person stimme auch den genannten Bedingungen zu. Wie ich hörte, steht Ihr mit der Primadonna Salicola in gesonderten Verhandlungen. Deshalb entzieht sich dieses Engagement völlig meiner Verantwortung."

Der Maestro blickte neugierig zu Margarita, konnte aus ihrem Mienenspiel aber keine Regung entnehmen. „Nur werde ich leider nicht sofort abreisen können, sondern benötige etwas mehr Zeit für Reisevorbereitungen und das Engagement weiterer Sänger und Musiker. Deshalb rechne ich erst im Sommer mit meiner Ankunft in Dresden. Zudem benötige ich regelmäßigen Urlaub, damit ich meinen Verpflichtungen in Italien weiter nachkommen kann. Mehrere Opernhäuser verlangen Kompositionen von mir und natürlich möchte ich diese Aufträge erfüllen. Wenn sie dies ermöglichen könnten und mein Engagement in dieser Form noch Ihrem Ansinnen entspricht, steht dem Vertragsabschluss nichts mehr im Wege." Zufrieden lehnte er sich zurück und blickte in die überschaubare Runde. Da es sich bei den Anwesenden um Vertrauenspersonen und enge Bekannte handelte, war es ihm möglich, verhältnismäßig offen über die Verträge zu sprechen.

„Ich danke Euch für Eure Bereitschaft, nach Sachsen zu kommen, Maestro. Der sächsische Kurfürst wird sich geehrt fühlen und Euch in Dresden alle Euch gebührenden Ehren entgegenbringen. Natürlich wird Euch die Zeit gewährt, die Ihr für die Anreise und später auch für Urlaube benötigt. Und wie Ihr schon richtig bemerkt habt, werden die Verhandlungen mit der Primadonna gesondert geführt und stehen kurz vor einem erfolgreichen Abschluss", entgegnete Giovanni mit einem leuchtenden Blick zu Margarita.

In diesem Moment verschluckte sich der Kastrat Cecchi. Er hustete laut, nahm eine Serviette und spuckte das eben verspeiste Stück Fisch wieder aus, als ob eine unangenehme Gräte in seinem Hals stecken geblieben wäre.

„Das sind ja sehr interessante Neuigkeiten. Ist denn der Herzog von Mantua schon informiert?", fragte er spitz, nachdem er sich wieder gefasst hatte.

Sein deutlicher Blick zu Margarita enthielt eine Mischung aus Verwunderung, Besorgnis und Skepsis. „Ich, für meine Person, danke Euch ebenfalls für das interessante Angebot, doch leider kann ich im Moment noch nicht zustimmen, da ich an weitere Verträge in Italien gebunden bin. Diese gedenke ich – im Gegensatz zu anderen Sängern – auch einzuhalten und gewissenhaft zu erfüllen." Sein vorwurfsvoller Blick durchdrang Margarita. „Vielmehr benötige ich eine noch längere Bedenkzeit, um meine Zukunft besser abschätzen zu können." Die Antwort des Kastraten verwunderte und beruhigte Giovanni zugleich. Hatte er ursprünglich mit einfachen und schnellen Verhandlungen gerechnet, so sah es jetzt fast danach aus, als ob die Primadonna als Einzige sofort mit ihm reisen würde. Das erleichterte natürlich die Planung ungemein, würde aber auch für die Oper in Dresden Folgen haben. Denn ohne Sänger und Musiker konnte man keine Oper aufführen, selbst wenn man eine hervorragende Primadonna vorweisen konnte.

„Ich gebe Euch zwei Monate Bedenkzeit. Falls Ihr Euch bis dahin nicht für Sachsen entschieden habt, ist das Angebot hinfällig, und wir suchen uns einen anderen Sänger."

Giovannis Antwort klang sehr selbstbewusst, und Cecchi wurde damit deutlich in die Schranken gewiesen. Schließlich kamen nicht jeden Tag Kurfürsten vorbei, die einem Sänger eine gutbezahlte Stelle anboten.

Cecchi hingegen war sich durchaus seines Preises bewusst. Er hatte in Italien bereits einen Namen und wollte sich bestmöglich und teuer verkaufen. Zudem lagen seine Qualitäten nicht nur in der Musik – er bot auch andere Dienste an, die noch deutlich höher bezahlt wurden.

Für Giovanni drehte sich während des förmlichen Gespräches alles um seine Primadonna. Hier saß sie erstmals mit ihm gemeinsam an einer offiziellen Tafel, und dieses Gefühl ihrer Nähe wollte er tagtäglich genießen können. Ihr Anblick und ihre zarte Stimme raubten ihm auch hier schier den Atem. Sie unterhielt sich angeregt mit Lucio della Torre und dessen Gattin und wirkte dabei auf Giovanni noch bezaubernder als am Nachmittag in der Gondel.

Umso erstaunter war er, als sie sich vorzeitig vom Tisch erhob und sich entschuldigend an den Gastgeber wandte.

„Verzeiht, Conte, wenn ich mich so früh verabschiede, doch ich habe morgen meine letzte Vorstellung in Venedig und möchte mich etwas ausruhen. Eure Gastfreundschaft ehrt mich, doch meine Stimme benötigt Ruhe und Schlaf. Deshalb wünsche ich allen Anwesenden einen angenehmen Abend."

Die kleine Festgesellschaft stand auf, während Giovanni überrascht Margarita zur Tür begleitete. Alle Augen waren auf die Beiden gerichtet. Es war deutlich zu spüren, welche Energie zwischen diesem Mann und dieser Frau schwebte.

Nachdem sie den Raum verlassen hatten, setzten sich die Gäste wieder, begannen untereinander zu tuscheln und tauschten wissende Blicke aus.

Giovanni hingegen trat auf dem Flur an Margarita heran. „Warum verlasst Ihr mich so früh, meine Schöne? Ich wollte Euren Anblick gern den ganzen Abend genießen."

Obwohl sich Margarita hin- und hergerissen fühlte, wusste sie, dass ihre letzte Vorstellung in Venedig wichtiger war, als jeder Mann, den sie begehrte. Sie konnte jetzt, wo sie noch keinen offiziellen Vertrag in den Händen hielt, sich mit ihrer Schwester zerstritten hatte und ohnehin innerlich aufgewühlt war, nicht in Giovannis Nähe sein. Ruhe, Abgeschiedenheit und Zeit zum Nachdenken waren ihr wichtigstes Bedürfnis. „Ich brauche etwas Zeit und Ruhe zum Nachdenken. Es geht alles so schnell und hat so viele unvorhersehbare Konsequenzen für mich, dass ich im Moment nicht weiß, wo mir der Kopf steht, und ob ich überhaupt mit Euch gehen soll. Hier ist meine Heimat, hier sind meine Freunde und was erwartet mich denn in Sachsen? Dass ich an einsamen Abenden für Euch vor dem Kaminfeuer singe? Werde ich dort jemals gemeinsam mit Euch an einer Tafel speisen können?"

In ihrem Ton klang eine gewisse Bitterkeit und Wehmut mit. Er fasste sie an den Armen und zog sie an sich. „Margarita, Ihr wisst, dass ich Euch nicht nur wegen des Gesanges mit nach Dresden nehmen möchte. Ich begehre Euch so stark als Weib und brauche Euch als Mensch, dass ich glaube, nicht mehr ohne Euch leben zu können."

Er betrachtete wieder liebevoll ihre kleine Hand, die mit seinem rubinroten Ring auf seiner Brust ruhte. „Ich werde alles dafür tun, dass es Euch gut geht und Ihr in keiner Hinsicht Mangel leiden werdet", versicherte er ihr beschwörend. Sie konnte seinen warmen Atem spüren, und seine Worte klangen so beruhigend und zärtlich, dass sie ihn am liebsten geküsst hätte. Stattdessen löste sie sich sanft aus seinen Armen und blickte den näherkommenden Generaladjutanten von Pflug an, der ebenfalls aus dem Saal in den Flur getreten war. Erstaunt schaute er zu den Beiden und wandte sich dann verlegen ab.

Giovanni ließ Margarita nun endgültig los und wandte sich streng an Pflug. „Bitte bringt die Dame unbeschadet nach Hause und bewacht sie gut. Ich werde Euch Verpflegung bringen lassen. Und morgen früh werdet Ihr abgelöst."

Giovanni blickte ein letztes Mal zu Margarita, gab ihr einen Handkuss und trat eilig in den Saal zurück, um sich wieder seinen anderen Gästen zu widmen.

Mit weichen Knien blieb Margarita auf dem Flur stehen. Pflug erkannte ihren labilen Zustand, kam auf sie zu und wollte sie stützen, doch sie wehrte ihn ab. Eng wickelte sie ihren Schal um den Oberkörper, ging langsam und bedächtig die Treppen hinunter und stand mit Pflug wieder in den Gassen der Serenissima. „Ich möchte gern nach Hause laufen, wenn Ihr es gestattet."

„Natürlich. Ich bleibe in Eurer Nähe", antwortete Pflug einfühlsam. Der Generaladjutant folgte ihr in wenigen Metern Abstand, immer gewahr, dass er sie im Falle einer Schwäche würde stützen können. Doch Margarita würde nicht ohnmächtig werden, sie war nie klarer und wacher als jetzt. Alles in ihrem Körper pulsierte, und sie fühlte, wie ihr Blut durch die Adern wallte. Sie begehrte diesen Mann voller Inbrunst und spürte die überwältigende Kraft des sinnlichen Verlangens. Lange würde sie mit diesem Zustand nicht leben können, denn zu qualvoll fühlte sich dieses körperliche Erwachen und Begehren an, das sie wie ein loderndes Feuer von innen verbrannte.

Gemeinsam gingen sie zum Quartier der Schwestern, das verlassen und dunkel dalag. Margarita entzündete die Kerzen und bemerkte sofort, dass Angiola all ihre Kleider und Habseligkeiten abgeholt hatte und offensichtlich ausgezogen war. Nun schien der Bruch endgültig und sie würden von nun an getrennte Wege gehen.

Margarita ließ sich aufs Bett sinken und begann zu weinen. Der einzige Mensch, dem sie hatte vertrauen können und der immer für sie da gewesen war, hatte sie verlassen. Sie spürte plötzlich wieder diese unausweichliche, große Leere und fühlte sich vollkommen allein.

Pflug, der immer noch im Türrahmen stand, trat zu ihr und wollte sie beruhigen, doch sie sagte energisch: „Lasst mich bitte in Ruhe. Ich brauche nur etwas Schlaf, und dann sieht die Welt morgen schon wieder anders aus."

„Wie Ihr wünscht, Signorina." Der Generaladjutant verbeugte sich kurz, trat auf den Gang und schloss behutsam die Tür. Mit weinenden Weibern hatte er wenig Erfahrung und würde besonders diesem eigenartigen Geschöpf ohnehin nicht helfen können.

Margarita schaffte es nicht mehr, sich auszuziehen. Sie ließ sich aufs Bett fallen und versank schluchzend in einen tiefen, festen Schlaf, der alle Probleme in ein graues Dunkel hüllte.

Die Macht des Geldes

Obwohl Giovanni mit dem kleinen Empfang am Abend zufrieden war und vor allem von Maestro Pallavicino eine konkrete Zusage erhalten hatte, konnte er doch in der Nacht keinen Schlaf finden. Margarita hatte so abweisend und zurückhaltend auf ihn gewirkt, dass er aus ihrem Verhalten nicht schlau werden konnte. Er beschloss, dass er so bald wie möglich mit ihr aufbrechen musste, bevor sie es sich vielleicht wieder anders überlegte.

Morgens klopfte es zeitig an seiner Tür und Kammerherr von Miltitz trat gleichzeitig mit Oberkämmerer von Polheim ein.

„Guten Morgen, meine Herren. Ich habe leider sehr schlecht

geruht und bin deshalb etwas übellaunig. Was verschafft mir denn so früh die Ehre Eures Besuches, Polheim?"
„Verzeiht, dass ich Euch noch vor der Toilette störe, doch es ist eben mit dem Boten ein Brief aus Mantua eingetroffen."
Giovanni sprang augenblicklich aus dem Bett und riss seinem Kammerherrn das Schreiben förmlich aus der Hand:

„Hochverehrter Conte di Hoyerswerda!
Ich habe von Eurem Anliegen erfahren und möchte Euch
mitteilen, dass ich mich schon auf dem Weg nach Venedig
befinde, um die Angelegenheit persönlich
mit Euch zu besprechen.
Hochachtungsvoll,
Ihr ergebener Diener Matteo Salicola."

Giovanni ließ das Schreiben enttäuscht sinken. Er hatte eigentlich auf eine Nachricht des Herzogs gehofft oder zumindest eine Andeutung, was dessen Absichten betraf. Stattdessen kam nur diese kurze Mitteilung von Margaritas Vater. Giovanni wusste, dass man den Vater der Primadonna schnell davon überzeugen würde, seine Tochter ziehen zu lassen, denn er würde nur das begehren, wonach alle Künstler streben – Geld und Ruhm.
„Ihr wisst, dass heute Abend die Verträge im Dogenpalast unterzeichnet werden und ein Mitternachtsball als krönender Abschluss des Karnevals gegeben wird?", fragte Polheim.
„Natürlich. Und es wird Zeit, dass wir diesen Vertrag endlich besiegeln und unsere wohlverdiente Bezahlung erhalten."
Giovanni hatte den neuen Dogen bisher nicht ein einziges Mal gesehen, und es erschien ihm schon fast unheimlich, dass diese Stadt ein Oberhaupt hatte, das man nie zu Gesicht bekam. Überhaupt schien hier alles von Geheimnissen und einer gewissen Undurchdringbarkeit gezeichnet, der man nur mit Geld begegnen konnte. Deshalb hatte Giovanni bereits gestern den Venezianer Girolamo Molino mit der Beschaffung

der notwendigen Reisepapiere für Margarita beauftragt. Der Agent kannte sich gut in Venedig aus und hatte vor allem Kontakt zum Marchese Canossa aufgenommen, der direkt für den Senat arbeitete. Mit einer entsprechenden Summe ausgestattet, würden auch Molino und der Marchese erfolgreich sein. Ebenso gedachte Giovanni, heute dem Abbate Grimani eine Geldsumme zukommen zu lassen, um ihn von der Auflösung seines Vertrages mit Margarita zu überzeugen. Von all dem musste Margarita jedoch nichts wissen.

Polheim nahm den Brief von Margaritas Vater zur Verwahrung wieder an sich, während Miltitz die prächtigsten Kleider für den Abend zurechtlegte, die erst gestern vom Schneider geliefert worden waren. Hier in Venedig gab es die besten Stoffe Europas, und Giovanni nutzte seine Besuche für die Erneuerung seiner Garderobe, obwohl er bisher wenig Wert auf sein Aussehen gelegt hatte. Doch selbst in dieser Hinsicht hatte ihn Margarita verändert – für sie wollte er schön sein und ließ sich fürstlich ausstaffieren. Vielleicht könnte er Margarita noch mehr für Dresden begeistern, wenn er ihr ebenso ein paar schöne Kleidungsstücke kaufte und auch Gondolieri mit nach Sachsen nahm? Die Idee erschien ihm zuerst abwegig, doch warum sollte man nicht auch in Dresden auf der Elbe, im Festungskanal oder im Großen Garten mit einer Gondel umherfahren?

Je länger er darüber nachdachte, desto mehr beflügelte ihn der Gedanke. „Polheim, ich möchte Euch noch anweisen, zwei Gondolieri zu verpflichten, die mit uns nach Dresden reisen und mindestens für die Dauer eines Jahres in der Residenz bleiben."

„Sehr wohl, Durchlaucht", entgegnete Polheim pflichtbewusst, und Giovanni wusste, dass sein Oberkämmerer schon alles zu seiner Zufriedenheit richten würde.

In seinem Innersten spürte Giovanni bereits die Wehmut des Abschiedsschmerzes. Jede Reise war für ihn eine Besonderheit, doch diese wenigen Wochen in Venedig würden für ihn immer außergewöhnlich bleiben, weil er hier Margarita kennengelernt hatte. Er plante, in den nächsten zwei Tagen gemeinsam mit ihr aufzubrechen, und bis dahin mussten alle offenen Fragen geklärt sein.

Nach dem Ankleiden traf der Marchese Canossa ein. Giovanni erkundigte sich nach den geforderten Reisedokumenten für Margarita.

„Es sieht ganz danach aus, dass wir die Dokumente am morgigen oder übernächsten Tag erhalten", antwortete der Marchese.

„Warum erst übermorgen? Ich möchte die Stadt schnellstmöglich mit der Salicola verlassen."

„Ihr müsst Euch etwas gedulden, Durchlaucht. Der Senat befürchtet offenbar, dass es in der Stadt einen Aufruhr gibt, wenn der Herzog von Mantua von der Abreise der Primadonna erfährt. Trotz seiner Verbannung hat er überall Spione und Agenten, die sich im Ernstfall gegen die Serenissima wenden könnten."

Giovanni musste lachen. „Würde der Herzog wirklich so weit gehen, dass er einen offenen Krieg mit Venedig wegen einer Sängerin anfängt?"

„Ich würde das Problem nicht unterschätzen, Durchlaucht. Man ist sich hier durchaus über das unberechenbare Temperament des Herzogs von Mantua im Klaren und weiß, dass es höchstwahrscheinlich einen offenen Konflikt geben wird. Andererseits steht Ihr der Republik gerade so großzügig mit Euren Truppen zur Seite, dass man sicher einen Weg finden wird, der Salicola die Reiseerlaubnis zu erteilen."

„Sobald Ihr die Dokumente habt, bitte ich Euch, wieder bei mir vorstellig zu werden. Bitte übt etwas Druck aus, da es wirklich eilt."

„Ich werde mein Möglichstes tun und Euch sicher nicht enttäuschen."

Der Marchese Canossa verabschiedete sich und ließ Giovanni mit seinen Gedanken an Margarita allein, die heute ihre letzte

Vorstellung als Penelope geben würde. Das nächste Mal wird sie wahrscheinlich offiziell als seine Sängerin auftreten. In Dresden bereitete der Kastrat Domenico Melani schon alles für die neuen Opernaufführungen vor und Giovanni würde ihm und den Sachsen das bestmögliche Geschenk mit nach Hause bringen: ein Stück lebendige Musik!

Letzte Vorstellung

Mit gemischten Gefühlen betrat Margarita das Theater San Giovanni Grisostomo. Heute würde sie hier ihre letzte Vorstellung singen, und vor allem würde sie ihrer Schwester wiederbegegnen. Wie sollten sich die beiden gegenübertreten? Margarita verdrängte jeden Gedanken an den Streit mit Angiola und versuchte, sich ganz auf ihre Rolle als Penelope zu konzentrieren, doch das Geschehene wühlte sie auf und ließ ihr keine Ruhe.

Pflug hatte sie von der Wohnung bis zum Theater begleitet und keinen Moment aus den Augen gelassen. Obwohl diese Leibwache etwas völlig Ungewohntes für Margarita war, so beruhigte sie es doch ungemein. Sie fühlte sich seit Tagen wie eine Verfolgte und spürte seit dem Vorfall in ihrer Garderobe etwas, das sie an sich selbst vorher nicht gekannt hatte – Angst. Ihr war deutlich geworden, dass jemand, der ihr Schaden zufügen wollte oder gar nach ihrem Leben trachtete, jederzeit zu einer großen Bedrohung werden konnte. Mit ihrer kleinen und schmächtigen Statur würde sie einem ausgewachsenen Mann keinen großen Widerstand entgegensetzen können und ein leichtes Opfer werden. Diese Tatsache war ihr schmerzlich bei dem Überfall vor Augen geführt worden.

Im Treppenhaus des Theaters kam ihr der dicke und glatzköpfige Abbate Grimani aufgewühlt entgegen, der sie augenblicklich ansprach. „Margarita – Endlich seid Ihr da! Was für eine Aufregung überall nur Euretwegen!" Er konnte sich gar nicht beruhigen. „Gestern Abend waren Boten des sächsischen Kurfürsten bei mir und haben mich zu überzeugen versucht, Euch gehen zu lassen. Aber meine Teure, wie stellt Ihr Euch das vor? Ihr habt Euch doch bis zum nächsten Karneval bei mir verpflichten lassen und steht unter Vertrag!"

Die Sängerin versuchte, ihn zu beruhigen. „Grimani, ich weiß, dass diese Bitte unerwartet kommt. Auch ich bin von dem Angebot aus Sachsen völlig überrascht worden und habe es anfangs nicht ernst genommen, doch nun sieht es so aus, als ob ich Venedig tatsächlich verlasse."

„Aber was soll denn der Herzog von Mantua dazu sagen? Das gibt einen riesigen Skandal! Ganz Venedig wird wegen Euch auf die Barrikaden gehen! Margarita, habt Ihr Euch das alles auch gut überlegt?"

Sie wusste nicht, was sie antworten sollte, denn sie hatte sich eigentlich überhaupt nichts gedacht, sondern folgte im Moment nur ihren inneren Instinkten und einem Bauchgefühl, das sie zu Giovanni führte.

„Natürlich glaube ich zu wissen, was für ein großer Schritt es ist, doch muss ich Venedig auch einmal verlassen und in der Fremde mein Glück versuchen. In Italien habe ich ohnehin nicht die Möglichkeit, außerhalb Venedigs Karriere zu machen, und bis heute waren meine Honorare bei Euch auch nicht gerade üppig."

„Meine Liebe, mäßige dich in deinem Tonfall! Ich lasse mir nicht nachsagen, dass ich meine Sängerinnen schlecht behandelt hätte. Es ist nun mal so, dass die Kastraten einfach gefragter sind, und sich Sängerinnen erst noch auf der Bühne behaupten müssen. Ihr seid zudem fast noch eine Anfängerin und trotzdem habe ich Euch die großzügige Möglichkeit eröffnet, im bekanntesten Opernhaus der Stadt zu singen. Das solltet Ihr nie vergessen und etwas mehr Dankbarkeit, Respekt und Demut zeigen. Schließlich ist es eine Ehre für Euch, hier auftreten zu können."

Margarita wollte etwas erwidern, doch sie sah seine unnachgiebigen Augen, während er fortfuhr. „Jedenfalls werde ich Eurem Weggang nur aufgrund der großzügigen Ablösesumme der Sachsen unter Bauchschmerzen zustimmen. Und ich möchte keinesfalls, dass der Herzog von Mantua je etwas von meiner Entscheidung erfährt. Offiziell bleibt Ihr in meinen Diensten und nehmt Euch nur einen Urlaub, um Euren Verpflichtungen später nachzukommen. Habt Ihr das verstanden, Margarita?"

Die Primadonna wollte etwas entgegen, doch offenbar legte er keinen Wert auf eine Antwort. Sein strenger Blick duldete keine Widerrede und auch kein Dankeschön für seine Entscheidung. „Wir verlieren darüber nie wieder ein Wort. Und nun zu den praktischen Dingen. Wir haben Euch heute eine andere Garderobe eingerichtet, weil der Schreiner noch keine Zeit hatte, die Tür zu reparieren. Meine Teure, versteht Ihr, was ich für Ängste leide? Was nimmt das hier alles für Ausmaße an! Euretwegen werde ich noch das ganze Theater umbauen lassen müssen!" Er lachte bitter auf und fügte noch hinzu: „Letztendlich ist doch aber jeder Skandal auch gut für unser Haus, weil er einfach Geld in die Kassen spült. Und Ihr seid im Moment ein kleiner Glücksfall für mein bescheidenes Haus, meine Teuerste!"

Ohne auf ihre Entgegnung zu warten, kniff er mit seinen Händen in ihre Wangen und tätschelte sie wie ein kleines Kind. Danach eilte er schwerfällig die Treppen hinunter und ließ sie und Pflug etwas unbeholfen auf den Stufen stehen. Margarita fühlte sich wieder wie ein Spielball, der zwischen den Wellen des Meeres hin- und hergeworfen wird und dessen eigene Meinung bedeutungslos erscheint. „Dieses Gespräch hätte man auch als Monolog des Abbate Grimani bezeichnen können. Es stellt sich die Frage, wer von uns beiden nun eine Primadonna ist", wandte sie sich verdutzt an Pflug.

Der Generaladjutant, der es grundsätzlich gewöhnt war, Befehle auszuführen, fand das Gespräch mit dem Theaterdirektor nicht so ungewöhnlich wie Margarita. Schließlich war sie eine Frau und musste sich den Wünschen der Männer fügen. Doch im Theatermetier und besonders hier in Venedig waren die Gepflogenheiten vielleicht etwas anders. Jedenfalls schien diese Weibsperson ihren eigenen Weg gehen zu wollen und hatte damit ja auch seinem Herrn den Kopf verdreht. Deshalb antwortete er ihr mit einem großen Schweigen, weil er wahrscheinlich ohnehin nicht die richtigen Worte gefunden hätte, um seine Gedanken zu formulieren.

Margarita hingegen wünschte sich einfach mehr Respekt im Umgang mit Sängerinnen, damit sie sich auf das konzentrieren konnte, was sie tatsächlich begeisterte – nämlich die Musik! Doch bei Grimani war es wie bei vielen Theatergesellschaften. Es zählten nur die Einnahmen. Alles, was nicht anrüchig, skandalös oder zumindest etwas erotisch wirkte, war für ihn bedeutungslos. Mehrmals hatte sie ihn über die körperlichen Vorzüge und wohlproportionierten Formen einer anderen Sängerin sprechen hören, die ausschlaggebend für ihr Engagement gewesen waren. Insgeheim freute es sie deshalb, dass seine körperlichen Neigungen den jungen Knaben und Tänzern galten, sonst hätten die Sängerinnen scharenweise in seinem Bett um Rollen betteln müssen.

Sie schüttelte ihre negativen Gedanken ab und ging mit Pflug auf die neue Garderobe zu, die direkt neben dem Zimmer lag, in dem der Überfall geschehen war. Die offen klaffende, zerstörte Tür erinnerte Margarita an die ständig drohende Gefahr, die sie innerlich zu erdrücken schien. Auch die Worte des alten Mannes in der Parfümerie drangen wieder in ihr Bewusstsein, doch sie schob alle schlechten Gedanken beiseite. Angiola tauchte den ganzen Abend nicht bei ihrer Schwester auf. Erst unmittelbar hinter der Bühne sah Margarita sie kurz wieder. Angiola würdigte sie keines Blickes. Was hatte Margarita ihr nur angetan? War ihr Entschluss, Venedig zu verlassen eine derartige Enttäuschung für Angiola? Schließlich hätten sie doch gemeinsam reisen können, und Angiola wäre damit auch den Fangarmen des Herzogs entkommen. Erst als Margarita endlich auf der Bühne stand und die Musik begann, vergaß sie alle Probleme und entschwebte in eine andere Welt. Sie war mit Leib und Seele wieder Penelope und verstieß alle Männer aus ihrer Nähe. Beherrscht und streng war ihr Blick, doch verführerisch und schmeichelnd ihr perlender Gesang.

Nach jeder Arie tobte das Publikum, und Maestro Pallavicino lächelte ihr verzückt aus dem Orchester zu. Wie im Rausch durchlebte sie diese letzte Vorstellung als Penelope, die sich wie eine nie enden wollende Ewigkeit anfühlte. Die Begeisterung der Zuhörer steigerte sich von Mal zu Mal. Fast schien es ihr, als ob alle ahnten, dass sie heute tatsächlich zum letzten Mal hier singen würde. Mehrere Arien musste sie zweimal geben und das Publikum raste vor Ekstase!

Als sie die Bühne endlich verließ, und sich nach endlos vielen Verbeugungen zu ihrer Garderobe wandte, begegnete sie unterwegs nochmals Angiola.

„Bitte lass uns nicht so ohne ein Wort auseinandergehen", flehte Margarita ihre Schwester an, doch Angiolas Antwort klang schnippisch: „Wer sagt denn, dass wir auseinandergehen? Im Moment sprechen wir nur nicht miteinander, und dass du nach Sachsen gehst, kann auch ein reines Hirngespinst sein. Jedenfalls glaube ich nicht, dass du diese Reise je antreten wirst."

Danach drehte sie sich abrupt um und ließ die eben noch gefeierte Primadonna ohne ein weiteres Wort einfach auf dem Gang zurück. Margarita blieb verwirrt stehen und fühlte sich wieder vor den Kopf gestoßen. Sie konnte Angiolas Verhalten nicht verstehen und wusste nicht, ob sie diese Missstimmung zwischen ihnen jemals wieder beseitigen können würde.

Pflug befand sich die gesamte Zeit über in ihrer Nähe und hatte auch dieses Gespräch interessiert belauscht. „Es sieht ganz danach aus, als ob Eure Schwester einer eher drastischen Form von Eifersucht und Neid erlegen ist", sagte er mit einem amüsierten Unterton. Margarita musste nach kurzem Überlegen zustimmen, obwohl sie ein derartiges Verhalten von Angiola nicht gewohnt war.

Auf dem Gang kamen ihr nun Musiker entgegen, die sie beglückwünschten und umarmten. Margarita verdrängte jeglichen Gedanken an ihre Schwester und genoss diesen glanzvollen Höhepunkt ihres noch jungen Lebens. Mit dem dankbaren Gefühl äußerster Euphorie öffnete sie die Tür zu ihrer neuen Garderobe. Noch auf der Türschwelle erstarrte sie jedoch mit der Klinke in der Hand. Obwohl sie schreien wollte, drang kein Laut aus ihrer Kehle: Mitten im Zimmer hing an dem Deckenleuchter die Leiche eines Mannes. Blut tropfte aus seinen noch frischen Wunden, die über den ganzen Körper verteilt schienen. Es roch unangenehm süßlich, und an sein Handgelenk war ungeschickt ein Blumenstrauß gebunden, der ebenfalls mit Blut besudelt war. Überall so viel Blut! Seine ins Nichts starrenden Augen brannten sich ins Innerste ihrer Seele, und es dauerte einen Moment, bis sie begriff, dass es sich um keinen makabren Scherz, sondern um Giulio Mazzolinis Leiche handelte. Das war der Mann, den die Schwestern damit beauftragt hatten, beim Herzog nochmals um Erlaubnis für ihre Abreise nach Sachsen zu bitten! Als sie ihn erkannte, entrann ihrer Kehle ein Schrei, der selbst im Zuschauerraum noch zu hören war.

Venezianische Nacht

Giovanni genoss den rauschenden Empfang im Palazzo Ducale, der mit seinen marmornen Bogengängen wie ein maurischer Palast wirkte. Hier schlug das Herz Venedigs, und an der majestätischen Größe des Gebäudes, dem imposanten Platz davor und der Markuskirche konnte man den Reichtum und die Macht der Serenissima in jedem Winkel ablesen. Diese Stadt war für Giovanni ein steinernes Zeugnis des göttlichen Wirkens in der Welt. Alles schien einem Zweck zu folgen und fügte sich im Chaos zu ungekannter Schönheit und Vollkommenheit.

Venezianische Adlige erwarteten die Sachsen in langen Roben. Die Pracht und Großzügigkeit der Innenräume überwältigte die Besucher schier. Giovanni konnte verstehen, was es für Margarita bedeuten musste, eine derartig prachtvolle Stadt zu verlassen und in die rauhen Gefilde seiner Heimat zu ziehen. Hier wirkte alles weit, offen und farbenfroh. Sachsen erschien ihm dagegen rückständig. Selbst das Schloss in Dresden hielt einem Vergleich mit dem Dogenpalast in keinster Weise stand. In dem langen Saal war seitlich eine große Tafel aufgebaut, an deren Ende der Doge Giustinian thronte und seine Gäste freundlich begrüßte. Er hielt sich mit Worten zurück, fast wirkte er wie eine Marionette. Nach dem Essen brachte man die Verträge herein und verlas sie laut vor allen Anwesenden in lateinischer Sprache. Da bereits alle Details im Vorfeld besprochen worden waren, unterzeichneten nun der Doge, die Minister des Rates der Zehn und Giovanni das Schriftstück, das über das Leben so vieler Soldaten bestimmte. Er war erleichtert, als endlich dieser Hauptgrund seiner Reise nach Venedig mit den daruntergesetzten Siegeln als abgeschlossen betrachtet werden konnte und spürte einen Moment lang eine innere Zufriedenheit, die er lange vermisst hatte. Wie viele Verhandlungen waren diesem Vertrag vorausgegangen?! Generalfeldmarschall von Flemming hatte stets mahnend aus Dresden geschrieben, weil er der Meinung war, dass die größte Bedrohung von Ludwig XIV. in Frankreich ausgehe und nicht von den Türken im Osten. Und er fürchtete zudem, dass man sich auf die Venezianer nicht verlassen könne und keinerlei Kontrolle über die sächsischen Truppen in fernen Landen ausüben konnte. Doch Giovanni hatte sich über jegliche Bedenken hinweg gesetzt, wofür er nun eine hohe Summe erhalten würde. Die Venezianer wussten wenigstens angemessen zu bezahlen.

Obwohl das Fest im Dogenpalast gegen Mitternacht mit dem Auftritt des Kastraten Giuseppe Canavese einem neuen Höhepunkt zustrebte, schweiften Giovannis Gedanken immer wieder zum Theater San Giovanni Grisostomo, wo Margarita heute ihre letzte Vorstellung sang. Eine leichte Unruhe kam in ihm auf, weil er fürchtete, dass ihr erneut etwas zustoßen könnte, während er selbst nicht in ihrer Nähe weilte, um sie zu beschützen. Doch er hatte ihr ja seinen besten Mann, Generaladjutanten Pflug, als Leibwache zur Seite gestellt. Deshalb gestattete sich Giovanni für einen Moment, dem Gesang des Kastraten aufmerksam zu lauschen und in der gelösten Atmosphäre der venezianischen Nacht zu entspannen. Musik und Wein hatten den förmlich begonnenen Abend tatsächlich noch in ein rauschendes Fest verwandelt, das selbst der unterkühlt wirkende Doge zu genießen schien. Der Kastrat Canavese sang ungemein kraftvoll und beeindruckte Giovanni mit seiner voluminösen Stimme. Die Brillanz seiner Töne bewegte ihn dazu, auch diesen Kastraten in die engere Auswahl für ein Engagement in Dresden zu ziehen.

Kurz nach Mitternacht traf auf dem Fest überraschend ein Bote ein, der Giovanni persönlich sprechen wollte und ein Schreiben überbrachte. Hastig öffnete Giovanni den Brief und überflog voller Bestürzung die wenigen, in Deutsch geschriebenen Zeilen:

„Durchlaucht,
Die Umstände zwingen mich, S. an einen unbekannten Ort zu bringen. Im Theater wurde erneut ein Anschlag verübt, und es gibt einen Toten. Bitte sendet mir morgen gegen elf Uhr eine Nachricht in die Chiesa di San Polo. Ihr H. S. v. P."

Giovanni las die flüchtig geschriebenen Zeilen mehrmals fassungslos durch. Da er sich immer auf Pflug verlassen konnte, wusste er, dass der Sängerin im Moment keine Gefahr drohte. Dieses erneute Vorkommnis war jedoch ein Zeichen dafür, dass sie in Venedig keinesfalls mehr sicher war und die Stadt so schnell wie möglich verlassen musste. Er rief Molino zu sich, der als Übersetzer ebenfalls zugegen war. Der Venezianer kannte sich bestens in der Lagunenstadt aus und würde am schnellsten herausfinden, was sich genau im Theater abgespielt hatte.

„Molino, Ihr müsst augenblicklich zum Theater San Giovanno Grisostomo eilen und herausfinden, was sich dort ereignet hat.“

„Ist denn etwas Schlimmes vorgefallen?“, fragte Molino besorgt.

„Genau das sollt Ihr in Erfahrung bringen. Es soll einen Toten im Theater gegeben haben. Ich will wissen, wer der Tote ist und wie er zu Tode gekommen ist. Versucht alles herauszufinden, was möglich ist und erstattet mir noch in dieser Nacht Bericht, egal wie spät es ist. Versucht auch zu ermitteln, wo sich die Primadonna momentan aufhält.“

Molino entfernte sich sofort mit einer kurzen Verbeugung, um seinen Auftrag auszuführen. Danach rief Giovanni seine anderen Gefährten zusammen und drängte zum hastigen Aufbruch. Der offizielle Teil des Abends war ohnehin beendet, und Lustbarkeiten hatten sich die Sachsen in den letzten Wochen genug gegönnt.

Während des Aufbruchs machte Giovanni seinen Begleitern klar, dass die Abreise nach Sachsen wahrscheinlich schon am nächsten Tag erfolgen würde, und deshalb noch in dieser Nacht gepackt werden musste.

Man verabschiedete sich von den italienischen Gastgebern und dem Dogen und begab sich eiligst zu den Gondeln. Der Wasserweg zum Palazzo della Torre und zum Fondaco dei Tedeschi wurde zur letzten Fahrt durch eine venezianische Nacht. Überall winkten die erleuchteten Fenster der feiernden Nobili am Canal Grande, und Musik rauschte über den Wassern.

Polheim saß gemeinsam mit Giovanni in einer Gondel und konnte dessen steigende Unruhe deutlich spüren.

Er wusste, dass dessen Gedanken ständig um die Primadonna kreisten, und deshalb war er froh, dass die Abreise schon so gut vorbereitet worden war. Vor allem hatte er bereits einiges an Gold, Wein, Kunstwerken und sonstigen Einkäufen mit einem großen Begleittrupp nach Sachsen vorausgeschickt. Und es war ihm tatsächlich heute die Anwerbung von zwei jungen Gondolieri geglückt, die mit nach Dresden kommen wollten. Es mussten also in der Frühe nur noch die diplomatischen Fragen für die Abreise der Salicola geklärt werden. Molino hatte ihm schon am Abend mitgeteilt, dass der Vater der Sängerin inzwischen in Venedig eingetroffen sei und morgen früh im Palazzo della Torre vorstellig werden würde. Der Marchese Canossa bemühte sich indes händeringend um die Reisedokumente. Die Aufregung, die hier um das Engagement dieser Sängerin gemacht wurde, belastete Polheim sehr. Er war es zwar gewohnt, mit schwierigen Situationen umzugehen, doch hier in Venedig lauerten so viele versteckte Fallstricke, dass man mit äußerstem Fingerspitzengefühl vorgehen musste. Und obwohl die Sachsen im Moment in der Gunst der Serenissima standen, konnten diplomatische Verwicklungen schnell die Lage verändern.
„Ich habe bereits alles für unsere Abreise vorbereitet, Durchlaucht. Wir müssen nur noch Eure Kleidung und das Nötigste an Proviant einpacken. Außerdem ist bereits eine Vorhut aufgebrochen und wird in den Gaststuben am Wege unsere baldige Ankunft melden", wandte er sich an Giovanni.
Dieser hörte die Worte seines Oberkämmerers wie aus weiter Ferne. Seine Gedanken kreisten nur um jene Frau, die sein Leben verändert hatte. In all seinen Gliedern spürte er seine Sorge um Margarita, von deren Aufenthalt er momentan nichts wusste. Er wollte sie sofort in seiner Nähe und in Sicherheit wissen und sich dann nie wieder von ihr trennen. Ihm wurde bewusst, dass dieser unsichere Zustand endlich ein Ende finden musste und dass es an ihm war, klare Verhältnisse zu schaffen. Deshalb würde er morgen nicht zögerlich

sein, sondern wirklich handeln. „Ich danke Euch für Eure Mühen, Polheim. Ihr übernehmt morgen früh das Gespräch mit dem Vater der Salicola und bietet ihm eine Entschädigungssumme von bis zu tausend Talern an. Das wird ihn schon günstig stimmen. Außerdem seid Ihr mir für die Papiere der Primadonna verantwortlich."

Giovannis Stimme klang resolut, konnte jedoch die Nervosität, die tief in ihm saß, nicht verbergen. Was war nur heute Abend im Theater geschehen?

Nachdem sie im Palazzo della Torre angekommen waren, wurde dort schnellstens bei Kerzenschein mit Hilfe der Dienerschaft das Reisegepäck zusammengetragen. Alles wurde auf große Gondeln und Schiffe verladen, die nur noch auf das Signal zum Aufbruch warteten. Die wenigen Stunden bis zum Morgen versuchten alle, noch etwas Schlaf zu finden.

Nur Giovanni stand mit einem Glas Wein am Fenster, dachte nach und wartete ungeduldig auf Molino, der ihm Neuigkeiten aus dem Theater bringen sollte.

Tief in der Nacht traf dieser abgehetzt im Palazzo della Torre ein und erstattete Bericht. Voller Ungeduld hing Giovanni an seinen Lippen: „Im Theater herrscht trotz der nächtlichen Stunden die wildeste Aufregung. Überall wimmelt es von Inquisitoren und Agenten, sodass es mir Mühe bereitete, etwas Brauchbares in Erfahrung zu bringen."

„So sprecht doch endlich, was geschehen ist, Molino!"

„Nach der Vorstellung entdeckte die Salicola in ihrer Garderobe eine männliche Leiche, die an der Decke hing und augenscheinlich erstochen worden war. Bei dem Toten handelt es sich um Giulio Mazzolini, der als Agent die Salicolas vertreten hatte und bezüglich Eures Angebotes mit dem Herzog von Mantua verhandeln sollte. Offenbar ist seine Botschaft beim Herzog nicht gut angekommen, und dieser hat seine Antwort etwas ungeniert kundgetan."

„War dies nicht der Mann, der auch bei den Verhandlungen mit uns zugegen war?", fragte Giovanni, in dessen Erinnerung

Bilder und Gesichter der letzten Tage auftauchten.

„Soviel ich weiß, hörte der Signore damals auf diesen Namen", entgegnete Polheim betroffen.

„Kann es sich vielleicht um einen Unfall handeln?"

„Das ist absolut ausgeschlossen. Ich habe selbst die Leiche gesehen, die mit mehreren Stichen übel zugerichtet gewesen war. Man hat ihn am Kronleuchter aufgehängt und wie ein Tier aufgeschlitzt. An seiner Hand war ein Blumenstrauß gebunden, der wie ein höhnischer Gruß wirkte und eindeutig an die Primadonna gerichtet war. Unter seiner Leiche lagen ihre Kleider, die völlig blutbesudelt waren. Wenn ich den Toten nicht selbst gesehen hätte, würde ich ein derartiges Szenario nicht für möglich halten, Durchlaucht."

„Was wisst Ihr über den Verbleib der Primadonna?", fragte Giovanni ungeduldig.

„Sie soll sich mehrfach übergeben haben und wurde von einem Sachsen weggebracht. Niemand weiß, wo sie sich jetzt befindet. Allerdings gibt es Spekulationen darüber, dass sie sich in Eurer Nähe aufhält."

Der Bericht von Molino verunsicherte und beruhigte Giovanni zugleich. Wenigstens wusste er nun, dass der Brief tatsächlich von Pflug stammte und dass Margarita höchstwahrscheinlich an einem sicheren Ort untergebracht war. Er überreichte Molino für seine Dienste eine Silbermünze und verabschiedete ihn in den schon anbrechenden Morgen.

Auf den Venezianer und die Sachsen wartete ein anstrengender neuer Tag, der mit einem Stündchen Schlaf gestärkt begonnen werden sollte.

Geschenk

Es war nicht ganz einfach für Andrea Corte gewesen, den toten Mazzolini als hübsches Geschenk in der Garderobe der Primadonna zu platzieren. Der venezianische Auftragsmörder musste in kürzester Zeit den Mann töten, die Leiche sicher an die Decke hängen und den Blumenstrauß auch noch entsprechend befestigen. Welch makabrer Einfall, einen Toten mit einem Blumengruß zu versehen! Doch die Anweisungen in dem neuen Brief waren sehr detailliert gewesen und hatten das Szenario genauestens beschrieben.

Andrea war zwar etwas überrascht gewesen, dass wieder ein Auftrag für Margarita Salicola im Beichtstuhl der Santa Maria del Giglio lag, doch er handelte nach Bezahlung und fragte nicht nach dem Sinn seiner äußerst delikat durchgeführten Verbrechen. Da das Honorar für diesen speziellen Mord an Signore Mazzolini sehr hoch gewesen war, gab er sich alle Mühe, um den Wünschen seines Auftraggebers gerecht zu werden. Außerdem bereitete es ihm eine gewisse Genugtuung, der hübschen Sängerin wieder etwas Angst einzujagen.

Er hatte Mazzolini den ganzen Tag unauffällig beschattet und bis ins Theater San Giovanni Grisostomo verfolgt, wo dieser sich nach der neuen Garderobe der Primadonna erkundigt hatte. Mazzolini war allein in das kleine Zimmer eingetreten und Andrea war ihm schlichtweg gefolgt. Margarita stand zu diesem Zeitpunkt gerade auf der Bühne, und es war niemand auf dem Gang zu sehen, der ihren Raum bewachte. Andrea hatte die günstige Gelegenheit genutzt und die Tür von innen hinter sich verschlossen. In dem engen Raum war es einfach gewesen, dem Überraschten schnell und zielsicher das Messer in die Brust zu stoßen. Aus Erfahrung wusste Andrea, an welcher Stelle ein sofortiger Tod eintreten würde und das Opfer kaum einen Laut mehr von sich geben konnte. So ging alles recht still und harmlos vorüber und der überraschte Mazzolini war wie ein schwerer Sack an ihm heruntergeglitten.

Die schwierigste Aufgabe bestand jedoch darin, den Toten nach oben zu heben und an die Decke zu hängen. Andrea hatte alles mit Hilfe eines Seiles bewerkstelligt, dass er an dem Haken des Kronleuchters in der Decke festmachte. Anschließend verletzte er den bereits toten, aufgehängten Körper mit weiteren Stichen und schlitze ihn auf, damit das imposante Blutbad entstand, dessen Grausamkeit sich wie ein Lauffeuer verbreiten würde.

Andrea dachte jetzt in seinem Haus, fern vom Ort des Geschehens, über den Sinn eines solchen Verbrechens nach. Er kam zu dem Schluss, dass es sich wahrscheinlich um eine Warnung an die Primadonna und all diejenigen handeln sollte, die sich mit dem Herzog von Mantua anlegen wollten. Für Andrea lag es nämlich auf der Hand, dass der Herzog von Mantua aus Eifersucht und Geltungsdrang beide Anschläge in Auftrag gegeben hatte. Die ganze Stadt sprach über das herrschsüchtige Gebaren des Herzogs und seine Beziehungen zu den Salicolas. Außerdem verfügte er über das nötige Kleingeld. Doch solange er so gut bezahlte, konnte es Andrea auch egal sein, wer sein Geldgeber war, und er wollte es eigentlich auch gar nicht wissen. Unwissenheit konnte manchmal ein Segen sein.

Er nahm ein Glas Rotwein, setzte sich zufrieden in seinen großen Sessel und starrte in die Flammen des herunterbrennenden Kaminfeuers. Seine Gedanken schweiften wieder ins Theater. Am liebsten hätte er direkt in der Garderobe auf die Primadonna gewartet, um ihr hübsches, erschrockenes Gesicht zu sehen und seine kleine Vergewaltigung endlich zu Ende zu bringen. Doch er wusste, dass dieses Weib nun unter Beobachtung stand und beschützt wurde. Deshalb musste der blutige Gruß an sie für diesen Moment ausreichen. Bei der Erinnerung an ihren nackten Körper und ihre unschuldige Hilflosigkeit, die er vor wenigen Tagen im Theater erlebt hatte, überkam Andrea wieder eine wollüstige Erregung, sodass er sich notgedrungen in seine Lendengegend griff und sich im Schein des Kaminfeuers genüsslich Erleichterung verschaffte. Der körperliche Druck hatte danach zwar nachgelassen, doch seltsamerweise konnte er seine Gedanken nicht von der jungen Sängerin lassen. Zu verworren wirkten die Geflechte und Intrigen um diese Weibsperson, die eine seltsame Macht über die Männer auszuüben schien. Aber Andrea würde einer Frau niemals die Kontrolle über sich geben – Frauen waren zur Stillung der Triebe ein durchaus angenehmes Mittel, doch im Grunde ihres Wesens waren sie geschwätzig und manipulativ. Dennoch, er würde versuchen müssen, die Salicola irgendwo nochmals allein anzutreffen und dann zuzuschlagen. Vielleicht konnte er sie sogar entführen und ein paar Tage auf einer einsamen Insel gefangen halten? Schließlich hatte er im Moment ganz Venedig etwas voraus – er wusste genau, wo sich Margarita Salicola aufhielt, und konnte dieses Wissen teuer verkaufen oder in seinem eigenen Sinne benutzen. Sie war von dem Sachsen einfach in eine Gondel gesteckt und den Canal Grande hinuntergefahren worden. Im Rio de San Polo hatte die Gondel angelegt, und in unmittelbarer Nähe waren die beiden Gestalten in einem angrenzenden Haus am Campo di San Polo verschwunden. Andrea hatte sich gewundert, wie einfach die Beschattung der Primadonna gewesen war, doch offensichtlich wähnte sie sich immer noch nicht wirklich in ernster Gefahr. Diese Tatsache würde sich Andrea zunutze machen und morgen versuchen, die Primadonna endlich in seine Gewalt zu bringen. Dann hätte er alle Zeit der Welt, um sich mit ihr zu vergnügen und konnte seinen Auftrag gewissenhaft zu Ende führen. Höchstwahrscheinlich würde man ihm für diesen offensichtlich heiß begehrten Singvogel sogar noch ein Lösegeld zahlen! Ob er sie dann an die Sachsen oder den Herzog von Mantua ausliefern würde, hinge dann ganz von der Höhe des Lösegeldes ab, das beide zu bezahlen bereit wären.

Mit diesem brillanten Einfall, der ihm zudem noch körperlichen Genuss verschafft hatte, sank Andrea zufrieden in den Schlaf.

Abschied

Es war weit nach Mitternacht, als Margarita mit Pflug an die Tür ihres Bruders Francesco klopfte und Einlass begehrte. Er wohnte am Campo di San Polo und schlief schon um diese späte Stunde. Francesco nahm wenig direkten Anteil am Leben seiner Schwestern, weil er viel zu sehr mit sich selbst und seinen unzähligen Frauengeschichten beschäftigt war. Für den jungen Schauspieler war das weibliche Geschlecht ein verlockendes Abenteuer, das Vergnügen bereitete und das es zu entdecken galt. Margarita hatte ihn schon mehrfach aus manch misslicher Lage mithilfe falscher Alibis und beschwichtigender Erklärungen befreien müssen.

Nun war es umgekehrt – sie brauchte die Hilfe ihres jüngeren Bruders. Francesco öffnete verschlafen die Tür und blickte in den dunklen Flur, der nur von einer Laterne in Pflugs Hand erleuchtet war.

„Margarita, was für eine Überraschung!"

Er blickte auf den Begleiter seiner Schwester und stieß einen anerkennenden Pfiff aus. „Und du bringst den sächsischen Conte gleich mit, von dem schon die ganze Stadt spricht?"

Margarita begriff, dass die Situation einen falschen Eindruck auf ihren Bruder machte und klärte ihn schnell auf. „Das ist Generaladjutant Hans Sigismund von Pflug. Er erhielt den Auftrag, mich zu beschützen, und weicht deshalb nicht mehr von meiner Seite."

„Oh, wie praktisch. Damit kannst du dir quasi jeden Verehrer vom Halse halten…" Francesco lächelte spöttisch und bat die beiden nächtlichen Besucher in sein bescheidenes Zimmer. Pflug legte den Riegel von innen vor und inspizierte sogleich den Raum, was Francesco mit Argwohn quittierte.

Margarita setzte sich auf das schmale Bett und berichtete ohne Umschweife von den Geschehnissen des Abends. „Mazzolini wurde im Theater ermordet, und wir brauchen ein sicheres Nachtquartier, das niemand kennt."

Ihr Bruder starrte sie erstaunt an. „Mazzolini ist tot? Warum denn um Gottes Willen?"

„Wir wissen im Moment weder, wer ihn getötet hat, noch warum es geschehen ist. Vieles deutet jedoch darauf hin, dass es eine Warnung an Eure Schwester sein sollte, nicht mit dem Herzog von Mantua zu brechen. Mazzolini hatte den Auftrag, zwischen dem Herzog und Eurer Schwester bezüglich einer Auflösung der Verbindung zu vermitteln. Offensichtlich ist er dabei nicht auf Begeisterung seitens des Herzogs gestoßen."

„Aber vielleicht verhält sich ja alles ganz anders! Mazzolini hatte eine Affäre mit einer Patriziertochter und wurde nun vom erbosten Vater des Mädchens gerächt?!"

„Das können wir fast gänzlich ausschließen. Die verstümmelte Leiche hing in Margaritas Garderobe und hielt noch einen Blumenstrauß in der Hand. Seine Gedärme hingen aus seinem Bauch, doch erspart mir weitere Details. Ein wirklich bizarres Bild, und man kann diesen schrecklichen Anblick kaum aus den Gedanken verbannen."

Francesco setzte sich neben Margarita und umarmte die sichtlich bleiche Schwester. „Meine Süße, du hast ja keine ruhige Minute mehr. Musst dich mit Liebesschwüren eines Sachsen herumschlagen und bekommst vom Herzog noch Leichen ins Theater gesandt!"

Margarita konnte trotz seines aufmunternden Humors nicht lachen.

„Du kannst natürlich hierbleiben, aber ich habe nur ein Bett."

„Ich kann im Sessel schlafen und werde ohnehin kaum ein Auge zutun. Es ist der Wille meines Herrn, dass ich Margarita mit meinem Leben verteidige, und ich werde den Befehlen Folge leisten. Obwohl ich natürlich hoffe, dass uns niemand gefolgt ist, und uns auch niemand hier vermuten wird", entgegnete Pflug.

„Margarita, dann schläfst du im Bett und ich lege mich mit ein paar Decken auf den Boden."

Francesco nahm einige Decken und Kissen und legte sie auf

dem Dielenboden aus. „Habt Ihr Euch schon überlegt, wie es morgen weitergehen soll? Wollt Ihr hierbleiben oder umziehen?", fragte er währenddessen.

„Wir warten die Instruktionen meines Herrn ab, der im Auftrag des Kurfürsten handelt. Gegen elf Uhr habe ich eine Verabredung mit einem Boten in der Chiesa di San Polo."

„Aber das ist doch direkt neben meinem Quartier! So kann man uns doch leicht finden und viele im Theater wissen, dass ich hier wohne", warf Francesco ein.

„Für eine Nacht wird es schon gehen, und morgen sehen wir weiter", antwortete Pflug mit einem leichten Hauch von Erschöpfung in der Stimme.

Margarita hatte sich in der Zwischenzeit schon mit ihren Schuhen aufs Bett gelegt und war trotz ihrer Angst vor Müdigkeit eingeschlafen.

„Es ist einfach zu viel Aufregung für Eure Schwester. Sie hatte heute ihre letzte Vorstellung in Venedig, und mein Herr wirbt sehr offensiv um sie und ihre Anstellung in Sachsen. Außerdem gab es einen Streit mit ihrer Schwester."

„Sie hat sich mit Angiola gestritten?" Das überraschte Francesco nun wirklich sehr. Die beiden Mädchen waren immer ein Herz und eine Seele gewesen und hatten nicht den geringsten Zweifel an ihrer tiefen Zuneigung füreinander gelassen.

Pflug versuchte, die Situation zu entschlüsseln. „Das Angebot aus Sachsen galt auch für Eure Schwester Angiola. Doch sie fühlte sich brüskiert, weil der sächsische Kurfürst ihr nur etwa die Hälfte des Honorars zahlen wollte, das Margarita erhalten wird. Daraufhin hat sie das Angebot aus Sachsen abgelehnt und sich offen zum Herzog von Mantua bekannt, wohingegen Margarita das Angebot höchstwahrscheinlich annehmen wird."

„Ich wusste nicht, dass die Lage so verworren ist und solche Probleme mit sich bringt. Jeder weiß doch, dass Angiola die Geliebte des Herzogs ist und unsere Familie von seiner Gunst und seinen Zuwendungen abhängt. Wahrscheinlich hatte Angiola einfach Angst vor der Reaktion des Herzogs. Es heißt, dass er sehr jähzornig sein kann und auch zu Gewalttätigkeiten neigt."

„Für mich spielt der Herzog im Moment keine Rolle, solange Margarita in Sicherheit ist", entgegnete Pflug.

Die beiden Männer machten es sich in ihren notdürftigen Schlafstätten so bequem wie möglich und versuchten, sich auszuruhen.

Francesco konnte jetzt jedoch vor Aufregung keine Minute mehr schlafen. Er lauschte ängstlich auf jedes Geräusch, das im Haus und auf der Straße zu hören war und fürchtete um sein Leben. Im Gegensatz zu dem gutgläubigen Sachsen wusste er nämlich sehr genau, wozu der Herzog von Mantua fähig war. Bereits als heranwachsender Junge hatte er seine drastischen Strafen zu spüren bekommen, wenn etwas nicht zur Zufriedenheit des Mantuaners erledigt worden war oder ihm eine Darbietung nicht gefallen hatte. Die Erinnerungen daran hatten sich fest in Francescos Seele gebrannt und ließen ihn unmerklich erschaudern.

Zweiter Teil

Beschwörende Verse

Am Tag darauf trat Generaladjutant von Pflug um elf Uhr in die Chiesa di San Polo und fand dort vor dem Altar überraschend seinen Herrn kniend in ein Gebet vertieft vor. Pflug kauerte sich neben ihn und begann ebenfalls zu beten, obwohl es sich um eine katholische Kirche handelte und beide dem lutherischen Glauben angehörten.

„Ich bin so froh, dass Ihr gekommen seid, Pflug. Geht es Margarita Salicola gut?", fragte Giovanni leise voller Ungeduld.

„Ich freue mich, dass Ihr persönlich erschienen seid, Durchlaucht. Sie ist etwas nervös, aber insgesamt wohlauf. Ihr Bruder ist jetzt bei ihr."

„Es beruhigt mich, dies zu erfahren. Ich bin selbst gekommen, weil mich die Unruhe zerfleischt und ich aus Eurem Mund von ihrem Wohlbefinden hören musste. Leider scheint die Situation hier in Venedig völlig außer Kontrolle zu geraten, und deshalb werdet Ihr schon heute Abend mit der Sängerin in Richtung Sachsen aufbrechen. Ich schicke Euch bei Einbruch der Dunkelheit eine Gondel an die Anlegestelle der Chiesa di San Polo, in der Girolamo Molino auf Euch warten wird. Ihr findet darin Kleidung und Masken, mit denen Ihr Euch vor neugierigen Blicken schützen könnt. Auf dem Canal Grande warten dann zwei Begleitgondeln auf Euch, mit denen Ihr gemeinsam nach Murano und anschließend nach Piazzola fahrt."

Pflug wirkte jetzt von dem übereilten Aufbruch doch etwas überrumpelt und versuchte, seine Gedanken zu ordnen.

„Hört mir gut zu, Pflug. Es muss unbedingt heute Nacht geschehen. Mir wurde von mehreren Quellen zugetragen, dass der Herzog die Primadonna entführen möchte und sie damit unserem Einfluss entziehen will. Ihr wisst, dass dieses Weib für mich im Moment sehr wichtig ist und ich keinesfalls ohne sie Venedig verlassen möchte. Allerdings dürfen wir kein Aufsehen erregen. Weil ohnehin im Moment niemand weiß, wo genau sie sich befindet, reisen wir getrennt und erwecken dadurch keinerlei Verdacht. Wir werden uns erst in Piazzola oder jenseits der Alpen in Augsburg wiedersehen, wobei ich Euch um absolute Diskretion und Vorsicht bitte. Ihr bürgt mir mit Eurem Leben für die Sicherheit dieser Sängerin! Habt Ihr mich verstanden, Pflug?"

Obwohl Giovanni sehr leise in deutscher Sprache geflüstert hatte, fehlte seinen Worten der gewisse Nachdruck nicht. Pflug wusste, wie wichtig dieser Auftrag war, und er wollte seinen Herrn nicht enttäuschen. „Ich werde mein Möglichstes tun, um die Primadonna sicher nach Sachsen zu geleiten, Durchlaucht. Ist es mir gestattet zu fragen, ob die dafür notwendigen Papiere eingetroffen sind?"

Giovanni griff in sein Wams und holte die ordentlich gefalteten Dokumente hervor, die er vor Aufregung fast vergessen hätte. „Glücklicherweise sind heute Morgen sowohl der Vater der Salicola als auch der Marchese Canossa vorstellig geworden. Der Vater ließ sich erwartungsgemäß mit Geld willig stimmen und auch die Serenissima hat letztendlich die Papiere ausgestellt. Verwahrt diese Dokumente gut, sonst wird es an den Grenzübergängen schwierig."

Pflug nahm die Papiere an sich und verstaute sie sicher an seiner Brust. Dieser Besuch in Venedig hatte sich ganz anders entwickelt, als er es erwartet hatte, und nun musste er bei Nacht und Nebel als Leibwächter einer Weibsperson aus der Lagunenstadt entfliehen.

Beide Männer sprachen vor dem Altar noch ein Vaterunser und verließen anschließend getrennt und ohne Aufsehen die Kirche.

Es fiel Giovanni schwer, Margarita nicht noch einmal sehen zu können, doch er musste ihr Schicksal jetzt vertrauensvoll in die Hände seines Generaladjutanten legen, um nach außen hin nicht zu provozieren oder vielleicht sogar seine wahren Beweggründe und Gefühle für diese Sängerin zu offenbaren. Pflug hingegen lief zurüc zum Quartier, sprach das vereinbarte Passwort und war wieder bei der Sängerin und ihrem Bruder in der Kammer, wo er ihnen von Giovannis Plan berichtete.

Francesco wurde auf einmal klar, dass er sich hier und jetzt entscheiden musste. Seine Schwester würde heute Abend die Republik verlassen, und er konnte mit ihr gehen oder hier auf die jähzornige Reaktion des Herzogs warten. Er entschied sich spontan für die erste Version, packte ein paar Sachen zusammen und ging nochmal einmal in die Stadt, um sich im Theater bei Abbate Grimani offiziell abzumelden. Die Saison war vorbei, und er spielte ohnehin nur Nebenrollen, die man leicht umbesetzen konnte.

Margarita wollte jetzt ebenfalls das Haus verlassen und noch einmal zu ihrem Quartier laufen, um ein paar Sachen zu holen. Doch Pflug hielt dies für zu riskant und hielt sie davon ab. Sie könnte gesehen werden, und dann wäre alle bisherige Vorsicht umsonst gewesen. Überall waren Spione unterwegs, deren Beweggründe nicht immer eindeutig waren, und er hatte geschworen, sie zu beschützen. Dieses Risiko konnte er einfach nicht eingehen.

Die Stunden des Wartens vergingen in dem kleinen Zimmer sehr langsam, und es erschien Margarita und Pflug wie eine Ewigkeit bis zur Abreise. Am späten Nachmittag klopfte es überraschend an der Tür und ein unbekannter Bote stand davor. Er überbrachte einen Brief, dessen Inhalt den Generaladjutanten verunsicherte. In italienischer Sprache bat darin Giovanni nochmals um eine sofortige Unterredung in der Chiesa di San Polo. Obwohl ihm der Brief sehr verdächtig erschien, zweifelte Pflug doch nicht wirklich an seinem Verfasser, da eigentlich nur Giovanni wissen konnte, wo sie sich am Morgen getroffen hatten und wo sie wohnten. Er nahm seinen Degen, wandte sich zum Gehen und bat Margarita, niemandem die Tür zu öffnen, bis er oder Francesco zurückkommen würden. Sie versprach, seinen Anweisungen genau zu folgen und legte hinter ihm den Riegel vor. Danach war sie zum ersten Mal seit Tagen wieder allein und ohne Bewachung. Wie eine Last fiel das Gefühl der ständigen Beobachtung von ihr ab und sie versuchte, die kostbare Zeit des Alleinseins zu genießen. Sie ahnte, dass sich mit dem Abschied aus Venedig auch ihr Leben grundlegend ändern würde. Es war ein Aufbruch in eine neue, ferne Welt – ein Aufbruch zu einem Leben in den Armen des Mannes, den sie so inniglich zu lieben glaubte.

In Francescos Zimmer gab es nur wenig, womit sie sich die lange Zeit bis dahin vertreiben konnte. Sie griff zu einem Buch mit Dramen und Sonetten des englischen Dichters Shakespeare und las verzückt seine beschwörenden Verse:

Nichts kann den Bund zwei treuer Herzen hindern,
die wahrhaft entflammt in Liebe.
Lieb' ist nicht Liebe, die Trennung oder Wechsel könnte
mindern, die nicht unwandelbar im Wandel bliebe.

O nein! Sie ist ein ewig festes Zeichen,
Das unerschüttert bleibt in Sturm und Wogen,
ein Stern für jeder irren Barke Kiel,
– kein Höhenmaß hat ihren Wert erwogen.

Lieb' ist kein Narr der Zeit,
wenn Rosenmund und Wangen verblühn` auch in
Vergänglichkeit – sie wechselt nicht mit Tag und Stunde,
Ihr Ziel ist endlos, wie die Ewigkeit.
Wenn dies ein Irrtum ist, so hätt` ich`s nicht geschrieben
Und hat nie ein Mensch geliebt.

Die Worte klangen so erhaben, anmutig und ehrlich, dass sie glaubte, die Verse seien nur für sie geschrieben worden. Wieder und wieder las sie das Gedicht und rezitierte es mit leiser Stimme sinnend vor sich hin, bis ein ungewöhnlicher Geruch sie aus den poetischen Betrachtungen riss. Es stank unangenehm nach Rauch. Kurz danach sah sie schon Qualm durch ihre Türe dringen und Panik erfasste sie – es brannte im Haus! Trotz der Warnung, die sie von Pflug erhalten hatte, musste sie die Kammer jetzt schnellstens verlassen. Sie rannte zur Tür, schob den Riegel zur Seite und stürzte ins Treppenhaus, wo man schon die Hand nicht mehr vor Augen sehen konnte. Sie musste sofort laut husten und kam im Rauch kaum vorwärts.

Plötzlich sah sie eine große dunkle, maskierte Gestalt aus der oberen Etage auf sie zukommen. Der kräftige Mann, den sie sofort als Angreifer aus dem Theater zu erkennen glaubte, packte sie und hielt ihr den Mund zu, damit sie nicht schreien konnte. Da sie sich nun heftig gegen ihn wehrte, schlug er sie so kräftig ins Gesicht, dass sie das Bewusstsein verlor und sich die Dunkelheit wie ein Schleier über ihre Sinne legte.

Jetzt war es für ihn ein leichtes Spiel. Er warf sie über die Schulter und rannte mit ihr die Treppen hinunter in die Gasse. Geschrei ertönte aus den umliegenden Zimmern, doch Andrea Corte wusste, dass das Feuer nicht zu einer echten Gefahr werden konnte, denn er hatte nur in einer eisernen Schale ein paar Blätter, Papier, Stofffetzen und Öl zum Brennen gebracht und so jede Menge Qualm erzeugt, damit die Maus sprichwörtlich aus ihrem Versteck herauskam. Jetzt hatte er seinen heimlichen Schatz endlich auf den Schultern und musste nur noch schnell seine Gondel erreichen. Wieder einmal war alles leichter vonstattengegangen, als er es erwartet hatte, und die schöne Primadonna war ihm endlich schutzlos ausgeliefert!

Pflug war indessen zur Chiesa de San Polo geeilt, hatte dort aber niemanden angetroffen und sofort sein Misstrauen bestätigt bekommen – er war in eine Falle getappt! Auf kürzestem Wege kehrte er zum Quartier von Francesco zurück und sah schon von weitem den Rauch aus dem Gebäude steigen. Er beschleunigte seine Schritte mit der Hand griffbereit am Degen. Wenig später erblickte er die große, dunkle Gestalt, die mit einer Frau über der Schulter aus der Haustür auf den Campo di San Polo eilte. Pflug war schlagartig klar, dass es sich um den Verfolger und wahrscheinlich auch um den Mörder aus dem Theater handeln musste. Wie hatte er sich nur so hinters Licht führen lassen können? Während er sich noch über sich selbst ärgerte, rannte er auf den Entführer los, der sich augenblicklich umdrehte und seinen Degen zückte.

Die beiden Männer standen sich hasserfüllt gegenüber und schätzten sich gegenseitig mit Blicken ab. Der maskierte Entführer wirkte unglaublich stämmig und groß, war aber durch die Last auf seiner Schulter in seiner Beweglichkeit stark eingeschränkt. Pflug hingegen besaß kaum die Kräfte seines Gegners, doch er war ein geübter und wendiger Kämpfer, der sich hervorragend zu verteidigen wusste und aus dem Krieg gegen die Türken über enorme Erfahrungen im Zweikampf verfügte. Nun lag es an ihm, den Entführer anzugreifen und ihm die Salicola wieder abzutrotzen.

Um seiner Angst entgegenzutreten, ging er direkt auf den Entführer los und ihre Degen krachten wild aufeinander. Durch Pflugs rasche Bewegungen konnte er schnell dem Verbrecher kleine Verletzungen zufügen, die diesen jedoch nur noch wilder zu machen schienen.

Andrea Corte, der wusste, dass dieser Kampf entscheidend war, ließ Margarita fallen, die wie ein schweres Bündel bewusstlos auf den Boden sackte.

Indessen hatte sich auf dem Campo di San Polo eine Menschenmenge gebildet, die erst versuchte, den vermeintlichen Brand zu bekämpfen, und dann sensationslüstern den Kampf der beiden Männer verfolgte. Jetzt standen sich Pflug und Corte ebenbürtig gegenüber, und ein Duell auf Leben und Tod entbrannte, bei dem sie sich gegenseitig stark verletzten. Pflug wurde vom Degen im Gesicht getroffen und spürte, wie das Blut warm seine Wangen hinablief. Nun wollte er schnell handeln, um nicht durch die Länge des Gefechtes unnötig Kraft zu verlieren.

Margarita erwachte in dem Moment aus ihrer Ohnmacht, als Corte den Kampf schon fast zu gewinnen glaubte. Beim Anblick der kämpfenden und laut keuchenden Männer stieß sie einen Schrei aus, sodass Corte für einen kurzen Moment zum Objekt seiner Begierde blickte. Auch Pflug war geneigt zu ihr zu schauen, doch er wusste, dass er sich auch später um sie kümmern konnte. Deshalb nutzte er diesen Moment der Unaufmerksamkeit seines Gegners und stieß dem Maskierten mit einer heftigen Bewegung seinen Degen mitten in die Brust. Die Klinge durchbohrte den Körper, Corte stöhnte auf und blickte Pflug dabei fasziniert an. Er hatte nicht mit einem solchen Ausgang des Duells gerechnet und spürte nun instinktiv, dass dies sein letzter Zweikampf gewesen sein würde. Trotz eines letzten Aufbäumens sank er auf die Knie und schaute zu der immer noch am Boden liegenden Sängerin, die kriechend von ihm fortwich. Er wollte nach ihr greifen, doch seine Kräfte reichten nicht mehr aus. Blut floss aus seinem Körper und seinem Mund und färbte die Pflastersteine des Campo di San Polo rot. Die Menschen wichen verstört von ihm zurück und wagten nicht, dem Sterbenden zu helfen oder ihn auch nur zu berühren.

„Verdammter Sachse!", drang es gequält aus seinem vor Blut triefenden Mund.

Pflug blickte ihn schwer atmend an und hoffte, dass niemand diese herausgepressten Worte verstanden hatte. Er ließ dem Hünen die Zeit, die er brauchte, um in die Ewigkeit hinüberzugleiten. Viele Sterbende hatte Pflug schon gesehen und wusste, dass jeder Mensch anders diesen Weg beschritt. Manche flehten um Hilfe oder sprachen ein Gebet. Dieser Mann hier aber brauchte niemanden und würde die Geheimnisse, die sein Leben umgaben, mit in den Tod nehmen.

Nach wenigen Minuten sackte der tödlich Getroffene endlich vornüber und lag jetzt regungslos auf den blutgetränkten Pflastersteinen. Pflug trat mit seinem Fuß gegen den erschlafften Körper. Danach drehte er den Toten auf den

Rücken, durchsuchte seine Taschen und schloss dessen Augen. Seine Taschen waren bis auf ein paar Münzen leer.

Pflug wollte schon ein kurzes Gebet sprechen, doch dann hätten die starrenden Menschen ihn wohl sofort als deutschen Protestanten erkannt. Deshalb schwieg er und trat stattdessen zum Kanal, wo er im Wasser seinen Degen und seine Hände vom schon getrockneten Blut reinigte und seine eigene Wunden notdürftig versorgte. Im Moment wusste niemand hier, warum der Kampf eigentlich stattgefunden hatte. Alles sah danach aus, dass zwei Liebhaber sich um die Gunst einer Frau duelliert hätten, und diesen Schein wollte Pflug so lange wie möglich aufrechterhalten.

In der Zwischenzeit war auch Francesco zurückgekehrt und stürzte auf seine immer noch am Boden liegende Schwester zu. Beim Anblick des Toten erschrak er, begriff augenblicklich, um wen es sich handeln musste und drückte Margarita eng an sich. Er zog sie hoch, stützte sie und ging mit ihr schnellen Schrittes in sein Quartier, um noch letzte Dinge einzupacken. Der Abend brach bereits herein, und er wusste, dass die Abfahrtszeit immer näher rückte. Sie mussten jetzt so schnell wie möglich fliehen, um nicht einem aufgebrachten Mob oder der Inquisition in die Arme zu fallen. Der Qualm hatte sich in der Zwischenzeit verzogem doch der beißende Geruch stach immer noch in den Lungen. Francesco raffte deshalb nur das Wichtigste zusammen. Margarita griff sich das Buch mit den Shakespeare-Sonetten. Sie würde in Venedig wirklich alles zurücklassen: ihre Kleidung, Habseligkeiten und – ihre Schwester.

Pflug warf ihnen dunkle Mäntel über und gab jedem eine Maske. So rannten sie schon wenige Minuten später wieder aus dem Haus und begaben sich unverzüglich zur Anlegestelle an der Chiesa di San Polo. Auf dem Campo hatten sich schon viele Menschen versammelt, die die Leiche bestaunten.

„Wir müssen sofort ablegen", rief Pflug in deutlichem Befehlston dem wartenden Molino zu.

Molino gehorchte sofort und ließ die Gondel in Richtung Canal Grande gleiten. Die aufziehende Dunkelheit würde einen Schutzmantel über die Boote legen und niemand würde sagen können, wohin sich die kleine Gruppe letztlich gewandt hatte. Im Canal Grande warteten zwei weitere große Barken, auf denen Soldaten und Männer der sächsischen Gesandtschaft abfahrtsbereit standen.

„Euer Abschied von Venedig scheint nicht so reibungslos und still vonstatten gegangen zu sein, wie ursprünglich erhofft? Man sah den Rauch vom Campo di San Polo bereits auf dem Canal Grande...", bemerkte Molino in einer Mischung aus Angst und Spott.

„Wir sind in einen feurigen Hinterhalt geraten und mussten noch einen Mörder zur Strecke bringen", erwiderte Francesco daraufhin schelmisch. „Wenn Ihr nicht gekommen wärt, um uns zur Flucht aus den Fängen der Inquisitoren zu verhelfen, wären wir jetzt schon sicher in den Bleikammern."

Pflugs Wunden brannten, und die Blutung in seinem Gesicht war noch nicht gestillt. Wahrscheinlich würde er eine große Narbe zurückbehalten.

„Wo genau bringt Ihr uns eigentlich hin, Molino?", fragte er.

„Wir reisen zur Insel Murano, wo wir am Campo San Donato übernachten werden. Morgen brecht Ihr frühzeitig von dort mit zwei Burchiellos in Richtung Piazzola auf, wo Ihr, Margarita, am Abend vor einem geladenen Publikum ein Konzert mit Ausschnitten aus der ‚Penelope‘ geben werdet. Der Herzog von Braunschweig weilt dort zu Gast bei dem venezianischen Prokurator Marco Contarini und wünscht, Euch unbedingt zu hören. Anschließend reist ihr weiter. Es versteht sich von selbst, dass Euer offizieller Reisegrund dieses Konzert und keinesfalls die Weiterreise nach Sachsen ist."

Margarita nickte.

„Ich kehre umgehend nach Venedig zurück. Der Conte hat alles bestens vorbereitet und keine Kosten gescheut, um diese Reise für Euch so angenehm wie möglich zu machen."

Die Sängerin saß den Männern in der dunklen Kabine, die mit schweren Stoffen verhangen war, gegenüber. Sie atmete tief durch und spürte unter sich die Wärme eines großen Pelzes. Sie hatte eine wollige, große Decke um sich geschlungen und betrachtete die bereitgestellten Speisen. Neben frischem, duftenden Brot lockten Schinken und Oliven, Pasteten, Käse, eingelegte Früchte und süße Törtchen. Obwohl sie hungrig war, verspürte sie nicht den Drang zu essen. Francesco griff hingegen beherzt zu und füllte seinen knurrenden Magen.

Zum ersten Mal schien so etwas wie leichte Entspannung in den Gesichtern aufzuscheinen. Von Ferne klangen immer noch Gesänge und Musik über die Wellen und Margarita begriff, dass dies ihr Abschied von Venedig war. Niemand sagte ein Wort und in der Gondel machte sich ein Gefühl von grenzenloser Erschöpfung und Dankbarkeit breit, als ob man ein gerade sinkendes Schiff noch rechtzeitig verlassen hatte.

Trotz ihrer Angst vor der neuen, unbekannten Welt, die sie jenseits der Alpen erwartete, blickte Margarita voller Zuversicht und Hoffnung in die Zukunft, in deren Zentrum Giovanni stehen würde. Francesco lächelte sie aufmunternd an, und da spürte sie, dass sie sich richtig entschieden hatte.

Rache

Im Palazzo Michiel herrschte die hellste Aufregung. Nach der Vorstellung von „Penelope la casta" und dem Fund der Leiche in Margaritas Garderobe war Angiola direkt zur Loge des Herzogs von Mantua geeilt, um ihn zur Rede zu stellen. Sie wusste, dass er für diesen Mord verantwortlich war und wollte ihm ihre Verachtung entgegenschleudern, doch er hatte das Opernhaus bereits verlassen. Wie betäubt rannte sie wieder aus dem Theater und folgte den Gassen bis zum Palazzo des Herzogs, wo sie, ohne anzuklopfen, die Treppen hinaufstürmte und direkt in die Gemächer des Herzogs eindrang. Da das Personal sie kannte und man deutlich ihre Wut und Aufregung sehen konnte, hielt keiner der Diener sie zurück – es war allgemein bekannt, dass sie die Geliebte des Herzogs war und als diese genoss sie zumindest gewisse Privilegien.

Sie fand Ferdinando in seinem Salon, wo er mit einem Glas Wein vor dem Balkon stand und auf die Weite des Canal Grande hinabblickte. Er drehte sich augenblicklich zu ihr um, da sie nicht geklopft hatte und ihn aus seinen Gedanken riss.

Angiola konnte sich nicht beherrschen und ließ sofort ihrer Empörung freien Lauf: „Durchlaucht, ein paar Einschüchterungsversuche sind das eine, aber dieser Mord hat die Grenzen des guten Geschmacks weit überschritten! Wie konntet Ihr es wagen, Mazzolini so grausam töten zu lassen und dann noch so zu präsentieren?! Das hat doch mit Einschüchterung nichts mehr zu tun! Das ganze Theater ist in Aufruhr und Margarita ist vor Bestürzung zusammengebrochen. So eine Behandlung haben wir nicht verdient, und sie wird auch kaum ihren Zweck erreichen!“

Er blickte sie ruhig an und nippte weiter an seinem Weinglas. „Meine Liebe, was regt Ihr Euch so auf? Wenn man meinen Standpunkt nicht verstehen will, muss ich ihn an einem Beispiel verdeutlichen. Mein Gesetz ist sehr einfach und hält sich an die normalen Regeln – ihr habt einen Vertrag mit mir, und wenn Ihr diesen brecht, werde ich Euch entsprechend bestrafen.“ Er kam jetzt süffisant lächelnd mit dem Weinglas in der Hand auf sie zu. Angiola, die einige Meter Abstand gehalten hatte, rührte sich nicht von der Stelle, denn sie wollte Stärke beweisen und ihm genau seine Grenzen aufzeigen. „Ihr wisst, dass wir keinerlei schriftliche Vereinbarung mit Euch haben. Alles, was wir von Euch bekommen haben, gabt Ihr freiwillig, und wir erhielten nie ein offizielles Honorar von Euch. Und selbst, wenn wir uns gegenüber Euch verpflichtet fühlen, so könnt Ihr uns doch nicht wie Leibeigene behandeln und uns mit Mord und Totschlag an Euch binden!“

Er stand jetzt ganz nah vor ihr und blickte in ihre vor Zorn glühenden Augen. Langsam und genüsslich trank er den letzten Schluck seines Rotweines aus, warf mit einer schnellen Bewegung das Glas auf den Boden, das mit einem lautem Klirren zerbarst, packte sie am Hals und zog sie mit Gewalt an sich. Er küsste sie stürmisch, und obwohl sich Angiola gegen ihn wehren wollte, wusste sie doch, dass sie in diesem Moment keine Wahl hatte. Sie war seiner Kraft weit unterlegen, und deshalb ließ sie es geschehen und gewährte ihm diesen Ausbruch der Leidenschaft.

„Ich werde Euch spüren lassen, wem Ihr Gehorsam zeigen müsst und warum Ihr mir Dank schuldig seid, meine Teure!", unterbrach er seinen Kuss, während er sie grob durch eine versteckte, geheime Tür in ein kleines Schlafgemach zerrte. Der Raum, der nur ein Bett enthielt, grenzte direkt an den Salon und war eigentlich für die Mittagsruhe gedacht. Nun würde die Kammer wieder einmal für andere Dinge genutzt werden und die Vorfreude darauf machte den Herzog ganz rasend. Er riss an ihren Kleidern, entblößte ihre Brüste und warf Angiola gebieterisch aufs Bett. Sie verstand, dass Widerstand in dieser Situation völlig zwecklos war und ihr nur unnötig Schmerzen bereiten würde. Außerdem glaubte sie, den Herzog zu kennen, und wusste, dass sie besser mit ihm reden konnte, wenn er sich an ihr befriedigt hatte. Sie entschloss sich, sein männliches Gebaren sogar ein wenig zu genießen und sein Verlangen zu erwidern. Er biss an ihren Knospen, sodass sie leicht aufschrie, bis er sie wieder und wieder mit Küssen bedeckte. Ihre Münder verschmolzen in einem wilden Begehren, das nach Erlösung suchte. Ferdinando verschwendete keine Zeit, sondern drehte sie auf den Bauch, schob ihre Röcke hoch, enthüllte sein hartes Glied und drang von hinten in sie ein. Wie ein wild gewordener Stier ritt er auf ihr und stieß immer heftiger zu, sodass Angiolas Stöhnen immer durchdringender und tiefer wurde. Wie ein Tier nahm er seine Geliebte und spürte, wie er sich bald mit einem befreienden Schwall in ihren Schoß ergoss.

Er verharrte kurz im Moment der scheinbar ewigen Lust, um sich anschließend wie ein müder Kämpfer auf ihren Körper fallenzulassen. Er küsste sie nochmals, wobei seine Lippen jetzt viel milder und zärtlicher waren. „Angiola, du bereitest mir so unendlich große Lust und alles an mir drängt zu diesem Schoße. Hätte ich dich denn mit diesem Kurfürsten nach Sachsen reisen lassen und mir vorstellen sollen, wie er dich wieder und wieder besteigt? Du gehörst allein mir, und so soll es auch bleiben", flüsterte er.

Angiola, die genau wusste, wie sie sich jetzt verhalten musste, antwortete devot: „Ich verstehe Eure Gefühle vollkommen, Durchlaucht. Ihr seid ein so feinfühliger Mann und wisst genau, was eine Frau begehrt. Ich bin Euch ganz und gar verfallen, und Ihr werdet immer der einzige Mann in meinem Leben bleiben. Euer Begehren ist für mich wie die Luft zum Atmen, und niemals könnte ich die Liebe zwischen uns gefährden. Wie könnt Ihr glauben, dass ich Euch verlassen hätte, um mit einem Protestanten nach Sachsen zu gehen?"

Er legte sich neben sie, und sie drehte sich zu ihm hin. Liebevoll streichelte sie sein Haar, das durch die Anstrengung und Hitze des Liebesaktes ganz feucht geworden war und suchte nun nach Worten, um für ihre Schwester Margarita zu bitten. „Wenn Ihr mich so sehr liebt und ich bei Euch bleibe, könnt Ihr doch dafür meine Schwester Margarita getrost ziehen lassen."

Sie wählte ihre Worte mit Bedacht und sagte sehr beiläufig: „Ihr wisst, dass ich Euch immer zu Diensten sein werde, und natürlich kann ich auch musikalisch den Part meiner Schwester einnehmen."

Er blickte sie an und frohlockte innerlich über ihre Naivität und Einfalt. Glaubte sie ernsthaft, ihn mit ein paar Küssen umzustimmen und beeinflussen zu können? Offenbar war sie sich noch nicht über seine Absichten im Klaren, und ihre Arglosigkeit faszinierte ihn und gab ihm ein Gefühl von Macht. Er spürte, wie sein Verlangen nach ihr wieder stärker wurde und er sie nochmals fühlen lassen wollte, welche Macht er über sie hatte und welchen Respekt sie ihm schuldig war. Wie konnte eine dahergelaufene Schauspielerin glauben, dass sie ihn so einfach manipulieren könnte?

Er setzte sich mit einer Bewegung auf sie und legte seine Hände um ihren schlanken Hals. „Meine Liebste, Euer Kehlchen ist uns teuer, doch nichts auf der Welt kann im Moment eine Margarita Salicola ersetzen. Und dass sie sich so stark gegen mein Werben gewehrt hat, heißt ja nicht, dass sie nicht innerlich doch nach mir verlangt, so wie Ihr es tut, Schätzchen."

Er küsste sie wieder voller Inbrunst und zog ihr nun langsam alle Kleider aus, während er jeden Zentimeter ihrer Haut liebkoste, sodass sie endlich nackt vor ihm lag. Ihr einladend junger Körper schimmerte im hereinfallenden Mondlicht.

Er ließ sich viel Zeit, um die Vereinigung mit ihr diesmal intensiver und gefühlvoller zu gestalten, und spürte tatsächlich, wie ihr Körper sich immer stärker nach ihm sehnte. Er steigerte ihre Lust, bis sie wirklich nach ihm bettelte und sich nichts mehr wünschte, als mit ihm eins zu werden.

„Wer ist hier der Herr? Und wem gehorcht Ihr ein Leben lang?", fragte er sie mit halbernster, halbgespielter Strenge.

Angiola, die wirklich jegliche Kontrolle über ihre Sinne zu verlieren schien und von einer Welle unendlicher Lust und Begehren getragen wurde, wollte alles Denken vergessen und nur seine Männlichkeit in sich spüren. Deshalb ging sie auf das gefährliche Spiel ein. „Ihr seid mein Gebieter und ich gehorche nur Euch allein", antwortete sie halb hörig, halb apathisch.

„Sagt es lauter!"

Angiola wiederholte ihre Worte flehentlich, bis er endlich erlösend in sie eindrang und ihr Freuden bereitete, die sie nie zuvor gefühlt zu haben schien. Auf den Wogen der Lust trieben beide zum gemeinsamen Gipfel der Liebe und ließen ihr irdisches Dasein für einen Moment hinter sich. Nichts konnte die Einsamkeit, die beide sonst in ihrem Leben fühlten, besser durchbrechen, als der erfüllende Akt körperlicher Vereinigung. Weit weg schienen alle Gedanken und Probleme – in dieser kleinen Kammer existierten nur sie beide als Einheit zwischen Mann und Frau. Und obwohl Ferdinando schon bei vielen Frauen gelegen hatte, so war es mit Angiola doch etwas ganz Besonderes, und er würde sie niemals gehen lassen.

Gefangen

Am nächsten Morgen erwachte Angiola allein in der Kammer und musste sich erst einmal orientieren, wo genau sie sich befand. Sie erinnerte sich an die letzte Nacht und die Leidenschaft, die sie mit Ferdinando geteilt hatte und sehnte sich zu ihm zurück, doch sie konnte ihn nirgends erblicken. Nachdem sie sich gestreckt hatte, zog sie sich langsam ihr Unterkleid an, stand auf und ging zur Tür, um entsetzt festzustellen, dass diese fest verschlossen war. Er hatte sie ganz offensichtlich eingesperrt und damit zu seiner Gefangenen gemacht! Angiola verstand nicht, warum der Herzog sie so behandelte, doch sie wusste wiederum, dass jeglicher Widerstand, Schreien oder Klopfen völlig zwecklos waren – er würde sie erst herauslassen, wenn er es für richtig hielt.
Sie ahnte plötzlich, dass Margarita in großer Gefahr war, und erkannte, dass es ein Fehler gewesen sein könnte, zu ihm zu gehen und zu glauben, dass sie ihn umstimmen könnte. Offensichtlich hatte er ganz andere Pläne und spielte mit ihnen wie mit unmündigen Kindern.
Angiola ging zum Fenster und blickte durch das trübe Glas auf den Canal Grande, der sich jetzt wie eine bedrohliche dunkle Masse vor ihr auftat und sie zu rufen schien. Sollte sie es etwa wagen und sich tatsächlich aus dem Fenster in die Fluten stürzen? Aus Erfahrung wusste sie, dass dies keine gute Idee

war. Gerade in der Nähe von Gebäuden ragten oft Baumstämme oder Mauern an die Gebäude heran und würden ihr bei einem Sprung ins Wasser sicher das Genick brechen. Deshalb blieb ihr nichts weiter übrig, als in dieser Kammer zu verharren und abzuwarten.

Als die Sonne schon etwas höher stand, hörte sie, wie der Schlüssel in der Tür herumgedreht wurde. Herein trat jedoch nur Paolo Foscati, der Leibdiener des Herzogs. Er trug ein Tablett auf dem sich eine Suppe, Wasser und offenbar eine heiße Schokolade befanden. „Der Herzog sendet Euch die vorzüglichsten Grüße und dankt Euch für die Freuden, die Ihr ihm in der letzten Nacht bereitet habt", sagte er mit leichtem Spott in der Stimme. „Ihr sollt Euch keine Sorgen machen, sondern den Tag hier in Ruhe verbringen und Euch erholen. Euer Aufenthalt hier soll so angenehm wie möglich sein. Diese Maßnahme dient dabei nur zu Eurem eigenen Schutz und soll Euch von unbedachtem Handeln abhalten. Der Herzog wird Euch am Abend wieder beehren und Euch über die weiteren Vorkommnisse in Kenntnis setzen. Für Eure Notdurft findet Ihr in dem kleinen Schränkchen eine Schüssel, die ich dann abholen werde."

Angiola wollte etwas erwidern, doch er wandte sich bereits wieder zur Tür und unterbrach sie barsch. „Wenn Ihr etwas wünscht, so sollt Ihr es schriftlich auf dem Papier kundtun und dieses durch den Türschlitz schieben. Der Herzog wünscht, dass wir kein Wort miteinander wechseln, sondern das jedes Euer Begehren schriftlich festgehalten wird."

Er lächelte vieldeutig, während er die Tür wieder hinter sich verschloss.

Sie blickte auf das Tablett, wo sich Pergament, ein Federkiel und Tinte befanden, und dachte sofort, dass sie dieses Papier benutzen würde, um ihrer Schwester zu schreiben und sich bei ihr zu entschuldigen. Angiola erkannte, dass sie weniger wählerisch hätte sein sollen und stattdessen das Angebot des sächsischen Kurfürsten hätte annehmen müssen – dann wäre sie jetzt wenigstens frei und hätte ihre Würde behalten. So fühlte sich ihr Zustand bitter an. Auch wenn sie dem Herzog tatsächlich zugeneigt war und die Stunden der Zweisamkeit mit ihm genoss, wollte sie doch nicht seine willige Gefangene sein, die er nach seinem Belieben besuchen, benutzen und erniedrigen konnte.

Überhaupt kam ihr das Wesen dieses Mannes zugleich fremd und faszinierend vor. Er konnte so zärtlich sein und ihr derartige Lust bereiten, dass sie glaubte, für diese schändliche Sünde in der Hölle schmoren zu müssen. Doch seine jähzornigen Ausbrüche und Schläge offenbarten ihr auch, dass bereits das Leben auf Erden manchmal der Hölle gleichen konnte. Nie war es möglich, seine Stimmung wirklich vorherzusagen oder einzuschätzen, sondern sie reagierte immer nur auf sein unmittelbares Benehmen. Seine große Statur und sein majestätisches Aussehen hatten Angiola von Beginn an fasziniert, und sie wusste, dass sie als Frau auch auf ihn eine starke Wirkung gehabt hatte. Dass sie bei diesem Spiel allerdings immer unterlegen sein würde, kam ihr erst jetzt schmerzlich ins Bewusstsein, da sie sich in einer kleinen Kammer in einem der schönsten Palazzi Venedigs als Gefangene wiederfand.

Sie nahm nun tatsächlich das Papier und begann einen Brief an Margarita zu scheiben. Vielleicht könnte man dieses Schriftstück ja einem Gondoliere zuwerfen, der es an ihre Schwester weiterleitete:

„Geliebte Schwester!
Ich schreibe Dir aus höchster Not, um Dich zu warnen. F. ist
in seinem Handeln rücksichtslos und grausam. Ich weiß,
dass er für den Tod von M. verantwortlich ist. Deshalb musst
Du so schnell als möglich handeln und diesen Ort verlassen,
bevor F. Dich findet. Er wird nichts unversucht lassen, um
Dich in seine Gewalt zu bringen. Mach Dir keine Sorgen um
Deine Familie, wir sind stark und schaffen alles. Verzeih mir

mein eifersüchtiges und undankbares Gebaren,
doch ich wusste mich nicht besser zu benehmen.
Es küsst und liebt Dich ewiglich – Deine Schwester A."

Die Zeilen gingen Angiola leicht von der Hand, und sie hätte gern noch mehr und ausführlicher geschrieben. Doch sie wusste, dass in der Stadt überall Spitzel und Agenten lauerten, die sie mit einem solchen Dokument des Hochverrats bezichtigen konnten. Jetzt erst wurde Angiola bewusst, dass es aus diesem Grund auch völlig unmöglich war, den Brief überhaupt zuzustellen – sie musste ja eine Adresse oder einen Namen auf das Papier schreiben und würde so den Empfänger der Zeilen preisgeben! Bei der Bekanntheit von Margarita wäre es dann ein leichtes, die erwähnten Personen im Brief zuzuordnen. Angiola wollte das Schriftstück nun schon zerreißen, doch dann besann sie sich eines Besseren, faltete es klein zusammen und steckte es in die vorderste Ecke ihres Seidenschuhes, wo niemand die Zeilen vermuten und finden würde. Danach aß sie etwas von der Suppe und trank die köstlich duftende Schokolade, legte sich aufs Bett, lauschte dem Gesang vorbeiziehender Gondolieri und schlummerte nochmals ein. Als es schon wieder dunkel war und Angiola nur dank des hereinfallenden Mondlichts etwas sehen konnte, hörte sie plötzlich laute Stimmen aus dem Salon. Sie erkannte den Herzog, doch die Stimmen der anderen Männer schienen ihr fremd. Sie legte ihr Ohr so dicht an die Tür der Kammer, dass sie lauschen konnte.

„Wie könnt Ihr es wagen, mit solchen Neuigkeiten vor mein Auge zu treten! Dieses Miststück sollte sich in Eurer Gewalt befinden und nicht stattdessen einfach verschwinden! Wofür bezahle ich Euch eigentlich?"

Der Herzog brüllte, sodass Angiola jedes seiner Worte deutlich verstehen konnte. „Habt Ihr den Toten wenigstens ordentlich beiseite geschafft oder haben wir jetzt noch die Inquisition am Hals?"

Die Männer antworteten so leise, dass Angiola kein Wort verstand, doch die Sätze des Herzogs brannten in ihrem Herzen. Es hatte also vermutlich noch einen Toten gegeben. Angiola hoffte inständig, dass es sich nicht um ihren Bruder Francesco handelte. Aus Vorsicht hatte sie niemandem von Francescos Quartier erzählt, obwohl sie sich einbildete, dass Margarita mit Pflug genau dorthin geflohen war. Aber vielleicht war ja auch der Leibwächter Pflug der Tote?

Sie legte ihr Ohr weiter an die Tür und hoffte, jede Einzelheit zu erfahren, doch außer dem Gebrüll des Herzogs, der den anderen Männern unaufhörlich Vorhaltungen machte, hörte sie kaum Neues heraus.

„Wisst Ihr wenigstens, wo sie sich jetzt aufhält, oder wart Ihr nicht einmal imstande, diese Weibsperson zu verfolgen?"

Wieder lauschte Angiola gespannt, doch sie konnte die Antworten nicht verstehen. Nach zehn Minuten entfernten sich die Männer, und im Nachbarraum herrschte wieder trügerische Stille. Angiola getraute sich nicht zu klopfen, obwohl sie meinte, dass sich der Herzog noch im Salon befand. Tatsächlich hörte sie, wie ein Getränk in einen Becher gefüllt wurde und Schritte auf und ab liefen. Sie meinte, dass wieder eine Ewigkeit an Zeit vergangen war, bis endlich der Schlüssel im Schloss herumgedreht wurde, und er wieder leibhaftig vor ihr stand. Er trug eine große Perücke nach französischer Mode auf dem Kopf und hielt sein volles Weinglas in der Hand. Der Schein einer Öllampe drang vom Salon in die Kammer und warf einen beängstigend großen Schatten auf sie.

„Meine Teure, habt Ihr einen ruhigen Tag in meinem kleinen Gemache verbracht?"

Ferdinando kam auf sie zu und reichte ihr das Weinglas, wovon sie langsam trank. Sie war wieder so über seine ruhige Freundlichkeit erstaunt, dass sie nicht wusste, ob er es wirklich ernst meinte oder sie jederzeit mit einem jähzornigen Ausbruch rechnen musste.

„Ich verstehe nicht, warum Ihr mich hier so gefangen haltet,

Durchlaucht", sagte sie zaghaft ohne ihn anzublicken.

„Wer spricht denn hier von Gefängnis? Ihr seid in Schutzhaft, meine Liebe! Nur so kann ich Euch vor den Gefahren, die in Venedig lauern, beschützen. Wie Ihr sicher wisst, hat sich Eure Schwester unnötig in eine gefährliche Situation begeben und momentan weiß niemand, wo sie sich aufhält. Es wird sogar vermutet, dass sie entführt wurde!"

Angiola wusste, dass dies nicht ganz der Wahrheit entsprach, schwieg aber geflissentlich.

„Wisst Ihr vielleicht, wo Eure süße Schwester hingeflogen sein könnte? Hat sie gar der sächsische Kurfürst bezirzt und mitgenommen?"

Er schaute sie durchdringend an und versuchte ihr Gesicht zu ergründen. „Ihr wisst, dass mir das Wohl Eurer Familie sehr am Herzen liegt und dass ich alles dafür tun würde, Euch zusammen glücklich vereint zu wissen, aber wenn Ihr mir nicht helft, Margarita zu finden, kann ich auch nicht für ihre Sicherheit garantieren."

Angiola antwortete zögerlich: „Ich weiß nicht, wo meine Schwester sich momentan aufhält. Gestern nach der Vorstellung war sie mit ihrem Leibwächter im Theater. Dann bin ich direkt zu Euch gekommen und habe sie nicht mehr gesehen."

„Soso, mit ihrem Leibwächter. Es handelt sich doch hoffentlich nicht um den ominösen sächsischen Conte? Die ganze Stadt spricht schon davon, dass sie ein Verhältnis mit diesem Protestanten hat! Und das ohne meine Erlaubnis!" Er starrte sie an und sah, wie sich im Unterkleid ihr Busen verführerisch abzeichnete. Alles an ihr wirkte erneut so einladend und appetitlich, dass er sie sofort wieder nehmen wollte. Keine andere Frau hatte diese hypnotisierende Wirkung auf ihn, wobei Angiola selbst nicht einmal bemerkte, was sie in ihm auslöste. Und genau deshalb wollte er auch unbedingt ihre Schwester in seiner Gewalt haben, denn mit beiden Frauen zusammen würde er sicher noch größere Freuden genießen können! Außerdem würde ihn die ganze Welt um die besten

Sängerinnen, die es momentan in Italien gab, beneiden. Er hätte dann der Serenissima und allen anderen Herzogtümern gezeigt, wer die eigentliche Macht in Italien besitzt. Doch dieser Sachse war ihm einfach in die Quere gekommen und setzte ihn mit dieser Entführung dem Spott der Italiener aus! Er ging nun auf Angiola zu, nahm ihr das Glas aus der Hand und küsste sie zärtlich auf ihren leicht geöffneten Mund. Sie schmeckte so verlockend, dass er beschloss, sich an diesem Abend trotz aller Sorgen mit ihr abzulenken.

Angiola, die den ganzen Tag allein gewesen war, genoss trotz ihrer innerlichen Angst die Sanftheit seiner Berührung und schmolz förmlich in seinen Armen dahin. Er wandte sich nochmals kurz zur Tür, um sie zu verschließen und schenkte seine Aufmerksamkeit danach wieder ganz seiner Geliebten. Er nahm sich die Perücke vom Kopf, entkleidete sich langsam und half danach Angiola aus dem übergestreiften, weißen Unterkleid. Ohne Hilfe konnte sie ihr Korsett am Rücken weder schnüren noch öffnen und so hatte sie den ganzen Tag über mehr schlecht als recht bekleidet in der Kammer verbracht.

Jetzt standen sie wieder nackt voreinander und Angiola konnte seine erneute Erregung deutlich sehen. Um der Kälte zu entfliehen, legten sich beide unter die wärmende Bettdecke und liebkosten einander, bis Angiola spürte, wie ihr Körper ihn zwischen ihren Schenkeln erwartete. Nie hätte sie geglaubt, dass sie ihn trotz seiner grausamen Züge so sehr begehren konnte, doch sie wünschte sich nichts sehnlicher, als wieder und wieder mit ihm vereint zu sein, ihn in sich zu spüren und mit ihm in diesem kostbaren Augenblick scheinbar zu verschmelzen.

Abreise

Am 10. März 1685 stachen in den frühen Morgenstunden zwei Burchiellos von Murano aus in Richtung Padua in See. Die großen Boote, die jeweils von zwei Gondolieri gesteuert wurden, trugen eine geräumige Kabine, durch deren Fenster man die Schönheit der vorbeiziehenden Lagune erblicken konnte. Margarita, Francesco, Pflug, die zwei Gondolieri und vier verkleidete Diener waren zusammen in einem Boot, wohingegen die restlichen Männer in dem zweiten Burchiello reisten. Innen waren die Kabinen prachtvoll mit Seidentapeten und samtbezogenen Sofas ausgestattet, sodass es keinem der Passagiere an Bequemlichkeit mangelte. Die Nacht hatten alle in einfachsten Zimmern verbracht, wobei sich die Soldaten sogar wenige Betten teilen mussten. Margarita, die schon in unbequemeren Lagern genächtigt hatte, war damit durchaus zufrieden und sah in Anbetracht der Umstände keinen Grund, sich zu beschweren. Am Morgen lagen neue Kleider für sie bereit, die sie dankbar anzog. Durch ihre Flucht aus dem Theater nach der letzten Vorstellung hatte sie ihre Kleidung nicht wechseln und auch kein Gepäck mitnehmen können. Das Einzige, was sie immer bei sich trug, war die kleine Phiole mit dem Parfüm an ihrem Busen und der Ring Giovannis an ihrem Finger.

Giovanni hatte tatsächlich keine Kosten gescheut, um diese Reise für seine Passagiere so angenehm wie möglich zu gestalten. Auf dem Tisch stand ein einladendes Frühstücksmahl und die Gäste bekamen frische Milch, Brot und Eier serviert. Trotz der morgendlichen Kühle war es in der Kabine angenehm warm und die Gesellschaft unterhielt sich prächtig. Margarita, die als einzige Frau an Bord war, fühlte sich anfangs etwas unbehaglich, doch ihr Bruder Francesco und Pflug wichen nicht von ihrer Seite und gaben ihr ein Gefühl von Geborgenheit. Auch alle Soldaten wussten, dass es sich bei diesem Frauenzimmer um eine besonders kostbare

Fracht handelte, da sie für ihren Auftrag, sie sicher nach Piazzola zu bringen, fürstlich entlohnt worden waren.

Bis Fusina ging die Fahrt in der aufgehenden Sonne zügig voran, doch dort wurde eine kleine Pause eingelegt. Die Gondolieri, die die Boote bis hierhin gefahren hatten, wurden jetzt durch Pferde abgelöst, welche die Burchiellos vom Ufer aus den Fluss Brenta hinaufzogen.

Margarita kannte diese Flussfahrt schon und genoss stets das leichte Dahingleiten, wohingegen Pflug zum ersten Mal diesen Wasserweg befuhr. Er staunte über die immer grüner werdende Landschaft und die unzähligen Palazzi, die das Ufer des Brenta säumten. Für die Venezianer dienten diese Paläste in heißen Sommermonaten als willkommene, kühle Abwechslung zu den stickigen Wohnungen in der Lagune. Hier spürte man die Weite und Üppigkeit des Landlebens und ergötzte sich an allerlei Lustbarkeiten. Pflug wusste nur, dass ihre nächste Station einem ebensolchen Amüsement gewidmet sein würde, und freute sich darauf, die Sängerin in so außergewöhnlich schöner Umgebung zu hören. Jeder der Paläste am Ufer erschien dem Sachsen stattlicher und größer als das Schloss in Dresden. Gegen die Leichtigkeit und Eleganz dieser Bauten wirkte die sächsische Residenz wie ein derber Klotz, der dringend einer Korrektur bedurfte. Besonders faszinierend waren für ihn auch die vielen Schleusen, durch die das Boot nach oben gehoben wurde. Eine solche Vorrichtung hatte er zuvor zwar auch in deutschen Landen gesehen, aber selbst nie benutzt. An einem derartigen technischen Meisterwerk wurden für ihn wieder die Wunder der Mechanik sichtbar, die dem Menschen dazu verhalfen, die Natur mit allerlei Konstruktionen zu überlisten.

Seine Blicke wanderten wieder zu Margarita, die heute scheinbar unbeschwert mit ihrem Bruder Karten spielte. Manchmal wirkte diese gefeierte Sängerin wie ein kleines Mädchen, und er genoss es jetzt, sie zu beschützen. Er war noch nie einem Weib so lange so nahe gewesen und hatte sich

in den wenigen Tagen schon an ihre beständige Nähe gewöhnt. Die Vielschichtigkeit ihres Wesens faszinierte ihn und
er glaubte, seinen Herrn verstehen zu können, der solch starke Gefühle für dieses Weib aufbrachte. Auch er ertappte sich
oft bei dem Gedanken, sie wie zufällig berühren zu wollen
oder ihren Duft einzuatmen, doch er wusste, dass er gegenüber seinem Herrn in der Pflicht stand und seinen Eid nicht
brechen durfte. Deshalb schob er jeglichen Gedanken an sie
beiseite und widmete sich der ihm zugetragenen Aufgabe, sie
zu beschützen.

Bis jetzt hatte er keine anderen Boote in den Brenta-Kanal
einbiegen sehen, und auch die Soldaten waren noch vollzählig
und hatten sich nie weit vom Boot entfernt. Es war immer
noch möglich, dass sich ein Spitzel unter den Männern befand, der Margarita in einem günstigen Augenblick entführen
wollte, doch dieser Gedanke erschien ihm immer unwahr-
scheinlicher. Deshalb lehnte sich auch Pflug in dem dahinglei-
tenden Boot zurück und genoss einfach die Schönheit der
italienischen Landschaft, während sich Margarita lachend die
Zeit vertrieb.

Gerüchte

Am Palazzo della Torre verabschiedete sich Giovanni mit
seiner Gefolgschaft von seinem großzügigen Gastgeber, den
er nun freundschaftlich mitsamt seiner Familie nach Sachsen
einlud. Lucio della Torre war für ihn in den wenigen Wochen
wie ein Bruder geworden und hatte ihn mit den vielen Gepflogenheiten der Stadt und des Karnevals vertraut gemacht.
Auch der Marchese Canossa war zum morgendlichen Festmahl gekommen, das im Palazzo vor der Abreise eingenom-
men wurde. Man ließ gemeinsam die aufregenden Tage in
Venedig nochmals Revue passieren.
Eleonore della Torre waren mit ihrem weiblichen Instinkt die

sich anbahnende Beziehung zwischen Giovanni und Margarita und die Veränderungen in seinem Wesen nicht verborgen geblieben. Sie hatte ihm manchen Hinweis gegeben, wie man eine derartige Frau respektvoll umwarb, ohne sie zu verschrecken, denn sie schätzte die Salicola durchaus als selbstbewusste und kluge junge Frau ein, die sich nicht jedem Edelmann achtlos vor die Füße werfen würde. Das hatte Giovanni ja auch zu spüren bekommen, doch er wusste jetzt mit Gewissheit, dass Margarita ihn ebenso liebte wie er sie.

Die Ereignisse der letzten Tage hatten ihn sehr aufgewühlt und ihn verstehen lassen, dass sich das Temperament der Männer in Italien von den Nordländern durchaus unterschied und sie hier sehr gereizt reagieren konnten. Der Überfall auf Margarita und der Mord an Mazzolini im Theater hatten Giovanni deutlich vor Augen geführt, dass er die Primadonna schnellstmöglich aus der Lagune wegbringen musste. Mithilfe hoher Bestechungsgelder war ihm dies wohl auch gelungen, und er wähnte die Frau seiner Begierde auf der Reise Richtung Piazzola.

Giovanni hatte zuvor noch dem Herzog von Braunschweig geschrieben, dass die Salicola tatsächlich in die Villa Contarini kommen würde, um ein Konzert zu geben, sodass es sogar einen offiziellen Grund für ihre Abreise aus der Stadt gab. Er hatte ihn allerdings auch dezent darauf hingewiesen, die Primadonna nicht anzurühren.

Giovanni wurde am Tisch durch den Marchese Canossa aus seinen Gedanken gerissen, der nun die neusten und wildesten Gerüchte, die momentan in der Stadt kursierten, zum Besten gab. „Habt Ihr schon gehört, dass am Campo di San Polo, wo gewöhnlich die Stierhetzen stattfinden, gestern ein maskierter Fischer brutal niedergestochen worden ist? Pikanterweise war er zuvor mit einem Frauenzimmer gesehen worden, dass er über den Schultern aus einem brennenden Haus gerettet hatte.“

Ein Raunen ging durch die Tischgesellschaft. Ein Brand in Venedig war etwas Höchstgefährliches und konnte schnell ganze Stadtviertel vernichten. Dazu noch ein Mord – das sah nach einer richtigen Verschwörung aus! Giovanni horchte auf, denn in der Chiesa di San Polo, die unmittelbar an diesem Platz lag, hatte er sich gestern früh noch mit Pflug getroffen, um die Details der Flucht durchzusprechen.

Der Marchese, der nur zum Teil in die Seilschaften Giovannis eingeweiht war, berichtete weiter: „Es wird spekuliert, dass es sich bei dem Frauenzimmer um die Sängerin Margarita Salicola handeln soll, die dort bei ihrem Bruder Unterschlupf suchte. Nach dem brutalen Mord im Theater soll sie bei ihm untergetaucht sein, weil sie selbst um ihr Leben fürchtete. Rein zufällig brach das Feuer in dem Haus aus, in dem er wohnte und heute Morgen sucht die ganze Stadt nach dieser Frau, doch sie scheint wie vom Erdboden verschluckt. Auch ihre Schwester und ihr Bruder sind verschwunden.“

„Welch` außergewöhnlich faszinierende Geschichte! Wisst Ihr, wer diesem armen Manne nun den Garaus machte?“, fragte Giovanni äußerst beiläufig, obwohl ihn diese Neuigkeiten natürlich brennend interessierten.

„Ich verstehe Eure Neugier nur zu gut. Man erzählt, dass ein Sachse den vermeintlichen Retter in einem Kampfe niedergestreckt habe, da er offensichtlich eifersüchtig auf diesen war. Durchlaucht, wenn ich es mir erlauben darf, möchte ich Euch sagen, dass es mir in Anbetracht dieser Vorkommnisse durchaus sinnvoll erscheint, wenn Ihr schnellstmöglich abreist. Denn das Gerücht, dass ein Sachse diesen armen Mann getötet haben könnte, wird die Spur unweigerlich zu Euch führen. Jeder weiß, dass Ihr die Primadonna für Sachsen gewinnen wolltet. Und auch wenn Ihr momentan den Schutz der Serenissima genießt, so gelten bei einem so offensichtlichen Mord doch ganz andere Regeln. Man könnte Agenten auf Euch ansetzen, die Euch das Leben zur Hölle werden lassen...“

Giovanni war über diese Nachrichten entsetzt, doch glaubte er zumindest hoffen zu können, dass Pflug feste Gründe gehabt hatte, diesen Mann zu töten, und nun hoffentlich sicher mit Margarita geflohen war. Offenbar hatten sie auch Francesco mitgenommen und ihn damit dem Einfluss des Herzogs von Mantua entzogen. Was allerdings mit Angiola geschehen war, lag im Bereich der Spekulation.

„Uns ist nicht bekannt, wer in diesen Mord verwickelt sein könnte. Meine Männer waren alle bei mir, und wir befinden uns ohnehin im Aufbruch. Wir können also hier im Moment nichts mehr ausrichten, und da ja auch unser geliebter Karneval zu Ende gegangen ist, besteht auch kein Grund mehr, in dieser Freudenstadt mit ihren so unberechenbaren Schattenseiten zu bleiben. Allerdings werden uns diese Tage in der Serenissima unvergessen bleiben, da wir so viele außergewöhnliche Dinge erleben durften.“

Sein Blick fiel dabei wissend auf Eleonore, die ihn umschmeichelnd anlächelte. In den wenigen freien Stunden, die ihm neben Bällen, Opernbesuchen und diplomatischen Verhandlungen geblieben waren, hatte er mit dieser klugen Frau über viele Belange seines Herzens sprechen können. Dabei hatte sie ihm manch` unerwartete Sicht auf die Welt eröffnet und auch seinen Blick für die Bedeutung der Weiblichkeit an sich geschärft. Mit ihren Ansichten über Geburt und Tod, Politik und Weltgeschehen hatte sie ihm neue Perspektiven auf das Wesen des Menschen eröffnet und seinen Geist wie von einer Nebelwand befreit. Giovanni war nicht sicher, ob dies allein auf ihren Verstand oder auch auf seinen Zustand der Verliebtheit zurückzuführen war, doch wo auch immer die Ursache für seine Erleuchtung lag – ihr würde er ewig dankbar sein.

Schweren Herzens verabschiedete sich Giovanni nach dem Mahl von seinen Gastgebern und stieg mit seinem Gefolge in die drei wartenden Burchiellos. Nur das nötigste Gepäck und die Geldschatullen mit dem Ertrag des Militärpaktes waren auf die Boote verladen worden, da die gesamte sonstige Fracht bereits mit einer Vorhut an Soldaten nach Sachsen ge-

schickt worden war. Bis zum Abend wollten sie Padua erreichen und am nächsten Tag vielleicht sogar schon in Piazzola
sul Brenta wieder mit der Primadonna zusammentreffen.
Noch lange sah Giovanni die Familie della Torre mit den beiden Töchtern auf dem Balkon stehen und winken, doch dieser
Abschied war nötig, und vielleicht würde es kein Wiedersehen geben.
Die sächsische Gesandtschaft nahm den gleichen Weg, wie
bereits wenige Stunden zuvor Margarita mit ihren Begleitern.
Giovanni war von den mächtigen Villen am Ufer des Flusses
ebenso begeistert wie sein Gefolge, und er nahm sich vor,
schnellstmöglich den Innenausbau des Palais im Großen Garten in Dresden voranzutreiben. Schließlich war dies ein
herrlicher Ort, um Lustbarkeiten und Konzerte zu veranstalten, und mit der Primadonna an seiner Seite würde er alles
noch intensiver und ausgiebiger genießen können.
Mit diesen Gedanken im Herzen ließ er die Lagunenstadt mit
ihren Erinnerungen und die herrlichen Villen des Brenta-
Kanals hinter sich, um am Abend endlich in Padua anzulegen
und zu rasten.

Tobsucht

Gegen Mitternacht erwachte der Herzog von Mantua in der
kleinen Kammer. Er lag nackt auf dem Bett und sah im hereinfallenden Mondlicht, dass der Platz neben ihm leer war. Es
dauerte einige Augenblicke, bis er begriff, dass Angiola offenbar geflohen war und ihn allein in dem Zimmer zurückgelassen hatte, das eigentlich ihr als Gefängnis dienen sollte.
Außer sich vor Wut stand er auf und donnerte mit seinen
Fäusten gegen die kleine, verschlossene Tür. Dabei brüllte er
so laut, dass das ganze Haus in Aufruhr geriet und sämtliche
Diener im Salon vorstellig wurden. Man wusste zuerst nicht,
wie man reagieren sollte, da der Herzog die eindeutige An-

weisung gegeben hatte, ihn nicht in der Kammer zu stören, doch offensichtlich war er selbst in eine Notlage geraten und forderte nun seine Befreiung. Sein Leibdiener Paolo Foscati öffnete den geheimen Zugang und erblickte zu seinem Entsetzen einen nackten Herzog, dessen Gemächt frei vor sich herabbaumelte.

Die Mägde, die im Nachtgewand mit Kerzen in der Hand im Salon standen, wandten sich erschrocken ab, wohingegen Foscati versuchte, den tobenden Herzog auf seine Blöße aufmerksam zu machen. Doch dies störte ihn offensichtlich nicht im Geringsten. Er fuchtelte mit seinen Armen herum und schrie so laut, dass man es auf dem Canal Grande hören konnte: „Bringt mir augenblicklich diese Hure Angiola Salicola zurück!" Danach schleuderte er seine Fragen der erschrockenen Dienerschaft ins Gesicht, während er einige am Kragen packte: „Wer hat ihr geholfen? Habt Ihr sie gesehen? Was steht Ihr hier herum?"

Doch seine Fragen verhalten ohne Antwort im Raum. Niemand wagte es, auch nur einen Laut von sich zu geben.

Seine Wut steigerte sich daraufhin ins Unermessliche. „Ihr nichtsnutziges Pack, wofür bezahle ich Euch eigentlich! Ihr wisst nicht einmal, was in meinem eigenen Haus vor sich geht und merkt nicht, wenn eine Frau unbemerkt durch die Gänge schleicht!"

Foscati ergriff nun selbstbewusst das Wort: „Durchlaucht, ich habe gegen acht Uhr alle Türen eigenhändig verschlossen und die Schlüssel trage ich stets bei mir. Sie kann also wohl kaum eine der Türen des Hauses benutzt haben."

Der Einwand des Leibdieners erschien logisch und brachte den Herzog zu besonnenerem Nachdenken. „Kann sie aus einem Fenster auf dem Kanal entkommen sein?"

„Denkbar wäre es schon, doch mit ihrem Kleid wäre sie sicher schnell untergegangen. Außerdem ist das Wasser bitterkalt und wer weiß, ob sie überhaupt schwimmen kann. Allerdings hätte ihr jemand helfen können."

„Ihre Kleider sind noch hier. Sie kann nur ein Hemdchen tragen. Damit ist sie sicher nicht weit gekommen."

Der Herzog von Mantua pflichtete seinem Leibdiener bei – ohne Hilfe war eine Flucht über den Canal Grande unwahrscheinlich. „Habt Ihr heute irgendeine Nachricht von Angiola entgegengenommen oder nach außen gebracht?"

„Nein, Durchlaucht. Wie Ihr befohlen habt, brachte ich ihr zwar Papier und Feder, doch ich habe keinen Brief von ihr erhalten und meines Erachtens ist kein anderer Diener zu ihr vorgedrungen. Das kann ich sicher bezeugen, da ich ja die Schlüssel für die Kammer immer bei mir trage."

Foscatis Antwort kam ehrlich und pflichtbewusst über seine Lippen, und der Herzog wusste, dass er sich immer auf ihn verlassen konnte.

„Das würde doch aber bedeuten, dass sie sich noch im Palazzo befindet. Durchsucht augenblicklich das Gebäude und schleppt mir dieses Weib wenn nötig an den Haaren vor meine Füße!"

Die erschrockene Dienerschaft rannte aus dem Saal und begann eifrig das ganze Haus auf den Kopf zu stellen. Man blickte in jeden Winkel und nahm jede Truhe in Augenschein, doch von Angiola fehlte jede Spur. Der Herzog, der sich inzwischen angekleidet hatte, suchte selbst mit großem Eifer mit und fühlte, wie die Wut in ihm hochkochte. Sogar dieser Frau, die er in seinen Augen respektvoll behandelt hatte und auf seine eigene Art zu lieben glaubte, konnte er nicht vertrauen. Weiber waren gefährliche Wesen, die es zu bändigen galt, und das würde er auch ihr beweisen, wenn er sie endlich wieder in seine Finger bekommen würde!

Der Morgen graute bereits, als die Dienerschaft die Suche entgeistert aufgab und sich nochmals zu Bett begab, um wenigstens für einen kurzen Moment auszuruhen.

Der Herzog konnte nun aber nicht mehr schlafen. Wo hatte sich dieses Miststück versteckt? Hatte sie gar Komplizen in der Dienerschaft? Hielten ihn nun etwa alle zum Narren? Er läutete seinen stark verschlafenen Dienern und verlangte Kaffee und ein deftiges Frühstück. Die Turbulenzen und Aufregungen der Nacht zollten ihren Tribut, und er brauchte neue Energie, um einen ordentlichen Gedanken fassen zu können.

Am Frühstückstisch wurde sein Mahl durch unerwarteten Besuch unterbrochen. Zwei seiner Agenten, die er mit der Suche nach Margarita Salicola beauftragt hatte, traten ein und berichteten ihm von ihren Erkenntnissen. „Guten Morgen, Durchlaucht. Verzeiht die morgendliche Störung am Frühstückstisch, doch wir haben Neuigkeiten, die keinerlei Aufschub dulden."

„Heraus damit!", antwortete der Herzog barsch, obwohl er eigentlich keine schlechten Nachrichten mehr hören wollte.

„Gestern Abend sind unmittelbar nach dem Mord am Campo di San Polo drei große Gondeln mit insgesamt mindestens 15 Personen aus Venedig abgereist. Eine der Gondeln hatte zuvor am Campo di San Polo eine Frau und zwei Männer aufgenommen, wobei es sich vermutlich um die Sängerin Margarita Salicola, ihren Bruder und einen weiteren Mann handelte. Wohin die Gesellschaft aufgebrochen ist, kann nur vermutet werden, doch offensichtlich haben sie die Lagune verlassen, da sie auch schweres Gepäck dabei hatten."

„Seid Ihr sicher, dass es sich dabei um Margarita Salicola handelte?" Die Skepsis des Herzogs war noch nicht verflogen.

„Wir haben zwei Augenzeugen, die die Primadonna eindeutig identifiziert haben, darunter eine Ankleiderin aus dem Theater, die gerade Francesco Salicola aufsuchen wollte. Im Übrigen war das Feuer tatsächlich in dem Haus gelegt worden, in dem sich auch die Sängerin befand. Der später Getötete hatte sie aus dem Haus getragen und wollte sie vermutlich retten. Allerdings stellte der Brand keine wirkliche Gefahr dar, da er nur zur Ablenkung in einer Feuerschüssel gelegt worden war."

Der Herzog verriet nach dieser Schilderung nicht, dass es sich bei dem Toten wahrscheinlich um einen Agenten handelte, den er noch gestern Nacht damit beauftragt hatte, die Primadonna zu entführen und zu ihm zu bringen. Er hatte diesen Auftragsmörder nie getroffen, sondern immer nur in der Chiesa Santa Maria del Giglio einen Brief mit konkreten Anweisungen hinterlegt. Bisher hatte er sich auf diese Mannsperson immer verlassen können, die auch den Überfall auf die Salicola und den hübschen Blumengruß arrangiert hatte, doch offensichtlich waren die Kräfte des Mannes auch nur beschränkt gewesen.

„Habt Ihr etwas über den Toten herausfinden können?", fragte er fast bedauernd.

„Leider nichts Konkretes. Er war niemandem genauer bekannt und stammt vermutlich von einer der Inseln. Wahrscheinlich ein Fischer, der zufällig vorbeikam und zu Hilfe eilen wollte." Der Agent machte eine Pause und fuhr dann langsam fort, da er um die Brisanz seiner weiteren Worte wusste. „Heute Morgen wurde offenbar auch im Palazzo della Torre, wo sich ein Teil der Gesandtschaft des Kurfürsten von Sachsen aufhalten soll, gepackt. Es warten dort drei große Burchiellos, die schon für die Abreise bereitstehen. Wir rechnen jede Minute mit dem Aufbruch der Gesandtschaft. Es kann sogar sein, dass sie schon abgefahren ist."

Jetzt wurde der Herzog von Mantua tatsächlich von einer unbändigen Wut gepackt. Er sprang auf und schlug mit beiden Fäusten auf den Tisch. „Wie kann dieser Deutsche es wagen, mir tatsächlich die Salicola zu entführen! Das ist wie eine offene Kriegserklärung! Es liegt doch auf der Hand, dass sie kurz vorher abgereist ist und sich mit dem Kurfürsten oder diesem Conte di Hoyerswerda irgendwo treffen wird, um gemeinsam die Alpen zu überqueren! Schafft mir augenblicklich meine Leibgarde her, die sofort die Verfolgung aufnehmen soll!"

Der Herzog war in seiner Wut überhaupt nicht mehr zu bändigen. „Was wisst Ihr noch? Nennt mir endlich Namen!"

„Wir wissen noch nicht die genauen Umstände der Abreise

der Primadonna, Durchlaucht. Es ist auch nicht klar, wie die Salicola zu den entsprechenden Papieren gekommen ist. Außerdem benötigte sie ja auch die Zustimmung des Abbate Grimani."

„Schafft mir sogleich auch diesen Grimani her! Das ist doch eine Verschwörung gegen mich! Ich höre schon ganz Venedig über mich lachen! Doch diesmal haben sie sich getäuscht – ich dulde keine von diesen Machenschaften!"

„Wir informieren sofort Eure Leibgarde, Durchlaucht."

Die Herren entfernten sich, und der Herzog von Mantua rief daraufhin seinen Leibdiener zu sich. „Foscati, wir brechen noch heute nach Mantua auf. Bereitet alles vor, beginnt mit dem Packen, und schafft mir vor allem diese Weibsperson Angiola Salicola endlich hierher!"

„Ich werde mein Bestes versuchen, Durchlaucht."

Foscati entfernte sich demütig mit einer tiefen Verbeugung rückwärts aus dem Saal, um den Zorn des Herzogs nicht auf sich zu ziehen. In einem solchen Moment war das Gemüt des Fürsten völlig unberechenbar und konnte jeden treffen.

Der Herzog von Mantua glaubte, dass sich Angiola noch in seinem Palazzo befand, da es offenkundig unmöglich gewesen war, das abgeschlossene Gebäude ohne Hilfe zu verlassen. Er würde noch heute dieses Rätsel lösen, diese Frau finden und sie endgültig zur Raison bringen.

Die Tür zum Saal öffnete sich und Romualdo Vialardi, der Staatsminister und Hauptmann der Leibgarde, trat in den Saal. „Ihr wünschtet mich zu sprechen, Durchlaucht?"

„Ganz Recht, Vialardi. Die Situation in Venedig ist im Moment äußerst prekär für mich. Der sächsische Kurfürst hat meine Primadonna, die große Margarita Salicola, entführt und meinem Einfluss entzogen." Bei seinen Worten lachte er bitter auf. „Momentan kenne ich noch nicht die Einzelheiten der Verschwörung, doch ich befehle Euch als erstes, die Eltern der Salicola aufzusuchen und festzusetzen. Sie halten sich hier in Venedig auf, und es wird sicher nicht schwer für Euch

werden, dieses Pack ausfindig zu machen. Des Weiteren brecht Ihr selbst mit zwanzig Mann auf, um sofort die Verfolgung dieser Dame zu übernehmen. Sie ist vermutlich mit einem Burchiello den Brenta-Kanal hinaufgefahren. Ihr informiert mich morgen in Padua über Eure Erkenntnisse. Weitere Instruktionen erhaltet Ihr dort, und schickt mir für heute Nachmittag einen würdigen Vertreter für Euch, der hier in Venedig die Angelegenheiten bereinigt. Am besten heuert Ihr noch vor Eurer Abreise vierzig weitere Männer an, die mir zu Diensten sind und hier die notwendigen Aufgaben erfüllen."
Vialardi war von der Fülle der Anweisungen erschlagen, doch er verstand, dass die Zeit drängte und er sich möglichst schnell auf den Weg begeben musste, um die Primadonna einzuholen. Er verbeugte sich kurz und verließ eiligen Schrittes den Raum, wobei er in der Tür mit Paolo Foscati zusammenstieß, der hinter sich eine Weibsperson herzog.
„Durchlaucht, ich habe das Weib wiedergefunden", frohlockte er mit stolzerfüllter Brust.
„Welch` angenehme Überraschung, Foscati! Hat der Vogel den Käfig doch nicht verlassen?!"
„Sie steckte in einem großen Wandschrank hinter der Tischwäsche. Ich konnte sie nur entdecken, weil ich begonnen hatte, den Schrank wegen unserer Abreise auszuräumen."
„Welch` interessanter Ort, um Zuflucht vor dem Manne zu nehmen, den sie angeblich so sehr liebt und begehrt!" Die Ironie in seiner Stimme war nicht zu überhören. „Ich danke Euch Foscati. Bringt die Dame zu mir und lasst uns dann augenblicklich allein."
„Wie Ihr wünscht, Durchlaucht."
Der Leibdiener brachte die junge Frau direkt zum Herzog, der immer noch an seiner Frühstückstafel saß, ließ sie vor dem Tisch stehen und verließ eiligst den Salon.
Angiola, die immer noch nur mit einem Hemdchen bekleidet war, blickte betroffen zu Boden und wagte nicht, Ferdinando in die Augen zu schauen. In der Erwartung schlimmster kör-

perlicher Züchtigung versuchte sie, sich innerlich zu wapp-
nen, und ärgerte sich sehr darüber, dass sie es nicht geschafft
hatte, zu entfliehen. Ihr Versuch, des Nachts durch eine der
vielen Türen oder Fenster nach außen zu gelangen, war
vollends gescheitert, da alle Tore verschlossen waren und die
Zimmer mit Fenstern zu den Gassen von den Dienern als
Schlafzimmer genutzt wurden. Sie hatte schon wieder in die
Kammer zurückkehren wollen, doch da hatte sie den Herzog
bereits brüllen gehört. Wäre sie in diesem Moment in seine
Arme gelaufen, hätte er sie sicher totgeschlagen. Deshalb war
ihr nur die Möglichkeit geblieben, sich ein geeignetes Versteck zu suchen und solange auszuharren, bis sie sich viel-
leicht irgendwann unauffällig davonstehlen konnte. In ihrem
Versteck hatte sie kaum geschlafen. Nur einmal war sie kurz
weggenickt, als sie an ihre Schwester Margarita und deren
Flucht gedacht hatte. Sie hoffte inständig, dass es ihr gelungen
war, den Häschern des Herzogs zu entkommen.
„Meine liebste Angiola, Ihr beehrt mich so früh mit Eurer entzückenden Anwesenheit, dass ich fast glauben möchte, dass
Ihr nicht mehr ohne mich leben könnt!"
Alles an seiner Stimme klang bitterböse und zynisch, und sie
wich unwillkürlich einen Schritt zurück, da sie weder die
Kraft noch den Willen hatte, ihm etwas entgegenzusetzen.
„Ihr müsst nicht gleich wieder Reißaus vor mir nehmen, meine Teure. Seid gewiss, dass ich mich zu zügeln weiß. Niemand
soll mir nachsagen, dass ich unschuldige, junge Frauenzimmer schlage, obwohl dies vielleicht die einzig richtige Metho-
de wäre, um Euch zu Verstand zu bringen! Ihr sollt heute
etwas bei mir lernen und diese Lektion werdet Ihr hoffentlich
niemals vergessen. Ich kenne einen Leitspruch, der mich
schon seit meiner Kindheit begleitet und der nun auch in Eurem Kopfe Früchte tragen wird. Es ist eine einfache Weisheit,
die bei ihrer Befolgung durchaus sinnvoll erscheinen kann."
Er trat jetzt ganz nah an sie heran, machte eine theatralische
Geste, um dann genüsslich und langsam in ihr Ohr zu flüstern:

„Beiße nie die Hand, die dich füttert!" Ohne sie auch nur zu berühren, zog er sich wieder von ihr zurück, blickte sie durchdringend an und begann, übertrieben wie ein Kind zu jammern: „Ihr habt in meine Hand gebissen und der Schmerz ist unerträglich! Angiola, wie konntet Ihr es nur wagen? Ich schenkte Euch meine innigste Zuneigung, teilte gar das Bett mit Euch, verköstigte Euch, kleidete Euch ein, und Ihr tretet meine Gastfreundschaft mit Füßen?! Ich habe eine solch undankbare Behandlung nicht verdient und fühle mich von Euch belogen und betrogen!"

Sein Jammerton verwandelte sich in das schon oft gehörte laute Brüllen, während er wiederholt mit den Fäusten auf die Tischplatte schlug. „Deshalb werden nun andere Zeiten aufziehen! Ihr bleibt weiter in meiner Obhut und werdet noch heute gemeinsam mit Euren Eltern nach Padua und anschließend nach Mantua in meine Festung gebracht. Da im Moment niemand weiß, wo sich Eure geliebte Schwester aufhält, bleibt Ihr solange meine Gefangenen, bis sie ihren Verpflichtungen gemäß an meinen Hof zurückgekehrt ist. Bis dahin seid Ihr mir zu Gehorsam in jeglicher Angelegenheit verpflichtet. Eine angemessene Strafe werde ich in Mantua einfordern."

Angiola, die leicht zitternd vor dem Herzog stand und bei jedem seiner Worte zusammenzuckte, ahnte, was dies für sie bedeuten würde. Doch im Moment war sie froh, nicht gleich den Schmerzen einer Tracht Prügel oder einer Vergewaltigung ausgesetzt zu sein. Und sie wusste auch, dass Margarita niemals freiwillig zu ihm zurückkehren würde, aber sie schwieg und blickte nur weiter betroffen zu Boden.

Der Herzog von Mantua hatte eine stärkere Reaktion von ihr erwartet und wurde durch ihr Schweigen nur weiter animiert. „Wenn Margarita nur irgendetwas an Euch liegt, wird sie doch schnellstmöglich an meiner Türe kratzen, da Euch sonst vielleicht ein kleines Missgeschick widerfährt und Ihr am Ufer eines Flusses als Wasserleiche angespült werdet."

Angiola war von seinen Worten verstört und wusste nicht, wie sie darauf reagieren sollte. Er schreckte offenbar auch bei ihr vor Mord nicht zurück, und sie hatte jetzt keine Möglichkeit mehr, sich ihm zu entwinden.

In diesem Moment geschah etwas, das sie eigentlich verhindern wollte und nun nicht mehr kontrollieren konnte – sie begann einfach bitterlich zu weinen. Obwohl sie sonst eine starke Frau war, verlor sie jetzt, im übermüdeten Zustand und ihm gänzlich ausgeliefert, die Kontrolle über ihren Seelenzustand. Der Druck, der auf ihr lastete, und die Ausweglosigkeit der Situation traten ihr deutlich vor Augen. Sie ließ ihrer Gefühlen freien Lauf und schluchzte wie ein kleines Kind.

Der Herzog, der grundsätzlich weinende Weiber nicht ausstehen konnte, trat nochmals an sie heran und nahm ihr weinendes Gesicht betont vorsichtig in seine rechte Hand, um es leicht anzuheben. „Angiola, Ihr solltet doch jetzt nicht weinen. Ihr habt Euch diese Situation größtenteils selbst zuzuschreiben. Natürlich könnt Ihr nichts für die Entführung Eurer Schwester, doch immerhin lasse ich Euch doch im Moment nicht auspeitschen oder vierteilen, obwohl ich gute Gründe dafür hätte. Und wenn Ihr brav seid, werden wir auch wieder gütlich zueinander finden.“

Er fühlte schon wieder trotz seiner Wut eine leichte Erregung in sich aufsteigen, doch er wollte ihr jetzt nicht die Genugtuung eines erneuten Liebesaktes verschaffen oder sie gar mit aller Gewalt nehmen. Das würde er auch später noch tun können. Jetzt galt seine Aufmerksamkeit der Flucht der großen Salicola und dem Aufbruch nach Mantua.

Ohne ein wieteres Wort führte er Angiola erneut in die kleine Kammer und verriegelte genüsslich die Tür hinter ihr. Es waren ohnehin nur noch wenige Stunden bis zur Abreise.

Während der Herzog sich wieder zum Tisch wandte, um endlich seinen Kaffee zu trinken, klopfte es bereits wieder an der Tür und ein Diener trat herein: „Verzeiht die erneute Störung, Durchlaucht, doch eben sind zwei weitere Agenten eingetroffen, die Euch von den Hintergründen der Entführung berichten möchten.“

„Lasst sie eintreten!“

Durch die Tür traten zwei maskierte Herren, die den typisch langen Mantel und einen Dreispitz trugen. Sie verneigten sich tief, ohne ihre Masken abzunehmen.

„Meine Herren, spart meine kostbare Zeit und lasst mich augenblicklich an Eurem Wissen teilhaben. Reichlicher Lohn sei Euch gewiss!“

Er nahm den ledernen Geldbeutel, der vor ihm auf dem Tisch lag, in die Hand und ließ die Münzen darin klimpern. Daraufhin erhob einer der Maskierten seine Stimme. „Durchlaucht, Ihr wolltet Namen wissen, die der Salicola zur Flucht verholfen haben? Es sind ganz augenscheinlich viele Personen, die mit ihrer Abreise in Verbindung gebracht werden können.“

„Wer spricht denn hier von Abreise oder Flucht? Sie ist mir entführt worden! Vor aller Augen! Jeder wusste, dass sie unter meiner Protektion stand und dass ihre Familie fest mit meinem Namen verbunden ist. Deshalb nehmt mir diese schändlichen Worte nicht mehr in den Mund!“

Der laute Einwurf des Herzogs verfehlte seine Wirkung nicht, und der Mann korrigierte sofort seine Wortwahl. „Entschuldigt mein Versäumen, Durchlaucht. Ich meinte natürlich, dass bei der Entführung der Salicola ein großer Personenkreis beteiligt war.“

„Nennt mir jetzt endlich Namen!“

„Als Erstes steht außer Frage, dass Lucio della Torre von der Entführung wusste, weil er die Sachsen beherbergte. Bei ihm verkehrte zudem der Marchese Canossa, der für die Beschaffung der Papiere zuständig gewesen sein soll. Die letztendliche Flucht wurde wahrscheinlich von dem Agenten Girolamo Molino durchgeführt, da er in der betreffenden Nacht auf dem Campo di San Polo mit der Salicola gesehen wurde und mit ihr und anderen vermummten Personen in eine Gondel stieg.“

Ferdinando schlug wieder mit beiden Händen laut auf die lange Tafel, die unter seinem Schlag drohend erzitterte. „Molino – ich hab es gewusst! Dieser Aasgeier bietet seine Dienste auch jedem dahergelaufenen Pudel an! Ich will unbedingt seinen Kopf, koste es, was es wolle! Er soll mit seinem Leben für diese Schmach bezahlen. Und dieser Canossa genauso. Schafft mir genug Männer herbei, lauert ihnen auf und bringt mir ihre abgeschlagenen Schädel zum Frühstück!"

Der Herzog schrie sich so in Rage, dass Angiola, die in der Kammer wieder vorsichtig lauschte, jäh erschrak und von der Tür zurückwich. Sie kannte zwar die beiden Venezianer nicht, doch wollte sie sich keinesfalls abgeschlagene Häupter auf silbernen Tabletts vorstellen, wie es sich einst Salome für Johannes den Täufer gewünscht hatte.

Der Herzog beruhigte sich etwas, nahm den Beutel mit den Münzen vom Tisch und warf ihn den Agenten vor die Füße.

„Des Weiteren wünsche ich, dass alle Personen, die in irgendeiner Weise von mir protegiert werden, sofort diese elendige Hurenstadt verlassen und nach Mantua an meinen Hof zurückkehren, sonst gehört meine Protektion der Vergangenheit an!"

„Wir werden unser Möglichstes versuchen, um Eure Durchlaucht nicht zu enttäuschen."

Die Männer verneigten sich tief und warteten auf weitere Instruktionen, die jedoch unterblieben.

„Ihr könnt Euch jetzt entfernen!", brüllte der Herzog die gebückten Herren in Schwarz an, die den Raum augenblicklich verließen. Sie wurden allerdings nur vom eifrigen Dienstpersonal abgelöst, das bereits begann, die Tafel wieder abzuräumen.

Foscati trat erneut herein und bat seinen Herrn in ein Ankleidezimmer, damit man sich für die baldige Abreise vorbereiten könne. Auch die Kammer, in der sich Angiola befand, wurde geöffnet, und man brachte ihr neue Kleider für die Reise. Im ganzen Haus wurde rege gepackt, geräumt und alles

für die Fahrt nach Mantua vorbereitet. Nur durch den unfreiwilligen Besuch des Abbate Grimani unterbrach man kurzzeitig das emsige Räumen und Packen.
Der Theaterbesitzer wurde von zwei Soldaten des Herzogs in Masken und Mänteln eskortiert, sodass die Gruppe ebenso wie ein Edelmann mit seinen Leibwächtern hätte wirken können. Doch Grimani kannte diese Männer nicht und war nur unter der Androhung von Waffengewalt und nach einem deftigen Tritt in die Magengegend der Aufforderung zum Mitkommen gefolgt. Nun sah er, wem er diese unangenehme Behandlung zu verdanken hatte und blickte dem Herzog von Mantua direkt in die wutentbrannten Augen.
„Verneigt Euch gefälligst, wenn Ihr einem Herzog in die Augen schaut!", kläffte ihm dieser verächtlich entgegen.
Abbate Grimani, der selbst dem alten italienischen Adel entstammte und in Venedig zu den Nobili zählte, kannte sehr wohl den Stand des Herzogs, doch er wusste auch, dass dieser Mann von der Serenissima verbannt worden war und damit jegliche Ehrenrechte verloren hatte. Deshalb sah es Grimani überhaupt nicht ein, vor diesem eitlen Pfau, der ihn zudem mit Gewalt entführt hatte, einen Bückling zu veranstalten.
„Ich habe Euch befohlen, Euch zu verneigen!", wiederholte der Herzog daraufhin lautstark seine Forderung.
Einer der maskierten Männer trat Grimani von der Seite. Der Abbate knickte stöhnend vor Schmerz ein, und der Herzog begann seine Tirade: „Abbate Grimani, ich habe in Eure gnädigen Hände meine Augäpfel, die beiden Sängerinnen Margarita und Angiola Salicola, gegeben, und davon ist mir eine gewaltsam entrissen worden!" Er trat näher an den Abbate und zischte ihm ins Ohr: „Wie ich hörte, habt Ihr zu diesem elenden Treiben Euer Einverständnis gegeben und die Liaison zwischen dem Deutschen und der Primadonna auch noch begünstigt!"
Grimani schloss die Augen und begann bibbernd den Kopf zu schütteln. „Nein, nein, nein! Ich habe doch von nichts ge-

wusst! Man sagte mir, dass Ihr in alles eingeweiht und ein-
verstanden seid und nur deshalb…"

Der Herzog unterbrach Grimani, indem er ihm mit dem Ab-
satz seines Schuhes auf die Füße trat und sein ganzes Gewicht
in den sich vor Schmerz winselnden Abbate bohrte.

„Wenn Ihr mich belügt, schneide ich Euch jedes Glied einzeln
von Eurem geistlichen Körper ab und werfe es in den Canal
Grande!"

„Ich habe meinen Frieden mit Gott gemacht, Durchlaucht! Ihr
könnt mich quälen, wie Ihr wollt und werdet doch nichts
weiter aus mir herausbekommen, weil ich einfach nichts
weiß!"

Das Winseln und der schmerzverzerrte, flehentliche Ton in
seiner Stimme wurden unerträglich.

„Damit Ihr mich nie wieder betrügt und derart hintergeht,
werde ich Euch ein entsprechendes Andenken mitgeben."

Der Herzog bedeutete den Männern den Abbate festzuhalten
und zum Tisch zu bringen. Dort nahm er ein großes Messer,
das noch vom Frühstück liegengeblieben war, legte die linke
Hand des Abbate auf die Tischplatte und ließ die Agenten die
Hand fixieren. „Spreizt Eure Finger, wenn Ihr nicht die ganze
Hand verlieren wollt!"

Dem Abbate rann der Schweiß heiß und kalt den Nacken
herunter. Angst stieg in ihm auf und er spürte, wie warmes
Wasser seine Beine hinunterlief. Er gehorchte einfach und
spreizte seine Finger, damit dieser Moment schnellstmöglich
vorbeigehen würde. Schließlich hob der Herzog seinen Arm,
um Schwung zu holen, und hackte mit einem schnellen Ruck
die obere Kuppe des kleinen Fingers des Abbate ab. Grimani,
der so überrascht von dem ganzen Geschehen war, schrie vor
Schmerz laut auf und versuchte dann, seine stark blutende
Hand wegzuziehen. Doch der Herzog nahm die kleine Fingerkuppe und hielt sie dem schreienden Abbate vors Gesicht.

„Diese kleine, fehlende Fingerkuppe wird Euch immer daran
erinnern, dass Ihr dem Herzog von Mantua noch einen Gefal-

len schuldig seid, denn sonst hätte ich Euch für Eure Missetat den ganzen Finger oder sogar die Hand abschneiden müssen!"

Grimani, der von dem Blutverlust und dem Schock ganz bleich und zittrig wurde, begann kreischend zu weinen und wollte seine Fingerkuppe wiederhaben, doch der Herzog trug sie behutsam zum Balkon, öffnete die Tür und warf das Stück Fleisch in hohem Bogen in den Canal Grande. „Welch` delikates Fischfutter!", rief er dabei voller Begeisterung aus. Dann drehte er sich wieder um, kehrte ins Zimmer zurück und wandte sich affektiert an den winselnden Abbate. „Wer wird denn gleich so heulen! Ach – Ihr habt ja eine Verletzung! Holt dem lieben Abbate doch Verbandszeug! Wie konnte das Missgeschick denn nur passieren?"

Foscati verließ augenblicklich den Raum und kehrte mit wießem Leinenstoff zurück, den er sorgsam um die Wunde des Geistlichen band.

Das Gewimmer des Venezianers wurde leiser. Obwohl er immer noch kreidebleich war, schien er sich selbst mit einem Gebet zu beruhigen, das er immer wiederholte.

Der Herzog hob noch einmal seine Stimme. „Ihr werdet den hiesigen Vorfall natürlich vergessen und in der Öffentlichkeit beteuern, dass Ihr einen kleinen Unfall hattet. Falls Ihr dies nicht tut, sehe ich mich gezwungen, meine Männer auf Euch zu hetzen und den Rest des kleinen Fingers würdevoll zu entsorgen. Natürlich entfällt dann auch unsere weitere Zusammenarbeit mit meinen Künstlern. Ohnehin werde ich darüber nachdenken müssen, wer bei Euch in Zukunft aus meinem Hause überhaupt noch gastieren darf."

Grimani blickte nicht einmal auf, sondern hielt die ganze Zeit seinen fest verbundenen Finger, dessen Leinenverband sich schon rot färbte. Er wollte diesen schrecklichen Ort einfach nur noch verlassen und die unerträgliche Demütigung, die man ihm hier zugefügt hatte, vergessen. Er war immer ein grundlegend friedlicher Mensch gewesen und hatte geahnt, dass der jähzornige Herzog seine Wut eines Tages an ihm auslassen würde. Doch dass darunter ausgerechnet ein Finger leiden musste! Grimani liebte das Tastenspiel und mit einem halben Finger weniger würde auch immer ein Ton in seinen geliebten Akkorden fehlen. Bei dem Gedanken daran begann der gebrochene Mann wieder leise vor sich hin zu winseln und hörte kaum noch die verächtliche Stimme des Herzogs.

„Schafft mir dieses Stück Elend aus den Augen! Setzt ihn am besten in eine Gondel, die ihn zum Theater bringt, und dann lasst uns schnellstmöglich von hier verschwinden!"

Die Maskierten stützten den zusammengesunkenen Mann und brachten ihn aus dem Zimmer, sodass der Herzog wieder mit Foscati allein im Raum war.

Angiola hatte alles hören können und hatte sich in die tiefste Ecke der Kammer gedrückt, um das Geschrei vom Grimani nicht hören zu müssen. Obwohl sie den lüsternen, dicken Grimani noch nie wirklich hatte leiden können, so tat er ihr doch unendlich leid, denn Angiola wusste, was gerade ihm der Verlust eines Fingers bedeutete.

Im ganzen Haus wuselten weiter geschäftig die Dienstboten, die den Vorfall aufgrund seiner Lautstärke natürlich ebenfalls bemerkt hatten. Foscati versuchte, den Herzog darauf aufmerksam zu machen. „Wenn ich erlauben darf, Durchlaucht, möchte ich einwenden, dass diese Züchtigung hier im Palazzo etwas unangemessen war. Das Personal konnte fast alles hören und wird uns nicht gänzlich nach Mantua begleiten. Die Verbleibenden könnten natürlich in Venedig Gerüchte verbreiten..."

„Es ging nun einmal nicht anders! Stattet sie mit Schweigegeld aus, Foscati, und instruiert sie entsprechend."

Der Herzog ging mit einem Geldbeutel auf Foscati zu und klopfte ihm anerkennend auf die Schultern, während er ihm den Lederbeutel reichte. „Gut, dass ich Euch habe und Ihr immer an alles denkt."

Foscati nickte kurz mit seinem kühlen Lächeln und entfernte sich aus dem Raum.

In dem kurzen Moment der Ruhe trat der Herzog auf den Balkon und blickte in die Tiefe des Kanals. Er hatte Wasser eigentlich nie gemocht und auch der Gestank der Lagunenstadt war ihm zuwider. Doch gleichzeitig spürte er die Kraft des Wassers und dessen magische Wirkung, der er sich nicht entziehen konnte. Außerdem verschluckte Wasser vieles, was man ihm zu fressen gab, und wirkte wie ein riesiger Nimmersatt – wieviele Leichen hatte er darin schon untergehen sehen! Eine unendliche, sich ewig verzehrende Weite, die nach mehr Nahrung verlangte...

Genau diese Kraft spürte Ferdinando auch in sich, und er wusste nicht, wohin mit all diesen Energien. Er hatte in seinem Leben bereits so viel erreicht: Er regierte ein ansehnliches Fürstentum, verfügte über enormes Vermögen, eine stattliche Armee und war außerdem mit dem mächtigsten Mann der Welt befreundet. Wovor sollte er Angst haben? Nichts würde einen Herzog von Mantua aus dem Hause Gonzago aufhalten und auch eine Margarita Salicola würde sich seinen Wünschen beugen und bettelnd an seinen Hof zurückkehren. Dann würde er sie endlich ganz besitzen und keine Rücksicht mehr walten lassen...

Rachefeldzug

Molino wälzte sich in seinem Bett hin und her. Diese Nacht würde er einfach kein Auge mehr schließen können. Am Morgen war die Primadonna mit ihren Begleitern in zwei Burchiellos vor seinen Augen in Richtung Piazzola abgereist, nachdem sie auf Murano eine unbequeme Nacht verbracht hatten. Ständig hatte er selbst die Angst im Nacken gespürt, dass ihnen jemand aus Venedig gefolgt sein könnte und es in Murano zu einem offenen Kampf kommen würde, doch die

Nacht war erstaunlich ruhig geblieben. Jetzt war er allein in sein Haus in Venedig zurückgekehrt, und obwohl die Flucht der Primadonna geglückt war, spürte Molino, dass nun ihm selbst Gefahr drohte. Wie eine dunkle Wolke senkte sich die Bedrohung über sein Leben. Falls sein Name je an die Ohren des Herzogs von Mantua gelangen sollte, würde dieser bittere Rache an ihm üben. Molino kannte den Herzog nur allzu gut, weil er selbst schon als Agent für ihn gearbeitet hatte. Deshalb war die Angst, die ihn jetzt beschlich, umso größer – Rache war das eine, aber seine Rache zu zelebrieren und ein Feld der Verwüstung zu hinterlassen, das andere.

Er stand auf, trat ans Fenster und blickte in den kläglichen Schein des abnehmenden Mondes. Alles wirkte nun nach dem lauten Treiben des Karnevals so ruhig und friedlich. Die Stadt lag wie ein dunkles Geheimnis vor ihm, und Molino meinte, dass die stummen Steine der ehrwürdigen Palazzi ihm warnend zuriefen: „Lauf weg, Molino, lauf weg!"

Doch er wusste natürlich, dass niemand mit ihm sprach und er diese Stadt auch nicht verlassen würde. Genau wie das Wasser gehörte er hierher und konnte ohne diese Atmosphäre von Spiel, Lust und Gefahr nicht leben.

Der neue Tag gestaltete sich recht gewöhnlich. Molino wähnte sich schon fast außer Gefahr, als ein Bote des Rates der Zehn in seine Gemäuer kam und ein Gespräch unter vier Augen mit ihm wünschte. Er bat ihn herein und ahnte schon, welche Nachrichten nun überbracht würden.

„Es tut mir leid, dass ich Euch an einem solch beschaulichen Nachmittag stören muss, doch die Angelegenheit duldet leider keinen Aufschub."

„Wenn es so dringend ist, verstehe ich natürlich Eure Eile. Darf ich Euch ein Glas Wein anbieten?"

Der Bote nickte und beide Männer nahmen sich Gläser, die Molino mit einem köstlichen Wein aus einer orientalischen Karaffe befüllte.

„Wir haben heute aus sicherer Quelle erfahren, dass der Herzog von Mantua weiß, dass Ihr unmittelbar in den Fall Salicola verwickelt seid und der Sängerin zur Flucht verholfen habt. Das bedeutet natürlich, dass Ihr in höchster Gefahr schwebt. Wahrscheinlich wird noch heute ein Anschlag auf Euch verübt werden, da der Herzog öffentlich Euren Kopf gefordert hat."

Molino wurde bleich. „Er hat meinen Kopf gefordert? Hätte nicht ein Finger gereicht?"

„Euer Einwand erscheint etwas makaber, da Abbate Grimani gestern beim Herzog einen Finger verloren hat."

Molino schluckte. „Er ließ einem Nobili den Finger abschlagen?"

„Ich habe den Abbate selbst gesprochen und den blutdurchtränkten Verband gesehen. Es steht außer Frage, dass der Herzog jede Verhältnismäßigkeit verloren hat und in Venedig zu drastischen Maßnahmen greift. Der Rat der Zehn ist sehr besorgt, aber noch nicht bereit zu handeln. Doch man wird Euch natürlich nach Möglichkeit Schutz gewähren, da die Salicola offiziell die Erlaubnis hatte, die Stadt zu verlassen."

„Es fällt mir schwer zu glauben, was ich höre, doch scheint der Herzog gänzlich den Verstand verloren zu haben. Wegen einer Sängerin einen derartigen Aufstand zu provozieren – ganz Venedig wird ihn dafür hassen."

„Im Moment beschäftigt er eine Armee damit, alle Personen ausfindig zu machen, die mit der Salicola in Verbindung standen. Er lässt sie verhören, und sollte ihre Beteiligung an der Flucht offenbar werden, übt er grausame Rache. Außerdem zieht er sein gesamtes Personal aus der Stadt ab. Es sieht aus, als ob er sich für einen Krieg mit der Serenissima wappnet."

Molino war von der Entwicklung der Geschehnisse so verstört, dass er nicht wusste, wie er sich augenblicklich verhalten sollte. Er nippte an seinem Weinglas und fragte: „Was schlagt Ihr denn nun vor?"

„Das Beste wäre, wenn Ihr die Stadt schnellstmöglich verlasst. Mir ist bewusst, dass Ihr dies wahrscheinlich nicht tun werdet. Deshalb raten wir Euch, möglichst auf der Hut zu sein und immer ein paar vertrauensvolle, bewaffnete Männer um Euch zu scharen, die Euch im Notfall beistehen. Könnt Ihr bereits heute jemanden mit Eurem Schutz beauftragen?"

„Es dürfte schwer werden, jetzt sofort zehn Männer zu finden, doch ich werde gleich Erkundigungen einziehen lassen."

„Ich rate Euch, das Haus sofort zu verlassen und maskiert in der Stadt nach Helfern zu suchen, da man Euch am ehesten in Eurem Palazzo vermuten wird. Und hier seid Ihr im Moment jedem Angriff schutzlos ausgeliefert."

Molino musste dem Einwand des Boten zustimmen und goss nochmals Wein ein. Der Bote zog sein Glas jedoch rasch weg.

„Ich muss Euch leider gestehen, dass ich schnellstmöglich wieder aufbrechen möchte, da ich momentan in Eurer Gegenwart um mein eigenes Leben fürchte."

Diesen Satz sagte er mit einem gewissen Lächeln im Gesicht, das den hintergründigen Ernst jedoch nicht verbergen konnte. Molino verstand ihn und bemerkte, wie das Glas in seiner eigenen Hand leicht zu zittern begann. Obwohl er ein reifer Mann war und schon viel erlebt hatte, beunruhigte ihn die massive Übermacht des Mantuaners, dem er im Moment schutzlos ausgeliefert ist. Er begleitete den Boten des Rates der Zehn auf den Flur, wo er sich hastig verabschiedete. Anschließend holte Molino seine Karnevalskleidung wieder heraus, ließ seinen Gondoliere rufen und begab sich augenblicklich auf den Weg, um eine eigene Leibwache zusammenzustellen. Dabei hoffte er inständig, dass ein Angriff nicht gleich heute Nacht geschehen würde. Er instruierte das Personal, keinesfalls die Türen zu öffnen und jedem Fragenden zu verstehen zu geben, dass er außer Haus schlafe. Und das hatte er auch tatsächlich vor – er würde bei einem seiner Freunde nächtigen oder vielleicht sogar mit der Gondel an einer der vielen Inseln anlegen und im Boot schlafen. Alles schien besser, als in die Fänge des Herzogs zu gelangen.

Molino fand eine Übernachtungsmöglichkeit bei einem Jugendfreund, der auf Giudecca wohnte. In einer solch gefährlichen Situation hielten echte Venezianer zusammen und wussten, dass sie einem jähzornigen Despoten wie dem Herzog von Mantua die Stirn bieten mussten. So war es auch ein Leichtes für Molino, am darauffolgenden Tag eine stattliche Anzahl von Männern um sich zu sammeln, die ihn begleiten und notfalls verteidigen würden.

Obwohl er immer noch gehofft hatte, dass die Warnung der übertriebenen Fantasie eines Agenten entstammte, wurde er bereits zwei Tage später eines Besseren belehrt, als man in den frühen Morgenstunden auf der Gasse vor seinem Haus wildestes Gejohle und Geschrei vernahm. Der Lärm war ohrenbetäubend und augenblicklich war das ganze Haus auf den Beinen.

Molino und seine Freunde hatten bereits die notwendigen Vorkehrungen getroffen, um einem eventuellen Angriff standhalten zu können. Die Eingangstür war durch einen weiteren Querbalken von innen verstärkt worden, sodass Angreifer die Tür von außen nur mit größter Mühe eintreten konnten. Molino hatte jedoch nicht mit einem großen Rammbock gerechnet, der jetzt laut gegen die schwere Eichentür krachte – ein solcher Angriff würde auch die beste Tür irgendwann zum Bersten bringen!

Seine Männer positionierten sich im unteren Flur, während Molino im Obergeschoss mit seinem kampfunerfahrenen Personal ausharrte. Er hatte selbst nur selten einen Degen in die Hand genommen, weil er von eher schmächtiger Statur war und sein Geschick im Ausspionieren und Verhandeln, aber keinesfalls im Kämpfen lag. Nun hörte er, wie in seinem Haus Degen aneinander klirrten, Fenster und Geschirr zu Bruch gingen und Türen eingetreten wurden. Er lauschte dem stöhnenden Geschrei verletzter Kämpfer und bereute es zutiefst, dass er sich immer wie ein Schwächling um den Kriegsdienst gedrückt hatte. Neben ihm stand eine Magd, die ebenfalls vor Angst zitterte und bei jedem Schrei selbst zusammenfuhr. Sie sprach fortwährend Gebete und erflehte von der heiligen Jungfrau Maria Beistand. Molino vertraute hingegen noch seinem inneren Instinkt und seinen Kämpfern und versuchte, sich selbst und sein Personal zu beruhigen. Er wusste, dass er die besten Männer Venedigs aufgetrieben hatte, die für ihn bis in den Tod gehen würden.

Das Kampfgetümmel kam immer näher, und man hörte, wie sich die klirrenden Waffen der Tür zum Saal näherten, aber Molino hatte auch diese Tür verbarrikadieren lassen. Er floh mit seinen Dienern weiter auf den Balkon, von wo aus sie sich notfalls abseilen konnten.

Da sah er auf dem Kanal mindestens zehn große Gondeln mit bewaffneten Soldaten der Serenissima auf seinen Palazzo zukommen und wusste in dem Moment, dass der Kampf entschieden war. Er winkte den Booten, die nun noch schneller auf ihr Ziel zuhielten. In den Gesichtern seiner Dienerschaft erblickte er eine gewisse Erleichterung und Hoffnung keimte in ihnen auf.

Tatsächlich dauerte es nach der Ankunft der venezianischen Soldaten nur wenige Minuten, bis sich der Kampf zugunsten Molinos entschieden hatte. Die Männer des Herzogs hatten die Überzahl der ankommenden Soldaten schnell erkannt und ohne Umschweife den Weg der Flucht gewählt. Nur die wenigen Kämpfer, die im Palazzo fochten, fielen den Venezianern in die Hände und wurden getötet oder gefangen genommen und augenblicklich in die Bleikammern gebracht. Binnen einer Stunde war das ganze Spektakel vorüber, und Molino sah das Haus in einem Zustand der Verwüstung wieder. Er begriff jetzt, wie ernst dem Herzog seine Rache war. Deshalb musste er schnellstens dem sächsischen Kurfürsten und seinem Gesandten schreiben und sie warnen, falls sie in der Zwischenzeit nicht selbst schon Bekanntschaft mit den Kämpfern des Mantuaners gemacht hatten.

Molino wandte sich an den Anführer der Venezianer, der ihm zu Hilfe geeilt war und jetzt durchschwitzt in seinem Salon stand. „Signore, ich danke Euch für euer schnelles und beherztes Eingreifen. Ohne Euch wären wir sicher verloren gewesen!"

Der Mann, der eben noch für ihn gekämpft hatte, trat an Molino heran: „Signore Molino, mein Name ist Alessandro de Fabrice, und es war mir eine Ehre, einen Bürger der Serenissima zu verteidigen. Im Übrigen seid Ihr nicht der Einzige, dem ein derartiges Schicksal widerfahren ist. Wir haben gestern Abend bereits Kunde von Lucio della Torre erhalten, auf den ebenfalls ein Anschlag verübt worden ist. Weiteren Venezianern wurde gleichfalls gedroht und aufgelauert."

„Lucio della Torre wurde angegriffen?"

„Gestern Abend warteten vier Männer vor seinem Haus, doch sie griffen irrtümlicherweise seinen Freund Vincenzo Salvi an, der ihm sehr ähnlich sieht. Als sie den Irrtum bemerkten, ließen sie den verstörten Mann los und suchten das Weite."

„Mein Gott, das zieht ja ungeahnte Kreise. Der Herzog macht doch durch ein solches Verhalten die Schmach nur noch größer, als sie ist."

„Ich stimme Euch völlig zu, und wir möchten ein weiteres Eingreifen des Herzogs von Mantua natürlich verhindern. Deshalb sind wir heute Morgen frühzeitig aufgebrochen, um Euch zu beschützen. Der Rat der Zehn hat von seinen Informanten mehrere Warnungen erhalten, die allein Euch betrafen."

„Ich danke Euch nochmals für Euer schnelles Eingreifen. Wir wären alle verloren gewesen, wenn Ihr nicht mit Euren Männern gekommen wärt."

„Der Rat der Zehn hat aufgrund dieser Vorfälle beschlossen, die Beziehungen zum Hof von Mantua komplett abzubrechen und alle Mantuaner auszuweisen. Momentan wird eine Säuberung der Stadt durchgeführt. Eine derartige Form der Selbstjustiz, wie der Herzog sie gerade praktiziert, wird hier nicht geduldet und gefährdet das friedvolle Zusammenleben in unserer Stadt."

„Wahrscheinlich ist dies die einzige Möglichkeit, um diesem

Despoten Einhalt zu gebieten. Er scheint ja jeglichen Boden unter den Füßen verloren zu haben."

„Schon mancher hat das Wasser nicht vertragen, das ihn hier in Venedig umgibt. Doch wir werden sein ungezügeltes Wesen schon in den Kanälen ertränken!"

De Fabrici verabschiedete sich mit einer Verbeugung samt seinen Männern von Molino, der in das Trümmerfeld seines Hauses blickte. Die Dienerschaft begann bereits mit Aufräumarbeiten und versuchte den Anschein eines normalen Tagesgeschäftes zu erwecken. Was blieb ihnen auch anderes übrig? Es wurde Kaffee gebracht, Molino setzte sich auf einen Sessel am Fenster, nahm das bittere Getränk und blickte hinaus auf das Wasser. Sollte der Herzog auch noch so viel toben – Venedig war für den Mantuaner jetzt endgültig verloren.

Der Brief

Giovanni hatte eine angenehm ruhige Nacht in einem gemieteten Palazzo in Padua verbracht. Nun wünschte er sich nichts sehnlicher, als Richtung Piazzola aufzubrechen, um Margarita endlich in seine Arme schließen zu können. Gleichzeitig wusste er, dass er sich in Geduld üben musste und der äußere Eindruck einen anderen Anschein abgeben sollte – die Sängerin reiste ja unabhängig von ihm und hatte Venedig scheinbar nur für ein Konzert in Piazzola hinter sich gelassen. Deshalb würde Giovanni sich heute mit den Schönheiten der Universitätsstadt ablenken und am Abend wie zufällig nach Piazolla reisen, um sie dort zu treffen. Nach dem ausladenden Frühstück traf ein Bote aus Venedig ein.

„Was bringt Ihr für Kunde aus der Stadt, der wir den Rücken kehren mussten?", fragte Giovanni voller Neugier.

Der Fremde verneigte sich tief und stellte sich offiziell vor: „Durchlaucht, mein Name ist Conte Carlo Maria Vialardi. Ich bin Kammerherr und Staatssekretär am Hofe des Herzogs von Mantua und überbringe dem sächsischen Kurfürsten einen Brief des Herzogs."

Giovanni horchte auf. „Ihr bringt Kunde aus Mantua? Was ist das Begehren des Herzogs? Ihr könnt mir die Zeilen des Briefes hier vortragen, da ich im Auftrag des Kurfürsten handle." Vialardi begann das in Italienisch und Latein verfasste Schreiben in beiden Sprachen zu rezitieren:

„An den Kurfürsten von Sachsen. Ich erhielt soeben Nachricht, dass am vergangenen Montag die Primadonna Margarita Salicola die Stadt Venedig in Richtung Padua verlassen hat. Da mir nicht bekannt ist, in welchem Verhältnis sie zu Euch steht, möchte ich Euch darauf hinweisen, dass sie sich offiziell in meinen Diensten befindet und etliche Schulden gemacht hat. Bitte übergebt die Dame meinem Kammerherrn und Staatssekretär Vialardi, der sie unverzüglich an meinen Hof nach Mantua geleiten wird. 12. März 1685, der Herzog von Mantua."

Vialardi ließ das Schriftstück sinken und verneigte sich dabei ehrfürchtig vor Giovanni. Dieser war nicht überrascht, dass der Herzog von Mantua eine derartige Forderung stellte. Er hatte sogar schon viel eher mit einem solchen Brief gerechnet. „Bitte teilt Eurem Herzog mit, dass sich die Sängerin Margarita Salicola nicht in unseren Händen befindet und wir momentan auch nicht den Aufenthalt dieses Geschöpfes kennen", antwortete Giovanni kühl, während er Vialardi vielsagend anlächelte.

Der Staatssekretär begriff, dass es nicht so einfach werden würde. „Der Herzog von Mantua hat mir aufgetragen, Euch in diesem Falle die Nachricht zu überbringen, dass er den Kurfürsten zum Duell fordert, falls die Herausgabe der Salicola gänzlich verweigert werden sollte. Ganz Venedig weiß, dass die Primadonna mit der sächsischen Delegation die Stadt verlassen hat. Man spricht offen von einer Entführung, und deshalb fordert der Herzog die Herausgabe dieser rechtmäßig ihm zustehenden Dame oder Satisfaktion für die angetane Beleidigung."

„Da wissen die Serenissima und Euer Herzog offenbar mehr als die sächsische Delegation. Könnt Ihr hier irgendwo eine Sängerin erblicken?"

Er wandte sich im Zimmer um und zeigte auf die Dienerschaft und den kleinen Hofstaat, der sich um ihn versammelt hatte.

„Und außerdem: Ein sächsischer Kurfürst ist ein Landesfürst und wird sich nicht mit einem ungehobelten Tyrannen duellieren, selbst wenn er sich Herzog von Mantua nennt. Fürsten veranstalten keine Duelle, sondern Kriege. Will er also die Salicola zurückbekommen, so muss er gegen Sachsen in den Krieg ziehen."

Bei diesen Worten lachte Giovanni den umstehenden Männern der sächsischen Gesandtschaft lautstark zu. Die ganze Situation wirkte auf ihn grotesk und lächerlich.

Vialardi war hingegen von der Antwort Giovannis schockiert und spürte, dass er mit seiner Botschaft nicht ernst genommen wurde. Um der peinlichen Situation zu entkommen, verneigte er sich kurz und verließ ohne ein weiteres Wort erhobenen Hauptes den Raum.

„Wie kann er es wagen, einen Kurfürsten zum Duell zu fordern?", wandte sich Giovanni an Oberkämmerer von Polheim, der neben ihm stand.

„Vermutlich besitzen Sänger oder Sängerinnen hier einen anderen Stellenwert als im restlichen Europa", antwortete Polheim.

„Was interessiert mich denn seine Einstellung zu Sängern? Er soll uns in Frieden ziehen lassen. Es geht doch nur um eine Frau!"

„Wegen Frauen sind schon viele Kriege geführt worden...", fügte Polheim treffend hinzu.

„Aber Polheim, es handelt sich hierbei um eine unbekannte Sängerin, deren Namen außerhalb Venedigs noch nie jemand gehört hat. Es ist eindeutig, dass der Herzog andere Ambitionen bei dieser Dame hat. Sonst würde er nicht so übertrieben reagieren."

Bei dem Gedanken daran wurde Giovanni ganz kalt. Er stellte sich Margarita in den Armen des Herzogs vor, den er von weitem im Theater San Giovanni Grisostomo gesehen hatte, und eine ungeheure Wut erfasste ihn. Diesem Despoten, der zudem keinerlei Manieren besaß, konnte er dieses außergewöhnlich zarte weibliche Wesen nicht überlassen – eher würde er tatsächlich in den Krieg ziehen. Er schrieb umgehend nach Piazzola, dass Margarita von dort ohne Verzögerung mit Pflug Richtung Alpen aufbrechen sollte. Falls sie sich nicht zufällig auf dem Weg begegnen sollten, würde er kurz vor Augsburg mit ihr zusammentreffen, denn in Italien durfte zwischen ihnen jetzt kein weiterer Kontakt bestehen.

Ohnehin war Giovanni überrascht, dass sich Margaritas Abreise Richtung Sachsen so schnell in Venedig herumgesprochen hatte. Das bestätigte nur, was er ohnehin schon vermutet hatte: Die Spionage legte sich in der Lagunenstadt wie ein Spinnennetz über seine Bewohner und Besucher.

Am Abend trat Polheim besorgt an Giovanni heran.

„Was gibt es zu so später Stunde, Polheim?"

„Durchlaucht, leider muss ich Euch etwas äußerst Beunruhigendes zeigen."

Er reichte Giovanni ein Blatt Papier, auf dem in großen Lettern in italienischer Sprache zu lesen stand:

**Nieder mit dem sächsischen Tyrannen
Johann Georg III. –
dem Entführer der großen Salicola!**

Giovanni traute seinen Augen nicht – offenbar hatte der Herzog von Mantua eine gezielte Kampagne gegen die Sachsen begonnen und versuchte nun mit einem solchen Pamphlet, die Stadtbevölkerung gegen die Sachsen aufzubringen.

„Was für eine bodenlose Frechheit! Gibt es keine Möglichkeit, diese Blätter zu konfiszieren?"

„Durchlaucht, sie sind in äußerst großer Stückzahl über die ganze Stadt verteilt. Der Herzog muss ein Vermögen für den Druck des Papiers ausgegeben haben. Und auf den Straßen fragt man sich schon, wo der sächsische Kurfürst unterge-bracht sei. Es ist nur eine Frage der Zeit, bis sich vor unserem Quartier wütende Menschentrauben bilden werden."

„Malt doch bitte nicht alles so schwarz, Polheim!" Mit einer wegwerfenden Geste versuchte Giovanni die negativen Ge-danken zu verscheuchen, bis ihm die Tragweite des Gesche-hens bewusst wurde. „Aber wahrscheinlich habt Ihr recht. Der Mantuaner führt tatsächlich Krieg auf allen Ebenen." Gio-vanni ging einige Schritte auf und ab und blickte versonnen durchs Fenster in die Straßen der Stadt. Dann fasste er einen Entschluss. „Wir brechen morgen frühzeitig auf. Es wird das Beste sein, wenn wir Italien schnellstmöglich hinter uns las-sen und in heimischen Gefilden eintreffen. Vielleicht beruhigt sich ja die Lage etwas, wenn der Herzog unser nicht mehr habhaft werden kann. Wieviele Männer führen wir bei uns?"

„Durchlaucht, wir haben 26 Personen im Gefolge und 25 zu-sätzliche Soldaten als Begleitschutz."

„Das ist nicht viel, um einem wütenden Pöbel entgegenzutre-ten oder sich einem eifersüchtigen Mantuaner in den Weg zu stellen. Wir reisen morgen früh noch vor Sonnenaufgang ab." Polheim verneigte sich, verließ den Raum und gab die Ins-truktionen Giovannis an die Gefolgschaft weiter.

Giovanni stand hingegen am Fenster und blickte in das Trei-ben der norditalienischen Stadt. Er fühlte eine gewisse Weh-mut, weil sich die angenehmen Tage in Italien so plötzlich dem Ende neigten und sein Aufbruch fast einer Flucht zu gleichen schien. Doch er spürte eine tiefe Verbundenheit mit Margarita, der all seine Gedanken galten. Er musste jetzt nur Ruhe bewahren und abwarten können – dann würde das Schicksal sie jenseits der Alpen endlich miteinander vereinen.

Abschiedskonzert

Die Villa Contarini, die dem venezianischen Prokurator Marco Contarini gehörte, beeindruckte Margarita sehr. Der langgezogene Palazzo lag auf einer leichten Anhöhe und war von einem großzügigen Park mit kleinen Teichen umgeben. Contarini galt als leidenschaftlicher Verehrer der Musik und besaß eine umfassende Sammlung von Instrumenten und Noten, die in Norditalien ihresgleichen suchte. Auch ein kleines Orchester gehörte zum Hauspersonal des Prokurators. In den Sommermonaten veranstaltete er ausgedehnte Festlichkeiten für seine Gäste aus allen Teilen Europas. Jetzt war der Herzog von Braunschweig auf seinem Landsitz zu Gast und genoss die Annehmlichkeiten der weitläufigen Anlage. Der Herzog wartete natürlich auch auf die angekündigte Sängerin. Er hatte die junge Dame bereits in Venedig als Penelope auf der Bühne und in seinem Palazzo als aus der Muschel steigende Aphrodite erleben können und freute sich darauf, sie endlich nochmals in ungestörter, ländlicher Atmosphäre in seiner Nähe zu wissen. So konnte er sich ein genaueres Bild von der neuen Eroberung seines sächsischen Freundes machen. Nach dem Maskenball im Palazzo Foscari und dem Opernabend am Tag darauf hatte ganz Venedig nur von der Primadonna und ihrem glorreichen Retter aus Sachsen gesprochen. Danach war es ein Leichtes gewesen zu verstehen, dass die Salicola zum begehrten Objekt des Sachsen geworden war. Wenigstens kannte der erfahrene Herzog von Braunschweig jetzt den Frauengeschmack seines Freundes.

Margarita bezog ein Zimmer in einem Seitengebäude, wo die Dienerschaft untergebracht war. Pflug ließ eine große Truhe bringen, in der mehrere kostbare Kleider für sie verstaut waren, die Giovanni in Venedig für sie erworben hatte. Da sie nun bald im Gefolge eines Kurfürsten reisen würde, musste sie standesgemäß gekleidet sein. Margarita bestaunte die prachtvollen Gewänder, die aus edelsten Stoffen bestanden und mit aufwendigen Stickereien unter ihren Fingern dahinglitten.

Pflug stellte ihr kurz nach der Ankunft in Piazzola eine neue Zofe namens Maria vor, die Margarita nun nach Sachsen begleiten würde. Francesco konnte Margarita zwar unterhalten, aber für ihre persönlichen Belange, wie Ankleiden und Frisieren, benötigte die Sängerin einfach weibliche Hilfe. Pflug hatte das schnell erkannt und ein Mädchen aus der Dienerschaft Contarinis abgeworben. Maria war die Einzige gewesen, die der weiten Reise ins ferne Sachsen zugestimmt hatte. Das schüchterne Mädchen, das wohl gerade fünfzehn Lenze zählte, würde von nun an Margaritas Begleitung sein und sich um alle Dinge ihres alltäglichen Lebens kümmern. Margarita dachte bei dem Klang des Namens flüchtig an ihre vor Jahren verstorbene Schwester, doch sie verscheuchte schnell den Gedanken an ihre ferne Vergangenheit und blickte auf Maria. „Ich freue mich, ein so hübsches Mädchen zur Zofe zu haben."

„Signorina, die Freude ist ganz meinerseits", antwortete Maria mit niedergeschlagenen Augen.

„Wisst Ihr eigentlich, auf was Ihr Euch eingelassen habt? Eine Reise ins ferne Sachsen?"

„Nein, Signorina, aber ich bin sicher, dass die heilige Jungfrau Maria mich beschützen und führen wird. Außerdem verspricht das Leben an der Seite einer so berühmten Sängerin, wie Ihr es seid, spannender zu werden, als ein Leben in Piazzola. Hier gibt es nur an wenigen Tagen ausgelassene Feste und sonst führen wir ein sehr beschauliches Leben."

Margarita verstand nur allzu gut, was das Mädchen meinte. Vor wenigen Jahren war sie selbst noch hungrig nach Abenteuern gewesen, und die ständige Begegnung mit dem Tod hatte diesen Drang nach Leben und Wissen noch verstärkt. Überall hatte sie nach Antworten auf die vielen Fragen gesucht, die ihr täglich im Kopf herumschwirrten. Und jede Minute, die sie musizierte, schien ihr tatsächlich eine Antwort des Himmels zu sein. Denn während sie den Klängen lauschte oder selbst sang, fühlte sie eine tiefe Geborgenheit und Verbindung mit dem Göttlichen. Doch über derartige Gedanken konnte sie mit niemandem sprechen.

Sie betrachtete den Rubinring an ihrem Finger und fühlte eine starke Kraft und Wärme in sich, die sie zuvor nie gekannt hatte. Giovannis Bild hatte sich tief in ihre Seele gebrannt und leuchtete wie ein ferner Stern auf ihrem Lebensweg. Vielleicht würde er ihre Gedanken teilen und verstehen können? Sie erkannte, dass dieser Mann sogar selbst eine Antwort auf ihre Fragen sein konnte. Sie musste ihm einfach aus einem inneren Drang heraus folgen und spürte keinerlei Angst mehr. Auch der beschwerliche Weg über die Alpen, der ihr nun bevorstand, verlor jegliche Bedrohlichkeit. Wie ein kraftvolles Band spürte sie sein Wirken in ihrem Leben, und er zog sie förmlich in eine andere, neue Welt.

„Wir werden gemeinsam sicher viele Abenteuer erleben", pflichtete sie Maria bei, die ihr beim Ankleiden half. Für den Abend wählte die Sängerin ein zart rosafarbenes Kleid, das mit roten Blumen bestickt war. In ihrer Perücke tanzten kleine, eingeflochtene Stoffblumen, sodass ihre Erscheinung unschuldig bezaubernd einer idealisierten Schäferin glich.

Kurz vor ihrem Auftritt trat Pflug an Margarita heran und überbrachte ihr eine Nachricht von Giovanni, der ihren sofortigen Aufbruch nach Norden forderte und sich selbst für den Abend entschuldigte. Er würde nicht nach Piazzola kommen, sondern wolle erst hinter den Alpen in Augsburg zu ihrer Reisegruppe stoßen.

Margarita war kurz verunsichert. Hatten sich etwa seine Gefühle für sie schon verändert? Oder war die Macht des Herzogs von Mantua so groß, dass sich sogar Giovanni davon einschüchtern ließ?

Pflug beruhigte sie jedoch und legte dar, dass es sich um eine reine Vorsichtsmaßnahme handelte. Er wünschte ihr viel Glück für das Konzert und organisierte schon alles für den baldigen Aufbruch am nächsten Morgen, obwohl er selbst begriff, dass sie sich tatsächlich in Gefahr befanden.

Der Garten in Piazzola war von prächtigen, großen Fackeln erleuchtet. Kleine Zelte und Pavillons säumten die Wege und unzählige Diener servierten auserlesene Speisen und Weine. Das Orchester stand auf einer hölzernen Bühne am Rande eines Teiches, auf dem Schiffe ein tobendes Schlachtgetümmel nachstellten. Contarini hatte weder Kosten noch Mühen gescheut, um den hohen Gast aus Deutschland zu beeindrucken.

Der laute Lärm des ungewohnt fröhlichen Kriegstreibens wurde plötzlich für den Auftritt der Salicola unterbrochen, die in ihrem hellen Kleid wie eine junge Göttin erstrahlte. Pallavicino, der ebenfalls aus Venedig angereist war, nickte ihr zu und schon erklangen die virtuosesten Arien aus seiner Oper „Penelope la casta". Magaritas Töne schwebten wie ein himmlischer Klangteppich über den beschwingten Gästen.

Natürlich genoss sie die bewundernden Blicke und den Beifall der Zuhörer, obwohl ihre Gedanken ständig bei Giovanni weilten. Dieser Abend und dieses Konzert erschienen ihr wie eine ungewollte Verzögerung, die sie von ihrem eigentlichen Ziel abhielt. Doch gerade deshalb fühlte sie die Musik noch intensiver, berauschte sich selbst am Klang ihrer eigenen Stimme und sang voller leidenschaftlicher Inbrunst.

Der Herzog von Braunschweig war erneut tief beeindruckt von der Schönheit und gesanglichen Finesse dieses Mädchens, obwohl er sie schon so oft gehört hatte. In Piazzola wirkte sie unter den rauschenden Klängen der Pinien noch verführerischer. Aber er getraute sich nicht, Hand an die schöne Frau zu legen. Die Freundschaft mit dem Sachsen hatte er wahrscheinlich bereits in Venedig unnötig strapaziert, als er mit der Sängerin beim Maskenball geplaudert hatte. Und außerdem hatte er Giovanni schon im Vorfeld versprochen, dass er Margarita nicht anrühren würde. Doch gerade das Verbotene reizte ihn nun doch zu sehr! Nach dem ohrenbetäubenden Applaus, den die Festgesellschaft der Sängerin spendete, nahm er ein Glas Wein und bot es der beseelt wirkenden Künstlerin an. „Ihr habt wieder bezaubernd gesungen, Signorina Salicola. Man versteht nur zu gut, was der sächsische Kurfürst an Euch findet."

Margarita, deren Erinnerungen an den Herzog von Braunschweig nicht unbedingt positiv waren, gab sich betont freundlich. Das Gemälde mit der nackten Danae hatte sie in Venedig zurücklassen müssen und hoffte nun, dass ihre Schwester es vielleicht verkaufen konnte. Bei dem Gedanken an das Bild und den Maskenball fühlte sie sich erneut unangenehm berührt. „Ich fühle mich geehrt, doch muss ich Euch darauf hinweisen, dass die Beziehung zwischen mir und dem Kurfürsten rein beruflicher Natur ist. Vielmehr bin ich ihm persönlich eigentlich nie begegnet."

Nun zeichnete sich im Gesicht des Herzogs große Überraschung ab: „Ihr folgt einem Mann nach Sachsen, dem Ihr nie direkt begegnet seid? Ist dies nicht ein wenig naiv, mein Kind?" Der Herzog von Braunschweig konnte nicht glauben, was er da soeben gehört hatte. „Aber wie Ihr auch immer Euer Verhältnis zum Kurfürsten nennen möget, er hat mit Euch einen interessanten Fang gemacht!"

Er nickte ihr amüsiert zu und stieß mit Margarita an. Contarini gesellte sich zu ihnen, und es entspann sich ein Gespräch über die Bedeutung der Musik für die menschliche Seele.

Margarita, die sonst nicht in solchen Kreisen verkehrte, fühlte sich einerseits geschmeichelt, mit solch hohen Persönlichkeiten zu sprechen, aber sie spürte gleichzeitig eine gewisse Distanz und Herablassung, die ihr vor allem aus den Blicken der umstehenden Damen entgegengebracht wurde. Sie ahnte, dass die Aufmerksamkeit der Herren vor allem einem Ziel galt, das nicht in ihrer zarten Kehle lag, sondern sich wohlgeformt unterhalb ihres Halses befand und viele Blicke auf sich zog – besonders nachdem ihr Maria noch etwas schimmerndes Puder über das Dekolleté gestäubt hatte. Sie würde ihre Rolle als Sängerin in solchen Situationen nie ablegen können. Die Verachtung, die ihr von den Damen entgegenschlug, erinnerte sie an ihre Kindheit, als sie von Jahrmarkt zu Jahrmarkt gezogen war und den neidischen Blicken unglücklicher Frauen und dem widerwärtigen Starren lüsterner Männer ausgesetzt gewesen war. Nun musste sie sich wahrscheinlich wieder an diese bösen Blicke gewöhnen und beschloss, sie einfach zu ignorieren. Sie war schließlich die große Salicola und jeder Selbstzweifel würde sich letztendlich auch auf ihren Gesang auswirken. Diese Macht wollte sie niemandem schenken, sondern von nun an selbst über ihr Schicksal bestimmen.

Sie entfernte sich entschuldigend vom Herzog von Braunschweig und besprach sich noch mit Maestro Pallavicino, der wenige Wochen später nach Sachsen kommen wollte. Danach genoss sie ihre letzte italienische Nacht, bewunderte das Wasserspektakel, die Beleuchtung und das grandiose Feuerwerk, das den Abend krönte, und ging erst spät zu Bett. Sie wollte jede Sekunde der verbleibenden Zeit in ihrer Heimat in sich einsaugen und den Moment des Abschieds so weit wie möglich hinauszögern. Wie gern hätte sie jetzt Angiola an ihrer Seite gehabt! Margarita wurde schwer ums Herz, wenn sie an ihre Schwester dachte, doch sie sagte sich, dass es Angiolas freier Wille gewesen war, hier in Italien zu bleiben. Niemand hatte ihr diese Entscheidung abnehmen können, und obwohl Margarita nun wehmütig war, wusste sie doch, dass es richtig war zu gehen. Sie war jetzt erwachsen und musste den Schritt in die unbekannte Welt allein wagen.

Dritter Teil

Das hohe Gebirge

Noch ehe die Sonne aufging, hörte Margarita die Stimme ihrer neuen Zofe Maria, die sie sanft aus dem Schlaf weckte. „Margarita, wacht bitte auf! Alle Sachen sind bereits verstaut, und wir warten nur noch auf Euch!"

Die Worte drangen wie durch einen Nebel in Margaritas Bewusstsein. Als sie erkannte, wo sie sich befand und welche Reise heute vor ihr lag, war sie plötzlich hellwach und zog sich mit Marias Hilfe rasch an.

Das Gepäck war bereits in zwei unauffällige Kutschen verladen worden, und man wartete nur noch auf die beiden Damen.

In ihrem Gefährt saß Margarita nun mit Pflug, Francesco und Maria. In der anderen Kutsche hatten die beiden Gondolieri und zwei sächsische Gesandte Platz genommen. Bei der kleinen Reisegruppe verblieben nur fünf bewaffnete Reiter als Begleitschutz, da die anderen Soldaten schon am Tag zuvor nach Venedig zurückgekehrt waren. Pflug wollte auf diesem schwierigsten und gefährlichsten Teil der Reise so wenig wie möglich Aufmerksamkeit erregen, und ein großer Begleittrupp würde nur unnötige Blicke auf sich ziehen und Fragen zur Folge haben. Außerdem würden sie in einer großen Gruppe kostbare Zeit verlieren, weil sie nur schleppend vorankämen.

Das Schreiben Giovannis aus Padua hatte Pflug sehr verstört. Offenbar reagierte der Herzog von Mantua doch empfindlicher als erwartet auf die Abreise der Sängerin und würde nach ihr suchen lassen. Aus Vorsicht traf er deshalb am Morgen spontan eine ungewöhnliche Entscheidung: Anstatt wie vereinbart, über Bassano nach Bozen zu reisen, würde er den Weg über Vicenza einschlagen. Danach wollte er nicht auf der Unteren Bergstraße über den Brennerpass reisen, sondern stattdessen den Oberen Bergweg und die Via Claudia Augusta nutzen, wo sie im Moment wahrscheinlich niemand vermuten würde. Der alte Römerfernweg führte durch das Etschtal, über den Reschenpass und den Fernpass nach Füssen. Pflug kannte diese Strecke nicht, doch er hatte gehört, dass es einer der meistbefahrensten Wege durch das hohe Gebirge war, der schon seit Jahrhunderten bestand.

In der Kutsche sprach er ein Morgengebet und hoffte für die beschwerliche Reise auf den Beistand des Herrn. Die Strecke über die Berge war nicht ungefährlich, und neben den Gewalten der Natur konnten auch Plünderer oder die Häscher des Herzogs von Mantua zur ernsthaften Bedrohung werden.

Er blickte auf Margarita, die wehmütig in die langsam aufgehende Sonne schaute.

„Ob ich dieses Land wohl jemals wiedersehen werde?", fragte sie ihren Bruder.

„Warum solltest du nicht nach Italien zurückkehren? Unsere Eltern werden dich sicher vermissen und außerdem brauchst du doch auch italienisches Publikum, das dich feiert", entgegnete Francesco.

„Du hast recht. Wahrscheinlich ist Sachsen eine großartige Chance, doch wenn es nicht klappt und der Erfolg ausbleiben sollte, kehre ich einfach nach Venedig zurück."

Margarita war dankbar, dass wenigstens ihr Bruder sie begleitete. Er würde sich um sie kümmern und sie in trüben Momenten aufheitern. Es gab also keinen Grund zur Sorge.

In der Ferne konnte sie das hohe Gebirge majestätisch aufragen sehen, dessen Gipfel geradezu unschuldig mit zartem Weiß aus Schnee bedeckt waren.

Die Reisegruppe rastete in Vicenza, brach aber bereits wenige Stunden später wieder auf, um Zeit zu gewinnen. Pflug spürte instinktiv, dass ihnen die Verfolger schon im Nacken saßen. Er wollte schnellstmöglich habsburgisches Gebiet erreichen, um vor den Häschern sicher zu sein. Mit Rovereto hätten sie schon Tirol erreicht und konnten vielleicht auf den Beistand der Habsburger hoffen. Er wusste, dass deshalb jede Minute Vorsprung zählte.

Je näher sie den Gipfeln kamen, desto weniger Dörfer und Menschen sahen sie. Margarita überkam plötzlich ein Frösteln, da es trotz der frühlingshaften Sonnenstrahlen, die über dem Land lagen, gen Norden deutlich kälter wurde. Sie bat Francesco, das leicht geöffnete Fenster zu schließen, damit sie sich nicht erkältete. Jeder Windzug konnte für sie schlimme Folgen haben und sie für Wochen vom Singen abhalten, und das wollte sie jetzt nicht unnötig provozieren.

Die Straßen in Richtung der Berge erschienen zunehmend holprig, und die Passagiere in der Kutsche wurden ständig hin- und hergeworfen. Margarita lehnte sich an Maria und versuchte, ein wenig zu schlummern, doch die Bewegungen der Fahrt rissen sie immer wieder aus ihren Träumen. Da sie keinen Schlaf finden konnte, unterhielt sie sich mit Maria.

„Ich stamme aus Padua, wo meine Eltern eine kleine Bäckerei besaßen. Da hatten wir Kinder zwar immer etwas zu essen, doch bei sieben Geschwistern wurde das tägliche Brot doch knapp. Deshalb schickten mich meine Eltern als Magd nach Piazzola, wo ich Euch kennengelernt habe", erzählte die junge Zofe.

Margarita mochte das Mädchen, weil es, so wie sie selbst, aus einfachsten Verhältnissen stammte. Auch Maria fühlte sich zu der schönen Sängerin hingezogen, die sie ehrfurchtsvoll bewunderte. Sie kannte diese junge Frau erst wenige Tage, doch sie schien ihr so viel reifer und erfahrener als sie selbst zu sein, dass sie förmlich an ihren Lippen hing und alles an ihr bewunderte. Außerdem traktierte sie Margarita nicht wie eine niedere Magd, sondern behandelte sie freundlich und zuvorkommend, fast wie eine Freundin.

„Wie sieht Dresden denn eigentlich aus?", wollte Margarita nun von Pflug wissen.

„Signorina, die Stadt gleicht einer großen, uneinnehmbaren Festung, die sich inmitten eines herrlichen, weiten Tales erstreckt. Eine große Brücke über der Elbe verbindet die Stadt mit dem Dorf Altendresden, in dem hauptsächlich Fischer und Handwerker leben. Die Boote der Fischer ziehen tagtäglich auf dem Fluss ihre Netze ein, und Händler brechen auf der Elbe in Richtung Norden auf. Fast erscheint die Stadt wie ein kleines Venedig."

Er beschrieb ihr die Residenz mit seinem gebrochenen Italienisch in den schillerndsten Farben, obwohl er wusste, dass die Stadt nicht ihren Erwartungen entsprechen würde.

„Und wie sind die Menschen in Sachsen? Lieben sie die Künste wie wir Italiener?"

Pflug überlegte, wie er am klügsten auf eine derartige Frage antworten sollte. „Die Sachsen sind ein gemütliches Volk. Unsere Städte sind viel kleiner, als Ihr es von Italien und besonders von Venedig her kennt. Bei uns in Dresden leben jetzt vielleicht 20.000 Menschen, von denen die Hälfte bei Hofe beschäftigt ist. Und unsere zweitgrößte Stadt Leipzig, die etwas westlicher liegt, hat gar nur 15.000 Einwohner. Ihr seht, ihr kommt in wahrhaft beschauliche Regionen."

„Aber wie sieht es denn nun mit den Künsten aus?", fragte Margarita nochmals mit Nachdruck.

„Um es Euch ehrlich zu sagen – im Moment passiert in der Messestadt Leipzig sehr viel. Dort gibt es eine gute Universität, die zu den ältesten des deutschen Reiches zählt. Unter den Studenten haben sich auch Schauspielgruppen gebildet, die versuchen, das deutsche Theater zu etablieren. Sicher werdet ihr noch von Johannes Velten hören, der mit seiner Truppe sogar schon vor Kaiser Leopold I. gespielt hat."

„Es gibt gute deutsche Schauspieler? Und wie ist es um die Musik bestellt?"

„Bei Hofe verfügen wir über ausgezeichnete deutsche Musiker. Ihr werdet sie sicher alle kennenlernen. Doch natürlich unterteilen wir streng in italienische und deutsche Musik. Der Stil ist gar zu verschieden, und wir möchten auch Spannungen unter den Musikern vermeiden."

Das klang nicht gerade vielversprechend. Margarita hatte gehofft, mit offenen Armen empfangen zu werden, doch so sah sie schon Missgunst und Neid voraus. „Ihr werdet jedenfalls in Dresden exotisch wirken, zumal noch nie eine Frau auf den Bühnen der Stadt oder des Hofes gesungen hat", ergänzte Pflug.

„Es sollte doch immer ein erstes Mal geben, und wenn ich die erste Frau auf Dresdens Bühnen sein soll, so werde ich dieses Schicksal eben auf mich nehmen", antwortete Margarita mit einem gewissen Trotz in der Stimme.

Pflug wusste, dass seine sächsische Heimatstadt keinesfalls mit den italienischen Prachtresidenzen zu vergleichen war und die junge Frau sicher enttäuscht sein würde. Auch ihren Glauben würde sie in Dresden nur schwerlich leben können, da es nicht einmal eine katholische Kapelle, geschweige denn eine Kirche für sie gab. Doch in ihm brannte ein heimatlicher Stolz, den er nicht verbergen wollte. Er erzählte alte Geschichten über die Stadt an der Elbe, als Maestro Pallavicino noch in Dresden weilte: „Wisst Ihr, Signorina, Dresden hat bereits glanzvolle, italienische Zeiten erlebt. Unter Pallavicino sang vor wenigen Jahren ein berühmter Kastrat. Sorlisi war sein Name. Vielleicht habt Ihr sogar schon von ihm gehört?"

Margarita schüttelte den Kopf. „Ihm ist es sogar gestattet worden, eine Protestantin zu ehelichen. Könnt Ihr Euch vorstellen, welcher Skandal dadurch ausgelöst worden ist?"

„In Sachsen durfte ein Kastrat den heiligen Bund der Ehe eingehen? Wann geschah dies?", fragte Francesco ungläubig.

„Es muss vor etwa zwanzig Jahren gewesen sein, doch man spricht heute noch darüber. Sorlisi war am Hofe von Johann Georg II. engagiert, der ihn sogar in den Adelsstand erhob. Der Kastrat ließ im Gegenzug einen Kirchturm in einem Dorf errichten. Bei uns in Sachsen geschehen eben Dinge, die sonst nirgends auf der Welt möglich erscheinen!"

„In Italien wäre man für eine derartige Heirat mit dem Scheiterhaufen bestraft worden", entgegnete Francesco.

„Natürlich gab es auch in Sachsen Proteste, doch wenn der Kurfürst seine schützende Hand über jemanden hält, ist die

Geistlichkeit machtlos. Man hat Sorlisi sogar mit katholischen Sakramenten beerdigt."

„Und ich dachte, dass euch Lutheranern die Frömmigkeit und ein rechtes Leben mit Gott so wichtig sind. Wieso gestattet ein Kurfürst dann ein derartiges Treiben?", fragte Margarita erstaunt.

„Natürlich sind wir Lutheraner sehr fromm! Das Ehepaar musste zuerst geloben, wie Bruder und Schwester zusammenzuleben, dann erst wurde die Ehe geschlossen. Und niemand konnte ihnen je das Gegenteil beweisen..."

Maria blickte die ganze Zeit verschämt zu Boden, obwohl sie natürlich neugierig lauschte. Sie kannte derartige Gespräche über Liebesdinge von der Dienerschaft, hatte aber nicht erwartet, dass auch die feinen Leute über solche Dinge sprachen.

Pflug erzählte noch manches über die gottesfürchtige Kurfürstin und den Dresdner Hofstaat – so verging die Zeit wie im Fluge. Die drei Italiener folgten seinen Geschichten über den Ort an der Elbe und vergaßen darüber ihre eigene Angst vor dem unbekannten Neuen.

Ohne dass sie es merkten, erhoben sich plötzlich direkt neben ihrem Weg die mächtigsten Berge. „Mein Gott, wir sind in den Bergen! Sie wirken so unbeschreiblich erhaben", stieß Margarita voll Erstaunen hervor. Sie hatte die Berge immer nur von Ferne gesehen und wurde jetzt von deren Größe förmlich überwältigt. Alle in der Kutsche waren von der Imposanz der Bergketten beeindruckt, sogar Pflug, der schon oft das Gebirge passiert hatte. In der Ferne erspähten sie viele Burgen, die wie Spielzeug gegenüber den hohen Gipfeln wirkten. Sie passierten Rovereto, das sich mit einer Brücke über die Etsch spannte, und sahen das Castel Basano, das majestätisch auf einem Hügel über dem Etschtal thronte. Mit Blick auf die mächtige Burganlage machten sie eine kurze Rast. Pflug spürte in sich eine gewisse Erleichterung aufsteigen, da sie endlich habsburgisches Hoheitsgebiet erreicht hatten.

Natürlich waren sie auch hier nicht vor den Verfolgern des Herzogs sicher, aber ein Überfall hätte auf feindlichem Gebiet andere Konsequenzen und würde einer Kriegserklärung gleichkommen. Sie zwängten sich wieder in die Kutschen, und nur wenige Stunden später lag Trient schon malerisch vor ihnen. Margarita war froh, dass sie bald dem Ruckeln der Kutsche entkommen konnte und ihre Beine wieder festen Boden unter den Füßen spüren würden.

Pflug folgte erneut seinem inneren Instinkt, indem er die Reisegruppe kurz vor der Stadt halten ließ und entschied, nicht die Tore zu passieren. Er hatte in Vicenza in Erfahrung bringen lassen, dass es kurz hinter Trient einen kleinen Gasthof gab, der Pilger und Handelsreisende aufnahm. Genau dort sollte auch seine kleine Gesellschaft Herberge finden. Denn Trient war zwar eine große Stadt, doch die Gassen waren für die Kutschen zu schmal. Außerdem musste man sich hier am Stadttor offiziell melden und würde in der Nacht nicht vorzeitig aufbrechen können, weil die Tore am Abend für jedermann geschlossen wurden und sich erst in der Frühe wieder öffneten. Dann konnten schon die Verfolger aus Mantua vor der Stadt auf sie warten. Pflug traute den Häschern des Herzogs alles zu und glaubte, dass diese auch nachts reiten würden, um sie einzuholen. Der Mond stand noch hell genug am Himmel und konnte ihnen schon den rechten Weg weisen, obwohl sie damit natürlich auch großen Gefahren ausgesetzt sein würden. Aber mit einem Despoten wie dem Herzog im Rücken, ritt jeder Mann so schnell er konnte.

„Sicher haben die Mantuaner jetzt schon bemerkt, dass wir eine andere Route in die Alpen eingeschlagen haben und sind uns dicht auf den Fersen", wandte er sich an seine Gefolgschaft. „Deshalb halte ich es für klüger, nicht in Trient zu übernachten. In der Stadt fallen wir auf und können nachts auch nicht schnell fliehen. Und falls wir am Morgen aufbrechen, könnten uns vor den Toren bereits die Häscher des Herzogs erwarten."

Die Einwände des Generaladjutanten überzeugten Margarita und ihre Gefährten. Deshalb fuhr man noch die wenigen Kilometer um die Stadtmauer herum, bis sie endlich in der Dunkelheit der anbrechenden Nacht an einer Wegbiegung den kleinen Gasthof erblickten, von dem Pflug gesprochen hatte. Besonders einladend wirkte das Gebäude nicht, doch es besaß einen geräumigen Stall, in dem die Pferde untergebracht werden konnten. Neben den einzelnen Schlafstuben für die ehrbaren Herrschaften gab es auch zwei große Schlafsäle, in denen die bewaffneten Reiter gemeinsam mit Pilgern nächtigten. Das Abendessen war einfach, aber sättigend. Ein Brei, der mit Milch und Hirse zubereitet wurde, schmeckte Margarita besonders gut, sodass sie sogar zwei Portionen davon verlangte. Pflug bezahlte alle Unkosten aus seinem ledernen Geldbeutel, den er immer dicht an seiner Hüfte trug. Zum Schlafen teilte sich Margarita mit Maria ein Bett in einer winzigen Kammer, das mit einer Matraze aus Stroh ausgestattet war. Um die späte Abendstunde waren die besten Zimmer bereits vergeben, und dieses Zimmer wirkte nicht sonderlich einladend und sauber. Die Mädchen schmiegten sich in ihren Nachthemden aus festem Leinen eng aneinander, um der Kälte, die nachts noch eisiger in die Knochen drang, zu entfliehen. Ihre gegenseitige Wärme schuf eine gewisse Vertrautheit zwischen ihnen, die Margarita an ihre Schwester erinnerte und sie gleichzeitig die Situation vergessen ließ, in der sie sich momentan befand.

Bei dem Gedanken an Angiola durchzuckte es sie kurz – wie würde es ihr jetzt in Venedig ergehen? „Vermisst du nicht manchmal deine Geschwister?", fragte sie leise Maria.

„Ja, manchmal schon. Aber sie haben fast alle eine eigene Familie und viele Kinder. Deshalb blieb kaum noch Zeit für mich kleine Schwester. Irgendwie bin ich sogar froh, dass ich endlich einen eigenen Weg gehen kann, der mich von Vicenza wegbringt."

„Ich habe nur meinen Bruder Francesco und meine Schwester
Angiola. Sie ist in Venedig geblieben und wollte mich nicht begleiten, obwohl wir uns geschworen hatten, uns niemals zu
trennen. Jetzt bereue ich manchmal, dass ich ohne sie gegangen bin.“

„Aber Francesco begleitet Euch doch, Herrin.“

„Ja, aber er ist eben doch ein Mann und kann vieles nicht so
gut verstehen wie Angiola. Sie fehlt mir sehr.“

Nach diesen Worten herzte Maria ihre Herrin ganz vorsichtig
und versuchte sie zu trösten. „Ihr habt ja jetzt mich, Signorina,
und ich hoffe, dass ich Euch gut dienen und ablenken kann.“

Margarita war ihrer Zofe für die einfühlsamen Worte sehr
dankbar und drückte sie ebenfalls fest. So eine Reise öffnete
ganz unbekannte Türen, und in Maria hatte sie eine gute
Freundin gefunden, die ihr in der Fremde beistehen würde.

Am nächsten Morgen wurden die beiden Mädchen früh durch
das Klopfen des Generaladjutanten geweckt. „Aufstehen, meine Damen. Wir wollen wieder aufbrechen!“, drang seine
Stimme durch die Tür. Die Frauen kleideten sich in aller Eile
an, steckten die Haare hoch, verrichteten ihre Notdurft und
stiegen dann leise die schmale Holztreppe zur Gaststube
hinunter. Bei jedem Schritt knarzten die Stufen unter ihren
Füßen und sie befürchteten schon, das ganze Gasthaus aufzu-
wecken, doch die meisten Gäste schliefen noch selig. Draußen
dämmerte es schon. Es gab ein leichtes Frühstück mit einem
Glas warmer Milch und dem Hirsebrei, den Margarita so lieb
gewonnen hatte. Anschließend stiegen sie schon wieder in
die Kutsche.

Bereits duch die Fenster der Gaststube hatten sie gesehen,
dass draußen ein erbarmungsloses Wettertreiben herrschte.
Regen peitschte durch das Tal und verwandelte den vor ihnen
liegenden Weg in ein reißendes Rinnsal. Pflug überlegte, ob
sie überhaupt aufbrechen sollten, doch auch bei diesem Wetter mussten sie den Vorsprung halten und schnellstmöglich
vorankommen, sonst würden sie hier im Tal wie in einer Falle

festsitzen. Deshalb ließ er die Reiter aufsitzen, die sich notdürftig mit langen, wachsgetünchten Umhängen zu schützen versuchten. Doch alle wussten, dass sie innerhalb kürzester Zeit durchnässt sein würden. Margarita saß wieder mit Maria, Pflug und ihrem Bruder in der Kutsche, wo es trocken war, aber trotzdem unangenehm kühl hereinzog. Die Berge, die am Tag zuvor noch majestätisch und erhaben gewirkt hatten, schauten jetzt wie eine dunkle Bedrohung auf sie herab. Die Etsch, an deren Ufer sie fuhren, wirkte reißend und durch den starken Wind aufgepeitscht, so dass man glauben konnte, dass Gott heute seine schlechte Laune an diesem Tal ausließ.

„Irgendwie kann man verstehen, dass die alten Griechen den Olymp zum Götterberg erhoben. Bei einem solchen Wetter würde ich an alle Märchen glauben, die man mir erzählt", sagte Francesco mit gewisser Beklemmung.

Auch den Frauen wurde es mulmig ums Herz, da die Fahrt nur schleppend voranging und der Regen wild gegen die Kutsche peitschte und der Wind heulend durchs Tal zog.

Gegen Mittag hielt der Tross unerwartet an einer leichten Wegbiegung, wo es nicht mehr weiterging. Pflug stieg aus und kam nach wenigen Minuten zurück.

„Der Weg ist völlig unterspült. Ihr müsst aussteigen und eine kurze Wegstrecke zu Fuß gehen, damit die Kutschen nicht steckenbleiben oder die Achsen brechen. Und wir müssen das Gepäck abladen und herübertragen. Zuerst bringen wir aber die Frauen in Sicherheit. Dort hinten steht ein kleine Kapelle – da finden sie Unterschlupf." Seine Stimme drang nur mit Mühe gegen den stürmischen Regen an. Margarita stieg aus der Kutsche und war nach wenigen Minuten komplett durchweicht, doch Maria trat schnell mit einem Schirm an sie heran, den ihr ein Kutscher gereicht hatte. Dann sahen sie das ganze Elend: Vor ihnen war die Straße auf einer weiten Länge stark aufgerissen und weggespült worden, und immer noch kamen reißende Wassermassen nach.

„Wir werden jetzt nicht umkehren oder hier warten, sondern versuchen, langsam und Schritt für Schritt diesen Graben zu durchlaufen."

Die schrille Stimme Pflugs klang trotz ihrer Entschlossenheit nicht besonders überzeugend und wirkte so, als ob er sich selbst Mut machen wollte. „Setzt die Frauen auf die Pferde und führt sie an den Zügeln hinüber!"

„Diese Stelle können wir unmöglich mit den Kutschen passieren", rief einer der Gondoliere Pflug zu.

„Wir werden die Kutschen entladen und, wenn nötig, auseinander bauen", schrie Pflug ihnen entgegen.

Die Männer murrten etwas, begriffen aber, dass eine Umkehr nicht mehr möglich war. Bis über die Knie versanken sie mit den schweren Kisten auf dem Rücken im Wasser und mussten jeden Schritt überlegt und langsam vor den anderen setzen. Der Untergrund war steinig und bot ihren Tritten kaum Halt. Der Regen peitschte ihnen ins Gesicht und ließ sie laut fluchen und stöhnen.

Indessen gelangten die Damen auf den Rücken der Pferde sicher an das andere Ufer. Sie fanden notdürftigen Unterstand in der kleinen Kapelle und konnten aus geringer Entfernung die nachfolgende Tragekarawane beobachten. Die Truhen wurden ebenfalls sicher in die Kapelle gebracht, und die Männer machten sich anschließend zu Pferd nochmals auf den Weg, um nun die Kutschen zu holen.

Der Regen ließ nicht nach, während die Männer begannen, die Pferde langsam anzutreiben. Die großen Fahrgestelle bewegten sich sehr stockend durch das holprig steinige Flussbett und blieben an größeren Gesteinsbrocken und in ausgespülten Löchern immer wieder hängen. Dann mussten die Männer an diesen Stellen die Steine herausheben oder mit vereinten Kräften die Kutschen aus den Löchern stemmen.

Trotz des eisigen Wassers spürten die Männer vor Kraftanstrengung keine Kälte mehr. Mit vereinten Kräften überwanden sie jede kleinste Unebenheit und waren schon fast auf der anderen Seite angelangt, als sie auf einmal ein lautes Rauschen vernahmen. Pflug, der ganz vorn bei den Pferden war, schrie hysterisch: „Sofort alle aus dem Wasser! Es kommt eine Lawine! Sofort alle raus!"

Die Männer standen verdutzt da und wussten zuerst nicht recht, wie sie reagieren sollten. Als sie die Wassermassen auf sich zurollen sahen, rannten sie panisch auseinander, wobei jeder Schritt so enorme Kraft kostete, dass sie nur langsam vorankamen. Ihre Beine schienen förmlich im Wasser zu kleben.

Francesco stand indessen wie angewurzelt und blickte auf die große Welle, die unaufhaltsam auf ihn zurollte. Er wirkte völlig gelähmt und war nicht in der Lage zu fliehen. In letzter Minute klammerte er sich mit aller Kraft an die Kutsche und begriff, dass die Lawine ihn verschlucken würde. Vor seinen Augen tanzten Bilder und Gesichter der Vergangenheit, bevor die Welle ihn mit tosender Kraft begrub. Auch die beiden Kutscher hatten es nicht zum Ufer geschafft und hielten sich verzweifelt an ihrem Kutschbock fest.

Margarita und Maria standen in der schützenden Kapelle und sahen wie erstarrt dem über sie hereinbrechenden Unglück zu. Eine breite, rauschende Welle aus Schlamm und Geröll wälzte sich ohrenbetäubend krachend über die im Wasser stehenden Kutschen und Pferde hinweg und verschlang in einem kurzen Augenblick alles unter sich. Die großen Kutschen kippten unter der Kraft des Wassers wie Spielzeug um und rissen die Pferde und die Männer mit nach unten.

„Oh mein Gott", flüsterte Maria voller Entsetzen.

Margarita schrie panisch auf, da sie wusste, dass sich Francesco unter den Männern bei der Kutsche befand. Sie rannte aus der Kapelle zu den Wassermassen, doch Pflug rannte ihr nach und zerrte sie von dem immer wilder tosenden Fluss weg.

„Nein, nein! – Nicht Francesco! Nicht Francesco!", schrie Margarita aus Leibeskräften, doch Pflug hielt sie wie ein unbändiges Kind fest in seinen Armen. Die Flutwelle wollte nicht enden und schien alles unter sich zu begraben. Die Kutschen knirschten und schoben sich langsam vorwärts in Richtung des großen Flusses und drohten komplett weggeschwemmt zu werden. Alle starrten wie gebannt auf die sich ins Tal wälzenden Schlammmassen – diese unbändige Kraft der Natur war in ihrer Stärke und Größe einfach nicht zu begreifen!

Die Männer fielen am sicheren Ufer auf die Knie und begannen voller Inbrunst zu beten und zu weinen.

Bereits nach kurzer Zeit schien die starke Wasserströmung etwas nachzulassen, und der ehemals wilde Strom verwandelte sich wieder in den noch durchquerbaren Flussstreifen. Überall lagen jetzt Geröllhaufen herum, und das Wasser hatte eine dunkelbraune, schlammige Farbe angenommen. Die Kutschen ragten gekippt aus dem Fluss heraus, und die Pferde schienen sich nicht mehr zu rühren.

Die Männer blickten nun ängstlich zu den Bergen, da sie eine zweite Welle befürchtete, doch nach kurzem Zögern rannten sie in den Fluss, um den Verunglückten zu helfen. Zuerst befreiten sie einen der Kutscher. Die Gondolieri trugen ihn ans Ufer und legten ihn vorsichtig ab. Er sagte kein Wort, doch er atmete, und es war noch Leben in ihm. Maria kümmerte sich mit einem Gondoliere um den geretteten Kutscher; sie befreiten ihn aus den nassen Kleidern und legten ihm in der Kapelle Decken über. Der Mann begann am ganzen Leib stark zu zittern, und sie wussten, wenn sie diesen Mann jetzt nicht warm bekommen würden, dann war sein Tod Gewissheit.

Margarita begann hingegen in Pflugs Armen wild um sich zu schlagen und befreite sich aus seinem engem Griff. „Francesco! Francesco!", rief sie schreiend, während sie sich in die Fluten stürzte. Pflug ließ sie gewähren, weil er wusste, dass man einem leidenden Menschen nicht im Weg stehen konnte. Er folgte ihr schnell und hoffte, dass sie noch etwas für die Verschütteten tun konnten.

Am Unglücksort bot sich ein schreckliches Bild: Ein Pferd war verendet. Das andere lag schwerverletzt daneben und gab krächzende Laute von sich. Pflug verlor keine Zeit, sondern öffnete dem leidenden Tier mit seinem Degen die Halsschlagader, sodass es auf der Stelle Frieden fand. Das Wasser färbte sich blutrot und ließ die Unglücksstelle wie einen Ort des Grauens erscheinen.

Die Männer richteten nun mit vereinten Kräften die umgestürzten Wagen wieder auf und erschraken – der andere Kutscher und Francesco waren unter dem Fahrzeug zerquetscht worden. Ihre Leiber waren schlammbedeckt und die Gliedmaßen standen unnatürlich vom Körper ab.

Margarita konnte ihre Panik nicht verbergen. „Francesco! Wie konntest du mir das antun? Francesco, komm zurück zu mir!" Sie zerrte und zog heulend an der Leiche ihres Bruders und versuchte ihn mit unbändigen Kräften an Land zu ziehen. Die Männer erschraken über die Kraft, die diese kleine Frau entwickelte und halfen ihr. Am Ufer schlug sie auf den leblosen Körper ein, als ob sie hoffte, ihn dadurch ins Licht zurückholen zu können, doch er konnte sie nicht mehr spüren. Der lebenslustige, immer witzige, kleine Francesco war fern der Heimat gestorben.

Stille Trauer

Margarita fühlte den Schmerz unendlicher Trauer und Schuld in sich aufsteigen. Sie konnte nicht mehr schreien, sondern sank auf die Leiche ihres Bruders nieder und schluchzte leise. Wie in Trance begann sie langsam sein Gesicht mit einem Taschentuch zu säubern und den toten Körper hin- und herzuwiegen. Sie bat Francesco um Verzeihung dafür, dass sie ihn auf diese Reise mitgenommen hatte, und hoffte, dass er sie noch hören konnte und ihr vergab. Doch kein Laut drang mehr aus seinen schön geschwungenen Lippen, und kein Witz tröstete ihr zerberstendes Herz. Sie fühlte sich so einsam, wie sie sich noch nie zuvor gefühlt hatte. Alles, was sie umgab, schien in weite Ferne zu rücken und verlor an Bedeutung. Sie hörte nicht mehr das Tosen des Flusses oder die Rufe der Männer und spürte auch nicht mehr den herabfallenden Regen und die eiskalte, durchnässte Kleidung auf ihrer Haut. Alles, was sie fühlte, war der Verlust Francescos und dass er nie mehr zu ihr zurückkehren würde.

„Gott hat ihn zu sich gerufen, Margarita", flüsterte Maria vorsichtig. „Es ist nicht Eure Schuld, Signorina. Niemand hat die reißenden Wassermassen vorhersehen können."

Margarita reagierte nicht. Ihr Blick ruhte weiter auf Francesco, den sie zärtlich streichelte.

„Margarita, wir müssen weiter. Ihr müsst ihn jetzt loslassen." Pflugs Worte beschworen sie eindringlich. Er beugte sich zu ihr herunter, rüttelte sie stark, doch sie fühlte sich wie eine Marionette zwischen seinen Armen an. Da nahm er ihr Gesicht zwischen seine Hände und schlug sie so heftig auf die Wange, dass sie aus ihrer Schockstarre erwachte und ihn vorwurfsvoll anblickte. „Wie könnt Ihr es wagen, mich zu schlagen?"

Pflug war beruhigt, dass sie wieder bei Verstand zu sein schien. „Wir müssen weiter, Signorina. Ihr seid völlig durchnässt und werdet ebenfalls sterben, wenn Ihr Euch nicht au-

genblicklich umkleidet. Ihr besitzt mein tiefstes Mitgefühl, doch Ihr dürft hier nicht so nass in der Kälte sitzen. Wir haben beide Kutschen aus dem Wasser gezogen und reisen nur mit einer weiter, weil die andere zu stark beschädigt ist."
„Wie könnt` Ihr nur von den Kutschen sprechen, wenn Francesco hier tot darniederliegt?" Margarita war entsetzt.
Pflug, dessen Kleidung aus allen Ecken triefte, kniete sich wieder neben sie, nahm ihre Hände in die seinen, blickte in ihre Augen und sprach im stärker werdenden Regen ein deutsches Vaterunser. Sie verstand die einzelnen Worte nicht, fühlte aber durch die Wärme seines Blickes und die eindringlichen Worte eine tröstende Wirkung. „Ihr müsst Euren Bruder jetzt loslassen. Er ist nun in Gottes Hand", beendete Pflug seine Worte.
Sie schaute zu den anderen Männern, die mit einem Spaten bereits ein großes Grab ausgehoben hatten, um die Leichname zu bestatten. „Ihr wollt die Toten nicht mit einem christlichen Begräbnis in Bozen dem ewigen Leben anvertrauen?" Ihre fragende Stimme klang unsicher und zweifelnd.
„Wir können mit einer Kutsche nicht einmal uns selbst und das Gepäck sicher transportieren. Wie sollen wir zwei Leichen mit nach Bozen nehmen?", antwortete Pflug.
Margarita wusste, dass der Generaladjutant recht hatte, und versuchte, hier und jetzt von ihrem Bruder Abschied zu nehmen. Doch seinen Körper, der immer noch Wärme in sich trug und wie ein Schlafender vor ihr lag, konnte sie nicht loslassen. Sollte sie doch hier und jetzt mit ihm verderben und sterben!
„Wir können Euch jetzt nicht mit ihm hier lassen, Signorina. Ihr wisst, dass wir verfolgt werden und uns noch größere Schmach droht, wenn wir jetzt hier verharren oder gar umkehren. Wir müssen Francesco jetzt beerdigen, sonst gehen wir alle zusammen dem sicheren Tod entgegen."
Margarita fügte sich und gab den Leichnam Francescos widerwillig den Gondolieri, die ihn zur offenen Grube trugen. Der Aushub war nicht tief, doch es würde reichen, um die bei-

den Toten zu bestatten. Sie betteten Francesco vorsichtig
neben den toten Kutscher, während niemand ein Wort
sprach. Das schlammige Grab füllte sich durch den anhalten-
den Regen schon mit Wasser und schien die Körper förmlich
zu verschlingen.

„Der Himmel weint um sie beide", sagte Maria tröstend zu
Margarita, doch die Sängerin fühlte sich wieder wie das kleine
Mädchen, das am Grab der Schwester stand und ungläubig
hineinschaute. Wieder war ein wichtiger Mensch aus ihrem
Leben geschieden, aber diesmal stand Angiola nicht tröstend
an ihrer Seite.

Margarita bereute zutiefst, dass sie Venedig überhaupt verlassen hatte. Wie konnte sie nur so töricht gewesen sein und
einem Deutschen nach Sachsen folgen? Sie nahm wie in
Trance einen Batzen durchnässte, pampige Erde und ließ sie
auf den toten Körper ihrer Bruders fallen. Es platschte laut.

Auch die anderen warfen Erde auf die toten Körper, bis die
beiden Gondolieri das Grab zuschaufelten. Nur das fehlende
Gras unterschied die Stelle von der übrigen Umgebung, die
durch den Regen ganz aufgeweicht war, und zeugte davon,
dass hier zwei Menschenleben ihre letzte Ruhestätte gefunden hatten. In wenigen Wochen, wenn das Gras im herannahenden Frühling wieder üppig wachsen würde, wird nichts
mehr auf die Gräber hinweisen und ihr Bruder wird für immer dem Vergessen geweiht sein. Nur in ihrer Erinnerung
würde sein Lachen weiterklingen. Sollte dies alles sein, was
vom Leben übrig blieb? Eine Erinnerung an ein Lachen?

Pflug sprach ein langes, deutsches Gebet und sang zwei kurze
Lieder. Danach stimmten auch die Gondolieri Lieder an und
sprachen lateinische Gebete. Die ganze Bestattung ging sehr
schnell vorüber, und die Männer machten sich sofort auf, um
die Truhen auf die nur leicht beschädigte Kutsche zu laden.
Im Wagen mussten nun drei Personen zusätzlich Platz nehmen, und die Koffer wurden übereinander auf dem Dach fest-
geschnallt. Der verletzte Kutscher, dessen Zittern nachgelas-

sen hatte, wurde in das Fahrzeug getragen, und zwei Reiter nahmen auf dem Kutschbock Platz.

In der Kutsche wurde es nun wirklich eng, da man jetzt zu sechst in dem kleinen Gefährt saß. Zudem war die Kleidung triefend nass. Lediglich Margarita und Maria hatten sich in der Kapelle in einer Ecke von den pitschnassen Oberkleidern befreien können und trockene, einfache Gewänder angelegt. Damit konnten sie wenigstens das Schlimmste verhindern und würden noch die wenigen Stunden bis Bozen aushalten können. Die Männer harrten jedoch in ihrer nassen Kleidung aus und versuchten die Kälte, die ihnen durch Mark und Bein stach, zu verdrängen.

Pflug führte die kleiner gewordene Reisegesellschaft zu Pferde an. Die andere, zerstörte Kutsche ließen sie am Wegesrand zurück. Wenn sie nicht von Plünderern entdeckt und gestohlen werden würde, konnte er von Bozen aus eine Bergung und Reparatur veranlassen. Doch zuallererst mussten sie dort noch heil vor Nachteinbruch ankommen.

Die Gruppe hatte durch das schreckliche Unglück viel Zeit verloren. Doch auch das nahm Pflug nun gelassen – bei solchen Gewalten, wie sie ihm heute begegnet waren, war selbst er machtlos und konnte keine Eile erzwingen. Schweigend und nachdenklich ritt er voran. Er hatte heute zwei Menschen aus seiner Reisegruppe verloren und wusste nicht, ob er es irgendwie hätte verhindern können. Im Inneren dankte er seinem Herrn Jesus Christus dafür, das Margarita nicht unter den Opfern war, sonst hätte er vielleicht seinen Kopf verloren oder die Festung Königsstein von innen kennengelernt. Er wünschte sich selbst nichts sehnlicher, als endlich die Heimat wiederzusehen und etwas mehr Ruhe in sein unstetes Leben zu bringen. Dann würde er weniger reisen, sesshaft werden und heiraten. Bei diesen Gedanken ließ der Regen plötzlich und unerwartet nach, und auch der Weg wurde fester und sicherer. Der Himmel klärte gänzlich auf und eine leuchtende Sonne tauchte das weite Etschtal in die schönsten Farben der

Natur. Die Kraft des göttlichen Himmelskörpers sah man an den dampfenden Wiesen, deren zarte Frühblüher mit einem frischem Grün noch regennass glänzten. Die Strahlen beruhigten die Landschaft und das Gemüt der Reisenden. Pflug kam ein Psalm in den Sinn, der ihn schon seit frühester Kindheit beeindruckt hatte und sprach die Worte laut in die herrliche Landschaft:

„Der Herr ist mein Hirte, mir wird nichts mangeln.
Er weidet mich auf einer grünen Aue und führet mich zum
frischen Wasser. Er erquicket meine Seele.
Er führet mich auf rechter Straße um seines Namens willen.
Und ob ich schon wanderte im finstern Tal,
fürchte ich kein Unglück; denn du bist bei mir, dein Stecken
und Stab trösten mich. Du bereitest vor mir einen Tisch
im Angesicht meiner Feinde. Du salbest mein Haupt mit Öl
und schenkest mir voll ein. Gutes und Barmherzigkeit
werden mir folgen mein Leben lang,
und ich werde bleiben im Hause des Herrn immerdar.“

Voller Hingabe blickte er in die vor ihm liegende, idyllische Landschaft. Wie friedlich plötzlich alles wirkte – als hätte es dieses schreckliche Unglück nie gegeben.

Nach einer Wegbiegung erspähte er einen Gasthof und beschloss, sofort zu rasten, denn bis nach Bozen würden sie es in den durchnässten Kleidern nicht mehr schaffen. „Wir machen hier Rast und verbringen die Nacht hier.“

In der Wirtsstube warteten wohlige Wärme, mehrere Flaschen Wein und ein guter Braten auf die unterkühlten Ankömmlinge. Der Geruch des frischen Fleisches weckte Margaritas Lebensgeister, doch selbst jetzt musste sie an Francesco denken, der immer mit einem Lächeln zu sagen gepflegt hatte: ‚Essen ist Gottesdienst.‘ Sie kostete von der warmen Mahlzeit, genoss jeden Bissen des köstlichen Fleisches und fühlte sogleich, wie das Essen sie belebte.

Vorsichtig hatten die Gondolieri auch den verletzten Kutscher hereingetragen, der auf einer Bank ganz nahe am Kamin saß. Er stand noch immer unter Schock, doch er trank etwas und schien sich langsam zu erholen.

Unruhig verbrachte Margarita die ganze Nacht in einem dämmrigen Halbschlaf und wälzte sich hin und her. Vor sich sah sie die Gesichter ihrer Eltern, die flehend ihre Hände nach ihr ausstreckten, und sie sah Angiola, die sich voller Verachtung von ihr abwandte. Und immer wieder erblickte sie Francescos schönes Gesicht und seine toten, leeren Augen.

Pflug hatte hingegen am Abend den Wirt mit viel Überredungskunst dazu gebracht, seine Knechte am nächsten Morgen für die vollständige Instandsetzung der Kutsche zur Verfügung zu stellen. Anschließend ließ er sie zum Unglücksort reiten, um den anderen Wagen zu reparieren. Es galt die Vereinbarung, dass die wieder reparierte Kutsche in Bozen verkauft werden und der Erlös dem Wirt zugutekommen sollte. Die Knechte waren äußerst geschickt und schafften es am Morgen schnell, die Kutsche vor dem Gasthaus wieder fahrtüchtig zu machen. So konnte die Gruppe bereits am späten Vormittag weiterreisen. Zur Überraschung aller war das Wetter ausgesprochen gut, und sogar ein laues Lüftchen wehte durch das weitläufige Tal. Vor ihnen lagen der Reschen- und der Fernpass und niemand wusste, ob das Wetter ihnen dort wohlgesonnen sein würde, oder ob sie erneut ein solches Unwetter durchstehen mussten. Doch wenn sie diese Bergketten überwunden hätten, würden sie vor den Häschern des Herzogs von Mantua endgültig sicher sein.

Es ging steil bergauf, doch der Weg war gut passierbar. Nur manchmal konnte man auch hier die Schäden eines Unwetters sehen, wenn Geröll und Steine den Weg versperrten. Da ihnen aber heute viele Händler und Pilger entgegenkamen, waren die Hindernisse meist schon beseite geschoben worden. Die Berge ragten steil auf, und am Wegesrand lag noch Schnee. Margarita schaute auf die leuchtend weißen Gipfel in dem Bewusstsein, dass Kälte, Eis und Schnee nun zu ihrem Leben gehören würden. Sie hatte viele Geschichten über die Winter im Norden gehört, doch nie hätte sie es für möglich gehalten, dass sie einmal selbst dorthin reisen würde.

Sie kamen gut voran, und die Pfade waren breit genug, um sie durchgängig mit der Kutsche passieren zu können. An manchen Stellen mussten sie auf entgegenkommende Fahrzeuge warten, da zwei Wagen nebeneinander nicht passieren konnten, doch insgesamt schien der Weg viel bequemer und sicherer als der Pass über den Brenner. Am Wegesrand lagen auch einige Herbergen und Dörfer, sodass man nie das Gefühl hatte, in einer völlig vereinsamten Gegend zu sein. Die Strecken waren nicht so lang wie an den Tagen zuvor, und die Gasthöfe wirkten einladender.

Margarita schwieg. Sie wiederholte in ihren Erinnerungen immer wieder die schrecklichen Momente an der Unglücksstelle. Für ihre Begleiter vergingen diese letzten Tage durchs Gebirge hingegen wie im Fluge, da es ständig kleine Hindernisse zu überwinden galt, beeindruckende Landschaften vorbeizogen und Reisende aus fernen Ländern ihren Weg kreuzten. Das Wetter war ihnen ebenfalls wohlgesonnen, und so atmeten alle auf, als sie nach wenigen Tagen endlich die Ehrenberger Festung vor sich liegen sahen.

Ehrenberg erstreckte sich zwischen zwei Hügeln, auf denen ein Schloss und mächtige Befestigungsanlagen standen. Der Ort, der sich im Tal dazwischen erstreckte, war von einer großen, unüberwindbaren Mauer umgeben, die sicheren Schutz vor Angreifern bot. Margarita erkannte schnell, dass ihr diese stattlichen Mauern zwar Sicherheit bieten würden, aber auch nichts mehr von der italienischen Leichtigkeit hatten, die sie jetzt schon vermisste. Alles sah hier so ungewohnt aus – wie würde es ihr dann erst in Sachsen ergehen?

Schweigend fuhren siedurch die Tore in die Ehrenberger Klause ein und nächtigten hinter dicken, sicheren Mauern. Sie hatten das hohe Gebirge endlich hinter sich gelassen.

Wiedersehen

In Ehrenberg konnte Margarita seit dem Tod ihres Bruders endlich wieder schlafen, ohne dass sie wilde Albträume quälten. Sie fühlte sich hinter den dicken Mauern dieser kleinen Klause sicher und spürte außerdem eine gewisse innere Ruhe, denn bald würde sie ihren Giovanni wiedersehen. Und dann würde sich zeigen, ob sie noch Gefühle füreinander hatten oder ob diese Reise doch der großer Fehler war, für den Margarita sie momentan hielt.

Pflug holte alle zeitig aus den Betten. Ein Bote war in den frühen Morgenstunden in der Klause eingetroffen und vermeldete die Ankunft der großen sächsischen Gesandtschaft nahe Schwanstein. Das lag nur wenige Stunden von Ehrenberg entfernt und würde Pflug endlich von der Last dieser außergewöhnlichen Mission befreien. Auch wenn er Margarita während dieser Reise lieb gewonnen und nun schon fast väterliche Gefühle für sie entwickelt hatte, so barg diese kostbare Fracht für ihn auch eine enorme Belastung, die er auf seinen Schultern spürte und endlich loslassen wollte. Nun, da ihr Bruder tödlich verunglückt war, hatte er noch mehr Verantwortung für das Schicksal dieser jungen Frau übernommen und hoffte, sie sicher in die Obhut seines Herrn übergeben zu können. Dann würde er sich auch wieder wichtigeren Dingen als dem Schutze einer Weibsperson widmen – die sächsischen Soldaten warteten in Dresden bereits auf seine Anweisungen für den Aufbruch nach Dalmatien. Außerdem musste nach wie vor der Konflikt mit den Mantuanern auf diplomatischem Wege beigelegt werden. Und vielleicht kam es mit den Verfolgern doch noch zu einem offenen Kampf? All diese Überlegungen veranlassten den erfahrenen Strategen dazu, sofort nach dem Frühstück aufzubrechen.

Gelassen und heiter setzte sich der kleine Trupp wieder in Bewegung und ließ die Festungsmauern Ehrenbergs hinter sich. Nun wussten alle, dass man bald in größerer Gesellschaft und somit auch höchstwahrscheinlich wieder komfortabler reisen würde. Das hohe Gebirge hatten sie nun hinter sich gelassen und sahen vor sich ein hügeliges Land, das von einem ersten, frühlingshaften Grün überzogen war. Dazwischen glänzten Seen, in denen sich die Sonne glitzernd spiegelte.

Margarita hatte für den Tag des erhofften Wiedersehens ein dunkelgrünes Kleid gewählt, in dem ihre Figur besonders vorteilhaft zur Geltung kam. Zum Zeichen der Trauer warf sie ein dunkles Tuch über die Schultern, das ihr Dekolleté züchtig bedeckte.

Auch Maria spürte, dass für Margarita nun ein besonderes Ereignis bevorstand. Sie hatte ihrer Herrin die Haare außerordentlich schön geflochten und hochgesteckt und auch etwas Puder auf das müde Gesicht aufgetragen. Trotz der vielen Tränen und durchwachten Nächte sah Margarita deshalb angenehm frisch und jung aus.

Maria selbst war ebenfalls aufgeregt. Sie würde heute den Conte di Hoyerswerda und wahrscheinlich auch den sächsischen Kurfürsten kennenlernen! Margarita beruhigte sie jedoch, da auch sie den Kurfürsten bis jetzt noch nicht zu Gesicht bekommen hatte. „Er war in Venedig inkognito unterwegs, und deshalb habe ich ihn nie kennengelernt. Oder besser – ich weiß einfach nicht, wer er ist!"

Margarita war selbst überrascht von dieser Erkenntnis. „Wahrscheinlich ist er so unansehnlich, dass er sich in Venedig versteckt halten musste."

Auf einer leichten Anhöhe über einem kristallklaren See kam Schwanstein in Sicht – eine stattliche kleine Burg mit hohen Mauern, deren imposante Türme beeindruckend in den Himmel ragten. Margarita war so aufgeregt, dass sie am Fenster nach irgendeinem Anzeichen Ausschau hielt, das auf die Anwesenheit der sächsischen Gesandtschaft hindeuten könnte. Ihre Neugier wurde schnell belohnt, weil sich in weiter Entfernung am Ufer des Sees eine Reiterschar in ihre Richtung bewegte, die mit einer schwarz-gelben Flagge bestückt war. Und soviel wusste Margarita schon – das waren die Farben Sachsens!

Wenige Minuten später trafen sie auf die Reiter, und ihre Kutsche hielt an. Pflug wechselte nur ein paar Worte mit ihnen, und danach begleitete der Trupp die Reisegesellschaft zur Burg Schwanstein.

Über eine Zugbrücke gelangten sie durch ein großes Torhaus in das Innere der Burg, wo die Kutsche im Burghof von mehreren Knechten erwartet wurde. Margarita sah, dass Giovanni festlich gekleidet auf einer Treppe inmitten von anderen Würdenträgern und Geistlichen stand und offensichtlich auf die Ankunft der Gesellschaft gewartet hatte. Sie spürte, wie ihr Herz stark zu schlagen begann und Hitze und Kälte sie zugleich durchströmten. Ihre Aufregung war so groß, dass sie kurz die Hand von Maria nahm und fest drückte. „Pflug, wie soll ich mich jetzt nur verhalten?", fragte sie aufgeregt.

„Ihr bleibt einfach immer in meiner Nähe, haltet Euch einen Meter hinter mir und sprecht nur, wenn man Euch auffordert", erwiderte Pflug beschwichtigend. Er kannte die Gepflogenheiten bei Hofe und konnte sie mit seinen Worten etwas beruhigen.

Ein Knecht trat an die Kutsche, öffnete die Tür und half ihr aus dem Wagen. Es folgten Pflug, die Gondolieri, die anderen Reisenden und zum Schluss Maria.

Giovanni trat an die Kutsche heran und konnte seinen Blick nicht von Margarita lassen. Er hatte sie einige Tage nicht gesehen, und sie erschien ihm hier, als sie endlich wieder leibhaftig vor ihm stand, noch makelloser als in seiner Erinnerung. Er sah ihr zwar die Strapazen der Reise an, da sie etwas schmaler wirkte, doch unterstrich gerade diese Zartheit nur noch deutlicher die Verletzlichkeit und Grazie ihres Wesens. Am liebsten hätte er sie sanft hochgehoben, geküsst und in die Burg getragen. Er ging auf sie zu und nahm ihre Hand, während sie sich mit einem tiefen Knicks vor ihm verneigte. „Willkommen in deutschen Landen, Signorina", sagte er höflich, während er ihre Hand küsste und ihr tief in die Augen blickte. Auch sie schaute ihn an und versuchte in seiner Mimik einen Hauch von Lächeln zu erhaschen, um sich seiner Zuneigung zu versichern, doch sie konnte seinen Gesichtsausdruck nicht deuten.

Sein Blick fiel indessen wie zufällig auf Maria, die Pflug ihm augenblicklich als neue Zofe der Primadonna vorstellte.

Auch die anderen Würdenträger auf der Treppe begrüßten nun die Reisegesellschaft, unter ihnen der Verwalter der Burg und ein Bischof aus Passau, der Pilger in Richtung Rom begleitete.

Die Gesellschaft wurde hineingebeten, wobei Maria und die Gondolieri in den Dienstbotentrakt gebracht wurden. Nur Margarita und Pflug schritten über die große Freitreppe in die eigentlichen Gemächer des Schlosses.

Im großen Flur wurde Wein gereicht und der Verwalter der Burg richtete einige Worte an die Angekommenen: „Willkommen in meinem bescheidenen Hause. Euer Ruf ist Euch vorausgeeilt, und wir sind stolz, Euch hier begrüßen zu können. Sicher seid Ihr erschöpft von den Strapazen, und deshalb sei mein Heim auch Eure Heimstatt, solange Ihr dieses Obdaches bedürft."

Giovanni verneigte sich wohlwollend. „Wir danken Euch für die angebotene Gastfreundschaft, in deren Genuss meine Person bereits gekommen ist, und hoffen, Eure Zeit nicht zu sehr in Anspruch nehmen zu müssen. Wir bleiben voraussichtlich nur noch eine Nacht und brechen morgen in der Frühe nach Augsburg auf. Wenn Ihr mir gestattet, werde ich die Sängerin Margarita Salicola in den Gästetrakt begleiten."

„Fühlt Euch in meinen Mauern wie zu Hause, Durchlaucht. Wir speisen um die Mittagsstunde", entgegnete der Verwalter, während er sich tief verneigte.

Giovanni trat an Pflug heran, um mit ihm ein paar Worte zu wechseln. Dabei erfuhr er bestürzt von den Geschehnissen der Reise. Trotzdem bat er seinen Generaladjutanten, schnellstmöglich nach Sachsen weiterzureisen, um dort die Aufstellung der Truppen für Venedig zu beaufsichtigen. Pflug verstand und begab sich ohne Umschweife auf die Weiterreise nach Dresden.

Margarita hielt sich währenddessen im Hintergrund und fühlte sich plötzlich allein und völlig überflüssig. Sie hatte von der Begrüßung des Verwalters und den Gesprächen in deutscher Sprache nichts verstanden und ahnte nur, dass sie höflichst begrüßt worden war. Auf einmal spürte sie wieder die schwere Last der Trauer auf ihrer Seele, die sie zu erdrücken drohte. Da wandte sich Giovanni um und kam auf sie zu. Er nahm ihre Hände in seine und begann wieder in Italienisch mit ihr zu sprechen. „Es tut mir so unendlich leid, Margarita, dass Ihr Euren Bruder auf so grausame Art und Weise verloren habt. Pflug erzählte mir gerade von Eurem Unglück. Nichts vermag diesen Schmerz zu tilgen, doch ich möchte alles dafür tun, um ihn zu lindern. Doch lasst mich Euch zuerst Eure Gemächer zeigen."

Er schritt eine hohe Treppe hinauf. Margarita folgte ihm verunsichert. Sein selbstbewusstes und sicheres Auftreten schüchterte sie ein und verdeutlichte ihr, dass die Situation hier ganz anders als in Venedig war – hier war sie die Fremde aus der Ferne und er der elegante Adlige, der sich mit den Gepflogenheiten des Landes auskannte und vor allem seine Muttersprache verwenden konnte. Dadurch hatte sie sich in eine Abhängigkeit begeben, die sie nicht gewohnt war.

Endlich waren sie an einer hölzernen Rundbogentür angelangt, die in ein geräumiges Turmzimmer führte. Knechte brachten Margaritas Truhe hinterher und stellten am Tisch zwei Lehnstühle zurecht. Im Kamin knisterte ein Feuer.

„Ihr könnt Euch jetzt entfernen", wies Giovanni streng das Gesinde an.

Margarita war von der Rohheit seiner Worte überrascht, doch wahrscheinlich musste sie sich nur an den Klang seiner Stimme in der harten, deutschen Aussprache gewöhnen.

Giovanni trat an das hohe Fenster und bat Margarita zu sich. „Seht Ihr dieses herrliche Land vor uns liegen?", fragte er sie wieder voller Wärme in der Stimme.

„Ja, es ist wirklich beeindruckend."

Margarita staunte vor allem über die vielen alten Bäume und großen Wälder, die alles bis in eine unendliche Weite hinein mit erstem Grün zu bedecken schienen.

„So ähnlich werdet Ihr auch Sachsen vorfinden, und ich hoffe, dass Ihr Euch bei mir zu Hause wohlfühlen werdet."

Er drehte sich zaghaft zu Margarita um.

Margarite erschien der Mann, mit dem sie allein in einem Zimmer war, so fremd, und sie spürte sogar eine leichte Angst in sich aufsteigen. Wer war dieser Mann eigentlich, und warum war sie ihm über das hohe Gebirge gefolgt?

Instinktiv erkannte er ihre Unsicherheit, doch er ging auf ihre Zweifel nicht ein, sondern wollte sie erneut wissen lassen, was er für sie fühlte. Deshalb trat er noch näher an sie heran, bis er ganz dicht vor ihr stand und streichelte sanft ihr zartes Gesicht. „Margarita, ich habe Euch so vermisst. Mein ganzer Körper schmerzte bei dem Gedanken an Euch, und meine Angst, dass Euch etwas zustoßen könnte, ließ mich nächtelang nicht schlafen und noch schneller reisen, als es für uns gut war. Ihr wisst wahrscheinlich, dass der Herzog von Mantua Euch verfolgen ließ, und wenn Ihr in seine Fänge geraten wäret oder gar bei dem Unwetter Euer Leben verloren hättet, wäre das für mich unerträglich gewesen. Nun seid Ihr endlich bei mir und wirkt doch so fern. Hat sich denn etwas an Euren Gefühlen für mich verändert?"

Margarita schlug die Augen nieder. Seine Worte hallten in ihrer trauernden Seele wie labender Honig, der sie süß umschmeichelte, denn seine Gefühle waren offenbar die gleichen geblieben.

„Auch meine Gedanken waren immer bei Euch. Aber dieses schreckliche Unwetter und der Verlust Francescos ließen mir die Reise wie ein böses Omen erscheinen. Ich fürchtete bereits, dass ich Euch nie wieder sehen würde, oder Eure Gefühle für mich nicht mehr dieselben sind. Denn manchmal erlischt ein Feuer, wenn ein Unwetter es bedroht."

„Meine Flammen für Euch schlagen so hoch, dass kein Unwetter der Welt sie zum Verlöschen bringen könnten, denn ich liebe Euch, Margarita, und nichts und niemand soll uns mehr trennen."

Er nahm ihr Gesicht behutsam zwischen seine großen Hände und küsste sie zaghaft, als ob er ihren Duft mit jedem Atemzug einsaugen wollte. Margarita ließ ihn gewähren, bis sie seinen Lippen nicht mehr widerstehen konnte und bemerkte, dass sich nichts geändert hatte. Alles, was sie für ihn empfunden hatte, war sofort wieder da, und ihr Begehren wurde stärker und stärker. Und auch er wollte gar nicht aufhören, sie zu küssen, sondern presste ihren Körper noch fester an sich und schien sie förmlich verschlingen zu wollen.

Dann hielt er unerwartet inne, blickte ihr tief in die Augen und begann erneut zu sprechen. „Ich muss Euch noch etwas Wichtiges gestehen, Margarita, und ich hoffe, dass es nichts an Euren Gefühlen für mich oder an Eurer Entscheidung mit mir zu kommen, ändern wird."

Margarita blickte ihn unsicher an und rechnete nun mit dem Schlimmsten. Was würde er ihr hier beichten wollen?

Als sie nicht reagierte, sondern ihn nur erwartungsvoll anblickte, sprach er weiter. „Ihr wisst, dass ich verheiratet bin und Ihr wahrscheinlich nur meine heimliche Geliebte sein werdet."

Sie nickte kurz. Das war keine Neuigkeit für sie.

„Es gibt aber etwas noch viel Bedeutenderes, dass ich zu meinem und Eurem Schutz bis jetzt geheim gehalten habe." Er hielt kurz inne und überlegte, wie er fortfahren sollte. „Ihr habt Euch sicher schon gefragt, warum Ihr dem Kurfürsten nie persönlich begegnet seid, und er Euch trotzdem engagieren ließ?"

Margarita wusste nicht, was sie entgegnen sollte. Was hatte der Kurfürst mit ihrer Beziehung zu Giovanni zu tun? War er gegen diese Verbindung?

Giovanni verlieh seinen Worten nun ein besonderes Gewicht, um ihre Reaktion abzuwarten. „Margarita, die Tatsache, dass Ihr dem Kurfürsten nie offiziell begegnet seid, liegt darin begründet, dass ich der Kurfürst von Sachsen bin. Mein offizieller Titel lautet: Johann Georg III., Kurfürst von Sachsen."

Margarita, die aufmerksam jedem seiner Worte gelauscht hatte, schien jetzt den Boden unter den Füßen zu verlieren – Giovanni Conte di Hoyerswerda war in Wirklichkeit ein bedeutender Fürst und hatte es die gesamte Zeit vor ihr geheim gehalten?

Ihre ganze Welt begann sich zu drehen. Auf einmal verstand sie bestimmte Andeutungen und begriff, dass diese Wahrheit immer zum Greifen nahe vor ihr gelegen hatte. Und eine andere Erkenntnis trat ihr ganz deutlich vor Augen – sie hatte sich in einen deutschen Reichsfürsten verliebt! Natürlich musste sich in so einem Fall der Herzog von Mantua gekränkt fühlen. Ihn hatte sie stets abgelehnt, und nun war sie dem sächsischen Kurfürsten als Geliebte in die deutschen Lande gefolgt, der als einer der größten Feldherrn galt und ein erklärter Erzfeind Frankreichs war.

„Ihr seid der Kurfürst? Aber warum habt Ihr das so lange vor mir verschwiegen?", fragte sie verwirrt.

„Ihr wisst selbst, wie gefährlich die Situation in Venedig ist. Dort lauern überall Agenten und Spitzel. Da ich nicht mit meinem großen Gefolge gereist bin, was mich ein Vielfaches gekostet hätte, und auch nicht lange in Venedig verweilen wollte, hielt ich es mit meinen Beratern für das Beste, unter einem erfundenen Namen zu agieren. So konnte ich mich völlig frei bewegen, ohne die permanente Angst eines Attentates oder einer Verschwörung fürchten zu müssen. Und auch Ihr hattet nichts zu befürchten, sondern ward vermeintlich viel besser geschützt."

„Offenbar wusste der Herzog von Mantua aber mehr als ich und hat mich bereits als die Geliebte des Kurfürsten erkannt und verfolgt – ein Gerücht, das ich immer deutlich dementiert habe. Nun sehe ich, dass ich selbst das Opfer einer Intrige geworden bin. Giovanni, Ihr hättet doch wenigstens mir gegenüber ehrlich sein müssen. Vielleicht hätte das meine Entscheidung beeinflusst!"

Sein Name kam ihr wie gewohnt in Italienisch über die Lippen, doch sie würde sich nun an seinen deutschen Namen gewöhnen müssen.

Er trat auf sie zu und nahm wieder ihre Hände. „Genau das hatte ich ja befürchtet! Ihr wäret womöglich nicht mit mir nach Sachsen gekommen oder hättet mich im anderen Fall nur um meines Titels und des Geldes willen begleitet. So weiß ich jetzt, dass Ihr mir allein um meinetwillen gefolgt seid", sagte er einfühlsam.

„Um nun Eure Mätresse zu werden?", entgegnete sie vorwurfsvoll. Obwohl sie seine offenen und ehrlichen Worte schätzte, klang ihre Antwort doch bitter und enttäuscht. Natürlich fühlte sie sich geschmeichelt, in der Gunst eines Kurfürsten so hoch zu stehen, doch was würde das für sie und ihr Leben bedeuten? Hatte sie erst damit gerechnet, als heimliche Geliebte eines Grafen am sächsischen Hof leben zu müssen, so sah sie sich plötzlich als offizielle Mätresse eines Reichsfürsten an einer Tafel sitzen und zum Tagesgespräch der Politik werden.

„Wie wir in Dresden leben werden, kann ich im Moment auch noch nicht sagen. Doch meine Gattin, Kurfürstin Anna Sophie, ist bereits unterrichtet und wird Euch als Kammerfrau offiziell anerkennen. Alles, was für mich zählt, ist, dass Ihr in meiner Nähe seid. Ich brauche Euch wie die Luft zum Atmen."

Er küsste ihre Hände, und es dauerte nicht lange, bis sich ihre Lippen wieder zu einem langen und innigen Kuss vereinten. Er wollte vorsichtig ihr Kleid öffnen, doch sie entwand sich ihm.

„Ich bitte Euch, noch zu warten. Der Tod meines Bruders und Euer Geständnis fordern Kraft und Zeit, um meinen Schritt nochmals zu überdenken“, sagte sie mit Bestimmtheit.

„Ihr wollt mich verlassen und nach Venedig zurückkehren? Bedenkt doch, was Euch dort erwartet. Ich kann Euch doch ein ganz anderes Leben bieten. Und Ihr werdet in einem der größten Opernhäuser der Welt singen!“

In seinen Worten lag ehrliche Sorge um ihr Schicksal. Doch Margarita wand sich aus seiner Umarmung und ging ein paar Schritte durch den Raum. „Auch wenn Ihr ein Kurfürst seid, so könnt Ihr doch nicht über mein Leben verfügen, wie es Euch gefällt, und mich dazu zwingen, Euch zu folgen und mich ohne den Segen Gottes hinzugeben.“

Die Sätze kamen ihr einfach über die Lippen, doch als er nicht reagierte, sondern sie nur amüsiert anschaute, wurde sie wütend. „Ich bin Sängerin und meine erste Leidenschaft wird immer die Musik sein. Und Singen kann ich am besten in Venedig und nicht bei Euch in Sachsen im Bett!“

Das Wiedersehen verlief leider nicht so, wie es sich Johann Georg gewünscht hatte. „Ihr wisst genau, dass ich Euch wegen Eures Gesanges engagiert habe und nicht, um mit Euch das Bett zu teilen. Und wenn unsere Gefühle nicht dem Willen Gottes entspringen, so muss ich an meinem Glauben zweifeln. Wie könnt Ihr nur so schlecht von mir denken, Margarita?“, antwortete er barsch und wütend.

Margarita erkannte, dass sie mit ihrer letzten Bemerkung zu weit gegangen war. Doch die Situation überforderte sie schlichtweg. Ihre Gefühle für den Mann, der nur wenige Meter vor ihr stand, brachten ihr ganzes Wesen in Wallung, und sie glaubte, dass auch er sie liebte. Doch er war ein Reichsfürst, ein Kriegsheld und ein mächtiger Herrscher – wie sollte sie an seiner Seite ein erfülltes Leben führen?

Sie sah ihr Leben im Zeitraffer an sich vorbeiziehen. Wahrscheinlich würde sie mit ihm eine glückliche Zeitspanne verbringen und bei Hofe glänzen können, bis er sich eine neue

Gespielin suchte und sie wie ein altes Spielzeug wegwerfen würde.

Johann Georg sah, wie angestrengt sie nachdachte. Dabei erschien ihm doch alles so einfach. Was machte es für einen Unterschied, ob er ein Graf oder der Kurfürst persönlich war? Die entstandene Spannung zwischen beiden wurde unerträglich, und obwohl sie sich eigentlich einander so stark begehrten, wussten beide nicht, wie sie sich jetzt verhalten sollten.

Da klopfte es heftig und Johann Georg bat den Diener herein. „Es ist ein Bote aus Ehrenberg für Euch eingetroffen, Durchlaucht, der Euch sogleich sprechen möchte."

„Er soll im unteren Saal auf mich warten. Ich komme sofort." Johann Georg fing noch einmal Margaritas nachdenklichen Blick auf, um dann schweigend an ihr vorbei zur Tür hinaus zu gehen. Sie stand allein in dem herrlichen Turmzimmer und blickte über den See und die Weite der Wälder.

So hatte sie sich das Wiedersehen mit dem Mann, der ihre Träume beherrschte, nicht vorgestellt.

Die Botschaft

Johann Georg trat aus dem Zimmer, in dem sich sein kostbarster Schatz befand. In ihm kochte noch immer die Wut, weil sie sich ihm so widerspenstig entzogen hatte und sogar damit drohte, ihn zu verlassen und nach Italien zurückzukehren. Was glaubte sie denn eigentlich, wer sie sei? Zollte sie ihm keinen Respekt? Sie würde letztlich immer ein Mädchen aus einer Schauspielerfamilie bleiben, selbst wenn sie wie eine Göttin sang, und er konnte ihr schließlich ein sorgenfreies Leben an seiner Seite bieten und würde sie wie eine Fürstin behandeln! Aber vielleicht tat er ihr auch Unrecht. Natürlich hatte er sie quasi über Nacht aus Venedig entführt, damit sie ihm in ein fernes, unbekanntes Land folgte und letztendlich seine Geliebte werden würde. Er war es gewohnt, dass ihm alle gehorchten und seinen Anweisungen folgten, aber Margarita war wie ein freier Vogel, den er nicht in einen Käfig sperren konnte. Und eigentlich wollte er sie auch nicht wie eine Gefangene behandeln – sie sollte aus freien Stücken zu ihm kommen und ihn lieben. Außerdem hatte sie ihre Familie zurückgelassen und nun ihren Bruder auf so grausame Weise verloren. Er musste ihr einfach Zeit geben, damit sie das Leben, das er ihr ermöglichen wollte, auch annehmen konnte. Wenn sie es nur zulassen würde!

Johann Georg rannte eilig die Treppe hinunter und begab sich in den großen Audienzsaal, wo ein imposanter Sessel und mehrere Stühle standen, die an den Wänden aufgestellt waren. Gobelins bedeckten die kahlen, steinernen Flächen und im marmornen Kamin brannte ein prasselndes Feuer. Er setzte sich auf den Audienzsessel des Burgverwalters, ließ Miltitz und Polheim holen und empfing anschließend den Boten aus Ehrenberg. „Was habt Ihr uns aus der Klause Ehrenberg zu vermelden?"

Der Reiter verneigte sich tief vor dem sächsischen Kurfürsten. „Euer Durchlaucht verzeihen, dass ich den geruhsamen Aufenthalt hier so frevelhaft störe, doch trafen heute Morgen kurz nach Abreise Eurer Gesandtschaft mehrere italienische Reiter aus Mantua bei uns ein, die sich explizit nach Euch und einer gewissen Sängerin erkundigten. Wir gaben natürlich zur Auskunft, dass die Sängerin bereits abgereist sei, doch hielten wir es für wichtig, Euch von diesem Vorgang zu unterrichten. Die Herren sahen sehr streitlustig aus, und wir haben sie der Klause verwiesen."

„Wieviele waren es und wisst Ihr, welchen Weg sie eingeschlagen haben?"

„Es waren etwa fünfzehn bewaffnete Reiter, Durchlaucht. Wohin sie geritten sind, vermag ich nicht mit Bestimmtheit zu sagen, doch ich vermute, dass sie den Weg zurück nach Italien eingeschlagen haben oder Euch weiter verfolgen werden."

„Ich danke Euch für Eure Mühen und diese wichtige Nachricht. In der Küche findet Ihr Speis und Trank."

Polheim überbrachte dem Reiter einen Taler, sodass sich der Bote nochmals tief verneigte und entfernte.

„Sie werden uns kaum auf dem Hoheitsgebiet unserer Verbündeten angreifen", bemerkte Polheim, nachdem sie wieder unter sich waren.

„Ich hätte es nicht für möglich gehalten, dass der Herzog von Mantua uns seine Truppen bis hier hinterherschickt. Die Angelegenheit entwickelt sich damit doch zu einer Staatsaffäre und wirbelt nur unnötigen Staub auf", erwiderte Johann Georg verärgert. „Ich möchte keinesfalls den Anschein einer Flucht erwecken, und deshalb bleiben wir trotzdem diese Nacht hier und reisen erst morgen nach Augsburg wieter. Sie werden es kaum wagen, die Burg anzugreifen und einen Reichsfürsten auf habsburgischem Gebiet herauszufordern."

Polheim versuchte etwas zu erwidern, doch Johann Georgs Entscheidung stand fest. Er wollte jetzt keine Schwäche mehr zeigen, sondern Margarita endlich offiziell an sich binden.

„Polheim, bitte holt den Vertrag für das Engagement der Primadonna, den bereits ihr Vater unterzeichnet hat. Ich möchte ihr die Möglichkeit geben, selbst ihr Signum unter den Kontrakt zu setzen, damit sie Unser so kurz vor dem Ziel nicht überdrüssig wird und nach Italien zurückkehrt."

Die Zustimmung des Vaters war von besonderer Wichtigkeit gewesen, da es Frauen grundsätzlich untersagt war, selbst Verträge zu schließen. In der Aufregung der Ereignisse von Venedig und der übereilten Flucht hatte man es völlig versäumt, die Salicola vom Vertragsabschluss mit ihrem Vater zu unterrichten. Das rächte sich jetzt – Margarita konnte tatsächlich jeden Moment diese Burg und damit auch ihn verlassen, weil sie noch glaubte, ein freier Mensch zu sein, obwohl sie eigentlich schon nach Sachsen verkauft worden war.

Polheim verneigte und entfernte sich, um den geforderten Vertrag herbeizuschaffen. Johann Georg blieb mit Miltitz allein in der großen Halle zurück. „Die Dinge entwickeln sich nicht wie gewünscht, Durchlaucht?"

Johann Georg zögerte. Miltitz zählte zu seinen engsten Vertrauten, und trotzdem wusste er nicht, wieviel er ihm offenbaren sollte.

„Ihr vermutet richtig, Miltitz. Gerade habe ich ihr meine wahre Identität preisgegeben und anstatt lauter Begeisterung habe ich leider nur Unverständnis geerntet. Die Salicola zweifelt plötzlich sogar an ihrer Bereitschaft, mit nach Sachsen zu gehen."

„Vielleicht sind die italienischen Frauen, und im speziellen Eure Sängerin, Durchlaucht, etwas anders als unsere Weiber, und Ihr müsst ihr mit mehr Geduld und Charme gegenübertreten."

„Geduld, Geduld! Ich kann es nicht mehr hören! Seit Wochen geistert nichts als diese Frau durch meine Träume! Ich bin regelrecht besessen von ihrer Stimme, ihrem Wesen und ihrem Geruch, und jetzt, wo sie mir endlich wie eine reife Frucht zum Greifen nahe ist, entzieht sie sich mir und möchte nicht die Stelle einer Mätresse einnehmen!"

„Durchlaucht, Euer Zorn ist nachvollziehbar, doch müsst Ihr bedenken, dass diese junge Frau soeben ihren Bruder verloren hat und das erste Mal ganz ohne familiäre Begleitung eine derartig weite Reise angetreten hat. Auch in ihrem Kopf werden sicher viele Fragen entstehen, und eine Zukunft als Eure Geliebte kann ihr natürlich auch schaden. Damit fällt sie als Sängerin für andere Fürstenhöfe faktisch aus."

„Aber sie soll ja auch gar nicht woanders singen. Ich möchte sie an mich ketten. Und zwar für immer!"

„Durchlaucht, zügelt bitte Euer feuriges Temperament. Es wird sich schon eine gute Lösung für alle finden. Wichtiger ist doch die Klärung des Konfliktes mit dem Herzog von Mantua. Wir wollen doch keinen Krieg heraufbeschwören."

„Ihr habt recht, Miltitz. Eins nach dem anderen. Sie muss zuerst unterschreiben, und dann wenden wir uns dem Problem mit dem Mantuaner zu. Ich brauche jetzt etwas frische Luft und möchte ausreiten."

„Haltet Ihr dies wirklich für klug? Die Mantuaner könnten Euch auflauern und dann wäre Eure Sicherheit ernstlich bedroht."

„Ich habe schon ganz andere Gegner bezwungen und werde hier in Bayern nicht vor einer Horde wildgewordener Italiener zurückschrecken!"

Johann Georg verließ gemeinsam mit Miltitz die große Halle. Sie begaben sich in seine Kammer, wo er sich für den Ausritt mit einem ledernen Wams kleidete. Seine Gedanken waren jedoch stets bei Margarita. Jetzt war sie zum Greifen nah und entwand sich doch seiner Umarmung.

Gemeinsam mit zwei Begleitern ritt Johann Georg aus der Burg Schwanstein. Die frische Luft, die Wälder und das Pferd unter seinem Körper taten ihm gut, denn er fühlte enorme Kraft in sich. Am liebsten wäre er gleich heute in eine neue Schlacht gegen die Türken gezogen. Vielleicht begegnete ihm auf dem Weg doch ein Mantuaner, dem er das Fürchten beibringen konnte?

Sie ritten an den nahegelegenen See und hielten ihre Pferde an. Johann Georg trat an das weite Ufer und ihn überkam der plötzliche Drang, in das kühle Wasser zu steigen und sich zu erfrischen. Da entdeckte er in der Nähe ein Weib, das Wäsche im See säuberte. Er gab seinen Reitern ein Zeichen und näherte sich allein der Magd. Sie trug eine Haube und einfachste Kleidung. Ihr Gesicht war hübsch und ihre Proportionen äußerst weiblich und einladend, sodass er sie in ein Gespräch verwickelte. „So allein am See bei der Arbeit?"

Die junge Frau schätzte ihn mit einem Blick von oben bis unten ab. „Ihr seid doch allem Anschein nach auch allein?"

Ihr verschmitztes Lächeln gefiel ihm.

Sie wrang weiter ihre Wäsche aus und beachtete ihn nicht weiter. „Vielleicht könntet Ihr mir behilflich sein und mir den Weg zeigen?", fragte er höflich.

„Wohin wollt Ihr denn reisen, feiner Herr?“, entgegnete sie spöttisch.

„Es zieht mich nach Augsburg, wo ich Geschäfte zu tätigen habe.“

„Ihr seid also ein reicher Kaufmann? Der Kleidung nach hättet Ihr auch ein roher Dieb sein können!“

Der Witz in ihrer Stimme und der Schalk in ihren Augen gefielen Johann Georg. Sie ließ die ausgewrungene Wäsche in ihren Korb fallen und ging ein paar Schritte in Richtung Wald. „Folgt mir, ich zeige Euch den Weg.“

Johann Georg lief ihr hinterher in den immer dichter werdenden Wald. Als sie einige Schritte in das Gebüsch gegangen waren, drehte sie sich um und sah ihn fragend an. „Ihr seid doch sicher nicht zu mir gekommen, um den Weg zu erfragen?“ Sie strich dabei mit ihrer Hand über ihren Busen und öffnete einladend leicht ihren Mund. „Ich könnte Euch andere Dinge zeigen, wenn Ihr bereit wäret, entsprechend dafür zu zahlen.“

Johann Georg war von der Direktheit ihres Angebotes verwundert, doch er hatte seit Ewigkeiten keiner Frau mehr beigelegen, und alles an ihm drängte zum Weiblichen hin. Vielleicht konnte er so auch endlich Margarita für einen Augenblick vergessen. „Ich gebe Euch einen Taler, wenn Ihr mir willfährig seid.“

Er zog die Münze aus seiner Hosentasche und steckte sie in ihren üppigen Busen, der ihm verlockend entgegenlachte. Sie nahm das Geldstück und ließ es in ihrer Rocktasche verschwinden. Dann trat sie näher an ihn heran und begann ihn zu küssen – erst zaghaft und bald drängender, bis sie ihn auf die Erde zu sich nieder zog. Er öffnete das Band ihres Mieders, bis ihre Brüste prall aus dem leinenen Stoff fielen, und begann an ihren dunklen Warzen zu saugen. Zu seiner Überraschung kam Milch aus dem vollen Busen. Sie schmeckte süß und steigerte seine Lust ins Unermessliche. Er schob ihre Röcke hoch, öffnete seine eigene Hose und drang ohne langes Zögern mit

aller Wucht in sie ein. Ihr aufbäumendes Stöhnen peitschte ihn an, sodass er sich nach wenigen, heftigen Stößen in sie ergoss und sich von einem lang angestauten Druck befreite. Danach sank er auf sie nieder, betrachtete ihr errötetes, lachendes Gesicht und fühlte sich auf einmal leer und elendig. Deshalb wälzte er sich von ihr fort und stand schnell wieder auf.
„Hat es Euch denn nicht gefallen?", fragte sie leicht verärgert.
„Doch, Ihr wart eine wunderbare Ablenkung."
„Eine wunderbare Ablenkung!? Ist es vielleicht eine andere Dame, die Euer Herz gestohlen hat, Euch aber nicht zum Zuge kommen lässt?"
Das junge Weib hatte seine Sehnsucht erkannt und durchschaut. Während sie ihr Mieder schloss, trat sie nochmals an ihn heran und hauchte ihm dabei direkt ins Gesicht: „Ihr seid ein stattlicher Mann und wie Ihr gerade erfahren durftet, habe ich Euch nicht zurückgewiesen. Deshalb verrate ich Euch ein kleines Geheimnis: Frauen brauchen immerzu Aufmerksamkeit, und wenn Ihr wenig Zeit für die Dame Eures Herzens habt, so macht Ihr doch wenigstens großzügige Geschenke, stimmt sie mit einem hübschen Kettchen glücklich, und sie wird über kurz oder lang die Eure sein – auch, wenn Ihr der holden Maid nicht die Ehe anbieten wollt."
Nach diesen Worten küsste sie ihn nochmals flüchtig auf den Mund, drehte sich schnell um und verschwand durch das Gestrüpp. Johann Georg blieb verblüfft allein zurück und wusste im ersten Moment nicht, wie er reagieren sollte – ein einfaches Bauernmädchen hatte ihm vielleicht des Rätsels Lösung geschenkt und ihn körperlich beglückt. Er fühlte sich seltsam leicht und schöpfte neue Hoffnung. Obwohl er sich nun am liebsten in das weiche Gras am Ufer des Sees gelegt hätte, wandte er sich zurück zu seinen Gefährten, die mit dem Pferd in einiger Entfernung auf ihn warteten. Ihr Blick verriet, dass ihnen durchaus nicht entgangen war, wo und mit wem er sich gerade vergnügt hatte, doch sie bewahrten angemessenes Schweigen und lächelten sich nur wissend einander zu.

Als sie nach Schwanstein zurückkehrten, hatte sich im Burghof eine Menschentraube gebildet. Johann Georg und seine Reiter erfuhren auch sogleich warum – an ihre Ohren drang der wunderbarste Gesang. Es waren Töne, die direkt aus dem Himmel auf die Erde getragen zu werden schienen und die alle verzückt staunen ließen.

Der Kurfürst hielt an, stieg leise vom Pferd und wandte sich zur Menge, die wie gebannt auf das geöffnete Turmfenster starrte, aus dem die ungekannten Klänge unaufhörlich schwellten. Auch er lauschte den Tönen von Margarita und schloss seine Augen. Wieder fühlte er sich entrückt wie im Theater San Giovanni Grisostomo und wusste nicht, ob er wachte oder träumte. Ein leichtes Schuldgefühl überkam ihn, doch er schob es schnell beiseite.

Als der Gesang verstummte, blickten alle ungläubig in die Höhe, als ob sie ein Wiederaufbrausen der Töne erwarteten, doch die Sängerin blieb stumm.

Da erschall plötzlich lauter Jubel: „Nochmal! Noch mehr! Singt weiter!", schrie die Menge begeistert.

Margarita konnte nichts von den Worten verstehen, die aus dem Burghof geschrien wurden, doch sie trat ans Fenster und schaute in die tobende Masse. Mitten in der Menge sah sie ihren Giovanni, der ab jetzt Johann Georg heißen musste. Er stand ganz still und blickte wie verzaubert zu ihr herauf. Sie winkte der Menge, zog sich dann aber vom Fenster zurück und verschloss die Glasflügel. Eine solche Reaktion der Menschen hatte sie nicht erwartet, doch wahrscheinlich hatte hier niemand zuvor den Operngesang einer Frau gehört.

Nur wenige Minuten später klopfte es an ihrer Tür. Maria trat ein, um Margarita bei der Kleiderwahl zum Mittagsmahl behilflich zu sein. „Ihr habt so fantastisch gesungen, Signorina! Die ganze Burg spricht von nichts anderem als von Eurem Gesang, und auch mir wurde heiß und kalt bei Euren Tönen."

„Das ist die Musik, die solche Gefühle auslöst."

„Nein, Margarita, es ist allein Eure Stimme, die alle staunen

lässt! Wie kann man nur so laut solch hohe Klänge machen?"
Maria fehlten schlichtweg die Worte, um zu beschreiben, was
sie eben gehört und so tief berührt hatte. Sie sang selbst auch
sehr gern, aber die Töne aus Margaritas Kehle klangen wie
aus einer anderen Welt.

„Es ist als ob Gott durch Euch klingen würde, Signorina. Man
meinte, einen Engel im Turm mit dem Herrn musizieren zu
hören", sagte sie voller Bewunderung.

Margarita musste über ihre Zofe lächeln, fühlte sich zugleich
aber auch geschmeichelt und befreit, da sie wusste, dass sie
mit ihrer Stimme immer Menschen begeistern würde, und in
Italien lag ihr Venedig ohnehin zu Füßen.

„Ich sollte jetzt zu Tisch gehen, sonst denkt man noch, dass
ich mit Engelsflügeln entschwunden bin!"

Die beiden Frauen mussten lachten, und Margarita war dankbar, dass sie mit Maria so ungezwungen sprechen konnte.

An der langen Tafel saßen sich der Kurfürst und der Burgverwalter an den Stirnseiten gegenüber und prosteten sich mit
ihren vollen Weinbechern zu. Margarita nahm an der Längsseite zur Rechten von Johann Georg Platz und bemerkte auch
bei ihm eine gelöste Stimmung. Er blickte sie wieder voller
Sehnsucht und Bewunderung an und schmeichelte ihr mit
umwerbenden Worten über ihr Kleid. Dann stand er auf und
erhob sein Glas auf den Burgverwalter: „Wir danken Euch für
Eure edle Gastfreundschaft. An diesem herrlichen Ort, umgeben von Seen und Hügeln inmitten der schönsten, fruchtba-
ren, bayerischen Lande, erhebe ich auf Euch und den bayerischen Kurfürsten Maximilian Emanuel meinen Becher! Danken möchte ich aber auch der Frau an meiner rechten Seite,
die uns soeben mit ihrem außergewöhnlichen Gesang beglückt hat. Ein solches Juwel in der Nähe zu wissen, befreit
von allen Sorgen und Lasten und rechtfertigt fast jedes Opfer." Dann wandte er sich direkt an Margarita. „Deshalb bitte
ich Euch, Margarita Salicola, an diesem zauberhaften Ort um
die symbolische Unterzeichnung des Vertrages mit Sachsen.

Euer Vater hat bereits in Venedig dem Kontrakt zugestimmt und nun möchte ich aus Respekt vor Eurem außergewöhnlichen Können auch Eure Unterschrift unter den Papieren sehen. Zum Zeichen meiner Wertschätzung für Eure Kunst überreiche ich Euch außerdem dieses prachtvolle Collier aus sächsischen Bergkristallen, das Euren zarten Hals nun auch mit äußerem Glanz bekränzen wird."

Ein Diener trat mit einem roten Samtkissen heran, auf dem ein prachtvolles Geschmeide ausgebreitet lag. Ein Raunen ging durch den Saal, doch Margarita hatte selbst nichts von den deutschen Worten verstanden und begriff die Aufregung im Saal nicht. Johann Georg übersetzte ihr alles, nahm ihre Hand und bewegte die Sängerin zum Aufstehen, damit er ihr das Collier um den Hals legen konnte. Jetzt verstand sie natürlich. Schwer drückten die Steine auf ihr Brustbein, doch die Schönheit und Einzigartigkeit dieses Geschmeides ließen Margarita einfach verstummen und staunen. Nie zuvor hatte sie eine solche Kette, die von unendlichem Wert sein musste, besessen! Die Bergkristalle waren aufwendig von goldenen Blättern gefasst, die sich wie Ranken um die Edelsteine wanden. Sie blickte Johann Georg hingerissen in die Augen und wusste, dass sie kaum seinem Charme widerstehen können würde. Er umwarb sie mit so viel Aufmerksamkeit und kostbaren Geschenken, dass sie sich seiner Gefühle gewiss sein konnte. Und auch, wenn sie niemals seine Frau werden würde, stand sie an seiner Seite doch unter seinem Schutz.

Das Mahl zog sich über mehrere Stunden hin, und dem Wein wurde deutlich zugesprochen. Johann Georg berichtete Margarita von ihren Verfolgern, die bis nach Ehrenberg vorgedrungen waren, und sah dabei die ernste Sorge in ihrem Gesicht. Er beruhigte sie, indem er ihr versicherte, dass er sie notfalls auch mit seinem Leben verteidigen würde.

Nach dem Mahl wurde ein Tisch mit gedrechselten Beinen in den Festsaal getragen, auf dem sich das Dokument befand, das Margaritas Zukunft besiegelte. Der Vertrag war in drei

Sprachen und drei Ausführungen verfasst, wobei Margarita nur die italienische Version prüfend las, die ihr Vater bereits unterzeichnet hatte. Johann Georg hatte die Bedingungen für sie noch einmal verbessert: Ihr wurde der Titel einer Kammerfrau verliehen, sie erhielt ein jährliches Gehalt von 1.500 Talern und zusätzlich stellte man ihr ein eigenes Haus samt Kutsche und Kutscher, angemessene Kleidung und täglich gute Speisen zur Verfügung. Sie sollte also rundum perfekt versorgt sein. Außerdem gewährte Johann Georg ihrer Schwester und ihren Eltern eine lebenslängliche, jährliche Pension von 500 Talern. Im Gegenzug musste sie sich verpflichten, ausschließlich für den sächsischen Hof zu singen und für jede Reise und jedes Gastspiel die persönliche Genehmigung des Kurfürsten einzuholen.

Margarita begriff, dass sie nirgendwo einen besseren Vertrag unterzeichnen konnte. Der Wein und die gelöste Stimmung taten ihr Übriges, und so setzte sie ihr Signum unter den Pakt, der sie als erste Primadonna nach Sachsen bringen würde. Das Schriftstück wurde einmal Margarita und einmal dem Kurfürsten überreicht und in der dritten Version an einen Augsburger Advokaten verschickt, der es sicher verwahren sollte. Johann Georg fühlte sich ausgelassen und heiter und hätte Margarita am liebsten zum Tanz aufgefordert, doch hier spielte keine Kapelle, und es fehlte die Musik. Auch Margaritas Blicke verrieten Erleichterung, denn sie hatte sich mit dieser Unterschrift für Johann Georg, für ihren Giovanni, und für ein Leben als Mätresse entschieden. Dafür erhielt sie im Gegenzug finanzielle Sicherheit für sich und ihre Familie. So konnte sie ihrer Schwester wenigstens einen Teil der Sorgen abnehmen und sie für ihre Leiden am Hofe des Herzogs von Mantua entschädigen.

Alle Augen im Saal ruhten auf der jungen, schönen Sängerin, die an der Hand von Johann Georg zurück an die Tafel geführt wurde und von innen heraus zu strahlen schien. Auch der Kurfürst wirkte befreit. Fast erschien ihm diese Unterschrift bedeutungsvoller als sein Ehevertrag mit Anna Sophie von Dänemark. Denn Anna Sophie hatte er aus Pflichtgefühl geheiratet, doch Margarita band sich aus Liebe an ihn, und das war etwas vollkommen anderes.

Jagd

Der Herzog von Mantua versuchte, für einen Moment seine Gefühle zu unterdrücken, doch die Wut, die in ihm kochte, bahnte sich ihren Weg. Aufgebracht stand er auf und trat auf die zwei Reiter zu, die soeben erst aus den Alpen nach Mantua zurückgekehrt waren. „Ihr wagt es, ohne dieses Frauenzimmer unter meine Augen zu treten? Ihr Nichtsnutze! Berichtet mir ausführlich und dann verschwindet aus meinen Räumen!"
Einer der Reiter trat vor und beugte ein Knie. „Euer Durchlaucht haben völlig recht. Trotz aller Bemühungen ist es uns nicht gelungen, die Salicola gefangen zu nehmen. Wir verfolgten sie von Piazzola aus, doch sie ritt nicht wie erwartet über Bassano, sondern nahm mit ihrem Gefolge den Weg über Vicenza. Dadurch haben wir wichtige Zeit verloren, doch wir verfolgten sie weiter bis zur Festung Ehrenberg, wo sie uns allerdings nur wenige Stunden zuvor in Richtung Augsburg entfliehen konnte. Wir bitten um Nachsicht, aber daraufhin kehrten wir um. Auf habsburgischem Hoheitsgebiet konnten wir einfach keine Auseinandersetzung riskieren. Es hätte uns sicher den Kopf gekostet und Euch womöglich einen Krieg beschert."
„Was interessiert mich fremdes Gebiet! Das ist meine Sängerin! Sie wurde mir entrissen und hat keinerlei Erlaubnis, sich irgendwohin zu begeben! Was sich diese dreiste Dirne einbildet! Und dieser dicke Popanz – dieser ‚protestantische Mars‘ – dem erkläre ich hiermit den Krieg!"
Der Herzog konnte sich gar nicht beruhigen und schritt vor

den Reitern schreiend und wild gestikulierend auf und ab.

„Wir haben in Erfahrung gebracht, dass die Sängerin hinter Trient in ein Unwetter geraten ist, wobei ihre Kutsche lädiert wurde und auch zwei Tote zu beklagen waren. Einer von ihnen soll Francesco Salicola gewesen sein.“

„Francesco?“, fragte der Herzog überrascht. „Der ist doch zäh wie sieben Katzen. Der kann gar nicht tot sein.“

„Durchlaucht, wir sahen ein großes, frisch aufgeschüttetes Grab, doch wir konnten uns natürlich nicht vergewissern, wer dort tatsächlich begraben lag.“

„Wenn er nicht tot ist, werde ich ihn persönlich in Stücke zerreißen. Dass auch er mich so schändlich betrügt, ist Hochverrat und muss mit dem Tode bestraft werden! Ihr werdet sofort nach München und wenn nötig bis nach Dresden reisen, um dort meine Forderung zur augenblicklichen Herausgabe der Salicola zu verkünden! Irgendwo müsst Ihr diesen sächsischen Halbgott schon antreffen, und diesmal werdet Ihr Euch nicht abwimmeln lassen, die Dame mitbringen oder Satisfaktion fordern. Ich dulde kein Scheitern der Mission. Und wenn ich die Franzosen um Hilfe bitten muss und mit 10.000 Mann gegen Sachsen ziehe!“ Seine Stimme war immer lauter geworden, und die Reiter merkten sehr wohl, dass man in diesem Zustand kaum mit dem Herzog reden konnte.

Staatsminister Romualdo Vialardi, der sich bis jetzt ruhig im Hintergrund gehalten und darauf gehofft hatte, dass sich die anfängliche Wut über das Scheitern der Mission legen würde, trat jetzt beschwichtigend an den Herzog heran, während er die Männer mit einer Handbewegung aus dem Raum schickte.

„Euer Durchlaucht, ich möchte zu bedenken geben, dass wir in Anbetracht des Konfliktes doch zuallererst versuchen sollten, die diplomatischen Möglichkeiten vollkommen auszuschöpfen. Vielleicht handelt sich doch alles um ein unglückliches Missverständis.“

„Vialardi, ausgerechnet Ihr fallt mir in den Rücken. Euer Bruder Carlo Maria war in Padua und hatte die Möglichkeit, dip-

lomatisch etwas an der mir angetanen Schmach zu ändern. Doch der Kurfürst hat ihn wüst abgewiesen und fühlte sich danach angeblich schon durch eine falsche Anrede in meinem Brief brüskiert. Wie soll ich mit so einem Manne verhandeln?"
Vialardi neigte zustimmend den Kopf: „Natürlich habt Ihr Recht, Durchlaucht. Doch wäre es nicht angebracht, wenn wir noch weitere Vermittler hinzuziehen? Wie wäre es beispielsweise mit Girolamo Molino oder dem Herzog von Braunschweig? Auch der bayerische Kurfürst käme in Frage, da er Euch gut kennt und daran interessiert sein dürfte, dass der Konflikt auf seinem Boden nicht eskaliert."
„Bevor wir hier irgendjemanden in die Sache verwickeln, schreibt Ihr zuallererst an den französischen Botschafter Marquis de la Haye in Venedig und unterrichtet ihn von der Situation. Frankreich muss eingeweiht sein und begreifen, welche Schmach mir hier angetan wurde! Und wenn mich einer versteht, ist das Ludwig XIV.!", antwortete der Herzog barsch.
„Sehr wohl, Durchlaucht." Vialardi ließ sich jedoch nicht abwimmeln und machte nochmals einen Vorschlag: „Ich könnte allerdings auch gemeinsam mit meinem Bruder versuchen, in Verhandlungen zu treten und schlage deshalb vor, dass ich Eure Reiter begleite und erneut ein Schreiben an den sächsischen Kurfürsten überreiche, in dem Ihr um die Herausgabe der Salicola bittet oder eine schriftliche Erklärung fordert. Carlo könnte hingegen nach München reisen, um beim bayerischen Kurfürsten um Beistand für Euch oder zumindest eine Vermittlertätigkeit zu bitten."
Vialardi hatte seine Vorschläge sehr ruhig und besonnen vorgetragen, doch obwohl der Herzog von Mantua aufmerksam zugehört hatte, ließ er sich nicht von seinem Kurs abbringen.
„Das klingt alles gut und schön, wird aber überhaupt nichts bewirken. Das ewige Gerede zwischen den Fronten! Und bedenkt dazu noch den Zeitverzug – ehe ich eine Antwort aus Sachsen erhalte, sind bereits schon wieder vier Wochen ver-

gangen. Vier Wochen, in denen ich ohne Margarita bin und die Schmach dieser Kränkung weiter erdulden muss. Wahrscheinlich ist sie dann schon längst offiziell seine Mätresse geworden und hurt in seinem Bette!"

„Aber Durchlaucht! Wir können doch jetzt nicht wegen einer Sängerin über die Alpen nach Norden vordringen und in Sachsen einfallen. Die ganze Welt wäre gegen uns!"

„Ludwig XIV. wird mir beistehen, und dann werden diese ständigen Brüskierungen mir gegenüber wenigstens endlich aufhören. Ich bin doch kein Narr, über den man lustige Liedchen singt!"

„Durchaus nicht, Durchlaucht. Doch dürfte ich noch zu bedenken geben, dass Ihr die Familie der Salicola gefangen haltet, und wir damit über ein entscheidendes Druckmittel verfügen? Wir könnten Margarita mit der Ermordung ihrer Familie oder zumindest mit Folter drohen – das wird sie sicher umstimmen und zu einer baldigen Rückkehr bewegen."

„Das ist das erste Vernünftige, was Ihr am heutigen Tag von Euch gegeben habt, Vialardi. Angiola und diese unsäglichen alten Salicolas habe ich ja völlig vergessen!"

Der Herzog ging nachdenklich zum Fenster und blickte hinaus. „Margarita liebt ihre Familie über alles, und falls Francesco tatsächlich tot sein sollte, wird sie alles dafür tun, um den Rest ihrer Familie zu schützen. Brillanter Einfall, mein Guter!" Er drehte sich wieder um und klopfte seinem Staatsminister anerkennend auf die Schulter, nahm einen Becher Wein vom Tisch und war plötzlich bester Stimmung. „Ich sage Euch, wie wir es machen werden. Euer Bruder reist inkognito nach München, vielleicht sogar als französischer Gesandter. Wir nennen ihn ‚Comte de Berla'", der Herzog musste selbst über seinen gescheiten Einfall lachen, „in München wird er sich beim bayerischen Kurfürsten als Vermittler des französischen Hofes ausgeben und um die Gunst des Hofes bitten. Anschließend wird er als mein offizieller Botschafter unter richtigem Namen weiter nach Dresden reisen, um dort noch-

mals meine Ansprüche geltend zu machen. Niemand wird sein doppeltes Spiel bemerken. Natürlich spricht er in Dresden persönlich in einer ruhigen Minute mit Margarita und macht sie höflichst auf die Situation ihrer Familie aufmerksam. Dann werden wir ja sehen, wie sich die Primadonna entscheidet! Ihr werdet hingegen in Wien bei Kaiser Leopold I. vorstellig und wendet die Situation auch dort zu unseren Gunsten – schließlich ist unsere Familie durch meine Tante mit den Habsburgern verbunden. Und wenn wir den bayerischen Kurfürsten schon auf unserer Seite haben, kann eigentlich nichts mehr fehlschlagen!" Der Plan begeisterte den Herzog derart, dass ihm der Wein gleich viel besser mundete. Er reichte Romualdo Vialardi ebenfalls ein Glas, und gemeinsam stießen sie auf die genialen Verschwörungspläne an.
Vialardi ahnte natürlich, dass es nicht so einfach werden würde, wie der Herzog es sich jetzt gerade vorstellte, doch schien im Moment alles besser, als eine offizielle Kriegserklärung. Vialardi würde seinen Bruder nach München schicken und sich selbst schleunigst nach Wien begeben. Vielleicht konnte man auch hinter den Kulissen mit Molino oder dem Kastraten Cecchi in Venedig noch etwas ausrichten.
Vialardi trank den Becher Wein und verabschiedete sich dann eiligst vom Herzog, um die Reise sofort vorzubereiten.
Der Herzog entschloss sich indes, sofort die Gemächer der Familie Salicola aufzusuchen und sich nach ihrem Befinden zu erkundigen. Er hatte sie in den großzügigen Räumen im Gästetrakt seines Palazzo Ducale unterbringen lassen, denn niemand sollte ihm nachsagen können, dass er seine Künstler schlecht behandelte. Und vielleicht hatte Angiola auch ein wenig Lust, sich mit ihm zu vergnügen?
Er rief seinen Leibdiener Paolo Foscati, der ihm über das weiße Hemd ein Wams überzog und die Perücke richtete. Dann begab er sich gemeinsam mit ihm in den weit entfernten Gästetrakt. Der Herrschaftssitz seiner Familie umfasste über 500 Zimmer und bestand ursprünglich aus mehreren Gebäuden

und der Georgsburg, die im Laufe der Jahrhunderte miteinander verbunden worden waren. Der Herzog kannte selbst nicht alle Räume und Ecken genau und nutzte nur den mit bedeutenden Wandgemälden ausgestatteten, weitläufigen Teil der Anlage. Viele seiner fürstlichen Gäste beneideten ihn um die Fresken von Andrea Mantegna und kamen nur, um diese Gemälde zu bewundern. Doch was sollte er allein mit so viel Platz! Seine Ehe mit Anna Isabell blieb seit Jahren fruchtlos, obwohl er sie anfangs fast täglich besucht hatte. An ihm konnte die Schuld nicht liegen, weil in den letzten Jahren etliche Bastarde das Licht der Welt erblickt hatten. Leider würden diese nicht sein Erbe antreten können, und er musste sich weiter in Geduld üben. Vielleicht würde ihm ja irgendwann eine zweite Ehefrau den ersehnten Erben schenken? Oder er musste einen Bastard legitimieren. Deshalb war es eine willkommene Abwechslung, Angiola so ganz in seiner Nähe zu wissen und ihre Familie gleichzeitig als Druckmittel zum Einfangen des anderen Singvogels zu benutzen.

Durch mehrere Gänge und Galerien gelangte er in den Gästetrakt, wo er sich bei Matteo Salicola, dem Vater der Sängerinnen, melden ließ. Er trat durch eine schwere Eichentür, die mit goldenen Ranken verziert war, in einen geräumigen Saal. Die drei Gefangenen saßen an einem Tisch und vertrieben sich die Zeit mit einem Brettspiel.

Ferdinando begrüßte sie überschwänglich. „Seid gegrüßt, Signore Salicola! Ich hoffe, es gefällt Euch in meinen Gemächern, und es mangelt Euch an nichts?", fragte er den müde und alt wirkenden Schauspieler.

Matteo stand mit seiner Frau Laura und Angiola auf und verbeugte sich vor dem eingetroffenen hohen Gast. „Wir freuen uns, dass Ihr endlich den Weg zu uns gefunden habt und wir die Möglichkeit erhalten, ein paar Worte mit Euch zu wechseln."

„Nur zu, wenn Ihr etwas auf dem Herzen habt, so sprecht es aus! Ihr müsst wissen, dass ich bestrebt bin, Euren Aufenthalt hier so angenehm wie möglich zu gestalten."

„Durchlaucht, wir verstehen nicht, warum Ihr uns hier ohne jeglichen Grund gefangen haltet und bitten um unsere augenblickliche Freilassung."

„Aber mein lieber Salicola, wer spricht den hier von Gefangenschaft? Ich habe Euch lediglich zu Eurem Schutz in meine Gemächer bringen lassen. Und wahrlich – es mangelt Euch doch hier an nichts, Ihr werdet fürstlich beherbergt und verköstigt! Ihr solltet dankbar sein für die Großzügigkeit, die ich Euch und Euren beiden Damen erweise."

„Ist es denn absehbar, wie lange wir hier bleiben müssen?"

„Das hängt ganz von Eurer ältesten Tochter Margarita ab. Sobald sie wieder in Mantua eintrifft, kann ich Eure Familie glücklich wieder vereinigen." Um seinen Mund spielte ein falsches Lächeln, das besonders Angiola nicht verborgen blieb.

„Wie Ihr wisst, weilt Margarita nicht mehr in Italien. Sie ließ uns einen Brief zukommen, in dem sie schreibt, dass unser Sohn Francesco bei einem Unglück in den Bergen ums Leben gekommen ist", entgegnete Matteo.

„Davon hörte ich bereits aus anderer Quelle und möchte Euch mein aufrichtiges Beileid ausdrücken."

„Sie schreibt außerdem, dass sie nicht versteht, warum Ihr Ansprüche auf sie erhebt. Schließlich hätte sie, wenn Ihr gestattet dies zu erwähnen, keine Besoldung von Euch erhalten."

Ferdinando schluckte seine Wut herunter, obwohl geschliffene Dolche auf seiner Zunge lagen. Natürlich ließ er ihr keine Besoldung zukommen – wofür auch? Doch er hatte ihre Unterkunft in Venedig bezahlt, die teuren Kleider und Perücken, und er hatte ihr die eine oder andere Gefälligkeit erwiesen.

„Da sprecht Ihr die Wahrheit, mein lieber Salicola. Doch wie Ihr wisst, habe ich viele Kosten für Eure Töchter und Euch übernommen und verlangte dafür im Gegenzug nur ein wenig Respekt und Loyalität. Beides Forderungen, die von Margarita aufs Schändlichste übergangen worden sind. Offiziell seid

Ihr alle Künstler des mantuanischen Hofes. Und deshalb darf sie ohne meine Erlaubnis keine neuen Verträge aushandeln und Italien nicht verlassen. Ich bestehe deshalb auch auf ihrer sofortigen Rückkehr an meinen Hof. Es handelt sich hier nicht mehr um eine kleine Unstimmigkeit, sondern um eine Staatsaffäre. Deshalb werde ich Euch auch weiterhin hier im Palazzo wohnen lassen, um deutlich zu machen, wie ernst mir die Lage ist!"

„Ihr haltet uns weiter gefangen, Durchlaucht?"

„Bis diese Affäre endgültig geklärt ist, ja. Doch Ihr dürft Euch hier im Gästetrakt frei bewegen, könnt den Garten benutzen und natürlich auch eifrig Briefe schreiben. Ich bin kein Unmensch und werde Euch auch nicht von der Außenwelt isolieren. Ich gestatte sogar, dass Ihr Gäste empfangt, doch müssen sich diese vorher bei mir anmelden."

Matteo wusste, dass er im Moment keinerlei Möglichkeiten hatte, dem Herzog zu widersprechen. Er hatte in Venedig die Verträge für seine Tochter unterschrieben und ahnte, dass allein diese Tatsache ausreichen würde, um den Herzog endgültig zur Weißglut zu treiben. Deshalb musste man jetzt einen kühlen Kopf bewahren, sich in sein Schicksal fügen und abwarten, wie sich die Affäre weiter entwickeln würde. Sollten sie jemals wieder freikommen, wäre seine Familie durch die vertraglich vereinbarte Pension aus Sachsen abgesichert und er würde die Unterstützung des Herzogs von Mantua nicht mehr benötigen. Doch dazu mussten sie diese Affäre erst einmal überleben.

„Wir danken Euer Durchlaucht für Euer respektvolles Verhalten und werden uns in unser Schicksal fügen. Möge Gott Euch die Geduld schenken, die richtigen Entscheidungen zu treffen", entgegnete er mit fester Stimme.

„Ich werde Euren Rat beherzigen, mein guter Salicola. Doch nun wünsche ich mir auch ein kleines Schauspiel! Vielleicht könntet Ihr ein Stück von Shakespeare aufführen oder zumindest heute Abend in verteilten Rollen für mich lesen? Wie wäre es mit Romeo und Julia? Das spielt doch hier in Mantua! Ihr wisst, wie sehr mich diese Ruhe hier anödet, und deshalb solltet wenigstens Ihr mir ein wenig Abwechslung in meinen trostlosen Alltag bringen."

Der Herzog wandte sich zur Tür. „Angiola, Ihr folgt mir sofort!", sagte er nun in strengem Tonfall, der keinen Widerspruch duldete.

Gemeinsam mit ihr verließ er den Raum und ließ hinter sich die Tür mit einem großen Krachen ins Schloss fallen. Die Wachtposten nahmen Haltung an und ließen keinen Zweifel an ihrer Loyalität gegenüber dem Herzog aufkommen. Damit war eine Flucht für die Salicolas unmöglich.

Mit Angiola wandte er sich jetzt in einen anderen Trakt des Palazzos. Sie folgte ihm zögerlich durch die langen Gänge, da sie eine drakonische Strafe für ihr Verhalten und ihren Fluchtversuch in Venedig erwartete. Natürlich hatte sie viel über ihr Verhältnis zu Ferdinando und auch zu Margarita nachgedacht. Niemals hätte sie geahnt, dass sich alles so entwickeln würde und ein solches Unglück daraus entstehen könnte. Nun war Giulio Mazzolini grausam ermordet worden, und auch ihr geliebter Bruder Francesco hatte sein Leben verloren. Wo sollte das nur alles hinführen? Und vor allem – was wollte der Herzog noch von ihr? Wollte er sie noch weiter demütigen und verletzen?

In der Georgsburg führte er sie in einen hohen Raum, der sich in einem der vier Ecktürme befand und in dem sie nie zuvor gewesen war. Das Zimmer war über und über bemalt, und von der Decke grüßte sogar eine Schar junger Engel, die sich über ein Balkongeländer beugte. Angiola staunte angesichts der überwältigenden Täuschung dieser Bilder. Sie wirkten so plastisch und echt, dass sie glaubte, direkt in den Himmel zu schauen. Viele Augen blickten sie an und schienen ihr eine Geschichte erzählen zu wollen, die sie nicht verstand. Der Herzog nahm ihren Arm und zog sie direkt in die Mitte des Raumes, um mit ihr in die Höhe zu blicken.

„Sieh Angiola, immer wenn ich hier bin, denke ich, dass mich von dort oben die Seelen meiner ungeborenen Kinder anblicken. Sie schauen mahnend auf mich, weil sie nicht zur Welt kommen können. Ihr ahnt nicht, wie es wirklich in meinem Inneren aussieht und wisst nichts über mein Leben. Deshalb solltet Ihr auch nicht so vorschnell über mich urteilen." Seine Stimme klang einfühlsam und bedächtig. „Dieser Raum wurde einst von meinen Vorfahren ausgestaltet und sollte den ewigen Fortbestand der Dynastie der Gonzagas herbeiführen. Doch wo stehen die Gonzagas jetzt? In meiner Linie bin ich der letzte Nachkomme, und der Leib meiner Gemahlin wird nicht mit Früchten gesegnet und scheint vertrocknet. Könnt Ihr Euch vorstellen, was das für mich bedeutet? Wieviel Wut und Verzweiflung mich das kostet? Ich bin diese Allianz mit Ludwig XIV. nur eingegangen, um nicht von den anderen italienischen Fürstentümern verschluckt zu werden, die schon wie Wölfe vor den Toren Mantuas lauern, um mein Land unter sich aufzuteilen! Und für dieses Bündnis werde ich nun von den Italienern noch mehr gehasst und geschnitten. Deshalb widme ich meine ganze Kraft und Vitalität der Kunst und der Musik, weil nur diese beiden Dinge wahren Fortbestand haben werden – genau wie diese Malereien hier. Alles andere wird vergehen. Versteht Ihr mich, Angiola? Ich glaube an die Macht der Kunst, und deshalb habe ich Euch und Eure Familie unterstützt. Dafür erwartete ich nur ein wenig Respekt. Und Eure Schwester, deren körperliche Verweigerung ich stets mit Zurückhaltung akzeptiert habe, hintergeht mich so schändlich, indem sie sich einfach dem Feind an den Hals wirft. Wie würdet Ihr in meinem Falle reagieren?"
Angiola kannte den Herzog nicht in einer solch melancholischen Stimmung und wusste nicht, wie sie ihm jetzt begegnen sollte. Sie blickte ihm direkt in die Augen, um souverän zu wirken. „Durchlaucht, ich war mir immer meiner Position an Eurem Hofe bewusst, habe Euch immer treu gedient und mich nie Eurem Drängen verwehrt, doch wenn Ihr mir oder

meiner Familie Schmerz zufügt, möchte ich mich schützen und ziehe mich zurück. Ihr habt Mazzolini töten lassen, und Margarita wäre fast durch Euer Zutun geschändet worden. Wie könnt Ihr dann erwarten, dass ich Euch weiter ergeben bin?"

Sie schätzte die Wirkung ihrer Worte ab, doch er blickte scheinbar durch sie hindurch. „Ich habe Angst, Ferdinando. Angst vor Euch und Eurem ungestümen Wesen", fuhr sie deshalb fast flüsternd fort.

Als sie diese Worte ausgesprochen hatte, begriff er langsam, was er diesem Wesen angetan hatte. Sie war in seiner Nähe nur noch ein Schatten ihrer selbst, und er hatte sie fast gebrochen. Dadurch hatte diese Frau eigentlich jeglichen Reiz für ihn verloren, und er fühlte neben seinem wieder stärker werdenen Triumphgefühl auch so etwas wie Mitleid in sich aufsteigen. Am liebsten hätte er sie in die Arme genommen, doch sein Stolz hielt ihn zurück. „Angiola, meine Liebste, Ihr sollt doch keine Angst vor mir haben. Ich fordere lediglich Gehorsam. Und auch ich werde künftig versuchen, Euch mit mehr Respekt zu begegnen", entgegnete er vielleicht einen Moment zu vorschnell.

„Könnt Ihr nicht großzügig sein und Margarita ziehen lassen?", fragte Angiola darauf zögerlich.

„Margarita! Immer geistert dieses Weibsbild durch alle Köpfe! Ich bin der Herzog von Mantua, und meinen Wünschen widersetzt man sich nicht so einfach! Margarita hat jeglichen Boden unter den Füßen verloren und muss ihre Lektion erst noch lernen. Sie hat sich mir verweigert, obwohl ich ihr ungeahnte Lust geschenkt hätte. Bis heute kann ich nicht verstehen, warum sie sich so völlig von der körperlichen Liebe fernhält, obwohl sie schon über zwanzig Lenze zählt."

„Sie will sich doch nicht der körperlichen Lust verweigern, Ferdinando. Sie hat sich nur Euch verweigert, weil ie mich nicht verletzen wollte." Dieser Satz überraschte den Herzog. Er hatte nie in Erwägung gezogen, dass Margarita im Interes-

se ihrer Schwester auf ihn als Liebhaber verzichtet hatte. Diese Erklärung wirkte so einfach und simpel, dass sie ihn augenblicklich überzeugte. Hatte er Margarita gar Unrecht getan? Fast bereute er, dass er die Vergewaltigung in Auftrag gegeben hatte. Dieser Überfall hätte sie mit einer deutlichen Lektion bändigen und zur Vernunft bringen sollen, damit sie sich danach hilfe- und schutzsuchend an ihn wenden würde. Doch leider war der Überfall missglückt und auch der zweite Versuch, ihr Angst einzuflößen und sich an ihr mit einer hübsch drapierten Leiche zu rächen, hatte nicht dazu geführt, dass sie sich furchtsam in seine Arme geflüchtet hatte, sondern im Gegenteil – sie war vor ihm geflohen. Dabei wollte er diese Frau unbedingt haben! Sie schien ihm schöner und klüger als alle Frauen, mit denen er je das Bett geteilt hatte. Und mit großer Sicherheit war sie in jeder Hinsicht eine wahre Künstlerin. Ganz Venedig hatte ihr zu Füßen gelegen, und er hatte sich nur gewünscht, dass sie auch zu seinen Füßen liegen würde. Denn seit Langem war er auf der Suche nach der besonderen Frau, die ihn nicht nach wenigen Wochen langweilen würde – eine Frau, mit der er die geistige und die körperliche Liebe teilen konnte, eine Frau, die ihn täglich neu faszinierte und die seine Seele und seinen Körper völlig gefangennahm. Seine bisherigen Geliebten hatten ihn alle enttäuscht. Ziemlich schnell hatte er die Kontrolle über sie bekommen und war ihrer überdrüssig geworden.
Während er über all dies nachdachte, fiel sein Blick wieder auf Angiola, die ihrer Schwester sehr ähnlich sah und ihn abwartend anblickte. Sie war tatsächlich in ihrer Naivität in ihn verliebt und hatte es schon so lange mit ihm ausgehalten. Eigentlich war er von ihr gesättigt, und doch wollte er mit einem Mal einfach nur schwach sein und in ihren Armen alles vergessen. Seit Venedig waren viele Tage vergangen, und er hatte seitdem bei keiner Frau mehr gelegen. Es gelüstete und verlangte ihn nach Angiola, die ihn immer noch erwartungsvoll anblickte. Er bat sie zu dem großen Alkoven, der sich an

der Seite des Raumes befand, öffnete die Tür, hob sie zu sich und zog sie langsam aus. Es war mit ihr so einfach, Lust zu empfinden und warum sollte er seinen Wünschen nicht nachgeben? So konnte er wenigstens für einen Augenblick sein eigenes Elend vergessen.
Angiola schloss hingegen die Augen und ließ es einfach wieder mit sich geschehen.

Augsburg

Kurfürst Maximilian von Bayern stand an einem der großen Fenster des Augsburger Rathauses und blickte hinaus in das Treiben der Stadt. Mit seinen zweiundzwanzig Jahren fühlte der junge Regent einen ungeheuren Tatendrang, den er schon bei den Kämpfen gegen die Türken unter Beweis gestellt hatte. Beim Anblick dieser friedlichen Stadt, die mit ihren Kirchen und Häusern so idyllisch vor dem großen Gebirge thronte, spürte er wieder diese gewisse Unruhe in sich aufsteigen, da die Osmanen noch nicht endgültig verbannt worden waren, sondern in Ungarn weiter ihr Unwesen trieben und wieder zu erstarken drohten. Es war kaum zu glauben, dass sie vor zwei Jahren vor Wien gestanden hatten und kurz davor gewesen waren, ins Herz des Heiligen Römischen Reiches vorzudringen. Deshalb weilte er jetzt seit wenigen Stunden in der freien Reichsstadt, um noch heute die Ankunft des sächsischen Kurfürsten zu erwarten, der aus Italien über Augsburg nach Dresden reisen wollte. Boten hatten ihm bereits vor Tagen die Ankunft Johann Georgs angekündigt, mit dem er gemeinsam in der Schlacht vor Wien gegen die Türken gekämpft hatte. Die Bedrohung durch das Osmanenheer hatte die Reichsfürsten vereint, obwohl sie von unterschiedlicher Konfession waren.
Maximilian schätzte den Sachsen, weil er ein Mann von Ehre war und verstand, was wirklich wichtig war. Und im Moment

stand der Schutz der christlichen Lande vor der Bedrohung der Mondsichel an erster Stelle. Er konnte sich noch gut an die Gesichter der türkischen Barbaren erinnern, die wie wilde Tiere gekämpft hatten. Wie Pulver waren unter ihren Händen die Stadtmauern der Kaiserstadt zerbröselt, und die Dörfer, durch die die Turbanträger gezogen waren, existierten danach nicht mehr.

Das lag nun alles weit hinter ihnen, doch die Osmanen wurden wieder stärker. Auch im Westen wuchs mit Ludwig XIV. unaufhörlich eine neue Bedrohung heran. Genau deshalb war es gut, mit dem sächsischen Kurfürsten ein wenig zu plaudern und strategische Überlegungen anzustellen, die für alle von Vorteil wären.

Am Abend traf Johann Georg endlich mit seinem Gefolge von etwa dreißig Mann ein, und Maximilian war fast etwas enttäuscht über die kleine Reisegesellschaft. Allerdings erblickte sein wachsames Auge in der Schar von Adjutanten und Soldaten auch ein sehr hübsches, junges Frauenzimmer, das augenblicklich seine Aufmerksamkeit fesselte. „Ihr seid etwas spät, Durchlaucht. Ich rechnete schon eher mit Eurer Ankunft im herrlichen Augsburg", wandte er sich an den sächsischen Kurfürsten, während sie sich freundschaftlich umarmten.

„Gewisse Umstände erforderten unsere ungeteilte Aufmerksamkeit und ließen sich leider nicht so schnell klären", antwortete Johann Georg.

„Ihr sprecht in Rätseln, Durchlaucht. Ich hoffe doch, dass Ihr mir umgehend Bericht erstatten werdet. Wenn Ihr mir noch die Dame an Eurer Seite vorstellen würdet, wäre ich Euch zutiefst dankbar."

Maximilian konnte seine Blicke nicht von der jungen Schönheit lassen, die wenige Schritte hinter dem Sachsen stand. Sie wirkte mit ihrem blonden Haar, dem blassen Teint und den zartrosa schimmernden Lippen fast wie eine Puppe.

Johann Georg trat auf Margarita zu, die sich bescheiden im Hintergrund hielt. Er führte sie an der Hand vor den bayerischen Kurfürsten. „Verzeiht mein Versäumen, Durchlaucht. Darf ich Euch die italienische Primadonna Margarita Salicola vorstellen, die ich eben aus Venedig mitgebracht und in meine Dienste genommen habe."

„Da habt Ihr ja einen vortrefflichen Fang gemacht!"

Maximilian wandte sich in perfektem Italienisch an Margarita: „Es freut mich unendlich, Euch kennenzulernen, Signorina. Eure Anwesenheit in meiner Nähe bringt Licht in die Betrübnis düsterer Tage."

Margarita knickste tief. „Die Freude ist ganz meinerseits, Durchlaucht", erwiderte sie zurückhaltend.

Der bayerische Kurfürst war im Gegensatz zu Johann Georg ein hochgewachsener, schlanker Mann und um einige Jahre jünger als der Sachse. Er trug eine helle Allongeperücke, die ihn noch größer wirken ließ. Seine Umgangsformen und Manieren schienen vollendet, und Margarita hegte sofort große Bewunderung für diesen Jüngling, der nicht nur perfekt Italienisch sprechen konnte, sondern offenbar auch die grazilen Bewegungen eines Tänzers beherrschte.

Man begab sich hinauf in den großen Goldenen Saal des Rates, wo städtische Honoratioren den sächsischen Kurfürsten erwarteten. Da Johann Georg nicht offiziell in der Stadt weilte, sondern nur eine kurze Rast auf der Weiterreise einlegte, fiel das Festmahl nicht so ausschweifend aus, wie es üblicherweise bei Staatsgästen aufgetischt wurde. Trotzdem war Margarita vom Prunk des hohen Raumes im Rathaus und dem vielen Gold an den Wänden beeindruckt.

„Ihr werdet uns doch sicher heute Abend oder morgen noch mit einem Ständchen beehren? Wir könnten ein hübsches Orchester zusammenstellen lassen, und Ihr habt doch sicher einige Noten bei Euch?", fragte Maximilian die Primadonna.

„In einem solch prachtvollen Saal wird sie Euch sicher gern über ihre außergewöhnlichen Kunstfertigkeiten staunen lassen", antwortete Johann Georg an ihrer Stelle.

„Wenn mein Kurfürst es gestattet, möchte ich Euch gern zu

Diensten sein", antwortete sie, ohne sich tatsächlich ihrer Wirkung auf den bayerischen Kurfürsten bewusst zu sein.

Die Dienerschaft, die das Gepäck nach oben brachte, war etwas irritiert, da man nicht wusste, wo man die Sängerin einquartieren sollte. Johann Georg bestand allerdings darauf, dass sie ein Gästezimmer bekam, das direkt an seine Schlafkammer angrenzte. Er wollte auch vor dem bayerischen Kurfürsten keinen Zweifel an seinen Ambitionen aufkommen lassen und lieber gleich für klare Verhältnisse sorgen.

Die Kurfürsten verabredeten sich zum Abendwein in einem Separee, wo sie ungestört unter vier Augen und fern von jeglicher Konvention offen miteinander sprechen konnten.

„Ich hoffe, dass Ihr mit diesem außergewöhnlich schönen Frauenzimmer Euer Glück finden werdet, Durchlaucht", begann Maximilian.

„Euren begierigen Blicken nach zu urteilen, muss ich leider an der Aufrichtigkeit Eurer Wünsche zweifeln, doch ich nehme sie trotzdem gern entgegen." Beide Männer lachten sich gelöst an. „Leider stellt sich die Situation doch etwas komplizierter dar, als es vielleicht den Anschein erweckt."

Maximilian horchte auf und blickte fragend in Johann Georgs Augen. „Wollt Ihr sie denn tatsächlich in Sachsen auf einer Bühne singen lassen oder wird sie nur ein hübsches Spielzeug für Euer Bett?", fragte er keck.

„Hütet Eure Zunge, junger Mann! Ihr habt noch nicht einmal ein Eheweib, dass Euch die Lenden wärmt und wisst nicht, wovon Ihr sprecht", reagierte Johann Georg barsch.

„Mir sind sehr wohl die Gelüste zwischen Mann und Frau bekannt, und um es Euch gleich zu offenbaren – ich habe mich verlobt und gedenke noch diesen Sommer zu heiraten."

Johann Georg blickte überrascht auf. „Wer ist denn die Glückliche? Ihr habt doch nicht etwa eine Französin erwählt?"

„Ich kann Euch beruhigen, Johann Georg. Mein Verhältnis zu Frankreich ist nach der Besetzung Straßburgs deutlich abgekühlt. Die Wahl meiner zukünftigen Gattin wurde gewisser-

maßen vom Kaiser selbst getroffen, der mir die Hand seiner
16-jährigen Tochter Maria Antonia als Dank für meine militärischen Leistungen angeboten hat. Eine solche Ehre kann
ich kaum abschlagen. Ihr seid natürlich zu den Feierlichkeiten
im Juli in Wien eingeladen.“

„Dazu kann ich Euch nur gratulieren, Maximilian! Ihr verbindet Euch durch diese Heirat mit dem Kaiserhaus und gewinnt
vielleicht sogar den Anspruch auf den spanischen Thron, falls
der König von Spanien kinderlos bleiben sollte. Denn die
Kaiserin war doch, meines Wissens nach, als seine Schwester
erbberechtigt und hat nicht auf den Thron verzichtet?“

„Da liegt Ihr vollkommen richtig, mein Freund. Doch sie ist
nun schon etliche Jahre tot und noch ist es nicht soweit.“
Maximilian wurde nachdenklich. „Trotz aller Dankbarkeit gegenüber dem Kaiser beschleichen mich allerdings Zweifel an
dieser Heirat, weil ich hörte, dass Maria Antonia so unansehnlich und hässlich sei.“

„So dürft Ihr von Eurer zukünftigen Gemahlin nicht sprechen,
Durchlaucht! Sie muss doch auch gar nicht gut aussehen, sondern Euch nur gesunde Söhne gebären. Und dafür besucht Ihr
sie einfach nachts, löscht die Kerzen und vergesst, wen Ihr
unter Euch liegen habt.“

„Eure offenen Worte schätze ich immer sehr. Diese sächsische
Direktheit trifft den Nagel auf den Kopf. Nur bin ich eben ein
Ästhet und lege auch auf äußerliche Reize großen Wert – ge-
nau wie Ihr, der Ihr eine solche Perle mit nach Dresden führt.“

„Sie ist wahrlich eine Schönheit. Und erst ihr Gesang! Sie hat
mir vollkommen den Kopf verdreht! Ich konnte in Venedig
nächtelang nicht schlafen und habe an nichts anderes mehr
denken können als an sie. Und nun gehört sie offiziell zu meinem Gefolge und wird als Sängerin und Mätresse an meinem
Hofe bleiben. So könntet Ihr es später doch auch an Eurem
Hofe handhaben.“

„Ich bevorzuge Treue und Redlichkeit.“

„Treue und Redlichkeit? Schaut Euch doch nur Ludwig in

Frankreich an! Wo ist denn dort noch Treue und Redlichkeit zu finden?" Johann Georgs Worte klangen nun fast spöttisch. „Versucht einfach Euer Bestes, und wenn Euch eine hübsche Abwechslung über den Weg läuft, so seid Ihr doch in der privilegierten Lage zuzugreifen! Diese Lektion habe ich eben erst in Venedig vom Herzog von Braunschweig lernen dürfen. Allerdings müsst Ihr stets versuchen, Euch dabei keine Feinde zu machen. Gerade bin ich aus Italien vor dem Herzog von Mantua geflohen, weil er ebenfalls ein Auge auf die Salicola geworfen hat. Nun hat er mich sogar zum Duell gefordert." Johann Georg schüttelte dabei lachend den Kopf und blickte in ein verblüfftes Gesicht des bayerischen Kurfürsten.
„Er hat Euch wirklich gefordert? Mit welcher Begründung?"
„Die Salicola hätte in seinen Diensten gestanden, und der Herzog forderte deshalb für ihre unrechtmäßige Entführung Satisfaktion."
„Für eine Sängerin?" Jetzt begann auch Maximilian aus vollster Kehle lauthals zu lachen und prustete fast den edlen Wein aus. So etwas hatte er noch nie gehört, und eine derartige Idee konnte auch nur von einem heißblütigen Italiener stammen. „Hat er denn völlig den Verstand verloren?"
„Ich fürchte nicht. Momentan entwickelt sich meine Beziehung zur Salicola zu einer Staatsaffäre. Meine Boten berichten mir grausame Dinge aus Venedig, wo der Herzog alle abschlachten lässt, die uns bei der Flucht geholfen haben."
Maximilian wirkte ernsthaft betroffen. Hatten sie nicht schon genug Probleme mit den Türken? Wie konnte dann ein so einflussreicher, stattlicher Herrscher wie der Herzog von Mantua so unangebracht überreagieren?
Als hätte er die Gedanken des bayerischen Kurfürsten gehört, sprach Johann Georg weiter: „Der Herzog von Mantua erfreut sich in Italien nicht sonderlicher Beliebtheit, seit er einen Geheimvertrag mit Ludwig XIV. abgeschlossen hat und ihm die Festung Casale überließ. Wie Ihr wisst, habe ich gerade sehr viel Geld mit meinen Soldaten in Venedig verdient und zog

damit wiederum seinen Neid und seine Missgunst auf mich. Die Salicola ist so sicher nur der Anlass, aber keinesfalls die Ursache des Konfliktes mit Mantua."

„Das klingt logisch. Doch wie wollt Ihr nun weiter vorgehen?"

„Natürlich werde ich gar nichts tun. Fürsten duellieren sich nicht, und außerdem habe ich einen rechtmäßigen Vertrag mit der Salicola, der von ihrem Vater und ihr selbst unterzeichnet wurde. Der Herzog kann hingegen nichts Schriftliches vorweisen. Wahrscheinlich wird es nicht lange dauern, bis auch bei Euch ein mantuanischer Agent anklopft und um Einflussnahme auf meine Person bittet."

„Ihr wisst hoffentlich, auf wessen Seite ich stehen werde. Ihr könnt Euch absolut auf meine Loyalität verlassen, zumal, wenn es sich um ein solch bildschönes Exemplar holder Weiblichkeit handelt. Habt Ihr sie denn schon Eure Männlichkeit spüren lassen?"

„Mein junger Freund, Ihr seid auch nicht zimperlich und kommt direkt zur Sache…" Johann Georg stellte den Wein ab und atmete tief durch. „Bis jetzt haben wir uns auf Tändeleien beschränkt. Sie nützt mir ja schwanger nichts. Ich will sie doch auch singen hören, und zwar ständig."

„Aus Angst vor einer Schwangerschaft teilt Ihr nicht das Bett mit ihr?"

„Bei jeder anderen Frau wäre es mir egal. Doch glaubt mir, ich habe sie singen gehört, und es war, als ob sich der Himmel vor mir geöffnet hätte! Außerdem habe ich schon so viele Gebärende sterbend schreien hören – so etwas muss nicht jede Frau erleben, und vor allem nicht eine Frau, die mit einer derartigen Stimme gesegnet ist. Ihr werdet sie ja morgen erleben und könnt mich dann hoffentlich besser verstehen."

„Ich bin sehr gespannt, wie lange Ihr Euch beherrschen könnt", antwortete Maximilian nun seinerseits etwas spöttisch.

Die beiden Herrscher plauderten noch etwas, während sie eine Partie Schach spielten. Johann Georg forderte von dem bayerischen Kurfürsten vor allem die Erlaubnis, dass seine Soldaten auf dem Weg nach Venedig durch bayerisches Gebiet marschieren konnten. Er wusste, dass viele Fürstentümer nur ungern einem solchen Unterfangen zustimmten, da die meisten Soldaten immer auch Sorgen und Probleme mitbrachten und sich nicht zu benehmen wussten. Doch Johann Georg versicherte Maximilian, dass die Sachsen sich gesittet verhalten würden und ein eventuell entstehender Schaden schnell beglichen werden würde. Der junge Bayer hielt es aus strategischen Gründen für richtig, in diesem Punkte dem Sachsen entgegenzukommen, und so einigten sie sich bei Brettspiel und Wein über eine geplante Marschroute der Soldaten. Zu später Stunde gingen beide zufrieden zu Bett.

Johann Georg hielt es allerdings nicht lange in seinem Gemach aus. Die räumliche Nähe zum langersehnten Objekt seiner Begierde wirkte zu verlockend auf ihn, sodass er keinen Schlaf finden konnte. Nachdem Miltitz das Schlafgemach verlassen hatte, begab sich Johann Georg zur Tür des daneben liegenden Gästezimmers, klopfte vorsichtig an und wurde von einer überraschten und doch schon wartenden Margarita eingelassen.

Sie wusste, warum er gekommen war. Auch sie hatte den ganzen Abend sehnsüchtig an ihn gedacht und konnte vor innerer Aufregung und Erwartung keinen Schlaf finden. Er war ihr hier so nah und schien ihr als Kurfürst trotzdem so fern. Während der Reise nach Augsburg hatte sie sich mit seiner neuen Identität arrangieren müssen und begriff nun, welche Bedeutung Johann Georg im politischen Weltgefüge spielte. Der Streit von Ehrenberg schien dadurch ganz vergessen.

Er schloss die Tür zu ihrem Zimmer leise hinter sich, trat ein und blickte voller Staunen auf Margarita. Ihr langes, goldenes Haar fiel offen und wellig über ihren alabastergleichen Körper, der nur von einem leichten, seidigen Nachthemd bedeckt war. Ihr Duft betörte alle seine Sinne, und wie von einer fremden Macht getrieben, berührte er sie überall und begann sie zärtlich zu küssen.

„Ihr müsst wissen, dass ich noch nie bei einem Mann gelegen habe", sagte sie fast zögerlich flüsternd. Johann Georg hielt inne und dachte kurz an den Überfall im Theater, wo sie demnach wirklich nicht geschändet worden war. Bei Kerzenschein blickte er in ihre dunklen Augen. „Ihr habt Euch immer für einen Gatten aufgespart, Signorina?"

„Nein, oder vielleicht auch – ja. Ich wollte immer singen und ein Mann hätte doch nur Probleme bedeutet. Und auch ein Kind steht meinem Leben auf der Bühne entgegen."

„Das sind Gedanken, die ich durchaus nachvollziehen kann. Doch eine Frau wie Ihr sollte nicht ohne Liebe leben. Und Ihr wisst, wie sehr ich Euch begehre."

Er küsste sie nochmals sanft auf den sinnlichen Mund, und sie erwiderte sein sehnsüchtiges Verlangen. Bevor er völlig den Verstand zu verlieren schien, wollte er ihr jegliche Ängste nehmen. „Ihr habt einen Vertrag als Sängerin mit mir, Margarita. Und auch, wenn Ihr ein Kind von mir tragen solltet, wird sich daran nichts ändern. Ich werde für Euch und das Kind sorgen, weil es ein Zeichen unserer Liebe sein wird und nicht das Ergebnis irgendeiner dynastischen Verbindung."

Obwohl Margarita eine gewisse Erleichterung verspürte und Johann Georg ihr damit jede Sorge abnahm, so fürchtete sie sich trotzdem vor dem tatsächlichen Moment der Vereinigung. Sie hatte so vieles darüber von Angiola und anderen Frauen gehört und wusste nur, dass es nicht immer schön und angenehm für Frauen war, sondern auch sehr schmerzhaft sein konnte. „Ich habe etwas Angst, Giovanni", flüsterte sie fast.

„Ihr braucht keine Angst zu haben. Ich werde so sanft wie möglich zu Euch sein."

Seine Lippen glitten über ihren Körper, bis sich ihre Münder wieder in einem Kuss voller Leidenschaft vereinten. Er hob sie mit seinen starken Armen hoch und legte sie behutsam auf

das große Bett, während er sie weiter küsste und liebkoste. Langsam entkleidete er sie, bis sie völlig entblößt in ihrer ganzen weiblichen Schönheit vor ihm lag.
Beim Anblick ihres göttlichen Körpers überkamen ihn fast Freudentränen, und sein Begehren steigerte sich ins Unermessliche. Voller Zärtlichkeit streichelte er ihre Haut, die unter seinen Berührungen bebte, und bedeckte sie mit Küssen. Ihr Körper wand sich immer stärker unter seinem Verlangen und schien ihm wie eine reife Frucht entgegenzustreben. Nun streifte auch Johann Georg sein Nachtgewand ab. Haut an Haut fühlte sich alles so richtig, so warm und vollkommen an, dass beide die Nähe des anderen nie mehr verlieren wollten.
Johann Georg, der lange versuchte, sich zurückzuhalten, legte sich behutsam auf sie, blickte in ihre Augen und sah darin ihre unbändige Sehnsucht nach ihm. Ihre Hüften suchten seine Männlichkeit, und er war überrascht, wie stark sie nach ihm drängte. Gefühlvoll und langsam drang er in sie ein und spürte die Enge ihres jungen Leibes. In ihren Augen las er Verwunderung und auch ein wenig Schmerz, der sie zu einem kleinen Aufschrei brachte. Margarita, die sich wie im Rausch ihrer Gefühle befand, spürte den leichten Stich zwischen ihren Beinen. Doch trotz des Schmerzes war ihre Hitze so groß, dass sie ihn ganz in sich aufnehmen und nie wieder diese ungeahnte Nähe und Wärme missen wollte. Völlig überwältigt von ihren Empfindungen zog sie ihn näher an sich und genoss seine stärker werdenden Bewegungen, die immer tiefer in ihrem Körper schwollen. Beide gaben sich ganz der Leidenschaft hin und spürten eine Lust, die sie auf den Wogen der Liebe in ungekannte Sphären trug. Der Puls des Lebens vereinte sie in einem rhythmischen Beben, das unaufhaltsam über sie hinwegrollte. Es fühlte sich so vollkommen an, dass sie alles um sich herum vergassen – es gab nur noch sie und ihn.
In einem erlösenden Moment der Ewigkeit ergoss er sich in sie, und ihn ergriff eine Glückseligkeit, die er nie zuvor ge-

kannt hatte. Margarita war nun ganz die Seine – sie war jetzt seine Frau geworden! Er küsste sie voller Staunen über das eben Erlebte und verharrte weiter in ihrem Leibe, während er vorsichtig auf sie niedersank, um sich auszuruhen. Sein Gewicht schien sie fast zu erdrücken, doch sie genoss die allumfassende Nähe und den Schutz seiner starken Arme.
Margarita war völlig überwältigt von der Macht und Gewalt der körperlichen Vereinigung und wollte am liebsten weinen. Fast fühlte sie durch die Stärke ihrer Empfindungen eine leichte Übelkeit, die sie dazu zwang, innezuhalten und sich zu beruhigen. Zwischen ihren Beinen floss etwas aus ihr heraus, doch sie wusste aus Erzählungen ihrer Schwester, dass dies ein Zeichen für den Vollzug des Aktes war. Nie mehr wollte sie sich aus der Umarmung mit Johann Georg lösen. Er legte sich nun langsam neben sie und streichelte sie sanft weiter.
„Ihr habt mir soviel Lust bereitet, Margarita. So etwas habe ich nie zuvor erlebt."
Margarita wagte es kaum zu sprechen, so gefangen war sie noch in den Empfindungen des Erlebten.
„Hat es Euch denn gefallen, meine liebste Primadonna?", fragte er zaghaft, während er sie weiter liebkoste.
„Ich weiß kaum, was ich sagen soll. Mir ist heiß und kalt zugleich, und die Erde scheint sich um mich herum zu drehen."
Johann Georg küsste sie wieder zärtlich auf den Mund. Dieses Gefühl der tiefen Geborgenheit und Vertrautheit kannte er von keiner Frau. Es bestärkte ihn in seiner Überzeugung, dass Margarita für ihn geschaffen worden war. Sie gehörte zu ihm wie sein rechtmäßiges Weib, und so wollte er sie auch behandeln.
Lange lagen sie so aneinander geschmiegt und berührten sich voller Liebe, bis beide vor Erschöpfung einschliefen.
Als Margarita am nächsten Morgen in den Armen Johann Georgs erwachte, vermeinte sie noch zu träumen. Sie hatte zum ersten Mal seit vielen, vielen Nächten tief geschlafen, obwohl sie noch nie mit einem Mann die Bettruhe geteilt hatte.

Doch vielleicht lag gerade darin der Sinn – sie fühlte sich unendlich geborgen und sicher und spürte, dass sie zu diesem Mann gehörte.

Er öffnete seine Augen und blickte verschlafen in ihr strahlendes Antlitz. Sie lag immer noch in ihrer vollkommenen Nacktheit neben ihm und ihre Wangen zierte eine leichte Röte. Johann Georg bemerkte augenblicklich, wie sein Begehren wieder erwachte. Ohne ein Wort zu sagen, strich er ihr liebevoll die Locken aus dem Gesicht und küsste sie wieder innig. Sie erwiderte sein Verlangen und öffnete sehnsuchtsvoll erneut ihre Schenkel, um ihn nochmals leidenschaftlich zu empfangen.

Johann Georg konnte sich erst von ihr lösen, als die Türmer schon lange zum Morgen geblasen hatten. Er stand auf und wandte sich zum Gehen. Sein Kammerherr von Miltitz würde ihn sicher schon vermissen und mit der Garderobe für den heutigen Tag aufwarten. Als er aufstand, sah er, dass das Laken blutbefleckt war. Jetzt wusste er sicher, dass er tatsächlich der erste Mann an Margaritas Seite gewesen war und hoffte insgeheim, dass er auch immer der einzige bleiben würde, da er sonst vor Eifersucht vergehen müsste.

Den Tag verbrachten beide gemeinsam in den Straßen von Augsburg, wobei sie von einigen bewaffneten Dienern diskret begleitet wurden. Die Stadt war bekannt für ihre hochwertigen Stoffe und die außergewöhnlichen Juwelierarbeiten. Margarita besaß nun schon eines der schönsten Colliers, die man einer Frau überhaupt schenken konnte. Da dieses aber zu wertvoll war, um es auf den Straßen einer Stadt zu tragen, kaufte Johann Georg seiner Geliebten als Andenken an ihre erste gemeinsame Nacht ein fein gearbeitetes Goldkettchen mit dunklen Rubinen, das wunderbar zu dem Ring passte, den sie schon am Finger trug.

Sie genossen es, gemeinsam durch die Gassen zu schlendern und einen Ort zu entdecken, den Margarita nicht kannte. Alles sah hier anders aus als in Italien. Die kleineren Häuser waren größtenteils aus Holz errichtet und besaßen eine andere Form. Margarita fiel auf, dass die Giebelseiten der Häuser mit spitz zulaufenden Dächern an den Straßen standen, wohingegen sich in Italien meist eine gerade Fläche ohne Dach dem Betrachter zuwandte. Sie staunte über Menschen, deren Gesichter heller wirkten und die eine andere Kleidung als die Venezianer trugen.

Im Zentrum der Stadt thronte die große Basilika, die man weithin sehen konnte und in der sich das Grab der Heiligen Afra befand. Margarita trat allein in den großen Kirchenraum und ließ den protestantischen Johann Georg mit den Wachen auf dem Platz vor der Kirche zurück. Der Geruch nach Weihrauch und die hohen Gewölbe des gotischen Baues ließen Margarita augenblicklich ruhiger werden. Sie bekreuzigte sich mit Weihwasser, während sie sich tief verneigte, und wandte sich anschließend in ihren wallenden Gewändern in den Kirchenraum. Das Knistern ihres Kleides hallte bei jedem ihrer Schritte im Raume wider. Vor dem Hochaltar kniete sie nieder und sprach ein langes Gebet für Ihren Bruder, dessen Seele Ruhe finden sollte. Auch für das Wohl ihrer Eltern, ihrer Schwester und für sich selbst bat sie mit flehentlichen Worten.

Als sie wieder ins Freie trat und Johann Georg im Lichte der Mittagssonne vor sich stehen sah, wusste sie, dass jede ihrer Entscheidungen richtig gewesen war.

Er hatte seinen Fuß nicht in das katholische Gotteshaus gesetzt, weil ihm die Anbetung von Heiligen grundsätzlich zuwider war und der lutherischer Glaube fest zu seinem Leben gehörte, doch er ließ Margarita gewähren, weil er wusste, dass sie in Sachsen kaum eine katholische Kirche finden würde.

Am Nachmittag kehrten sie in das große Rathaus zurück, wo der bayerische Kurfürst ungeduldig auf sie wartete. Ein Blick auf die leicht errötete Margarita und ihre neue Kette verrieten ihm, was er ohnehin schon von seinen Dienern wusste

– der Sachse hatte sich entgegen seiner gestrigen Behauptung doch nicht beherrschen können und die letzte Nacht bei ihr gelegen. Maximilian beneidete Johann Georg um diesen Genuss und reagierte deshalb leicht gereizt, als beide so gelöst und glücklich vor seine Augen traten. „Ihr hattet wohl einen geruhsamen Tag in den Gassen der Stadt, Durchlaucht? Währenddessen geht hier alles drunter und drüber, und wir ließen schon nach Euch suchen.“

Margarita, die die Gereiztheit Maximilians spürte, reagierte auf einen Wink von Johann Georg, knickste vor dem Bayern und zog sich in ihr Zimmer zurück. Nachdem sie außer Reichweite war, wurde Maximilian deutlicher. „Wie ich sehe, seid Ihr Eurem Entschluss von gestern nicht treu geblieben, sondern hattet heute Nacht einige Freuden in Augsburger Gefilden.“

„Wie ich meine Nächte verbringe, werde ich Euch jetzt nicht erläutern, zumal es Euch en détail auch nichts angeht“, erwiderte Johann Georg mit der Autorität des Älteren.

„Es geht mich schon etwas an, sobald sich hier Eilboten aus München und Mantua einfinden. Offenbar habt Ihr die Tragweite Eurer kleinen Liaison mit der Sängerin Margarita Salicola etwas unterschätzt!“

Zwischen beiden Herrschern war eine deutliche Anspannung zu spüren. Trotz aller gegenseitigen Sympathie und einem ähnlichen Politikverständnis blieben sie doch beide als Herrscher großer territorialer Staaten Konkurrenten und Rivalen und mussten die Interessen ihres eigenen Landes im Auge behalten. Dem bayerischen Kurfürsten kam dabei ein Konflikt mit Mantua nicht gelegen. Außerdem ging es um eine außergewöhnliche Frau, deren Faszination auch er sich nicht zu entziehen vermochte. „Mein lieber Maximilian, spannt mich doch nicht so auf die Folter, sondern teilt mir unumwunden mit, was man von Euch fordert“, bat ihn Johann Georg.

„Sehr wohl, Durchlaucht. Offenbar ist ein französischer Botschafter auf dem Weg nach München, der mich in dringender

Angelegenheit sprechen möchte. Es wurde angedeutet, dass er meine Vermittlung im Konflikt zwischen Euch und dem Herzog von Mantua um die Herausgabe der Salicola wünscht. Natürlich fragte er auch nach Eurem Aufenthaltsort, der jedoch geflissentlich verschwiegen wurde. Desgleichen haben meine Spione in Venedig herausgefunden, dass sich ein mantuanischer Minister namens Vialardi auf dem Weg nach Dresden befindet, um die Salicola zurückzuholen."

Johann Georg wurde nachdenklich. Er hatte gehofft, dass der Herzog von Mantua die Angelegenheit diskret unter den Tisch fallen lassen würde, wenn die Primadonna erst außer Landes geschafft worden war. Stattdessen reagierte er wie ein beleidigtes Kleinkind und hetzte halb Europa gegen ihn auf. Sollte er das wirklich ernst nehmen?

„Ihr seht, dass dieser Hitzkopf zu allem imstande ist. Trotzdem bezweifle ich, dass Ludwig XIV. tatsächlich eingreifen wird. Vialardi ist mir bekannt, doch welcher Botschafter befindet sich denn angeblich auf dem Weg nach München?", fragte er deshalb neugierig.

„Sein Name ist Maurice Comte de Berla. Er soll direkt aus Versailles geschickt worden sein."

„Dieser Name ist mir völlig unbekannt. Vielleicht handelt es sich bei dem Botschafter um einen Agenten des Herzogs?"

„Für Spekulationen haben wir im Moment keine Zeit. Ihr solltet schnellstmöglich weiterreisen, um Euer Herrschaftsgebiet zu erreichen. Falls die Situation eskaliert und Ihr Euch auf bayerischem Boden befindet, kann sich dieses kleine Problem zu einer ernsthaften Gefahr für uns alle entwickeln."

„Ihr übertreibt, Durchlaucht. Bedenkt doch, dass es sich hier nur um eine Sängerin handelt, ein einfaches Mädchen mit hübscher Stimme, und nicht um die Gemahlin des Herzogs!"

„Offenbar ist so mancher Mann imstande, seinen Verstand zu verlieren, wenn eine hübsche Frau ihn nur recht zu betören weiß." Der leicht zynische Unterton in der Stimme des Bayern war nicht zu überhören, und Johann Georg erkannte, dass es

tatsächlich das Beste wäre, schnellstmöglich mit Margarita
nach Dresden zu reisen, um nicht auch noch den bayerischen
Kurfürsten in den Konflikt hineinzuziehen. In Sachsen mussten außerdem baldigst seine Truppen für den Krieg verab-
schiedet werden.

„Ihr müsst Euch nicht sorgen, Maximilian. Wir werden morgen nach Nürnberg weiterreisen und erreichen in wenigen
Tagen Sachsen. Es sollen Euch keinerlei Unannehmlichkeiten
drohen, da Eure ganze Aufmerksamkeit Eurer baldigen Vermählung gelten sollte."

Johann Georg verabschiedete sich kühl, ging in sein Zimmer
und ließ Polheim rufen. Ihm diktierte er sogleich einen Eilbrief nach Dresden:

*„Meine hochverehrten Herren! Mir ist soeben die Nachricht
zugetragen worden, dass der Herzog von Mantua den Conte
de Vialardi mit etlichen Briefen in gewissen Angelegenheiten
nach Dresden senden wird. Seine Briefe werden unter keinen
Umständen von Euch angenommen, sondern der Graf soll von
Woche zu Woche, von Tag zu Tag auf meine Rückkehr ver-
tröstet werden. Falls der Conte de Vialardi abreisen will, hindert ihr ihn unbedingt daran. Dafür dürft ihr alle notwendigen Mittel ergreifen, damit der Italiener keinesfalls die Stadt
verlässt."*

Polheim ließ die Feder sinken und blickte fragend auf. „Wollt
Ihr ihn tatsächlich auch gefangen nehmen lassen?"

„Wenn es notwendig wird, und er nicht bereit ist, in irgendeiner Form die Salicola in Sachsen zu belassen, sperren wir
ihn natürlich auf dem Königsstein ein. Wozu haben wir denn
diese Festung?", erwiderte Johann Georg.

„Aber Durchlaucht, einen Diplomaten festzusetzen, kann weitere Verwicklungen nach sich ziehen. Seid Ihr Euch über diese
Formulierung wirklich im Klaren?" Johann Georg wirkte
aufgebracht. „Ich bin mir absolut sicher, und Ihr schreibt, was

ich Euch diktiert habe!" Den Kurfürsten störte die gesamte Entwicklung dieser Angelegenheit. Margarita bedeutete ihm alles, doch sie war trotz allem eine junge Frau aus einfachsten Verhältnissen und sollte nicht so viel Macht auf ihn oder andere Männer ausüben, dass sie sogar in den Krieg für sie ziehen würden. Alles musste seine Verhältnismäßigkeit behalten, und diese Affäre schien etwas aus den Fugen geraten zu sein. Also lenkte er ein. „Handhaben wir es anders, Polheim, Ihr werdet selbst nach Dresden reisen und über die Causa Salicola bei Hofe berichten. Man wäre sonst wahrscheinlich wirklich zu irritiert von solchen Worten."

„Wie Ihr wünscht, Durchlaucht. Wollt Ihr nicht noch ein paar Zeilen an die Kurfürstin richten?"

„Ich wüsste nicht, was es zu berichten gäbe. Pflug müsste schon bald in Dresden eintreffen, und außerdem schrieb ich ihr bereits aus Venedig von der neuen Kammerfrau und Sängerin, die sie an unserem Hofe begrüßen wird. Ihr wisst, Polheim, dass sie meinen Affären nie besondere Aufmerksamkeit geschenkt hat, solange alles im Stillen vollzogen wurde. Reitet geschwind, Polheim, und nehmt noch zwei, drei Reiter mit!"

Der Oberkämmerer verabschiedete sich und befand sich kurze Zeit später auf der Reise nach Sachsen. Zu Pferde war er viel schneller als im Gefolge des Kurfürsten, das mit Kutschen reiste, und konnte den Hof in Dresden bestens auf die drohenden Gewitterwolken dieser Affäre vorbereiten.

Johann Georg begab sich am Abend mit Margarita in den großen Goldenen Saal, wo die Primadonna für den bayerischen Kurfürsten das gewünschte Konzert gab. Es hatten sich einige Honoratioren der Stadt versammelt, da es hier das erste Mal war, dass man ein Frauenzimmer hören konnte. Auch Maximilian hatte noch nie eine weibliche Opernstimme gehört. Er kannte bisher nur Kastraten, Tenöre, Bässe oder Knabenstimmen – doch eine Frau? Konnten Frauen überhaupt wirklich singen und schwierige Koloraturen bewältigen? Umso überraschter war er von der Schönheit der glasklaren Stimme, die aus ihrem Halse drang, der Leichtigkeit ihrer Verzierungen und der durchdringenden Kraft ihrer Klänge. Die Töne strahlten mit solch schneidender Wirkung in den Ohren, dass man meinte, dass sie von den betäubenden Klängen zerbersten könnten. So blieb man nach ihren Arien wie verzaubert und berauscht zurück und staunte über die Musik, die aus diesem zarten Körper gedrungen waren. Ihr vorteilhaftes Äußeres tat sein Übriges, sodass alle verzückt applaudierten und den sächsischen Kurfürsten um diese Sängerin beneideten. Vor allem Maximilian war so begeistert, dass er plante, die Sängerin für seine Hochzeitsfeierlichkeiten nach Wien ausleihen zu dürfen.

Margarita hingegen war einfach nur glücklich. Sie fühlte sich nach dieser ersten gemeinsamen Nacht mit Johann Georg nun ganz zu ihm gehörig und spürte eine Kraft in sich, die sie zuvor nie gefühlt hatte. Jede Faser ihres Körpers strahlte die Liebe aus, die er ihr geschenkt hatte. Und tatsächlich schien von ihr ein Leuchten auszugehen, dass vor allem der bayerische Kurfürst bemerkte und gegenüber Johann Georg spöttisch als das „Leuchten der ersten Nacht" bezeichnete. Doch davon wusste Margarita nichts. Sie spürte nur die Veränderung an sich und wollte mehr von der berauschenden Nähe fühlen, die Johann Georg ihr geschenkt hatte. Wie von einer fremden Macht gezogen, strebte ihr ganzer Körper zu seinem. Sie liebte seine außerordentliche Klugheit und Weitsicht, sein Italienisch mit sächsischem Akzent, das sie in den Gassen Venedigs zum ersten Mal gehört hatte, und sein impulsives Wesen, das sie immer wieder überraschte.

Maximilian trat an sie heran und riss sie aus ihren Betrachtungen. „Ihr habt mir heute Abend den Verstand geraubt, Signorina. Bis jetzt habe ich den Sachsen nur um Euer Engagement beneidet, doch jetzt hasse ich ihn regelrecht dafür, dass er Euch uns allen entführt hat!", sagte er voller Bewunderung und Schmeichelei.

„Eure Komplimente ehren mich, Durchlaucht."

„Wäre es Euch vielleicht möglich, mich nochmals zu beglücken und zu meiner Hochzeit im Sommer in Wien zu singen? Halb Europa wird sich an meiner Tafel mit Wein zupros-
ten, und eine Perle wie Ihr würde sicher dem Fest die Krone
aufsetzen.“

Johann Georg, der sofort an Margarita herantrat, mischte sich
ins Gespräch ein: „Die große Margarita Salicola steht im Moment nur dem sächsischen Hof zur Verfügung. Und solange
der unsägliche Konflikt mit Mantua nicht gelöst ist, werde ich
nicht von ihrer Seite weichen.“

Maximilian wandte sich nochmals an Margarita. „Schade.
Dann werde ich wohl nicht so schnell wieder in den Genuss
Eures Gesanges kommen. Wie seht eigentlich Ihr den Konflikt
mit dem Herzog von Mantua, Signorina? Der Herzog behaup-
tet, dass Ihr aus Venedig gegen Euren Willen entführt worden
wärt, doch hier habe ich einen ganz anderen Eindruck von
Euch gewinnen können…?“

Margarita überlegte jetzt genau, welche Worte sie wählte.
„Eure Beobachtungsgabe ist sehr feinsinnig, Durchlaucht. Ich
bin freiwillig dem sächsischen Kurfürsten gefolgt, da mit dem
Herzog von Mantua nur eine mündliche Absprache, aber kein
schriftlicher Vertrag existierte. Ich ging schlicht davon aus,
dass sein Interesse an mir nicht so groß sein könne, da er mir
nie offiziell einen Vertrag angeboten hat.“

„Ihr wisst, dass Ihr mit Eurem Ausflug nach Dresden halb
Europa in den Abgrund zieht? Und zugleich werdet Ihr Rase-
rei und Skandale auslösen, da man in unseren Landen noch
nie ein solch betörendes Frauenzimmer gehört hat. Zu allem
Überfluss verfügt Ihr über ein außergewöhnlich hübsches
Antlitz – verhüte Gott, dass diese Konstellation zum Krieg
führt.“

„Verhüte Gott, dass Ihr den Teufel an die Wand malt!“, warf
Johann Georg ein. „Ihr übertreibt und werdet sicher alles dafür tun, um dies zu verhindern.“

„Da sprecht Ihr Wahres. Noch morgen will ich nach München

reisen und den Comte de Berla treffen." Dann wechselte er plötzlich ins Deutsche und wandte sich nur an Johann Georg. „Wenn es sich um ein so exquisites Objekt der Begierde handelt, das ich dankbar aus nächster Nähe kennenlernen durfte, kann ich den Konflikt natürlich nachvollziehen und wünsche Euch mit diesem Geschenk holder Weiblichkeit viele genüssliche Stunden."

Nach diesen Worten wandte er sich an Margarita und küsste ihre Hand, während er ihr tief in die Augen blickte. Sie erkannte darin seine Sehnsucht, die sie nicht würde stillen können, da sie ihr Herz bereits einem anderen geschenkt hatte. Danach verabschiedete sich Maximilian von ihr und dem sächsischen Kurfürsten und zog sich von der Abendgesellschaft zurück. Unter den bewundernden Blicken der Augsburger Bürgerschaft verließ nun auch Johann Georg mit der schönen Sängerin an der Hand den prunkvollen Saal. Ihre Augen hingen sehnsuchtsvoll an ihm, und er verstand instinktiv, dass diese Nacht wieder ihrer Zweisamkeit gehören würde.

München

Maximilian reiste umgehend nach München. Der Gesang dieser Sirene und ihr Wesen hatten ihn vollkommen betört und nur mit Mühe hatte er seine eigenen Begehrlichkeiten und seinen Neid auf Johann Georg im Zaume halten können. Natürlich wusste Maximilian, dass es einen Skandal geben würde, wenn der sächsische Kurfürst eine Frau auf seiner Opernbühne agieren ließe und sie vielleicht sogar noch offiziell zur Mätresse erheben würde, doch Johann Georg war der Kurfürst von Sachsen und würde damit europaweit neue Maßstäbe setzen. Und wenn das Mädchen dazu noch so hübsch aussah, war es nur verständlich, wenn man sich ihretwegen auch noch duellierte. Leider hatte die Schöne in keiner Weise auf Maximilians Avancen reagiert, obwohl er sich rein optisch absolut im Vorteil gegenüber dem sächsischen Herrscher wähnte. Zudem war er fast gleichalt wie Margarita und nicht so feist wie der Sachse. Doch ihre vornehme Zurückhaltung hielt er für echt. Vielleicht würde er ja aber eine Möglichkeit finden, um die Sängerin doch noch nach München zu locken. In der bayerischen Residenz wartete bereits der französische Gesandte Comte de Berla auf den Kurfürsten.

Maximilian empfing ihn freundlich. Er war auf alle Eventualitäten vorbereitet und hatte sich schon einen genauen Schlachtplan zurechtgelegt, der auch für seine eigenen Belange von Vorteil wäre. „Comte de Berla, Ihr habt die weite Reise aus Versailles an unseren schönen Hof in München unternommen. Was verschafft uns die Ehre eines solchen Besuches? Bringt Ihr mir Grüße von meiner geliebten Schwester, der Dauphine?", begrüßte er den Gesandten in fließendem Französisch.

„Wie Sie es vermuten, Durchlaucht. Eure Schwester ist wohlauf und sendet Euch die herzlichsten Grüße aus dem Reich des Sonnenkönigs."

„Ich danke Euch für die vorzüglichen Grüße, die ich gern erwidere und bitte Euch nun, gleich den Kern Eures Anliegens vorzutragen."

„Wie Ihr wünscht, Durchlaucht. Der französische Hof ist über einige Entwicklungen, die sich vor kurzem in Italien abgespielt haben, sehr beunruhigt. Wir hörten, dass der sächsische Kurfürst ohne Genehmigung des Herzogs von Mantua die italienische Sängerin Margarita Salicola entführen ließ, obwohl sie bis jetzt in den Diensten des Herzogs steht. Zudem geht das Gerücht um, dass der sächsische Kurfürst die Salicola zu seiner Mätresse erhoben hat, was der Herzog von Mantua als noch größeren Affront wertet. Deshalb hat er die sofortige Rückkehr der Sängerin nach Mantua gefordert. Da dies vom sächsischen Kurfürsten bisher abgelehnt wurde und er nicht einmal bereit war, den Botschafter anständig zu empfangen, hat der Herzog Satisfaktion von Johann Georg gefordert. Auch darauf hat der sächsische Kurfürst nicht reagiert. Deshalb steht Mantua jetzt kurz davor, den Sachsen den Krieg zu erklären."

„Mein lieber Comte, das klingt ja alles sehr abenteuerlich. Eine solche Aufregung wegen einer Sängerin!"

Der bayerische Kurfürst versuchte zu beschwichtigen und blickte den Botschafter amüsiert und zugleich wohlwollend an. „Ihr müsst wissen, dass ich Gelegenheit hatte, die Salicola vor kurzem in Augsburg zu hören und dass ich durchaus verstehen kann, wenn ein Herrscher über ihren Weggang erzürnt ist. Obgleich, einen Krieg wegen einer derartigen Frau anzufangen, halte ich für völlig unverhältnismäßig. Wir stehen momentan in einem großen Glaubenskrieg mit den Osmanen, wo es um weit wichtigere Dinge als das Herz oder die Stimme eine Frau geht. Bedenkt doch, vor zwei Jahren wäre Wien fast gefallen, und jetzt wird diese Bagatelle zu einem Politikum erhoben! Doch wie dem auch sei, wie soll ich Euch denn konkret helfen?"

Der Comte de Berla, der eigentlich Carlo Vialardi hieß und direkt aus Mantua nach München gekommen war, war um keine Antwort verlegen. „Es wäre im Interesse aller Beteiligten, wenn der Konflikt auf diplomatischem Wege beigelegt werden könnte. Frankreich ist direkter Bündnispartner von Mantua und wäre im Kriegsfalle verpflichtet, ebenfalls gegen Sachsen zu ziehen. Diesen Fall sollten wir doch aufgrund der europäischen Tragweite des Geschehens zu vermeiden suchen." Vialardi machte eine kurze, bedeutungsvolle Pause. „Wir wünschen deshalb, dass Euer Durchlaucht als Vermittler zwischen Mantua und Sachsen auftreten und zur diplomatischen Lösung des Konfliktes beitragen."

Maximilian begriff die Tragweite des Streits. „Ihr könnt natürlich auf meine Hilfe zählen. Ich stehe kurz davor mich zu verehelichen und habe keinerlei Interesse daran, einen Krieg zu beginnen, zumal wir wie gesagt der Bedrohung des Halbmondes im Osten immer noch gegenüberstehen. Allerdings muss ich Euch darauf hinweisen, dass ein Duell mit dem sächsischen Kurfürsten absolut unmöglich ist. Ein Reichsfürst wird sich niemals wegen einer derartigen Angelegenheit duellieren."

„Das ist uns wohl bekannt, Durchlaucht. Doch Ihr kennt das ungestüme Wesen des Herzogs von Mantua nicht. Er ist unbezähmbar in seinem Drängen, und der Stachel der Eifersucht sitzt tief in ihm."

„Eifersucht ist kein guter Berater, wenn es um politische Angelegenheiten von solcher Dimension geht. Wir sollten alle einen kühlen Kopf bewahren. Ich könnte dem sächsischen Kurfürsten und dem Herzog von Mantua drei Lösungen anbieten, die zu überdenken wären."

Maximilian machte eine Pause und dachte scheinbar angestrengt nach.

„Wir wären äußerst dankbar für jede Hilfe, da jeder Vorschlag eines so bedeutenden Herrschers, wie Ihr es seid, viel mehr Gewicht besäße, als die Briefe, die zwischen den Höfen ausgetauscht werden", entgegnete Vialardi hoffnungsvoll.

„Darüber bin ich mir durchaus bewusst", sagte Maximilian, während er auf und ab schritt und nun seine Gedanken formulierte. „Als erstes könnte die Salicola an den mantuanischen Hof zurückkehren. Da Johann Georg das kaum dulden wird, besteht zweitens die Möglichkeit, dass der Herzog von Mantua die Sängerin zum Verkauf anbietet und eine Ablösesumme von dem Sachsen fordert. Und als drittes würde ich vorschlagen, dass die Sängerin bis zur Lösung des Konfliktes an einen neutralen Ort gebracht wird, wobei sich natürlich der bayerische Hof gern zur Verfügung stellt. Was haltet Ihr von meinen Vorschlägen?"

Vialardi, der von den aufgezeigten Lösungen überzeugt war, da sie auch seinen eigenen Ideen entsprachen, bedankte sich für das Entgegenkommen des bayerischen Kurfürsten. „Euer Durchlaucht haben ein gutes Gespür für die Lösung eines derartigen Konfliktes."

„Wir sollten diese Vorschläge sowohl nach Sachsen als auch nach Mantua schicken und auf die Reaktionen warten. Doch sicher wird auch der Herzog von Mantua einen Schritt auf den Sachsen zugehen müssen."

„Da bin ich ganz Eurer Meinung, Durchlaucht. Ich freue mich, dass wir uns so gut verstehen. Natürlich werde ich umgehend nach Versailles und nach Mantua berichten und hoffe, dass wir eine gütliche Lösung des Konfliktes mit Euren Vorschlägen erreichen werden."

„Ich werde noch heute meinen Botschafter Guidoborn nach Dresden schicken, der die Sache umgehend an den sächsischen Kurfürsten herantragen wird. Sie halten mich über die Reaktionen aus Mantua auf dem Laufenden und verbleiben in München?"

„Wie Sie es wünschen, Durchlaucht."

Vialardi verbeugte sich tief und verließ den Audienzsaal. Alles war gut verlaufen und der bayerische Kurfürst zeigte sich durchaus gewillt, den Konflikt friedlich beizulegen. Mit einem solchen Regenten als Vermittler würde er auch den Herzog von Mantua von einer einvernehmlichen Lösung überzeugen können. Und sollte die Salicola tatsächlich nach München gebracht werden, wäre sie schon deutlich einfacher greifbar als im fernen Sachsen.

Mit diesen Gedanken begab sich Vialardi beruhigt auf den Weg in sein Quartier. Er würde die Zeit in der bayerischen Residenzstadt nun vielleicht für andere, vergnüglichere Dinge nutzen können und das bayerische Bier genießen.

Vierter Teil

Heimkehr nach Sachsen

Johann Georg blickte gedankenversunken auf die schlafende Margarita, die wie eine schöne Venus neben ihm lag. Vor wenigen Wochen hatte er sie zum ersten Mal in Venedig singen gehört, und kurz danach war sie ihm gefolgt. Obwohl er sie jetzt ständig in seiner Nähe hatte, jede Nacht bei ihr lag und sie regelrecht einzuatmen schien, konnte er doch nicht genug von ihr bekommen. Im Gegenteil – sein Begehren nach ihr wuchs ständig. Das Glück, das er empfand, brachte ihn in einen Zustand des rauschhaften Wahnsinns, obwohl er in seinem Kopf so klar wie nie zuvor die Welt vor sich zu sehen glaubte. Alle Dinge wirkten lebendiger und klarer als zuvor. Endlich glaubte er zu spüren, was alle Poeten als Liebe bezeichneten. Shakespeare hatte es verstanden. Margarita hatte ihm seine Sonette vorgetragen, die so voll tiefer Wahrheit waren und ihm direkt aus dem Herzen zu sprechen schienen. Jetzt schlug sie neben ihm ihre Augen auf und blickte ihn versonnen an.

„Guten Morgen, meine Schöne, habt Ihr wohl geruht?", flüsterte er.

„In Eurer Nähe schlafe ich immer wohl und zufrieden", antwortete Margarita verträumt, während sie sanft seinen Arm berührte. Er wollte sich am liebsten wieder auf sie legen, doch er musste auch an seine Pflichten als Kurfürst denken. Sie befanden sich nun schon seit geraumer Zeit in Sachsen, doch Johann Georg hatte es strikt vermieden, nach Dresden zu reisen. Er fürchtete dort die Ankunft Vialardis, der im Auftrag Mantuas die Sängerin zurückforderte.

Johann Georg war eigentlich ein Mann der Tat, doch in dieser Angelegenheit wollte er den Konflikt nicht suchen, sondern ihn einfach verdrängen und aussitzen. Aus Dresden hatte Polheim ihm mehrere beunruhigende Schreiben von Oberhofmarschall von Haugwitz überbracht, der zu äußerster diplomatischer Vorsicht riet. Denn falls man Vialardi in Dresden festsetzen sollte, würde man das geltende Gesandtschaftsrecht brechen und hätte vielleicht auch Konsequenzen seitens der Franzosen zu fürchten. Zudem bat Haugwitz darum, dass der Kurfürst schnellstmöglich nach Dresden kommen und keinesfalls allein handeln solle.

Johann Georg hatte jedoch nicht vor, auf seine Minister zu hören und in seine Residenzstadt zu reisen. Die nächsten Tage wollte er seine Soldaten hier in Pegau würdig nach Italien zum Kriegsdienst verabschieden, sie eine Wegstrecke gen Westen begleiten und sich Margarita widmen.

Pflug, der ihm immer beratend zur Seite gestanden hatte, war bereits wieder nach Venedig vorausgeeilt, um die letzten Vorkehrungen für die Ankunft der sächsischen Armee zu treffen.

Johann Georg blickte jetzt aus dem Fenster des Gasthauses auf den kleinen Marktplatz von Pegau. Das große Rathaus ragte mit seinem hohen Turm weit über alles hinaus, und von dort würde man sich einen guten Überblick über die Truppen schaffen können, die vor der Stadt lagerten. Er hatte mit Margarita nicht im Feldlager genächtigt, da eine Frau unter Soldaten immer Unglück brachte. Dieses schlechte Omen wollte er seinen Männern vor ihrem Feldzug nach Dalmatien ersparen. Stattdessen hatte er mit ihr im besten Gasthaus der Stadt Quartier bezogen, das natürlich von der Ausstattung verhältnismäßig einfach war und nicht den Ansprüchen eines Kurfürsten entsprach. Doch Johann Georg war genügsam, und auch an Margarita schätzte er die Bescheidenheit. Sie wollte einfach nur in seiner Nähe sein und legte wenig Wert auf Bequemlichkeit und Prunk.

Er wandte sich wieder an sie, legte sich neben sie und strich ihr über die halbentblößte Brust, die ihn zu neuen Liebesspielen einlud. Würde dieser Zustand der Glückseligkeit jemals enden? Er küsste sie leidenschaftlich, bevor er aufstand und sie allein im Bett ließ. Nur mit Mühe konnte er sich wieder von ihr loslösen, um endlich seinen Pflichten nachzukommen.

Margarita genoss genauso seine ständige Nähe und fühlte sich wie durch ein magisches Band an Johann Georg gefesselt. Wenn sie allein war, beschlichen sie jedoch manchmal auch Zweifel und Angst. Warum nur reisten sie nicht schnellstmöglich nach Dresden? Seine ausweichenden Antworten konnten sie kaum besänftigen, doch sie musste ihm vertrauen und ihr Schicksal in seine Hände legen. Sie blieb in ihrem Zimmer im Gasthaus, studierte Noten und hoffte auf die baldige Rückkehr ihres Geliebten.

Miltitz wartete bereits im Nebenraum auf seinen Kurfürsten, um ihm die Rüstung anzulegen, mit der Johann Georg stattlich wirkte.

Generalkriegskommissar von Pfuhl holte den Kurfürsten zusammen mit Generalmajor von Reuß und Oberkämmerer von Polheim ab. Gemeinsam bestiegen sie den Rathausturm, von dem man einen hervorragenden Blick über die gesamte Umgebung hatte. Wie Spielzeugsoldaten sahen die sächsischen Truppen aus, deren Lager mit den vielen hellen Zelten, die in den Himmel ragten, beeindruckend wirkte. Anschließend verließen die Männer in voller Rüstung hoch zu Ross die Stadt und ritten direkt in das Feldlager.

Auf den Straßen winkten ihnen die Bewohner des kleinen Städtchens zu, die nur selten so hohen Besuch zu Gesicht bekamen. Johann Georg genoss das Bad in der Menge und die wohlwollenden Rufe seiner Untertanen. In seinem Sachsen schien alles in Ordnung zu sein – die Menschen liebten den Frieden und den steigenden Wohlstand. Die Schrecken des Dreißigjährigen Krieges und die Pest saßen zwar allen noch in den Gliedern, doch man spürte das erleichterte Aufatmen nach diesen schlimmen Zeiten. Auch das Vertrauen in Johann Georg war durch den Sieg gegen die Türken bei Wien gestärkt worden. Seine Soldaten empfanden es als Ehre, in seinen Kompanien dienen zu dürfen.

Vor den Toren der Stadt öffnete sich der umfassende Blick über das große Feldlager, das drei Regimenter von je 1.000

Mann umfasste. Auf einer riesigen Fläche waren die Zelte aufgebaut, zwischen denen noch Reste von Lagerfeuern brannten und vor sich hin qualmten. Dahinter erstreckte sich ein Aufmarschplatz, wo alle Soldaten in Reih und Glied auf die Musterung durch ihren Kurfürsten warteten.

Johann Georg blickte über die beachtliche Anzahl an Soldaten. Das erste Regiment trug rote Röcke, und das zweite und dritte Regiment waren mit grauen Uniformen ausgestattet. Der Oberst von Schönfeld, der das erste Regiment befehligte, übernahm zugleich das Oberkommando und zeigte dem Kurfürsten die kampfbereite Truppe.

„Da habt Ihr stattliche Männer um Euch versammelt, Schönfeld. Ich hoffe, Ihr seid der Aufgabe gewachsen und bringt sie mir möglichst in hoher Zahl wieder nach Sachsen zurück", sagte Johann Georg voller Anerkennung.

„Wir werden alles dafür tun, Durchlaucht, dass unsere Soldaten das Werk Jesu Christi verteidigen und siegreich und heil zurück in die Heimat kehren."

„Ihr wisst, dass ich besonderen Wert auf die Ausübung der religiösen Pflichten lege. Es soll möglichst jeden Tag Gottesdienst gehalten werden, wobei Ihr in Italien Vorsicht walten lassen müsst, damit Ihr die katholischen Brüder nicht verstört."

„Wir werden ein gottesfürchtiges Leben führen, Durchlaucht."

Johann Georg ritt mit Schönfeld an den Truppen vorbei und stellte fest, dass sich seine Armee in ausgezeichnetem Zustand befand. Die Uniformen waren neu, und die Bajonette blitzten in den Himmel.

Der Kurfürst wandte sich jetzt laut rufend an seine Soldaten: „Soldaten der sächsischen Lande! Ihr zieht nun in ein fernes Land gegen einen Feind, der uns mächtig aus dem Osten bedroht. Doch nicht nur wir ziehen in den Kampf, sondern die ganze Christenheit steht Seite an Seite neben euch. Gemeinsam werdet ihr den Feind zurückdrängen und siegreich heimkehren! Wie in der Schlacht vor Wien müsst ihr Tapferkeit, Mut und Verstand aufbringen, um den türkischen Säbeln standhaft zu widerstehen. Tragt Christi Wort im Herzen und wisset, dass ihr siegreich sein werdet, weil ihr dem wahren Glauben folgt! Ruhm und Ehre eures Vaterlandes sind euch gewiss, und der Dank eurer Frauen und Kinder, die in Frieden und ohne Angst vor der Gefahr aus dem Osten leben können, sei euer höchster Lohn! Machet Sachsen alle Ehre, und kämpft bis zum letzten Atemzug! Meine Gedanken und Gebete sind bei euch und werden euch den verdienten Sieg bringen. So zieht denn hin in Gottes Namen, und macht dem Lande Sachsen in der Welt alle Ehre!"

Die Soldaten antworteten mit lautem Rufen und feierten ihren Kurfürsten, der mit Schönfeld vorbei an den Truppen zu einem großen Zelt ritt, in dem sich kurz darauf seine Offiziere einfanden. Auch hier hielt der Kurfürst nochmals eine lange Rede und legte die Bedingungen für diesen schwierigen Feldzug fest. Ihm war bewusst, dass es nicht einfach werden würde. Die Hitze im Süden, der lange Marsch zum Kriegsschauplatz und das Fehlen einer Rückzugsmöglichkeit würden alles erschweren. Johann Georg hoffte, dass die Venezianer nicht wortbrüchig werden und seine Truppen gut versorgen würden. Tief in seinem Innern hegte er tatsächlich Zweifel an der Aufrichtigkeit seiner Bündnispartner, doch der Vertrag war nun geschlossen. Er würde sein ganzes politisches Geschick aufwenden müssen, um seine Soldaten aus der Ferne halbwegs schützen zu können. Letztendlich wusste er aber, dass sie völlig auf sich allein gestellt waren.

Im Zelt blickte er nun in die Gesichter von Offizieren, die er bereits aus siegreichen Schlachten kannte. Jeder Einzelne war hervorragend ausgebildet, besaß Tatkraft und Mut, und alle stammten aus einem alten, sächsischen Adelsgeschlecht. In diesem Zelt war sein Sachsen versammelt.

„Meine Offiziere, ihr wisst, dass dieser Feldzug nicht in wenigen Monaten zu Ende gehen, sondern laut Vertrag mindestens zwei Jahre dauern wird. Er wird euch in weit entfernte Gebiete bringen, von denen ihr auch als Verletzte nur schwerlich zurückkehren könnt. Selbst Briefe werden wochenlang unterwegs sein oder vielleicht gar nicht bei uns ankommen. Deshalb seid ihr dort völlig auf euch allein gestellt. Es wird allein eure Aufgabe sein, mit Gottes Hilfe unsere Soldaten auf dem rechten Pfade des christlichen Glaubens zu führen und gegen die Türken zu siegen. Dabei sollt ihr Unheil gegen jegliche Christen vermeiden, und weder auf dem Weg noch in den südlichen Landen Angst und Schrecken in der Bevölkerung verbreiten. Vielmehr sollen die sächsischen Kompanien ein tugendhaftes Vorbild im Handeln und ein gefürchteter Schrecken im Kampfe für die Soldaten anderer Lande sein. Ich übertrage jedem Oberst die vollen Gerichtsvollmachten über sein Regiment, und im Falle von sträflichem Handeln erhaltet ihr die Vollmacht, Recht zu sprechen und zu richten. Allerdings verlange ich, über jedes Ereignis, über jede Schlacht, jeden Gefallenen und jede Exekution unterrichtet zu werden und hoffe, dass ihr als meine Offiziere nach Gottes Gewissen entscheidet und angemessen bestraft. Bedenkt, dass auch das Wetter euch zu schaffen machen wird. Falls es zu heiß werden sollte, so reist des Nachts. Jedem Soldaten stehen am Tage zwei Pfund Brot und zwei Kannen Bier zu. Alles Übrige müssen sie aus eigener Tasche bezahlen. Doch dass sie dieses Wenige erhalten, dafür müsst ihr sorgen. Tut eure Pflicht und kehret mit Ruhm und Ehre nach Sachsen zurück, oder lasset euch hier nimmer mehr blicken."

Die direkten Worte des Kurfürsten wurden schweigend aufgenommen. Seine Offiziere hatten größtenteils Kriegserfahrung und hofften, dass auch dieser Feldzug schnell und unkompliziert vorbeigehen würde. Sie waren bestens ausgerüstet und würden bei guter Verpflegung eine schlagkräftige Armee bilden, die auch unter schwierigsten Bedingungen zuverlässlich war. Doch nie zuvor waren sie so weit in die Ferne gezogen.

Die Besprechung im Offizierszelt endete mit einem fröhlichen Bierzapfen, das der Kurfürst seinen Soldaten vor dem Aufbruch zur großen Reise gönnte. Er würde seine Truppen noch ein Stück des Marsches begleiten, um die Moral der Soldaten zu stärken, doch heute sollten sie sich amüsieren.
Das lustige Treiben wurde jäh durch das Eintreffen eines Boten unterbrochen, der einen Eilbrief aus Venedig brachte. Johann Georg riss dem Weitgereisten das versiegelte Schriftstück förmlich aus der Hand und begab sich augenblicklich mit Reuß und Polheim in ein ruhigeres Zelt, um die Zeilen gründlich zu studieren. Sie stammten von Girolamo Molino:

„Eure Hochfürstliche Durchlaucht,
ich schreibe Euch aus Venedig, da die Ereignisse in Bezug auf die Entführung der Salicola von äußerster Wichtigkeit sind. Aus sicherer Quelle habe ich in Erfahrung bringen können, dass die gesamte Familie der Salicola in Mantua inhaftiert und gefoltert wurde. Es ist nicht auszuschließen, dass sie sogar schon den Tod gefunden haben. Dazu geht das Gerücht um, dass der Herzog von Mantua 10.000 Taler Kopfgeld auf die Ergreifung der Salicola ausgesetzt habe und ihren Tod durch Vergiften herbeiführen wolle. Allein für diesen Zweck wurden mehrere Agenten nach Sachsen geschickt, die diesen Auftrag ausführen sollen. Euer Durchlaucht wissen, wie gut die Italiener die Kunst des Vergiftens verstehen! Es sollte daher äußerste Vorsicht gegenüber allen Personen herrschen, die aus Italien an den sächsischen Hof kommen. Insbesondere ein gewisser Vialardi gehört zu den Spitzeln des Herzogs von Mantua. Wenn es mir gestattet ist, möchte ich allerdings bemerken, dass ich nicht glaube, dass Euer Durchlaucht von einem Attentat betroffen sein werden. Vielmehr ist das Ziel des Angriffs allein die Primadonna Margarita Salicola. Wir versuchen hier alles, um eine Klärung der Affäre zu erreichen und den Herzog zur Vernunft zu bringen, doch wir können für nichts garantieren. Bitte lasst äußerste Vorsicht walten und

Johann Georg zerknüllte das Schriftstück wütend zwischen
seinen Händen. Gerade jetzt, wo er glaubte, dass sich der Konflikt in Wohlgefallen auflösen würde und das Problem ausge-
sessen war, erreichten ihn derartige Neuigkeiten. Es sollte
ihm mit seinem Glück einfach keine Ruhe vergönnt sein.
Er besprach sich kurz mit Polheim und Reuß, die sich
schnellstmöglich von Margaritas Sicherheit überzeugen sollten und in das Gasthaus eilten. Der Kurfürst bat sie, keinen
Menschen zu ihr vorzulassen, und vor allem sollte sie keinerlei Speisen anrühren.
Er folgte beiden aus dem Zelt, um sich nochmals mit seinen
Offizieren zu besprechen und dann in den Gasthof zu reiten.
Margarita war wieder in Gefahr, und er musste sie schnellstmöglich an einen sicheren Ort bringen. Johann Georg überlegte, wo er seine Geliebte gut verstecken könnte, während er
seine Truppen noch ein Stück des Weges begleitete. Die Festung Königsstein im Sandsteingebirge war natürlich ein sicherer Ort, doch auch keine würdige Herberge für eine Frau.
Auch Torgau oder Leipzig schieden aus, da man dort zu wenig
Kontrolle über Gäste oder das Personal hatte. Als einzige
Möglichkeit zog er nun doch den Dresdner Hof in Erwägung,
wo sie im Schloss durch seinen verlässlichen Ministerstab
und seine Leibgarde geschützt sein würde.
Als er nur kurze Zeit später endlich wieder in den Gasthof zurückgekehrt war, fand er eine verständnislose Margarita vor.
„Johann Georg, was habt Ihr Euch dabei gedacht, mich so be-
wachen zu lassen? Fürchtet Ihr, dass ich Euch heimlich ver-

lasse? Und warum verweigert man mir Speis und Trank?"

Margarita bestürmte ihn mit vorwurfsvollen Fragen, weil sie nicht verstand, warum Polheim und Reuß sie so streng beobachteten.

„Beruhigt Euch, Margarita. Ich habe soeben einen Brief von Molino aus Venedig erhalten, in dem beunruhigende Nachrichten stehen. Der Herzog von Mantua scheint nach Eurem Leben zu trachten. Er soll ein Kopfgeld von 10.000 Talern auf Euch ausgesetzt und mehrere Männer nach Sachsen geschickt haben, die Euch vergiften sollen."

Margarita blickte den Kurfürsten mit großen Augen an. „Er will mich vergiften lassen?"

„Wahrscheinlich sieht er Euch lieber tot, als in den Armen eines anderen Mannes." Der Kurfürst ging auf Margarita zu und zog sie fest an sich. „Ich würde es nicht ertragen, wenn Ihr mir jetzt auf solche Art entrissen würdet. Deshalb müsst Ihr mir jetzt unbedingt vertrauen!"

Er versuchte, sich selbst und sie mit liebevollen Gesten zu beruhigen, bevor er weitersprach. „Ich werde Euch nach Dresden an den Hof bringen lassen, wo Ihr sicher seid. Es ist einfach zu gefährlich, mit mir weiter durch Sachsen zu reisen und die Truppen zu begleiten."

Margarita wurde bewusst, dass dies eine Trennung von ihrem Geliebten bedeutete. „Ich soll allein nach Dresden gehen?"

„Es wird nur für wenige Tage sein. Mein Generalmajor von Reuß wird Euch mit Eurer Zofe begleiten, und in der Stadt werdet Ihr andere Italiener vorfinden. Der Kammerherr meiner Mutter, Domenico Melani, erwartet Euch bereits. Ihr kennt den Kastraten doch aus Italien?"

„Nur flüchtig. Er ist mir einmal in Venedig begegnet. Doch sagt mir, hat Molino auch etwas von meiner Familie geschrieben? Wie ergeht es ihnen?"

Johann Georg zögerte, weil er nicht wusste, wie er ihr diese Nachricht überbringen sollte. „Es tut mir sehr leid, Margarita. Molino hat nichts Gutes zu berichten gewusst. Er schrieb, dass der Herzog von Mantua Eure Schwester und Eure Eltern gefangen setzen ließ. Molino vermutet, dass alle bereits tot sind."

„Was? Meine Eltern sollen tot sein? Auch Angiola?" Margarita setzte sich auf die Bettkante. Das konnte einfach nicht wahr sein. „Der Herzog würde niemals Angiola töten lassen. Das glaube ich einfach nicht. Molino muss einer intriganten Lüge zum Opfer gefallen sein! Der Herzog ist zwar jähzornig, doch im Grunde seines Herzens ist er ein guter Mensch."

„Ihr sprecht von ihm, als ob Ihr ihn verteidigen wolltet. Immerhin trachtet er auch Euch nach dem Leben und hat mir mit Krieg gedroht, falls ich Euch nicht wieder hergebe."

Margarita blickte in seine erregten Augen. „Ich verteidige den Herzog nicht, Durchlaucht", sagte sie. „Ich will nur nicht glauben, Angiola könnte tot sein."

Johann Georg erkannte, dass er zu impulsiv reagiert hatte und setzte sich neben sie auf die Bettkante.

„Meine Liebste, verzeiht mir, wenn ich bei der Wortwahl etwas überschäumend reagierte, doch Ihr müsst wissen, dass Ihr für mich momentan das Wichtigste im Leben seid. Euer Wohl beschäftigt mich Tag und Nacht, und ich kann nicht mehr ohne Euch leben. Versteht Ihr, dass ich mich damit auch angreifbar und verletzlich mache? Ich merke selbst, dass ich kaum mehr in der Lage bin, vernünftige Entscheidungen zu treffen, weil Ihr jeden meiner Gedanken beherrscht. Wir sollten versuchen, einen klaren Kopf zu bekommen. Vor allem muss ich Euch in Sicherheit wissen, sonst werde ich wahnsinnig vor Angst."

Margarita verstand zwar, was er ihr sagte, doch sie fühlte gleichzeitig eine tiefe Angst und Trauer vor der nun bevorstehenden Trennung. „Ihr hattet mir versprochen, mich nie wieder allein zu lassen. Und jetzt schickt Ihr mich doch fort."

„Margarita, Ihr werdet in meiner Residenz sicher sein. Ihr könnt dort mit Melani proben und musizieren und müsst nicht mehr die Entbehrungen des Reisens ertragen. Dann seid Ihr endlich in Eurem neuen Zuhause! Ich habe einige Zimmer für Euch herrichten lassen und Speis und Trank sind ausgezeichnet. Natürlich lernt Ihr auch meine Gattin und Frau Mutter kennen."

„Danach steht mir am wenigsten der Sinn! Ihr wisst, dass Frauen sich untereinander wie Wölfe zerfleischen können. Und gerade Eure Gattin wird sicher vor Eifersucht glühen und ebenfalls meinen Tod herbeiwünschen."

„Meine Gattin gehorcht grundsätzlich meinen Befehlen und wird Euch nicht belästigen. Seid aber nett zu Ihr, und provoziert sie nicht durch anzügliche Bemerkungen. Sie ist eine reife und kluge Frau und Euch an Erfahrungen weit überlegen. Vielleicht könnt Ihr Euch sogar gut miteinander arrangieren und voneinander lernen."

„Ihr meint wohl eher, dass ich mit Euch das Bett teile und sie bei offiziellen Empfängen an Eurer Seite lächelt?"

„Margarita, so dürft ihr nicht denken. Auch ich bin an Zwänge gebunden und muss meiner Aufgabe als Kurfürst gerecht werden. Und was ist schon dabei? So machen es doch viele Herrscher."

Margarita wollte nicht weiter darüber sprechen. Zu viele Dinge bewegten sie in ihrem Innern, und vor allem spürte sie jetzt wirkliche Furcht, sich von Johann Georg zu trennen. Hier in Sachsen war sie eine Fremde. Sie wusste nicht, was sie in Dresden erwarten würde und wie sie sich verhalten musste. Johann Georg waren die Regungen Margaritas nun schon vertraut. Wie von selbst streichelte er ihren Nacken und küsste sie zärtlich. Er wusste, dass er sie so beruhigen konnte und ihre Ängste in seinen Armen verflogen. Voller Hingabe liebte er sie noch ein letztes Mal, um sie unmittelbar danach mit Generalmajor von Reuß in seine Residenzstadt Dresden zu schicken, wo er sie sicher glaubte.

Verzicht

„Man erzählt sich in Venedig die schauerlichsten Dinge über Euch, Durchlaucht. Es heißt, Ihr hättet die Familie der Salicola foltern und ermorden lassen. Wenn ich die Salicolas jetzt nicht mit eigenen Augen hier in Eurem Palazzo gesehen hätte, würde ich nicht glauben, dass sie noch am Leben sind."
Cecchi trug seine Worte bewusst langsam vor, damit der Herzog von Mantua die Tragweite der Gerüchte über ihn erfassen konnte.
Der Kastrat, der nebenbei mit Spionage seine Münzen verdiente, war dem Ruf des Herzogs gefolgt, um ihn über die Lage in Venedig zu unterrichten. „Es heißt zudem, dass ihr ein Kopfgeld von 10.000 Talern für die Ergreifung der Salicola ausgesetzt habt und sie samt dem sächsischen Kurfürsten vergiften lassen wollt."
„Was für ein Schwachsinn! Wer verbreitet denn solchen Unfug?"
Der Herzog sprang aus seinem Sessel und ging im Zimmer auf und ab. „Ist denn die Wahrheit nicht schon schlimm genug? Lechzen alle nach noch mehr Drama? Es hat doch genug Tote in der Causa Salicola gegeben, und natürlich will ich diese Sängerin lebend! Wenn ich sie überhaupt noch will… Das ist doch alles absurd und entbehrt jeglicher Rechtfertigung!"
Der Herzog konnte sich gar nicht wieder beruhigen. War er sonst stolz darauf, als gefürchteter Despot zu gelten, so staunte er jetzt über die schrecklichen Dinge, die er in Auftrag gegeben haben sollte, obwohl er selbst gar nichts davon wusste. Sein Ruf musste also so schlecht sein, dass man ihn für grausamer hielt, als er ohnehin schon war. „Was soll ich denn jetzt tun? Ich werde verleumdet und zu Unrecht beschuldigt! Nie wollte ich der Salicola wirklich an den Hals – sie sollte doch nur ein bisschen erschreckt werden und mir gegenüber Gehorsam zeigen! Und sie sollte mit mir das Bett teilen und nicht stattdessen mit einem dahergelaufenen, feisten Sachsen über

die Berge fliehen. Nun werde ich als grausamer Despot in die Geschichte eingehen, der sogar die größte Primadonna der Welt ermorden lassen wollte. Dabei bin ich doch ein Kunstliebhaber und kein fanatischer Giftmörder! Ich wollte mich wegen dieser Frau duellieren und kämpfen, aber doch nicht so feige und hinterrücks töten!"

„Ich kann nur berichten, was mir in Venedig zu Ohren gekommen ist. Die ganze Stadt redet über nichts anderes als Eure Grausamkeiten, und der französische Botschafter wollte mich nicht einmal mehr in Eurem Auftrag empfangen. Erst als ich anbot, zu vermitteln, ließ er mich gewähren. Ich soll Euch nun mitteilen, dass Frankreich zwar hinter Euch steht, aber keinesfalls solche Sperenzchen, wie er es nannte, dulden und unterstützen wolle."

„Verflucht, wer hat nur diese Gerüchte in die Welt gesetzt? Jetzt wird doch alles nur noch schlimmer, und es gibt überhaupt keinen Weg mehr, der Salicola Herr zu werden. Wenn ich ganz Europa gegen mich habe und als verrufener Mörder gelte, ist es doch für den Sachsen ein leichtes, die Salicola zu behalten und damit vermeintlich vor mir zu beschützen. Dabei wisst Ihr doch selbst, dass niemand so gut und großzügig zu seinen Künstlern ist, wie ich es bin! Die Salicolas genießen bei mir jede Annehmlichkeit und sind Gäste meines Hauses. Verkündet das doch laut in Venedig!"

„Ich fürchte, das wird nicht reichen. Auch der Rat der Zehn ist besorgt und hat, wie Ihr wisst, alle Mantuaner von den Inseln verbannt. Man fordert von Euch einen offenen Verzicht auf die Salicola, ein Friedensangebot oder zumindest neue Verhandlungen."

„Verhandlungen? Die Salicola gehört rechtmäßig mir! Ich habe sie immer geschont und hätte viel eher durchgreifen müssen. Dann hätte sie Respekt vor ihrem Gönner gehabt und wäre mir niemals entrissen worden! Jetzt ist sie für mich doch verloren und eine Hure dieses Bastards."

„Durchlaucht, auch wenn es Euch schwerfällt – es wäre sehr

weise, wenn Ihr diese Möglichkeit in Betracht zieht und die Primadonna deshalb freigebt."

Cecchi überlegte, ob und wie er seinen nächsten Gedanken aussprechen sollte. „Es wäre natürlich auch noch denkbar, dass Ihr die Salicola tatsächlich töten lasst."

Der Herzog stoppte seine Schritte und blickte überrascht auf. „Ihr wollt mir einreden, Cecchi, dass ich sie wirklich töten lassen soll?"

„Immerhin müsstet Ihr dann nicht mehr um sie kämpfen, und ein Krieg wäre dann überflüssig."

„Cecchi, Ihr wisst nicht, was Ihr da sprecht! Gerade dann erst wird ein Krieg ausbrechen! Johann Georg von Sachsen wird seine ganze Armee auf meine Festungen hetzen und nicht ruhen, bis er alles dem Erdboden gleichgemacht hat. Nein, die Salicola jetzt zu töten, würde einem Selbstmord gleichkommen!"

Der Herzog ging auf Cecchi zu, während er ihm durch die zusammengepressten Zähne eine Frage ins Gesicht hauchte. „Warum wollt Ihr denn die Salicola unbedingt tot sehen? Regt sich da Neid in Euren Adern, weil alle Welt über dieses Frauenzimmer spricht und sich keiner mehr für Euch Zwitterwesen interessiert?"

Der Herzog blickte fest in Cecchis Augen, der sich keine Reaktion anmerken ließ. „Nein, nein, nein! – Ihr hegt eine persönliche Fehde mit dieser Frau. Hat sie Euch etwa auch abgewiesen, obwohl Euer Samen keine Früchte trägt und völlig ungefährlich für sie gewesen wäre?"

Der Herzog klopfte auf seine Schenkel. „Das wird es sein, Cecchi! Ihr seid auch ein zurückgewiesener Liebhaber und durftet den Duft der Rose, die Ihr herangezogen habt, nur von Ferne bewundern ohne zum Stich zu kommen!"

Cecchi lief hochrot an und blickte verschämt hin und her, während der Herzog weitersprach. „Auch wenn Ihr ebenfalls ein gekränktes Opfer dieser Schlange geworden seid und die Hoffnung hegt, dass sie bald stirbt, muss doch offiziell etwas

völlig anderes geschehen. Wir warten erst einmal ab, wie der Kurfürst in Dresden reagieren wird. Ich habe Kontakte an den bayerischen Hof und nach Dresden geknüpft und lasse nun die Anderen für mich verhandeln. Sollen sie doch sehen, wie sie mit ihrem Gerede, ihren Briefen und Vermittlungsversuchen zurechtkommen. Natürlich war ich nie wirklich an einem Kompromiss interessiert. Man hat mir meine Primadonna – die Rose – aus meinem Garten genommen, mich gedemütigt und zum Gespött der Leute gemacht." Der Herzog machte eine Pause und dachte nach, denn insgeheim gefiel ihm Cecchis Idee. Leise fuhr er fort: „Aber darin werden sie sich alle getäuscht haben – ein Adler aus dem Hause Gonzaga wird seine Schwingen auch weit über die Alpen erheben können und seine Beute schlagen, wenn es keiner mehr vermutet. Und wenn ich diese Frau nicht haben kann, soll sie keiner bekommen!"
Cecchi hatte die Worte des Herzogs aufmerksam verfolgt und sah in dessen Augen den jähzornigen Wahnsinn aufblitzen, der ihm neue Hoffnung schenkte. Die Salicola würde tatsächlich sterben. Und wenn sie die erste Frau auf den Opernbühnen hinterm Gebirge sein sollte, so würde sie vielleicht ein einzelner Stern bleiben, der schnell verglühte. Auch eine Salicola würde einmal dahinscheiden müssen, und der Herzog von Mantua würde Mittel und Wege finden, um dies ein wenig zu beschleunigen. Viele Menschen erleiden eine schwere Krankeit oder werden zufällig überfallen... Und dann würde alles in Venedig und der Welt endlich wieder um ihn und die Kastratensänger kreisen, und seine schmachvollen Erinnerungen an seine eigene Schwäche wären für immer begraben.

Feldlager

Johann Georg blickte versonnen hinter sich und sah den endlos langen Tross von Soldaten. Er ritt nun schon zwei Tage mit seinen Truppen gen Westen und vermisste Margarita so sehr, dass er glaubte, am Trennungsschmerz zugrunde gehen zu müssen. Er meinte, sie an sich selbst noch riechen zu können und schmeckte ihre Lippen auf den seinen.

Inzwischen waren neue Schreiben und Bittbriefe aus Dresden, München, Venedig und Wien eingetroffen, die ihn dazu bewegen sollten, Margarita freizugeben und nach Italien zurückzuschicken. Dabei brauchte und vermisste er sie mehr denn je! Nie würde er diese Frau freigeben und ziehen lassen. Sollten sie doch endlich kommen und ihren Krieg veranstalten, dann würde der Konflikt wenigstens offen ausgetragen werden, anstatt feige mit Gift nach ihrem Leben trachten zu wollen.

Margarita war in Dresden jetzt in Sicherheit. Er hatte ihr seinen vertrauensvollen Leibkoch zugeteilt, der alle ihre Speisen strengstens überwachte und vorkosten ließ. Doch der Preis für ihre Sicherheit war hoch – er konnte Margarita weder sehen, noch hören, riechen oder fühlen. Sie war so fern von ihm, dass seine Pein und sein Sehnen nach ihr ständig stiegen. Natürlich würde er als Mann und Feldherr niemals offen seine Sehnsüchte zugeben oder sich nach außen etwas anmerken lassen, doch er war nicht mehr Herr seiner Sinne. Hatte sie ihn vielleicht sogar verhext?

Am Abend rastete das Heer auf einer weiten Ebene. Miltitz meldete seinem Herrn die unverhoffte Ankuft von Oberhofmarschall von Haugwitz aus Dresden und dem bayerischen Gesandten Guidoborn aus München.

Das verhieß nichts Gutes. Wenn Kurfürst Maximilian von Bayern nun schon trotz seiner Hochzeit Botschafter ins Feldlager schickte, musste etwas Außergewöhnliches vorgefallen sein. Johann Georg scherte aus dem Tross aus.

„Seid gegrüßt, Haugwitz und auch Euch, Guidoborn, unterbreite ich ein Willkommen in meiner bescheidenen Herberge", empfing er seine Gäste im Zelt. „Wie war die Reise, Guidoborn?", wandte er sich an den bayerischen Botschafter.
Dieser verbeugte sich trotz der einfachen Umgebung tief. „Durchlaucht, ich freue mich über die Ehre, von Euch empfangen zu werden. Kurfürst Maximilian schickt mich, um Euch die besten Grüße zu überbringen. Bezüglich der Salicola möchte er Euch dringend zum Einlenken bewegen. Die Konstellation ist momentan so ungünstig, dass ein Krieg unmittelbar bevorstehen könnte, und es wäre im Interesse aller Fürsten, wenn wir dies zu verhindern suchen. Eure Truppen befinden sich mit Euch gerade auf dem Marsch nach Italien, und ihr würdet Euren Vertrag mit Venedig brechen, wenn Ihr sie gegen den Herzog von Mantua wendet. Außerdem könnte Frankreich eingreifen und der Konflikt würde dadurch völlig außer Kontrolle geraten. Deshalb schlägt der bayerische Kurfürst als erstes vor, die Salicola bis zur Klärung der Affaire an einen neutralen Ort zu bringen, und bietet München als vorübergehendes Quartier für die Sängerin an."
Johann Georg fixierte sein Gegenüber und versuchte zu erkennen, ob es sich tatsächlich um ein ernstgemeintes Angebot handelte oder ob Hintergedanken dabei waren, doch der Botschafter zuckte mit keiner Miene.
„Ich danke dem bayerischen Kurfürsten für sein beherztes Eingreifen und seinen großzügigen Vorschlag, doch muss ich Euch leider mitteilen, dass ich die Salicola auf keinen Fall hergeben werde und dass sie auch niemals ohne meine Begleitung nach München reisen wird. Die Sängerin ist rechtmäßig mit Vertrag an mich gebunden, untersteht direkt meinen Anweisungen und wird keinen Schritt ohne meine Erlaubnis machen. Deshalb muss ich Euch leider jetzt und hier enttäuschen, Guidoborn."
Haugwitz, der in dieser Umgebung sehr privat mit seinem Kurfürsten umgehen und sprechen konnte, neigte sich nur

knapp. „Durchlaucht, mir ist durchaus bewusst, wie hoch Eure Verehrung für diese Sängerin ist, und ich bewundere Eure konsequente Haltung. Doch bedenkt, dass wegen dieser Frau bereits drohende Stimmen aus Versailles zu uns dringen und offen mit Krieg drohen. Unsere schlagkräftigen Truppen befinden sich aber momentan auf dem Weg nach Italien und entziehen sich unserem direkten Zugriff. Wir wären einem Angriff von Frankreich also mit geschwächter Wehr ausgesetzt."

„Haugwitz, was redet Ihr von Krieg! Ich habe einen rechtmäßigen Vertrag mit einer Sängerin geschlossen, und jetzt will man diese Frau gar vergiften lassen. Und ich soll sie aus meinem Schutz entlassen und den Wölfen zum Fraß vorwerfen? Wer überbrachte Euch eigentlich die Nachrichten aus Frankreich? Sind das überhaupt verlässliche Quellen?"

Guidoborn mischte sich wieder ein. „In München habe ich direkt mit dem Gesandten Comte de Berla aus Versailles gesprochen, der die Position Frankreichs klar hinter dem mantuanischen Herzog gesehen hat."

Jetzt begann Johann Georg lauthals zu lachen. „Was für ein Possenspiel! Haugwitz, habt Ihr je von einem Comte de Berla gehört? Um Euch zu informieren, meine Herren, ich weiß aus sicherer Quelle, dass dieser angebliche Gesandte aus Frankreich ein Agent des Herzogs von Mantua ist. Seine Aufgabe besteht einzig und allein darin, weiter Druck aufzubauen, um die Salicola aus Dresden zurückzuholen."

Johann Georg konnte sich gar nicht beruhigen und wollte ein für allemal seinen Standpunkt klären. „Diese Frau werde ich nicht mehr freigeben, niemals, und das ist mein letztes Wort."

Haugwitz war von der Uneinsichtigkeit seines Kurfürsten bestürzt. Auch, wenn de Berla vielleicht kein offizieller Botschafter Frankreichs, sondern ein Spion war, so musste man trotzdem eine diplomatische Lösung finden und dem Herzog von Mantua in irgendeiner Weise entgegenkommen. „Dürfte ich bezüglich der Salicola noch etwas vorschlagen?", fragte er vorsichtig. Obwohl Johann Georg nichts mehr hören wollte, lenkte er ein und wollte sich zumindest vor Guidoborn entgegenkommend verhalten. „Nur zu, ich höre gern Eure Vorschläge, Haugwitz."

„Ihr könntet eine Ablösesumme an den Herzog von Mantua zahlen und ihm die Sängerin damit offiziell abkaufen."

„Warum soll ich für etwas bezahlen, dass ich schon besitze und rechtmäßig gekauft habe? Mich hat die Reise nach Venedig mehr als 50.000 Taler gekostet, und ich gedenke, keinen weiteren Heller an einen Despoten fließen zu lassen, der ihre Familie foltern lässt und die Sängerin gar mit dem Tode bedroht. Denkt Euch gefälligst etwas anderes aus, Haugwitz!"

„Vielleicht wäre es auch eine Möglichkeit, Durchlaucht, wenn Ihr ein Papier unterzeichnet, in dem Ihr andeutet, dass die Salicola aus freien Stücken mit Euch gekommen ist und Ihr nichts von ihren Verbindungen zu Mantua wusstet?"

„Aber sie ist doch nicht aus freien Stücken aus Venedig weggegangen! Ich habe sie aus einer Lebensgefahr gerettet und vor ihren Verfolgern beschützt, die ihr bis heute nach dem Leben trachten."

„Mag dem so sein, doch für den Herzog von Mantua stellt sich die Situation einfach gegenteilig dar, und er verlangt eine Wiederherstellung seiner verletzten Ehre."

„So schreibt denn nun endlich an den Herzog, dass ich von seiner Verbindung zu Margarita Salicola nichts wusste und nur deshalb den Vertrag mit ihr eingegangen bin. Damit müsste doch der Ehre des Herzogs genüge getan sein, oder? Allerdings verlange ich auch ein standesgemäßes Auftreten und Handeln mir gegenüber und meinen Bediensteten und akzeptiere nicht, dass man mich als Kurfürst zu einem Duell fordert. Außerdem muss die Sicherheit meiner Verbindungsmänner in Venedig garantiert werden und die Familie der Salicola, falls sie noch lebt, unverzüglich freigelassen werden. Wenn der Herzog diesen Forderungen nicht nachkommt, unterlasse ich jede Entschuldigung. Und natürlich bleibt die

Salicola hier." Fast verärgert wandte er sich nun von seinem Oberhofmarschall und dem bayerischen Botschafter ab. „Nun belästigt mich nicht länger mit derlei Schwachsinn. Es gibt rechtmäßige Verträge und beleidigte Italiener. Zu letzterem zählt der Mantuaner. Mit solchen Leuten verhandele ich einfach nicht. Möge er akzeptieren oder in Gottes Namen seinen Krieg führen."

„Wie Ihr wünscht, Durchlaucht. Ich werde die Briefe nach Mantua und München vorbereiten, die Eure Unwissenheit über die Verbindung zwischen der Sängerin und Mantua beteuern und hoffe, dass der Herzog von Mantua darauf eingeht, die Sache auf sich beruhen lässt und die Familie freiläßt."

„Tut dies, Haugwitz. Und gebt diese Briefe am besten Polheim mit, der ohnehin als mein Vertreter zu den Hochzeitsfeierlichkeiten nach Wien aufbrechen wird. Mir steht im Moment einfach nicht der Sinn nach pompösen Eheschließungen aus dynastischen Gründen."

Guidoborn, der dem Schlagabtausch zwischen dem Kurfürsten und seinem Oberhofmarschall aufmerksam gelauscht hatte, begriff, dass Johann Georg nicht bereit war, auch nur ein bißchen von seiner Forderung abzurücken und keinesfalls auf die Primadonna verzichten würde. Das war natürlich eine schlechte Nachricht für den bayerischen Kurfürsten, der überzeugt davon gewesen war, dass er die Salicola in Wien hören würde und vielleicht sogar zu anderen Gefälligkeiten bewegen könnte. Das Frauenzimmer war aber nicht zu gewinnen, und so würde Guidoborn seinem Kurfürsten ein anderes Hochzeitsgeschenk machen müssen.

„Wenn Polheim ohnehin in Wien ist, kann er von dort aus auch sehr gut mit Venedig oder Mantua verhandeln. So sparen wir eine Menge Zeit", fuhr Johann Georg fort.

„Eure Weitsicht ehrt Euch, Durchlaucht."

„Spart Euch Eure Floskeln, Haugwitz. Wir sind hier im Felde, und Ihr solltet euch auf dem Rückweg in Leipzig in der Komödie oder in einem der Hurenhäuser etwas Entspannung verschaffen. Vielleicht nimmt Euch das etwas von Eurer Steifheit. In Venedig hat ein ganz anderer Wind geweht – dagegen sind wir hier alle brave Lämmer und unschuldige Engel. Ich möchte, dass auch in Dresden wieder ein wenig von diesem südländischen Geist einzieht. Wir beginnen mit Musik und Oper, feiern wieder jedes Jahr den Karneval nach italienischer Manier und huldigen nach meiner Rückkehr in die Residenz erneut den schönen Künsten!"

Haugwitz hatte für derlei italienisches Treiben weniger Sinn als sein Landesvater. Er begeisterte sich mehr für die deutschen Komödien und Dichter und hatte dafür gesorgt, dass der berühmte Johannes Velten, der aus Leipzig stammte, wieder nach Sachsen zurückgekehrt war und nun regelmäßig in Dresden im Gewandhaus auftrat. Außerdem schrieb am Hofe der deutsche Dichter August Adolph von Haugwitz, also ein Mann aus seinem engsten Familienkreis, regelmäßig neue Stücke. Sollten die Italiener dieser aufblühenden Epoche deutscher Dichtkunst etwa wieder ein Ende bereiten? Trotz dieser Bedenken nickte er natürlich eifrig zustimmend. „Was für ein entzückender Einfall, Durchlaucht. Der Glanz und die Pracht des Dresdner Hofes werden wie ein heller Stern über Europa aufleuchten und Euch nicht nur als Feldherr und Verteidiger des rechten Glaubens, sondern auch als Patriarch der Künste feiern."

Johann Georg gefielen diese Worte, und in Gedanken und Vorfreude auf Margarita, die er dann endlich in seinem Opernhaus in Dresden hören würde, entließ er seinen Oberhofmarschall und den bayerischen Botschafter.

Ankunft in Dresden

Alles war so schnell gegangen, dass Margarita kaum begreifen konnte, dass sie in wenigen Stunden in ihrer neuen Heimatstadt ankommen würde. Hals über Kopf war sie mit Generalmajor von Reuß und ihrer Zofe Maria aus Pegau aufgebrochen. Deshalb hatte sie nichts mehr von der Messestadt Leipzig sehen können, von der sie schon so viel gehört hatte. Johann Georg hatte die Stadt selbst als sein sächsisches Padua bezeichnet, doch sicher würde sie mit ihm in Zukunft noch oft diese Stadt besuchen und vielleicht sogar die Gelegenheit erhalten, selbst einmal ihr sängerisches Können dort unter Beweis zu stellen.

Reuß war ihr gegenüber sehr zuvorkommend und aufmerksam. Der stattliche Mann Mitte dreißig hatte eine ungeheure Lebenserfahrung und wirkte in seinem ganzen Wesen gesetzt und gefestigt. Obwohl Margarita spürte, dass er wegen der vorschnellen Abreise unruhig war und sich um sie sorgte, ließ er sich nach außen nichts anmerken und erfüllte seinen Auftrag souverän. Er war nun schon nach Pflug ihr zweiter Leibwächter, und sie musste sich an die ständige Beobachtung ihrer Person durch diese Männer gewöhnen.

Sie saß mit Maria in einer kleinen Kutsche, die neben Reuß von zwei weiteren Reitern und einem Kutscher begleitet wurde. Über Grimma folgten sie der Via Regia nach Oschatz und bogen dort Richtung Meißen ab. Margarita staunte über die wuchernde Flora. Überall erblickte man die sich regenden Kräfte der Natur und große Bäume, die in den Himmel ragten. Zwischen leicht hügeligen Wäldern und Feldern sah sie auf einmal, wie die Elbe ein breites Tal in die herrliche Landschaft gegraben hatte. Die alte Burg, die in Meißen weit über dem Flusstal thronte, kündete mit ihren mächtigen Mauern und dem prachtvollen Schloss mit den hohen Fenstern von glanzvollen Zeiten und beeindruckte die junge Sängerin. Sie rasteten hier und nächtigten unterhalb des Burgbergs im Gast-

hof „Zur Sonne", der sich direkt am Gewandhaus befand.
Margarita vermisste Johann Georg sehr und sehnte sich nach seiner Wärme. Sie hatte ihre Familie und ihr Zuhause verlassen, um in diese neue Welt aufzubrechen, die so verheißungsvoll gelockt hatte. Nun war ihr Bruder tot, und sie befand sich immer noch auf der Flucht vor einem unsichtbaren Feind, der sie töten wollte und auch ihre Eltern und ihre Schwester bedrohte. Bei dem Gedanken an Angiola schossen ihr augenblicklich Tränen in die Augen – sie vermisste sie so sehr und hätte gern die vielen Eindrücke und Erlebnisse mit ihr geteilt. Maria, die mit ihr in einem Zimmer nächtigte, kam zu ihr und versuchte sie zu trösten. Auch für sie waren die weite Reise und die vielen, unbekannten Orte eine Strapaze gewesen. Vor allem durch die unendlich groß erscheinenden, weiten Wälder, die schlechten Wege durch die Berge und die wenigen Siedlungen, durch die sie fuhren, wurde den Frauen bewusst, dass sie in Gegenden vordrangen, die nur dünn besiedelt waren. Und hier sollte eines der größten Opernhäuser Europas stehen?
Neben der Trauer über die Trennung von ihrer Familie und von Johann Georg fühlte sich Margarita nicht wohl. Ihr schmeckte das ungewohnte Essen nicht, und sie aß nur wenig von den Keramiktellern. Margaritas Übelkeit wuchs in der Nacht und sie musste sich mehrmals übergeben.
Maria, die ihr sofort mit einem Kübel und Wasserschüsseln half, weckte augenblicklich Reuß, der gleich begriff, dass Margaritas Leben an einem seidenen Faden hing. Sie war trotz seiner Vorsicht und Anwesenheit vergiftet worden!
Er ging in Gedanken nochmals alle Gäste und Personen durch, die sich in dem Wirtshaus befanden und kam zu dem Schluss, dass jeder die Möglichkeit gehabt haben konnte, ihr etwas ins Essen zu mischen. Obwohl er keine Italiener gesehen hatte, musste dies kein Zeichen zur Entwarnung sein, da der Herzog von Mantua sicher Mittel und Wege kannte, um auch hiesige Kräfte für seine Spionage und Attentate zu gewinnen.

Reuß wunderte sich nur darüber, dass er selbst keinerlei Übelkeit verspürte, obwohl er Margaritas Essen vorgekostet hatte. Allerdings hatte er auch nur wenige Bissen zu sich genommen und vertrug als Mann sicher mehr von giftigen Stoffen als eine zarte Weibsperson. Doch auch Margarita hatte nur sehr wenig gespeist. Das erhöhte allerdings wiederum die Möglichkeit, dass sie diesen Angriff überleben könnte...
Reuß beschloss, die Nacht bei Margarita und ihrer Zofe zu wachen.
Die Wirtsleute begannen natürlich schon zu reden – ein vornehmer Herr vom Hofe mit einer edel gekleideten Dame, die offensichtlich aus südlichen Ländern stammte, und eine Zofe mit drei weiteren Männern in Begleitung – was für eine ungewöhnliche Reisegruppe! Reisende des Hofes waren meist in größeren Gesellschaften unterwegs und nächtigten im Schloss auf dem Burgberg. Und vor allem Damen in solcher Kleidung wurden oft von einer großen Entourage begleitet. Außerdem fürchteten die Wirtsleute, die aus gutmütigem, aber einfachem Holz geschnitzt waren, eine schwere Krankheit, die das hübsche Frauenzimmer aus der Ferne nach Meißen mitgebracht haben könnte. Die letzte Pest lag erst fünf Jahre zurück und hatte allein in Dresden tausende Opfer gefordert, und die Angst vor einer solchen Epidemie steckte allen noch tief in den Knochen.
Reuß beruhigte die Wirtsleute, weil er sicher war, dass nur eine Vergiftung als Ursache ihrer Übelkeit in Frage kam. Er gab ihnen einen zusätzlichen Taler und bangte innerlich um das Leben der Salicola. Vor allem fürchtete er die Reaktion seines Kurfürsten, falls er ihm die Nachricht vom Tode der Sängerin überbringen müsste.
Nachdem Margarita bis Mitternacht ihren ganzen Mageninhalt gelehrt hatte und keine üblen Säfte mehr aus ihr drangen, legte sie sich zu Bett und schlief augenblicklich ein.
Reuß betete zu Jesus Christus, dass Margarita diesen Anschlag überleben würde. Er würde sie von nun an noch besser

überwachen müssen und vor allem darauf achten, was die Primadonna zu sich nahm.

Nach der Nacht schien es ihr wieder besser zu gehen. Sie spürte noch eine leichte Müdigkeit und Mattheit, doch sie wollte weiterreisen und vor allem endlich ankommen. Die langen Wochen der Reise, der Verlust ihres Bruders, die Nächte mit Johann Georg und die aufregenden Besuche an fremden Höfen, wie das Zusammentreffen mit dem bayerischen Kurfürsten, zehrten an den Kräften der jungen Frau. Sie sehnte sich nach etwas Ruhe und vor allem auch wieder nach guter Musik. In den Gasthöfen hatte sie nur wenig musizieren können. Sie sang und übte nur für sich und erntete überall überraschte Blicke und Neugier, da man ein Weib noch nie so singen gehört hatte. Natürlich hatte es sich dadurch schon überall herumgesprochen, dass die erste italienische Primadonna nach Sachsen unterwegs war.

Vormittags überquerten sie in Meißen die Elbe über eine mächtige hölzerne Brücke. Unzählige kleine Orte und Gehöfte spannten sich um Meißen und säumten die Straße zur Residenz, die Margarita in der Ferne nun vor sich liegen sah. Die dicken, hohen Mauern und die Kirchturmspitzen kündeten schon von weitem von Dresden. Trotz der Imposanz in der idyllischen Lage war Margarita etwas enttäuscht – Dresden wirkte von Ferne her klein und wenig elegant. Es war tatsächlich nicht mit ihrem Venedig oder einer Stadt wie Mantua zu vergleichen. Alles erschien ihr gröber, klotzig und kleiner. Außerdem sah sie überall noch Häuser aus Holz, die sie in Italien kaum erblickt hatte. In was für ein rückständiges Land war sie nur gekommen?

Als sie durch das Weiße Tor in die Stadt hineinfuhren, fielen Margarita sofort der Gestank und Dreck auf, der auf den Straßen lag. Es war ein warmer Tag, und die Ausscheidungen von Menschen, Pferden und Getier wurden einfach direkt neben ihrer Kutsche entsorgt. Die Leute, die sie auf den Straßen erblickte, trugen schlichte Kleidung, und nur selten sah sie

einen Kavalier oder eine Dame nach französischer Mode.
Alles wirkte eng und wenig einladend und machte auf sie eher
den Eindruck eines größeren Dorfes als einer herrschaft-
lichen Residenz. Reuß vertröstete sie, weil sie sich noch in
Altendresden befanden, das eigentlich nur ein Vorort auf der
rechten Elbseite war. Erst auf der linken Elbseite würde sie
das wahre Dresden kennenlernen.

Tatsächlich konnte Margarita schon auf der Brücke erahnen,
dass das Herz Sachsens hier schlagen musste. Sie sah die
mächtigen, dunklen Festungsmauern aus Sandstein immer
näherkommen, die wie eine feste Burg dem Wasser der Elbe
entstiegen, die Stadt vollkommen einschlossen und ein Gefühl
von Macht und Sicherheit verströmten. Wie lange mochten
die Erbauer wohl an diesen dicken Mauern gebaut haben?

Auf dem Fluss erblickte Margarita viele Fischer und Boote, die
hinübersetzten oder Waren transportierten, und sie musste
unweigerlich an Pflug denken, der ihr die Stadt auf dem Weg
durchs hohe Gebirge so gut geschildert hatte. Auch auf der
Brücke herrschte schon ein solches Treiben, wie sie es von
der Rialto-Brücke in Venedig kannte. Nur äußerst mühsam
kam die Kutsche voran, während Margarita neugierig aus
dem Fenster spähte. Sie wollte am liebsten gleich die ganze
Stadt sehen, doch sie wusste, dass ihre Ankunft bei Hofe und
ihre Sicherheit im Moment absolut im Vordergrund standen.
Sie würde anhand ihrer Kleidung sowieso schnell im Gewimmel der Straßen auffallen.

Reuß erklärte ihr ein wenig die Häuser, die hinter den Festungsmauern zum Vorschein kamen. Sie sah den breiten
Turm der Kreuzkirche und das Schloss, das sich mit seinen
mächtigen Giebeln und einem hohen Turm in den Himmel erhob. Von der Brücke bis zum Schloss waren es nur wenige
Meter, und Margarita erkannte die Stattlichkeit des Gebäudes. Wuchtig und weit erstreckte sich der Prunkbau innerhalb der Festungsmauern. Trotzdem war Margarita wieder enttäuscht – nichts erinnerte an die Leichtigkeit, Eleganz

und Weitläufigkeit der italienischen Palazzi. Das Schloss sah klobig aus und wirkte altmodisch gegenüber den Gebäuden, die sie aus Italien kannte. Bereits in Augsburg war ihr der andere Baustil der Häuser in den deutschen Landen aufgefallen, und bis jetzt konnte sie sich nicht dafür begeistern.

Nun fuhren sie durch ein hohes Portal in den Schlosshof ein, das von vier Sandsteinsäulen gesäumt wurde. Viele Soldaten bewachten den Prachtbau, ließen die Kutsche aber gewähren, nachdem sie Reuß erkannt hatten. Mehrere Diener erwarteten die Neuankömmlinge im Schlosshof und kümmerten sich sofort um die wenigen Gepäckstücke, die sie mit sich führten. Reuß stieg zuerst aus und gab verschiedene Anweisungen, die Margarita nicht verstehen konnte. Sie blickte die Wände hinauf und sah an den Mauern verblasste Malereien. Sie mussten einmal sehr faszinierend gewirkt haben, boten aber jetzt einen trostlosen Anblick. Hinter den Fenstern meinte sie viele Augenpaare zu erspähen, die den Besuch mit unverhohlener Neugier anstarrten und musterten.

Margarita fühlte sich auf einmal unwohl und sehr fremd und spürte wieder, dass dies wahrscheinlich kaum ihre Heimat werden würde. Doch sie wollte sich und Dresden eine Chance geben und setzte ihre Füße mit Hilfe eines Dieners auf den dunklen Sandstein, mit dem der Innenhof gepflastert war. Immerhin trugen die Diener die neuesten Perücken aus Frankreich, und das beruhigte Margarita etwas.

Reuß führte die Sängerin mit ihrer Zofe, die standesgemäß weit hinter Margarita lief, zum Eingang des Schlosses, wo sie von dem Geheimen Kammerdiener Domenico Melani empfangen wurden. Der Kastrat begrüßte sie in ihrer Muttersprache. „Willkommen in Eurem neuen Zuhause, Margarita Salicola! Euer Ruf ist Euch weit vorausgeeilt, und wir erwarten mit Eurer Ankunft ein neues Zeitalter der Dresdner Oper. Natürlich hoffe ich, dass Ihr eine angenehme Reise hattet."

„Ich danke Euch für Eure freundliche Begrüßung und freue

mich außerordentlich, endlich in Dresden angekommen zu sein.“

Noch ehe Margarita weitersprechen konnte, verständigte sich Reuß mit Melani. „Verzeiht, aber wir sollten keine Zeit hier am Portal verlieren und die Primadonna sofort in ihre Gemächer bringen. Wir sind sehr geschafft von der langen Reise, und vermutlich ist Margarita in Meißen tatsächlich Opfer eines Giftanschlages geworden. Sie hat sich dort gestern mehrmals übergeben müssen. Deshalb müsst ihr unbedingt nach Doktor Morgenstern schicken, damit er sie gründlich untersucht und ihr ein Gegenmittel verabreicht. Ich werde augenblicklich an den Kurfürsten schreiben und möchte nicht, dass wir hier im Schloss unnötige Aufmerksamkeit auf uns ziehen. Deshalb zeigt ihr das Nötigste, aber haltet sie in ständiger Beobachtung. Kostet ihre Speisen vor, lasst keine Gäste, außer absolut vertrauenswürdige Personen, zu ihr und erregt um Gottes Willen keinerlei Aufmerksamkeit. Bitte folgt nur meinen direkten Anweisungen und lasst die Sängerin auch nicht das Schloss verlassen!“

Melani zeigte sich bestürzt über die strikten Anweisungen, begriff aber augenblicklich den Ernst der Lage. Er hatte schon in Briefen aus Italien von dem Konflikt mit dem Herzog von Mantua gehört und wollte nun alles für die Sicherheit seiner Landsmännin tun. Denn Melani kannte den Herzog von Mantua ebenfalls persönlich und wusste, wie nachtragend dieser sein konnte, wenn er sich in seiner Ehre gekränkt fühlte. Melani hatte nur gedacht, dass die Salicola hier in Sachsen sicher sein würde, doch das schien ein trügerischer Irrtum zu sein.

Von der Gesundheit der Sängerin hingen jetzt alle neuen Opernpläne ab, die er keinesfalls gefährdet sehen wollte. Melani, der aus einer altitalienischen Musikerfamilie stammte und auch als Theatermeister sein Können unter Beweis gestellt hatte, wusste, dass der jungen Sängerin die glanzvollsten Jahre ihres Künstlerlebens noch bevorstanden. Diese herrlichen Zeiten wollte er in seinem Dresden unbedingt miterleben und gestalten. Er ahnte, was ihre Ankunft und die wiederaufflammende Begeisterung für die italienische Musik für Dresden und auch für ihn selbst bedeuten konnten. Er hatte vor Jahren schon unter Johann Georg II., dem Vater des jetzigen Kurfürsten, als Kastrat große Erfolge gefeiert. Nach dessen Tod waren jedoch alle Italiener entlassen worden. Danach hatte Melani schmerzhaft feststellen müssen, wie schnell Ruhm und Ehre verblassen konnten. Nur durch den Zuspruch der Kurfürstenmutter hatte er am Hofe als Geheimer Kammerdiener verbleiben können und war mehrmals als Diplomat in Angelegenheiten des Hofes nach Italien gereist. Dort hatte er auch die Salicola gehört und war von ihrer außergewöhnlich klaren Stimme fasziniert gewesen.

Gemeinsam mit ihrer Zofe führte Melani die Sängerin durch die vielen Gänge des Schlosses in den Westflügel, wo sich die Gemächer des Kurfürsten befanden. In den vorangegangenen Briefen waren ausführliche Anweisungen von Johann Georg gegeben worden, welche Zimmer für die Sängerin hergerichtet werden sollten. Haugwitz hatte vor seiner Abreise nach Pegau noch alles veranlasst, und so waren die Gemächer für die Salicola schon bereit.

Margarita trat in einen großzügigen Raum, in dem sich ein geschnitztes Himmelbett aus Eiche, ein großer, verzierter Kleiderschrank, ein schmaler Sekretär und ein Schminktisch befanden. An das Zimmer grenzten zwei weitere Türen, die in andere Gemächer führten. Eines davon war für ihre Zofe Maria bestimmt, die in der Nähe der Sängerin bleiben sollte. Das Himmelbett war mit dunkelblauen Vorhängen aus Brokatstoff versehen und verströmte das wohlige Gefühl von Ruhe. An den Wänden hingen Gobelins, die Margarita an ihre Zeit in Italien erinnerten. Sie trat an die hohen Fenster und ließ ihren Blick über das weite Elbtal und Altendresden schweifen. Sie sah das Gewimmel auf der großen Elbbrücke und die vielen Boote auf dem Fluss und fasste Mut. Der Elbstrom und die herrlich üppige Natur schenkten ihr ein Gefühl von Hoffnung und Geborgenheit. Wenn sie jetzt noch anständige Musiker vorfinden würde und hier gut musizieren konnte, würde sie sich durchaus an der Seite Johann Georgs in Dresden wohlfühlen können.

Melani instruierte sie nochmals genauestens. „Signorina Salicola, ich hoffe, Ihr seid mit der Ausstattung Eurer Räumlichkeiten zufrieden? Alles wurde auf Wunsch des Kurfürsten so hergerichtet. Da Ihr Euch momentan vermutlich in großer Gefahr befindet, kann ich Euch nicht allein aus diesen Gemächern durch das Schloss oder gar durch die Stadt wandeln lassen. Vor Eurer Kammer wird deshalb ein Wächter postiert, der jeden Gast eingehend prüfen wird. Nur Personen, die von mir oder Reuß explizit die Erlaubnis erhalten haben, werden zu Euch vorgelassen. Eure Speisen werden vorgekostet und direkt zu Euch gebracht. Briefe dürft Ihr natürlich empfangen. Doch jetzt solltet Ihr erst einmal ruhen. Falls Ihr Fragen habt, schickt Maria nach mir im Schloss aus."

Margarita hatte viele Fragen, doch sie war tatsächlich auch sehr müde. Obwohl es draußen noch hell war, wollte sie am liebsten einfach ins Bett fallen und lange, lange schlafen. Die Stadt konnte warten, und sie würde später viel Zeit haben, um alles zu entdecken.

Der Kammerherr erklärte der Zofe Maria noch einige Besonderheiten und verschiedene Wege durchs Schloss, die sie nehmen musste, um ihn zu finden. Doch er würde ohnehin in Kürze mit Doktor Morgenstern wiederkommen und ihr das Wichtigste noch vor Einbruch der Nacht zeigen.

Als Melani vor die Kammer der Primadonna trat, stand der Wachtmann bereits auf seinem Posten. Auch ihm gab er nochmals neue Instruktionen, und Margarita wurde klar, dass ihr eigentlich genau das passiert war, was sie immer zu verhindern versucht hatte – sie war eine Gefangene geworden! Sie vermisste Johann Georg, doch ihre Erschöpfung ließ sie alles um sich herum vergessen und in einen tiefen Schlaf sinken.

Erst am nächsten Morgen erwachte sie wieder, verspürte immer noch eine leichte Übelkeit im Magen und hatte keinerlei Appetit auf ihr Frühstück. Maria kümmerte sich sorgsam um ihre Herrin und begann nun mit ihrer eigentlichen Arbeit, indem sie Margaritas Garderobe aufbereitete und das lange, mattgoldige Haar kämmte. Voller Hingabe wurden die Haare kunstvoll geflochten. Den von der Reise strapazierten Körper der Sängerin säuberte sie gründlich mit einem feuchten Lappen. Anschließend zog sie Margarita eines ihrer schönsten Kleider an. Auch wenn sie eine Gefangene war, so sollte Margarita diesem Umstand doch mit Würde und Grandezza begegnen.

Nach dem Frühstück kam der kurfürstliche Leibarzt, Doktor Johann Ernst Morgenstern, zu ihr. Der gebrechlich wirkende Mann mit wilden grauen Haaren, die nur notdürftig zu einem Zopf gebunden waren, hatte den Kurfürsten auch auf der Reise nach Venedig begleitet, doch er war von Augsburg schon direkt nach Dresden vorausgereist. Er mochte die langen Aufenthalte in anderen Städten nicht mehr so sehr wie in seiner Jugend. Nach Italien war er nur mitgereist, weil er sich einerseits um die Gesundheit seines Kurfürsten sorgte, und andererseits auf neue medizinische Erkenntnisse aus Padua gehofft hatte. Aber einer größeren Weisheit war er in dem fernen Land nicht begegnet – auch dort arbeitete man mit Aderlass und allerlei speziellen Kräutertränken. Nur die Anwendung von Schlangengift und das aus Ägypten stammende Mumienpulver hatten ihn in Venedig fasziniert. Von beidem hatte er geraume Mengen für den sächsischen Hof erworben. Nun stand er gemeinsam mit Melani im Schlafgemach der Sängerin, die die neue Gespielin seines Kurfürsten geworden war. Ihm fielen sofort ihre ungewöhnlich strahlende Schönheit und ihre üppig gerundeten Formen auf, die sich jetzt nach dem Ende der Reise und einer wirklich geruhsamen Nacht voll entfaltet hatten. Er brauchte kein Heiliger zu sein, um die Ursache ihrer Übelkeit anders zu deuten.

Morgenstern verneigte sich kurz und stellte sich der Prima-

donna nochmals förmlich vor, obwohl sie ihn als Mitglied der Reisegesellschaft natürlich schon wahrgenommen hatte.
„Hochgeschätzte Salicola, man schickte nach mir, weil Ihr an einer leidlichen Magenverstimmung und Übelkeit leidet?“
Mit seinem bruchstückhaften Italienisch kam er relativ gut zurecht, doch Melani konnte ihm im Zweifelsfall helfen und würde das eine oder andere Wort übersetzen.
„Es freut mich, Doktor Morgenstern, dass Ihr Euch meiner annehmt“, antwortete Margarita voller Hoffnung auf baldige Genesung.
„Unter welchen Symptomen leidet Ihr genau und seit wann treten diese auf?“
„Es fing kurz vor Meißen an. Mir wurde in der Kutsche schon leicht übel, doch es legte sich alsbald. Ich schob es auf die Erschöpfung von der langen Reise und den schnellen, unerwarteten Aufbruch aus Pegau. Als ich dann einen Braten im Wirtshaus ‚Zur Sonne‘ in Meißen zu mir nahm, konnte ich ihn nicht bei mir behalten und spie Gift und Galle aus mir heraus.“
„Ging es Euch danach besser?“, fragte Morgenstern mitfühlend.
„Ich fühlte mich erleichtert, aber sehr schwach und müde. Danach habe ich viele Stunden ruhen müssen.“
„Ich brauche Euren Urin, um die genaue Ursache Eurer Krankheit feststellen zu können. Eure Zofe soll mir später etwas davon in mein Laboratorium bringen. Und nun will ich Euch untersuchen. Dazu benötige ich einen Tropfen Eures Blutes.“
„Mein Blut? Wie wollt Ihr welches bekommen?“
„Ich werde Euch mit einer Nadel in den Finger stechen und den Tropfen in einem Glas auffangen. Seid Ihr zu einem solchen Schritt bereit?“
„Wenn es meiner Gesundheit dient und Euch hilft, die Ursache meiner Übelkeit zu finden, dürft Ihr natürlich auch mein Blut betrachten.“ Margarita hatte auf Jahrmärkten alle möglichen Arten von Wundheilern und Scharlatanen gese-

hen, wobei jeder seine eigene Behandlungsmethode hatte. Wenn der Arzt des Kurfürsten nun ihr Blut sehen wollte, so würde er schon seine Gründe dafür haben.

Melani trat augenblicklich an Margarita heran, führte sie zu einem Stuhl in der Nähe des Fensters, gebot ihr, sich zu setzen und nahm ihre linke Hand. Doktor Morgenstern trat hinzu und stach mit einer langen Nadel in ihren Zeigefinger, sodass ein großer Tropfen Blut auf seine Glasscheibe tropfte. Damit ging er noch näher an das Fenster und betrachtete das Blut eingehend.

„Was ich sehe, ist nicht für alle Ohren bestimmt. Dürfte ich Euch bitten, das Zimmer kurz zu verlassen?", wandte er sich an Melani und die Zofe der Sängerin.

Widerwillig verließen die beiden den Raum. Es ziemte sich nicht, dass eine Dame allein mit einem Arzt in einem Zimmer zusammen war, doch beim Leibarzt des Kurfürsten wagte selbst Melani keinen Widerspruch.

Als sie endlich allein waren, wandte sich Doktor Morgenstern wieder Margarita zu, während er das Glas mit dem Blutstropfen immer noch in der Hand hielt. „Euer Blut sagt mir etwas völlig anderes über Euren Gesundheitszustand, hochgeschätzte Salicola. Wann hattet Ihr das letzte Mal Eure weibliche Mensis?"

Margarita war von der Frage völlig überrascht und verstand sie zuerst überhaupt nicht, bis sie begriff, dass er damit ihre Blutungen meinte. Sie musste lange überlegen, bis sie den Zeitpunkt in etwa bestimmen konnte, und der schien ihr lange her zu sein. „Es liegt nun schon über zwei Monate zurück."

„Das habe ich auch vermutet. Euer Blut, verehrteste Margarita, hat mir ein Geheimnis anvertraut, dass vorläufig unter uns bleiben sollte: Ihr seid wahrscheinlich schwanger und erwartet ein Kind."

Margarita war so überrascht von der Neuigkeit, dass sie nicht wusste, ob sie sich freuen oder weinen sollte. „Seid Ihr sicher, Doktor Morgenstern? Kann es keine Vergiftung sein?"

„Natürlich kann ich mich irren, und auch eine Vergiftung liegt im Bereich des Möglichen, doch wenn ich Euch so betrachte, spricht vieles für meine Vermutung. Ihr seid weiblicher und runder geworden, seit ich Euch in Venedig kennengelernt habe, wenn ich das sagen darf. Wir müssen noch ein paar Wochen abwarten, und dann werden wir sehen, ob sich Euer Leib stärker wölben wird oder eine Blutung ergeht.“

Margarita war verunsichert. Was würde die Schwangerschaft in Hinsicht auf ihre Beziehung mit Johann Georg bedeuten? Was würde es überhaupt für ihr Leben bedeuten? Würde sie dann noch singen können? All diese Fragen schwirrten ihr durch den Kopf und schienen sie förmlich zu erschlagen. Sie dankte Doktor Morgenstern, der ihr einen Beruhigungssud verschrieb und anschließend das Zimmer verließ.

Doktor Morgenstern beruhigte auf dem Gang den Kammerherrn Melani und die Zofe und sagte ihnen, dass im Moment keine Lebensgefahr für die Primadonna bestünde. Sie benötige lediglich Ruhe und sei von der Reise geschwächt.

Margarita hingegen musste diese Nachricht erst einmal begreifen und beschloss einfach, das Gehörte für den Moment zu verdrängen. Bis jetzt merkte sie nichts von einer Schwangerschaft, und sie wusste von anderen Frauen, dass man auch noch später bluten und das Kind verlieren konnte.

Guter Hoffnung

Die Nachricht von der Schwangerschaft wühlte Margarita auf, und sie vermisste Johann Geoerg mehr den je. Sie wollte mit ihm über das Kind in ihrem Leib sprechen und ihn darum bitten, endlich wieder singen zu dürfen, doch sie erhielt keinerlei Nachrichten aus dem Feldlager.

Melani brachte ihr zur Ablenkung mehrere Stapel mit Noten, die sie umgehend studieren sollte. „Hier habt Ihr etwas zum Ausprobieren. Vielleicht wird die Kurfürstin doch von ihrer

Neugier übermannt und möchte Euren vielgepriesenen Ge-
sangskünsten lauschen? Das Orchester ist bereits informiert
und wartet nur auf ein Zeichen von Anna Sophie."
„Ach Melani, es scheint sich hier überhaupt niemand für mich
zu interessieren. Ich komme mir wie ein Vogel im goldenen
Käfig vor."
„Ihr übertreibt ein wenig. Ihr wisst selbst, dass Ihr zu Eurem
Schutze hier untergebracht seid, und die Kurfürstin wird
Euch sicher bald rufen lassen, um Euren Gesang zu genießen."
Doch selbst der Kammerherr zweifelte insgeheim an seinen
Worten. Für die streng lutherische Kurfürstin Anna Sophie
war die Ankunft eines katholischen Frauenzimmers aus
Italien, das in ihrem Opernhaus auftreten sollte, ein absoluter
Affront, vor allem, da schon etliche Gerüchte über die Liaison
zwischen der Primadonna und ihrem Gatten an ihre Ohren
gedrungen waren.
Margarita ahnte von alldem nichts – sie wollte endlich singen,
die Welt erobern und nicht in einer kleinen Kammer zugrunde gehen. Bereits nach dem ersten Tag war sie ihres Gefängnisses überdrüssig geworden und hoffte, bald in die Stadt gehen zu können. Sie wollte durch die Gassen streifen, das
Opernhaus sehen, Komödianten erleben und vor allem Johann Georg endlich wieder in die Arme schließen! Doch dazu
musste sie sich in Geduld üben.
„Hat der Kurfürst keine Nachricht an mich gesandt oder seine
Ankunft hier mitgeteilt?", fragte sie Melani ungeduldig.
„Der Kurfürst weilt noch im Feldlager", antwortete Melani
ehrlich, wobei ihm die Enttäuschung im Gesicht der Sängerin
nicht verborgen blieb. „Er kann Euch keine offizielle Nachricht zukommen lassen, weil die Post des Kurfürsten immer
öffentlich verlesen wird", setzte er hinzu, um sie zu trösten.
Margarita hörte das Blasen der Türmer und den Gesang vorbeiziehender Kinder, die mit dem lauten Singen von Chorälen
um Geld bettelten. Sie übte in ihren Räumen und wusste, dass
die Kurfürstin und der gesamte Hofstaat ihren Gesang hören

konnten. Würde ihre Stimme nicht das Herz der Kurfürstin erweichen können? Tatsächlich schien ihr Gesang eine gewisse Wirkung zu zeigen, denn wenige Stunden später erschien ein Bote der Kurfürstin bei ihrer Kammer, der Margarita ein persönliches Schreiben in italienischer Sprache überbrachte:

„Hochgeschätzte und weitgepriesene Margarita Salicola! Ich freue mich ungemein, Euch an meinem Hofe als Sängerin und neue Kammerfrau begrüßen zu können. Es wäre mir eine außerordentliche Freude, wenn Ihr Euer Können in einem privaten Konzert in meinen Räumen am morgigen Tag unter Beweis stellen könntet. Einer meiner Diener wird Euch am Vormittag in Euren Gemächern abholen. Anna Sophie, Kurfürstin von Sachsen."

Margarita las die wenigen Zeilen mehrmals durch, weil sie die Bedeutung der Einladung begreifen wollte. Ein Empfang bei der Kurfürstin kam einer Akzeptanz ihrer Person bei Hofe gleich und würde vor allem bedeuten, dass sie dieses Gefängnis endlich wieder verlassen konnte! Margarita war gewillt, alles für die Kurfürstin zu tun, damit beide trotz der schwierigen Konstellation ein gütliches Nebeneinander an der Seite des Kurfürsten führen konnten. Vor Aufregung konnte Margarita in der darauffolgenden Nacht kaum ein Auge schließen – endlich würde sie zeigen können, wozu sie fähig war.
Ihre Zofe Maria zog ihr am Morgen eines der Kleider an, die Johann Georg für sie in Venedig hatte schneidern lassen. Das üppige Gewand in dunkelblauer Seide verlieh Margarita etwas majestätisch Erhabenes und ließ sie reifer und ernster erscheinen. Außerdem legte sie die prachtvolle Kette um den Hals, die ihr Johann Georg in Augsburg geschenkt hatte. Margarita hoffte, dass ihr das Schmuckstück Glück bringen würde, während sie wehmütig an die schönen Tage mit ihrem Geliebten dachte, die bereits eine Ewigkeit zurückzuliegen schienen. Außerdem nahm sie einen winzigen Tropfen des zarten

Parfüms, das ihr der alte Mann aus dem Orient in Venedig geschenkt hatte. Bereits kurz nach dem Frühstück, das sie kaum angerührt hatte, vernahm sie Stimmen auf dem Gang vor ihrem Zimmer, die offensichtlich laut miteinander diskutierten. Maria öffnete die Tür, damit die Damen das Gespräch nachvollziehen und vielleicht schlichtend eingreifen konnten. „Sie haben keine Befugnis, die Sängerin zu besuchen. Deshalb muss ich sie abweisen", hörten sie den Wächter vor der Tür in einem barschen Tonfall sagen. Die Frauen verstanden zwar keines der Worte richtig, doch schon am Gestus erkannten sie, dass der fremde Mann offensichtlich zu Margarita wollte. „Aber die Kurfürstin persönlich schickt mich! Signorina Salicola, würden Sie Ihrem ungehobelten Wachmann bitte sagen, dass ich Euch zu einer Audienz bei der Kurfürstin abholen soll?", sagte der Bote in einem ausgezeichneten Italienisch. In Deutsch wandte er sich erneut an den Wachmann. „Oder soll die Kurfürstin vielleicht doch noch persönlich hier erscheinen?"

Margarita begriff sofort, dass es sich um den Boten der Kurfürstin handeln musste, der sie abholen kommen wollte. Sie griff schnell nach dem Schreiben der Kurfürstin, das gesiegelt gewesen war, und zeigte es dem Wächter. Dieser erkannte natürlich das fürstliche Siegel, verstand aber kein Wort des italienischen Textes, in dem der Brief verfasst war.

Deshalb nahm der Bote den Brief an sich und las dem Wachmann jedes einzelne Wort samt Übersetzung vor, sodass dieser endlich den Inhalt des Briefes verstand.

„Natürlich verstehe ich jetzt Euer Anliegen, doch ich habe Anweisung, niemanden vorzulassen."

„Doch aber nicht, wenn die Kurfürstin persönlich nach der Salicola verlangt! Wollt Ihr etwa in ernsthafte Schwierigkeiten geraten?", erwiderte der Bote, der auf Margarita wartete.

Der Wächter dachte nach. „Ihr habt sicher recht. Die Kurfürstin würde mich für mein ungehöriges Verhalten hart bestrafen. Ihr dürft die Sängerin natürlich in die Gemächer der Kur-

fürstin führen, während ich hier auf ihre Rückkehr warte."
Der Bote übersetzte Margarita alles und bat sie, ihm sofort zu folgen. Margarita bedeutete Maria mit einer Geste, ihr die Noten vom Sekretär zu reichen.
Endlich konnte sie die Mauern dieser Räume verlassen, die Kurfürstin sprechen und wieder singen! Sie entschwand mit dem Stapel Noten unterm Arm in den Gängen des Schlosses und freute sich auf das bevorstehende Konzert. Der Bote, der ein so perfektes Italienisch gesprochen hatte, führte sie jedoch nicht wie erwartet in die Zimmer der Kurfürstin, sondern stieg mit ihr eine schmale Treppe hinab, bis sie an einen kleinen Ausgang gelangten. Als Margarita begriff, dass sie nicht zur Kurfürstin gebracht werden würde, war bereits alles zu spät. Der Fremde holte ein feuchtes, furchtbar stinkendes Tuch aus seiner Tasche und drückte es ihr auf die Nase. Dann verschwand die Welt vor Margaritas Augen.

Freiheit

Angiola kniete mit ihren Eltern vor dem Herzog von Mantua, der auf einem pompösen Sessel in einem weiträumigen Saal seines Palazzos thronte. Er hatte sie rufen lassen, um ihnen eine wichtige Entscheidung mitzuteilen. Ihre Blicke waren auf den Boden gerichtet und Angst durchdrang jede Pore ihres Körpers, denn sie ahnten, dass dies ihr Todesurteil war.
„Ihr wisst, warum ich euch zu mir rufen ließ?", fragte der Herzog voller Verachtung in der Stimme, während er auf die Salicolas herabblickte.
Matteo Salicola hob vorsichtig den Kopf. „Falls ihr uns das Leben nehmen wollt, so sind wir zu allem bereit, Durchlaucht. Doch bitte ich Euch darum, das Leben unsere Tochter Angiola zu verschonen. Sie ist noch so jung an Jahren, und wir haben nach dem Tod von Francesco nichts mehr auf dieser Welt, das uns so teuer ist, wie ihr Blut."

„Vergesst nicht Euer eigen Blut, das sich schändlich aus Italien davongeschlichen hat, um in der Ferne sein Glück zu versuchen. Oder weilt Margarita etwa schon nicht mehr unter den Lebenden?", fragte der Herzog boshaft.

„Wir haben von Margarita lange keine Nachricht erhalten und wissen nicht, ob sie noch lebt. Deshalb bitten wir Euch inständig, Angiola zu verschonen."

Die Stimme des alten Mannes klang gebrochen, während seine Frau Laura leise schluchzte. Nur Angiola blieb ruhig und zeigte keinerlei äußere Regung.

Der Herzog erhob sich von seinem Sessel und trat näher an die drei Knieenden heran. Sein Blick blieb auf dem dunklen Haar Angiolas hängen, das sich leicht gelockert hatte und sanft über ihre Schulter fiel. „Ihr wisst, dass ihr mich alle schändlich hintergangen und mein Vertrauen aufs Tiefste missbraucht habt. Ihr, Matteo Salicola, habt ohne meine Erlaubnis und mein Wissen einen Vertrag für Eure Tochter Margarita unterschrieben, der sie nach Sachsen bindet. Das ist Hochverrat. Dafür verdient ihr den Tod oder zumindest die endgültige Verbannung aus meinen Landen."

Er machte eine bedeutungsvolle Pause, um seinen Worten mehr Nachdruck zu verleihen. „Doch ich habe euch einen Vorschlag zu machen. Niemand soll etwas Schlechtes über mich sagen, und deshalb will ich Euch und Eurem Weibe die Freiheit schenken. Ihr bleibt allerdings lebenslang gegen Kost und Logis an meinem Hof als Schauspieler verpflichtet. Ihr werdet versorgt für Eure Dienste und – für Euer Schweigen. Nichts von dem, was in diesen Mauern geschehen ist und zwischen uns gesprochen wurde, soll jemals nach außen dringen. Natürlich wird auch Angiola frei sein, doch für sie habe ich eine spezielle Bedingung: Einmal im Monat, bei Vollmond, gibt mir Eure begabte Tochter ein kleines Privatkonzert. Je nach Laune kann sie mir am Abend aus Shakespeares Sonetten vorlesen, Balladen singen oder die Flöte spielen. Die Mondphasen verursachen bei mir so schrecklich starke Kopf-

schmerzen und nur das süße Stimmchen Eures Töchterchens
vermag meine Schmerzen zu lindern. Natürlich erwarte ich,
dass sie mir auch sonst bei Kopfschmerzen die Zeit vertreibt.
Ich verzehre mich schon jetzt nach dem lieblichen Klang ihrer
Seufzer und würde es kaum ertragen, wenn ich auf ihre beru-
higende Wirkung verzichten müsste."
Sein durchdringender Blick blieb bei seinen Worten auf Angiola haften, um genaustens ihre Reaktion zu prüfen, doch keine Regung ging von ihrem schönen Körper, den er so oft genossen hatte, aus. Sie wusste, was diese Bedingung für sie bedeutete, doch welche Wahl hatte sie schon? Angiola wollte
ihre Eltern in Freiheit wissen und würde dieses kleine Übel
auch noch ertragen. Es gab ohnehin niemanden, der sie nach
diesem Skandal noch zur Frau nehmen würde.
„Ihr verlangt, dass unsere Tochter Euch allein des Abends besucht? Einmal im Monat?" Matteo Salicola begriff natürlich
genau, was der Herzog von ihr und von ihm als Vater forderte.
Jeder wusste, dass Angiola schon lange die Geliebte des Herzogs war, doch bisher war alles im Geheimen geschehen.
Wenn sie nun regelmäßig den Herzog offiziell allein aufsuchen würde, wäre ihr Ruf gänzlich ruiniert und sie würde als
Kurtisane gelten.
„Sie wird mir ein paar Gedichte vorlesen und mit ihrer Kunst-
fertigkeit zur Hand gehen. Mehr verlange ich nicht", antwortete der Herzog bewusst gelangweilt.
Angiola, die den Zweifel in der Stimme ihres Vaters gehört
hatte, erhob den Kopf und blickte dem Herzog direkt in die
Augen. „Wenn Ihr es wünscht, werde ich Euch monatlich besuchen und Euren Drang nach Muße gänzlich stillen."
Der Herzog trat an sie heran, nahm ihre Hand und zog Angiola
betont höflich nach oben. „So ist es brav, mein liebes Vögel-
chen", hauchte er danach kaum hörbar in ihr Ohr, „so ist es
brav."

Glut

Endlich fühlte Johann Georg eine gwisse Erleichterung in sich aufsteigen – aus Wien war mit dem Botschafter Romulado Vialardi ein langer Brief des Herzogs von Mantua eingetroffen, der die Causa Salicola nun endlich beizulegen schien. Der Herzog hatte ihm tatsächlich geschrieben, dass er bereit war, die Salicola freizugeben:

> *„Eure hochfürstliche Durchlaucht,*
> *Euren Brief habe ich von Graf Polheim empfangen und*
> *ersehe daraus, dass Eure Hoheit nie gewusst haben, dass*
> *Margarita Salicola in meinen Diensten stand und mir zu*
> *Gehorsam verpflichtet war. Eure Versicherung ist für mich*
> *über jeden Zweifel erhaben. Da Euer Verlangen nach*
> *Margarita Salicola immer noch ungebrochen scheint, so*
> *werde ich sehr gern die Gelegenheit ergreifen, Eurer*
> *Durchlaucht Wunsch zu erfüllen und gebe die Salicola frei.*
> *Ich bedauere nur, daß es mir nicht vergönnt gewesen ist,*
> *Eurer Durchlaucht noch größere und vollgültigere Beweise*
> *meiner Ergebenheit zu erbringen. Dies alles wird Euch mein*
> *Gesandter Romualdo Vialardi ausführlicher mitteilen, und*
> *unterdessen erkläre ich mich zu sichtbaren Zeichen meiner*
> *Ergebenheit bereit und lade Eure Durchlaucht zum*
> *nächsten, gemeinsamen Karneval nach Venedig ein.*
> *Voller Ergebenheit,*
> *Ferdinando Carlo Gonzaga, Herzog von Mantua.“*

Vialardi hatte dem sächsischen Kurfürsten ausführlich dargelegt, wie sehr der Herzog von Mantua den ganzen Vorfall bedaure. Zudem hatte der Botschafter versichert, dass die Familie der Salicola noch lebe und sich auf freiem Fuß befinde. Und außerdem hatte der Herzog von Mantua den sächsischen Botschafter Polheim, Lucio della Torre und den Theaterbesitzer Grimani als Ehrengäste nach Mantua eingeladen und fürstlich bewirtet. Damit hatten sich alle diplomatischen Verwicklungen wegen Margarita in Luft aufgelöst, und Johann Georg würde endlich ungestört mit ihr zusammenleben können.

Die Lösung dieses Problems beflügelte den Kurfürsten dermaßen, dass er sich wieder jung und stark fühlte und diesen Zustand männlicher Unbeschwertheit möglichst lange genießen wollte. Er hatte seine Truppen verlassen und befand sich mit einigen Mannen auf dem Weg nach Dresden und wollte nun keine Zeit mehr verlieren. Am ganzen Körper spürte er die Sehnsucht Margaritas, die ihn magisch nach Hause zog. Er ahnte aber nichts Gutes, als er in einem heranreitenden Boten Heinrich von Reuß erkannte, der wie ein Verrückter aus Dresden hergeritten sein musste. Sein langes, welliges Haar klebte wild an der verschwitzten Haut und seine Hand verkrampfte sich regelrecht am Zügel seines Pferdes.

„Reuß, Ihr hier? Bringt Ihr Kunde aus Dresden?"

„Verzeiht, Euer Durchlaucht, dass ich Euch bei Eurer Heimreise störe, doch die Angelegenheit duldet keinen Aufschub. Dürfte ich Euch bitte unter vier Augen sprechen?"

Johann Georg ließ sich mit seinem Pferd wenige Meter hinter seinen Tross zurückfallen, um ungestört mit Reuß sprechen zu können. Am Klang der Stimme seines Generalmajors und an seinem fixierenden Blick erkannte er die Dringlichkeit der Angelegenheit.

„Durchlaucht", hechelte dieser kurzatmig. „Ich bin seit gestern durchgeritten und habe leider schlechte Neuigkeiten für Euch."

Johann Georg wusste nicht, was für Nachrichten eine solche Dringlichkeit erforderten. Die Konflikte um die Salicola waren gelöst, und seine Truppen waren auf gutem Wege nach Italien.

Reuß sprach hastig weiter, um die Fragen in den Blicken seines Herrn schnellstmöglich zu beantworten. „Die Primadonna, die erst vor wenigen Tagen in unserer Residenz ankam, ist mit schändlicher List aus Eurem Schloss entführt worden. Wir wissen leider nicht, wo sie sich jetzt aufhält, doch sie hat die Stadt wahrscheinlich noch nicht verlassen. Ich habe nach ihrer Entführung gemeinsam mit Haugwitz eine sofortige Schließung der Stadttore veranlasst, und nur Wagen und Reiter, die komplett durchsucht wurden, dürfen die Stadt verlassen."

Johann Georg begriff nicht sofort, was diese Worte bedeuteten. Man hatte seine Margarita entführt? Wer sollte denn so etwas jetzt noch tun? Der Herzog von Mantua hatte in seinem Schreiben doch gerade eindeutig auf sie verzichtet und den angebotenen Frieden angenommen.

„Margarita wurde entführt? Wie konnte das geschehen?", fragte er ungläubig.

„Sie erhielt einen fingierten Brief von Eurer Gattin, in dem sie zu einem Privatkonzert in die Gemächer der Kurfürstin eingeladen wurde. Als nun ein vermeintlicher Diener Eurer Gattin die Salicola abholen wollte und der Wächter ihm keinen Einlass gewährte, drohte er mit der Rache der Kurfürstin. So ließ der Wächter die Salicola widerstrebend mit ihm gehen. Danach wurde sie nicht mehr im Schloss gesehen."

„Kann es nicht sein, dass sie sich im Gebäude versteckt hält?"

„Durchlaucht können versichert sein, dass wir jeden Stein Eurer Residenz umgedreht haben, doch wir konnten sie nirgends entdecken. Sie muss innerhalb der Stadtmauern in einem Haus gefangen gehalten werden oder vielleicht wurde sie auch nach Altendresden gebracht. Auch dort haben wir alle Tore schließen lassen."

„Verehrter Reuß, ich bin zutiefst bestürzt und erschüttert über Eure Nachrichten. Gerade eben noch glaubte ich, dass dieser kostbare Edelstein nun für immer die Zierde meines Hofes sein würde, und da überbringt Ihr mir solch schreckliche Kunde?!"

Nach einem kurzen Moment der Fassungslosigkeit fing sich der Kurfürst allerdings schnell. „Ich werde augenblicklich nach Dresden reiten und mir eine Übersicht verschaffen. Sobald Ihr Euch in der Lage dazu fühlt, bitte ich Euch nachzukommen. In Dresden werde ich nochmals den Wachmann vernehmen und nach Königstein bringen lassen, da er offenbar auf ganzer Linie versagt hat."

Einen kurzen Augenblick dachte Johann Georg nach. „Doch wer sollte jetzt noch ein Interesse an der Salicola haben, wo der Herzog von Mantua doch auf sie verzichtet hat? Ich muss diese Entführung als einen direkten Angriff auf meine Person verstehen und werde die Verbrecher mit eiserner Hand bestrafen."

„Ich bin Euer getreuer Diener und werde meine ganze Kraft aufbieten, um Euch bei der Suche nach der Primadonna behilflich zu sein. Bitte gönnt mir ein paar Stunden der Ruhe. Ich brauche auch ein neues, gutes Pferd und werde nicht vor morgen früh wieder reiten können, Durchlaucht."

„Die Ruhe sei Euch vergönnt, Reuß. Sucht euch einen Gasthof. Aber ich selbst werde sofort nach Dresden reiten."

Johann Georg besprach sich mit Miltitz, der zu seinen Begleitern gehörte, und ritt mit ihm und zwei weiteren Männern voraus.

Der Kurfürst spürte den warmen Frühlingswind auf seiner Haut, die heiß vor Begehren und Angst um Margarita brannte. Seine Gedanken hafteten an Margaritas Bild und er spürte in seiner Brust einen tiefen Schmerz, der sich wie eine heftige Verletzung anfühlte. Seine Seele klagte wehleidig über den Verlust seiner gerade erst gewonnenen Geliebten. Dazu gesellte sich eine ungeheure Wut. Hatte er sie in Italien und auf dem langen Weg bis nach Dresden schützen können, warum sollte er sie ausgerechnet jetzt in seiner Heimatstadt verlieren? Warum war sie gerade dort entführt worden, als er nicht anwesend war?

Es konnte nur ein geheimes Komplott gegen ihn im Gange sein, und wenn nicht der Herzog von Mantua für den Streich verantwortlich war, so konnte eigentlich nur der bayerische

Kurfürst, den er so dreist mit seinem Vorschlag zurückgewiesen hatte, für eine solche Entführung verantwortlich
sein.

Johann Georg vertraute Margarita so sehr, dass er es nicht in
Erwägung zu ziehen wagte, dass sie von einem anderen
Liebhaber entführt worden war. Oder war es vielleicht doch
ihr Geheimnis gewesen, dass ein Anderer stets um ihre Gunst
bemüht war und dieser sie in Dresden jetzt für sich in Anspruch nahm? Die Gedanken in seinem Kopf wurden immer
wilder und spekulativer. Er beschloss deshalb, nicht mehr
darüber nachzudenken. Jetzt wollte er sie einfach schnellstmöglich finden, und danach würde man auch die Hintergründe dieser Entführung leicht aufklären können.

Sein Pferd lief schnell, sodass seine Begleiter Mühe hatten,
mit ihrem Kurfürsten Schritt zu halten. Er legte keine Pause
ein und spürte, wie sehr seine Beine schmerzten und wie
anstrengend das schnelle, ununterbrochene Reiten für seinen
nicht mehr jungen Körper war. Als er mit Anfang zwanzig
durch die sächsischen Wälder gestreift war, hatte er nie genug von den herrlichen Ausritten zu Pferde bekommen können, weil sein Körper kaum Anzeichen von Müdigkeit gezeigt
hatte. Doch die vielen Schlachten, Verletzungen und natürlich
auch das Alter machten sich langsam bemerkbar. Mit seinen
37 Jahren fühlte er sich zwar noch rüstig, aber die Leichtigkeit
und Unbeschwertheit der Jugend waren verlorengegangen.

Deshalb war er auch für die Begegnung mit Margarita so
dankbar gewesen. Sie hatte ihm ein Gefühl von ewiger Jugend
geschenkt. Nur bei ihr hatte er dieses unbeschreibliche
Verlangen der unstillbaren Lust, der unteilbaren Liebe und
der seelischen Einheit mit einer Frau gefühlt. Sollte er diesen
kostbaren Schatz jetzt wieder verlieren? Gönnte ihm Gott
sein irdisches Glück nicht?

Falls aber vielleicht sogar Ludwig XIV. hinter dieser Fehde
stecken sollte, würde er ihm unweigerlich den Krieg erklären
und auch dem Ungetüm Frankreich endlich zu Leibe rücken.

Nach zwölf Stunden ununterbrochen zu Pferde kamen die Reiter mitten in der Nacht am Weißen Tor Dresdens an und schreckten mit ihren lauten Rufen die schlafende Nachtwache auf. Der Kurfürst wurde nach kurzem Staunen erkannt, und die Wächter gestatteten den Reitern Einlass. In der Dunkelheit ruhte die Stadt normalerweise, und nur wenige Gaststuben hatten zu so später Stunde noch Kerzenlicht in ihren Fenstern. Das Getrampel der Pferdehufe erregte deshalb Aufmerksamkeit und scheuchte manch` braven Bürger aus dem Bett. Man wusste ja nie, ob ein Überfall drohte oder ein Mörder in den Gassen sein Unwesen trieb.

Auch im Schloss brannten nur wenige Lichter, und bei Ankunft des Kurfürsten wurde eiligst die Dienerschaft geweckt, um den nach langer Zeit wieder eingetroffenen Regenten standesgemäß zu empfangen.

Johann Georg war tatsächlich viele Monate nicht in Dresden gewesen. Und jetzt war er mit seinen Männern müde und erschöpft von dem ununterbrochenen Ritt und sah elendig aus. Er wollte nur schlafen und bat darum, dass man ihm die Räumlichkeiten zeigte, in denen die Salicola genächtigt hatte. Ein müder Kammerherr entkleidete den Kurfürsten schnell und nahm ihm die völlig durchgeschwitzte Kleidung ab. Danach zog er ihm ein frisches Nachthemd an.

Kraftlos ließ sich Johann Georg auf das Bett fallen, in dem seine Geliebte geschlafen hatte. Er glaubte, ihren Duft noch riechen zu können, und sog ihren Geruch aus dem federnen Kopfkisten ein, das er fest an sich presste. Trotz der starken Erschöpfung war der Schmerz in seiner Brust, den er durch ihre Abwesenheit spürte, noch stärker geworden. Er hoffte mit ganzer Seele, dass er sie heil wiederfinden würde und sank mit einem innigen Gebet in einen Schlaf wirrer Träume. Die Unruhe ließ ihn jedoch nicht lange rasten, und nur wenige Stunden nachdem er in Dresden angekommen war, stand er mit dem Aufgang der Sonne wieder bereit und hoffte, einen umfassenden Bericht über das Verschwinden der Primadonna zu erhalten. Er ließ Melani zu sich kommen, der ihm nochmals eine Zusammenfassung der momentanen Erkenntnisse lieferte. „Die Salicola hat einen gefälschten Brief von der Kurfürstin erhalten, in dem sie zu einem Privatkonzert in die Gemächer Eurer Gattin eingeladen wurde. Die Zofe Maria berichtete, dass sie sich außerordentlich über diese Einladung gefreut habe, weil sie die Zeit allein hier im Zimmer wie ein quälendes Gefängnis empfunden hatte. Zudem war sie bis dato nicht vor die Kurfürstin geladen worden und hoffte nun endlich, Gehör zu finden."

„Anna Sophie hat sie nicht empfangen?"

„Nein, Durchlaucht. Eurer Gemahlin stand nicht der Sinn nach italienischer Musik einer ,katholischen Dirne', wie sie sich auszudrücken pflegte."

Johann Georg wurde wütend. Hätte seine Gattin Margarita empfangen und nicht zurückgewiesen und gekränkt, so wäre dies alles nicht geschehen. Und sie außerdem als ,katholische Dirne' zu bezeichnen, ging ihm doch zu weit. Er würde also auch noch seine Gattin zur Räson bringen müssen, die damit sogar ein Motiv hatte, selbst die Salicola vom Hof fortzuschaffen. „Wie sah der Brief aus, den Margarita erhalten hat? War er gesiegelt?", fragte er Melani ungeduldig.

„Der Brief war richtig versiegelt und in italienischer Sprache verfasst. Sogar die Schrift glich der Eurer Gattin, doch sie schwört bei Jesus Christus, dass sie das Schreiben nicht verfasst habe."

„Also müssen wir einen guten Fälscher bei Hofe haben, der zudem Zugang zu den Siegeln hatte."

„Oder eine gute Kopie herstellen konnte. Bedenkt, Durchlaucht, wenn tatsächlich ein anderer Monarch hinter dieser Entführung stecken sollte, sind alle Mittel und Wege nur eine Frage des Geldes."

„Ihr habt Recht, Melani. Wem traut Ihr dieses Attentat zu? Glaubt Ihr, es war der Herzog von Mantua?"

„Mit Bestimmtheit kann ich dies nicht sagen, doch es würde

seinem Charakter entsprechen." – „Was habt Ihr über den Verbleib der Salicola herausgefunden?"

„Wir wissen, dass sie im Schloss vermutlich durch den Treppenaufgang der Dienerschaft nach unten gebracht wurde und die kleine Nebentür Richtung Elbe benutzt hat. Wir fanden dort verstreut den Notenstapel, den ich ihr wenige Tage zuvor gegeben hatte. Wahrscheinlich stand am Ausgang eine Kutsche bereit, mit der sie weggebracht wurde. Allerdings wissen Euer Durchlaucht, wie viele Kutschen hier tagtäglich unterwegs sind, und da niemand genau diese Kutsche beobachtet hat, entzieht es sich unserer Kenntnis, wohin sie gebracht wurde. Allerdings hat in den Stunden danach keine Kutsche die Tore passiert, weil um diese Zeit Gottesdienste in der Stadt waren. Wir haben mehrere Spione und unzählige zusätzliche Wachen losgeschickt, die alles beobachten und durchsuchen, doch bis jetzt ist sie wie vom Erdboden verschluckt. Allerdings gibt es auch schon eine Vermutung, doch wir wollten mit so drastischen Maßnahmen warten, bis Ihr persönlich erscheint."

„So sprecht doch endlich, Melani!"

„In Altendresden wohnt ein Seidenhändler, den wir schon lange im Visier haben. Er reist regelmäßig nach Frankreich und Italien und hat auch Kontakte zum mantuanischen Hof. Sein Haus auf der anderen Elbseite ist sehr groß und verfügt neben einem weiträumigen Innenhof über mehrere Nebengebäude, in denen man perfekt jemanden verstecken könnte. Wir haben dieses Haus bereits seit gestern unter Beobachtung, und es herrscht ein ständiges Kommen und Gehen. Vor allem ausländische Gäste lassen sich dort blicken."

„Das muss nichts heißen, Melani. Doch natürlich werden wir sofort aufbrechen und das Haus gründlich durchsuchen. Ich werde persönlich die Angelegenheit überwachen. Soll man doch in der Stadt spüren, wie ernst mir die Suche nach der Primadonna ist. Ich möchte auch, dass Ihr auf dem Neumarkt, dem Altmarkt und in Altendresden die Suche nach der Sänge-

rin verkünden lasst, und droht jedem mit dem Tode, der bei
ihrer Entführung beteiligt war oder etwas dazu verschweigt."
„Sehr wohl, Durchlaucht."
Johann Georg beschloss, seine Gattin später aufzusuchen. Die
Suche nach Margarita stand für ihn jetzt an erster Stelle, und
hier schien Eile geboten. Nach einem kurzen Frühstück ließ
er sich standesgemäß kleiden und begab sich danach in den
Schlosshof, wo berittene Kavaliere und Soldaten bereits auf
ihn warteten. Gemeinsam überquerten sie die lange, steinerne Brücke, die Altendresden mit der Residenzstadt verband, um dem Seidenhändler einen Besuch abzustatten.
Doch bereits auf der Brücke wurden sie gewahr, dass ihre
Bemühungen vereitelt werden. In der Meißnischen Gasse
stand ein Haus hoch in Flammen, und das auflodernde Feuer
mit der hohen Rauchsäule kündete schon von weitem von
einem heraufziehenden Unglück. Augenblicklich begannen
die Pferde zu scheuen, und Johann Georg konnte von der
Brücke aus sehen, wie das Feuer auf das Nachbarhaus übergriff und von dort immer weiter wanderte. Wie gebannt
starrte er auf die sich schnell entzündende Straße. Es dauerte
Sekunden, bis er begriff, dass schnelle Hilfe nötig war. Er
schrie seinen Männern Befehle zu, dass sie die Löscharbeiten
übernehmen sollten. Die Soldaten, die ebenfalls wie erstarrt
standen, setzten sich jetzt schnell in Bewegung, folgten den
Befehlen ihres Kurfürsten und ritten eiligst zu den Kirchen
und den sich sammelnden Löschketten, die sich an der Elbe
bildeten.
Die Menschen auf der Brücke blieben stehen und schauten erschrocken auf das vor ihnen liegende Schauspiel. Wie in
einem Dominospiel schien das Feuer von einem Dach zum
nächsten zu wandern und konnte nicht aufgehalten werden.
Schon hörte man das schrille Läuten der Kirchenglocken und
das Geschrei vieler Kinder und Frauen. Menschen strömten
schreiend aus allen Richtungen zur Elbe hin, und Männer begannen vom Fluss her eine Reihe mit Löschtrögen zu bilden.

Doch Johann Georg erkannte bereits, dass all diese Bemühungen nichts nutzen würden – das Feuer loderte schon zu hoch auf und würde ganz Altendresden vernichten. Panisch wurde er sich darüber bewusst, dass seine geliebte Margarita wahrscheinlich in einem dieser Häuser gefangen war und den Flammen zum Opfer fallen würde.

Gegen alle Bedenken gab er seinem Pferd die Sporen und ritt auf das Ende der Brücke zu. Er ignorierte das Schreien seiner Adjutanten und hörte in seinem Innersten nur ihren Gesang, der ihm wie ein göttliches Zeichen und zugleich wie ein Hilferuf erschien. Er spürte, dass Margarita wirklich in Gefahr war. Und deshalb ritt er direkt in das Meer aus Feuer, um seine einzige große Liebe aus der alles verzehrenden Glut zu retten. Er begann laut vor sich hin zu beten und rief seinem Altendresden und den vor ihm zurückweichenden Menschen entgegen: „Wenn ich mit Menschen- und mit Engelszungen redete und hätte die Liebe nicht, so wäre ich ein tönendes Erz oder eine klingende Schelle. Und wenn ich prophetisch reden könnte und wüsste alle Geheimnisse und alle Erkenntnis und hätte allen Glauben, sodass ich Berge versetzen könnte, und hätte die Liebe nicht, so wäre ich nichts. Und wenn ich all meine Habe den Armen gäbe und ließe meinen Leib verbrennen und hätte die Liebe nicht, so wäre mir's nichts nütze. Nun aber bleiben Glaube, Liebe, Hoffnung, diese drei – aber die Liebe ist die größte unter ihnen."

Niemand konnte die genauen Worte seines Gebetes verstehen, doch die Menschen wichen erschrocken vor dem scheinbar verrückt gewordenen Kurfürsten zurück, der sein Pferd direkt in die Flammen und den Rauch trieb, obwohl ihm alles entgegenströmte, um Schutz vor der heißen Glut an der Elbe zu finden. Johann Georg begriff, dass es nicht wichtig war, ob er diesen Tag überleben würde oder nicht. Denn wichtig erschien ihm im Angesicht des Todes allein Margarita. Nur mit ihr wollte er dieses Leben weiterleben. Und nur mit ihr und ihrem Gesang spürte er einen tiefen Sinn in allem.

Gesang

Voller Verzweiflung versuchte Margarita sich aufzusetzen. Ihr Körper schmerzte, und sie fühlte sich unendlich schwach und müde. Unablässig überkam sie ein Schwindel, der ihre Sinne vernebelte. Sie wusste nicht, wo sie sich befand und wie lange sie schon hier war, doch sie spürte die kühle Feuchtigkeit, die ihr vom steinernen Boden in die Glieder zog. Sie lag auf einem hölzernen Bett, das mit Stroh bedeckt war. In ihrer Erinnerung sah sie noch den Brief der Kurfürstin vor sich, der ihr ein Gefühl der Vorfreude geschenkt hatte, und sie sah den Mann, der sie eine Treppe hinabgeführt hatte und mit ihr zu einer Tür hinausgetreten war. Doch danach war die Welt im Dunkel versunken.

Eine kleine Kerze auf einem Schemel erhellte den Gewölberaum spärlich. Margarita sah kein Fenster, sondern nur eine halbrunde Holztür mit einer kleinen vergitterten Öffnung. Sie erinnerte sich, dass sie schon mehrfach versucht hatte, durch dieses Gitter nach Hilfe zu rufen, aber es war niemand gekommen. Vor ihr auf dem Boden standen eine Schüssel mit Suppe und ein kleiner Laib Brot, doch sie verspürte keinen Hunger. Eine innere Stimme sagte ihr, dass sie unbedingt etwas essen und vor allem auch trinken müsse, wenn sie diese Gefangenschaft überleben wollte, doch die leichte Übelkeit verhinderte jeden Bissen. Wieviele Tage war sie schon hier gefangen? Und wer brachte ihr das Essen?

Wahrscheinlich hatte sie sehr lange geschlafen und war mehrfach betäubt worden. Sie blickte an ihren Kleidern herab, die schon leicht zerschlissen und vor allem sehr beengend und schmutzig auf sie wirkten. Doch ihr Mieder würde sie jetzt nicht allein öffnen können – ihr fehlte im Moment einfach die Kraft und Maria war natürlich nicht in der Nähe.

Sie dachte unwillkürlich an Johann Georg, dem sie aus Liebe nach Sachsen gefolgt war, und vor ihr tauchten Bilder ihrer Schwester und ihres toten Bruders Francesco auf. Jetzt wusste sie, dass der Preis für ihre Liebe und ihr Engagement in Sachsen zu hoch gewesen war und sie vielleicht sogar das Leben kosten würde. Wie im Wahn meinte sie den Griff des Herzogs von Mantua an ihrer Kehle zu spüren, der ihr gänzlich die Luft zum Atmen nahm und den Hals zuschnürte. Hätte sie sich seinem Begehren damals einfach hingeben und wie ihre Schwester zur Hure eines Despoten werden sollen?

Abscheu überkam sie bei diesem Gedanken. Das, was sie mit Giovanni erlebt und gefühlt hatte, gehörte zu den wichtigsten Momenten ihres Lebens. Sie sah ihn genau vor sich: stattlich, stark, selbstbewusst und in seinem Tatendrang so fest entschlossen. Wo war er jetzt nur? Ob er sie ebenso vermisste oder hatte er sie vielleicht sogar schon vergessen? Ohne ihn hatte sie sich in der fremden Stadt so einsam gefühlt, und das Warten auf ihn hatte sie fast den Verstand gekostet. Mit ihrer Hand fuhr sie sich über den leicht gewölbten Bauch und begriff plötzlich, dass sie nicht mehr allein war – sie trug sein Kind als Zeichen ihrer unverbrüchlichen Liebe unter ihrem Herzen, und wenn sie diesen Alptraum überleben sollte, würde es sie immer und überall an ihn und seine zärtliche Liebe erinnern.

Unerwartet drang der Geruch von Rauch in das Kellergewölbe. Margarita war augenblicklich hellwach und wurde von Panik ergriffen, da sie diese Situation in Venedig schon einmal erlebt hatte. Auch damals war sie in einer Kammer gefangen gewesen und wollte vor dem Qualm eines Feuers entfliehen. Doch dort hatte sie die Schlüsselgewalt inne gehabt und konnte die Tür öffnen. Hier war sie hingegen fest eingesperrt und jedem Feuer schutzlos ausgeliefert.

Sie stand auf und rüttelte mit aller Gewalt an der vergitterten Öffnung der Tür. „Hilfe! Hört mich jemand? Hilfe!", rief sie laut und panisch. Doch im halligen Keller blieb alles still. Nur von Ferne hörte sie das anschwellende Schreien panischer Menschen. „Feuer! Hilfe!", waren einige Fetzen, die sie verstehen konnte. Dann hörte sie das laute Klingen der Kirchenglocken der Stadt, die wie aufrüttelnde Mahnrufe in ihr Bewusstsein drangen. Wenn die Glocken geläutet wurden, Menschen hysterisch schrien, und der Geruch von Rauch an ihre Nase drang, musste es einen großen Brand geben, der sie auch wirklich bedrohen konnte.

Margaritas Panik wuchs ins Unermessliche, und sie trat heftig mit ihren Füßen gegen die schwere hölzerne Tür, die sich keinen Zentimeter bewegte. Sie blickte sich in dem spärlich erhellten Raum um und hoffte, irgendetwas Brauchbares zu finden, doch sie sah nur den Schemel, auf dem die Kerze stand. Sie stellte die Kerze vorsichtig zu Boden, nahm den Hocker und schlug damit kräftig gegen die Tür. Auch wenn sich diese nicht bewegte, so machte ihr Schlagen doch großen Lärm und musste gehört werden. Und tatsächlich sah sie kurz darauf einen kleinen Jungen mit einer Fackel in der Hand auf ihre Türe zukommen. „Madame, ihr müsst sofort hier raus! Ganz Altendresden brennt und das Feuer ist nur noch wenige Häuser entfernt. Ich versuche die Schlüssel zu holen und werde gleich wieder bei Euch sein.“

Margarita verstand nur wenige seiner deutschen Worte, doch sie glaubte, dass der Junge ihr helfen wollte. Er war vielleicht zwölf Jahre alt, hatte struppiges Haar und trug ein einfaches weißes Leinenhemd und Kniehosen.

Margarita wusste, dass er ihre einzige Chance war. „Wartet!“, rief sie ihm hinterher, doch er war schon wieder verschwunden. Sie würde sich aus eigener Kraft nicht aus diesem Gefängnis befreien können und musste darauf hoffen, dass der Junge ihr half, sonst würde sie in dem Keller ersticken. In ihrer Verzweiflung stimmte sie ein altes italienisches Wiegenlied an, das sie bereits von ihrer Mutter beim Einschlafen immer gehört hatte. Die vertraute Melodie und die schlichte Weise beruhigten sie und gaben ihr ein Gefühl von Hoffnung. Immer lauter schwoll ihr Gesang an und hallte in den Kellergewölben wieder.

Johann Georg kämpfte sich währenddessen durch die vielen

Menschen, die ihm schreiend entgegenliefen. Zwei Leibwächter waren ihm gefolgt, doch niemand beachtete die drei Reiter, weil die Flammen immer näher rückten. Qualm und Rauch vernebelten bereits die Straßen und machten das Atmen schwer. Der Kurfürst musste mehrmals husten und hielt sich schützend ein Taschentuch vor die Nase, während er mit der anderen Hand die Zügel seines Pferdes lenkte. Wie sollte er in diesem Chaos nur Margarita finden?

Er wandte sich in die Gasse, in der der Seidenhändler lebte. In seiner Stadt kannte er sich gut aus und hatte schon in Kindertagen begriffen, wie wichtig es war, die eigene Residenz perfekt zu kennen. Im Verteidigungsfalle mussten schnelle Entscheidungen getroffen werden, und Ortskenntnis war die Voraussetzung für strategisches Handeln.

An dem Haus angekommen, stieg er vom Pferd ab und übergab die Zügel an einen der beiden Adjutanten, der die Pferde festhielt und trotz des herannahenden Feuers zu beruhigen versuchte. Sie spürten instinktiv die drohende Gefahr und waren kaum noch zu bändigen. Mit dem anderen Leibwächter begab sich Johann Georg schnell in den Hof des Seidenhändlers, dessen Türen offenstanden. Aus allen Ecken wurden Kisten geschleppt und Truhen verladen, die man eiligst vor der Feuersbrunst in Sicherheit bringen wollte.

„Wo ist der Herr dieses Hauses?", schrie er.

Die Diener blickten kurz auf und widmeten sich dann wieder dem Verpacken und Verladen. Ein Gast in einer solchen Notsituation war völlig unangebracht und würde seinen Weg selbst finden müssen.

„Wo ist der Herr dieses Hauses? Ich bin Kurfürst Johann Georg, und ich befehle Euch, augenblicklich vor meinem Angesicht zu erscheinen!"

Der raue, laute Tonfall und die Nennung seines Namens verursachte jetzt doch unter der Dienerschaft eilige Aufregung. Ein Mann kam auf ihn zugestürmt und verbeugte sich tief.

„Der Herr des Hauses ist leider schon vor kurzer Zeit abgereist, Durchlaucht", entgegnete er mit abgehetzter Stimme. „Befindet sich in seiner Obhut ein italienisches Frauenzimmer?"

„Nicht dass ich wüsste, Durchlaucht. Wir sind nur noch hiergeblieben, um die wichtigsten Habseligkeiten unseres Herrn zusammenzutragen und in Sicherheit zu bringen. Ihr seht, dass wir keine Zeit verlieren dürfen!"

Man hörte bereits das Knistern und Rauschen des großen Feuers, das unaufhaltsam auf den Hof zurollte.

„Befinden sich auf diesem Hof noch Frauen?", wollte der Kurfürst wissen.

„Durchlaucht, wir haben alle Frauen und Kinder sofort nach dem Läuten der Glocken in Sicherheit gebracht. Hier sind nur noch Knechte und Diener, die schwer tragen können."

Johann Georg musste einsehen, dass er an der falschen Stelle gesucht hatte oder vermutlich sogar schon zu spät gekommen war. Wahrscheinlich hatten sie Margarita getötet und wie eine lästige Puppe entsorgt.

Plötzlich packte er den Diener am Kragen und schüttelte ihn heftig. „Wenn du mir irgendetwas verschweigst, werde ich dir jedes Glied einzeln aus deinem Körper reißen!"

In seiner Wut hielt er inne, weil er von Ferne etwas zu hören glaubte, was ihm vertraut schien. Erklang dort nicht die Stimme der Primadonna?

„Woher kommt dieser Gesang?"

Der Diener blickte erschrocken in das Gesicht seines Kurfürsten. „Ich höre keinen Gesang, Durchlaucht", antwortete er verstört.

Johann Georg wandte sich an seinen Leibwächter. „Hört Ihr nicht auch den Gesang einer Frau?", fragte er aufgeregt.

„Durchlaucht, verzeiht, wenn ich Euch enttäusche, doch meine Ohren hören nur das Geschrei der fliehenden Weiber auf der Straße und das Rauschen des näher kommenden Feuers. Wir sollten diesen Ort schnellstmöglich verlassen, um nicht von der Feuersbrunst verschlungen zu werden."

„Nein, ich kann diesen Ort nicht ohne sie verlassen. Sie ist hier! Ich spüre es in jeder Ader meines Körpers und höre ihren Gesang in meinem Kopf!“
„Eure Sinne mögen Euch täuschen, Durchlaucht. Hier singt niemand.“
Johann Georg hörte nicht auf die Worte seines Leibwächters, sondern folgte seinem inneren Instinkt und wandte sich zu einem der großen Gebäude. Bei jedem seiner Schritte vermeinte er den Gesang immer deutlicher zu hören, bis er tatsächlich sicher war, dass es die Stimme Margaritas sein musste, die er da vernahm. Ohne ein weiteres Zögern begann er zu laufen, wie er noch nie in seinem Leben gerannt war. Er riss die große Holztür zu dem Haus auf und stürmte die Treppe hinunter in den Keller, wo er den Klängen nach Margarita vermutete.
Sein Gefühl hatte ihn nicht getäuscht. Er hörte ihre Stimme jetzt ganz deutlich und musste nur noch wenige Schritte von ihr entfernt sein. Die Dunkelheit, die nur spärlich durch eine Fackel erhellt wurde, ließ ihn jetzt vorsichtig einen Schritt vor den anderen setzen. „Margarita!“, rief er laut.
„Giovanni?!“, schrie sie ihm entgegen. „Giovanni, bist du es?“
Sie konnte kaum glauben, wessen Stimme sie eben vernommen hatte. War es ein Traum, oder war es ihr Giovanni gewesen, den sie gerade gehört hatte und jetzt schon so lange vermisste?
„Margarita, ich bin gleich bei dir!“, versuchte er, sie zu beruhigen.
Er folgte dem kleinen Lichtschein, der aus einer der vielen Türen zu ihm drang. Dann stand er plötzlich vor der vergitterten Eichentür und sah in ihre dunklen Augen, die ihn flehend anblickten.
„Giovanni, bitte befrei mich aus diesem Kerker!“
Sie streckte ihm durch das Gitter ihre Hände entgegen, und er nahm ihre zarten Arme und überschüttete sie eiligst mit Küssen. „Ich werde eine Lösung finden! Bleib ruhig. Ich bin jetzt

bei dir und werde dich keinesfalls zurücklassen. Tritt von der Tür zurück!"

Er holte beherzt Anlauf und rannte mit Schwung gegen die fest verschlossene Tür. Seine Schulter krachte gegen das Eichenholz, das knarrend zu zerbersten drohte, aber noch nicht nachgab. Die Schmerzen in seiner Schulter hielten ihn jedoch davon ab, es ein zweites Mal zu versuchen. Stattdessen nahm er einen großen Sandstein, der am Boden lag, und warf ihn mit aller Wucht gegen die Tür, die allerdings immer noch nicht nachgeben wollte.

Da hörte er unerwartet Schritte, die näher kamen und die Treppe heruntereilten, bis er im Halbdunkel einer Fackel einen kleinen Jungen sah, der einen Schlüssel in der Hand hielt. Als der Junge den fremden Mann erblickte, hielt er kurz inne, besann sich dann aber eines Besseren und trat beherzt auf ihn zu. „Ihr wollt auch die Primadonna retten?", fragte er keck.

„Ja, mein Junge! Woher hast du denn die Schlüssel?", fragte Johann Georg erstaunt.

„Die habe ich dem Hauswächter abgeschwatzt, um noch etwas von dem Wein aus dem Keller zu retten. Er hat mir in dem Durcheinander geglaubt und mir einfach die Schlüssel gegeben."

Johann Georg konnte nicht fassen, was ihm dieser Junge mit frecher Miene gerade erzählte, und eigentlich war es auch egal, wie er zu den Schlüsseln gekommen war.

„Weißt du, wer die Sängerin gefangen genommen hat und warum sie hier ist?"

„Vorgestern haben Männer sie in diesen Keller getragen. Ich glaube, sie sollte nach Italien gebracht werden, aber man hat mir nur wenig über sie gesagt. Ich sollte ihr nur täglich Essen und Wasser bringen."

Johann Georg begriff, dass wahrscheinlich doch der Herzog von Mantua hinter dieser Entführung steckte. Doch die Hauptsache war, dass er Margarita schnellstmöglich aus ihrem Gefängnis befreien und sie wieder in seine Arme schließen konnte. „Wir müssen uns beeilen. Die Flammen sind schon ganz nah", sagte der Junge mit kindlichem Nachdruck und auch ein wenig Angst in der Stimme. Dann drehte er mit einem geschickten Handgriff den Schlüssel in dem großen eisernen Schloss um, und Margarita kam ihnen entgegen. Sie ließ sich erschöpft und erleichtert in die Arme Johann Georgs fallen, der sie fest umfasste. „Ich dachte, ich würde dich nie wiedersehen", wisperte sie ihm ins Ohr.

„Du bist jetzt bei mir, und gemeinsam werden wir auch dieses Inferno überwinden. Wir haben jetzt aber keine Zeit zu verlieren und müssen sofort hier raus. Ganz Altendresden brennt!"

Johann Georg löste sich aus ihrer Umarmung und zog sie eiligst hinter sich her. Mit dem Jungen rannten sie die steinerne Treppe nach oben und traten zurück in den Hof, der inzwischen menschenleer geworden war. Margarita raffte den Stoff ihres Kleides, der sie behinderte. Dicke Qualmwolken trieben ihnen entgegen und bei einem Blick nach oben erkannten sie, dass der Dachstuhl des Hauses bereits Feuer gefangen hatte. Der ganze Hof würde in kurzer Zeit in Flammen stehen.

Johann Georg wusste, dass er schnell handeln musste, weil Feuer genau wie Wasser unberechenbar wütete und sie in einer Hölle aus Flammen einschließen konnte.

„Wir müssen sofort zu den Pferden!", rief er dem Jungen und Margarita zu.

Gemeinsam rannten sie durchs Hoftor auf die Gasse, in der Männer und Frauen eine lange Kette gebildet hatten und Wassereimer weiterreichten. Ihr verzweifelter Versuch die Flammen aufzuhalten, beeindruckte Johann Georg, obwohl es offensichtlich war, dass man gegen die Gewalt einer solchen Feuersbrunst nichts ausrichten konnte.

Einer seiner Leibwächter kam auf ihn zugestürmt: „Durchlaucht, ich habe Euch überall gesucht. Ihr wart wie vom Erdboden verschluckt und habt mich ratlos zurückgelassen. Wir müssen jetzt schleunigst von diesem Ort verschwinden und Euch in Sicherheit bringen!"

„Jetzt, da ich Margarita wieder an meiner Seite weiß, können wir sofort Altendresden verlassen, doch ohne sie wäre ich nirgendwohin gegangen."

Johann Georg hob sie auf das sich wild sträubende Pferd und setzte sich hinter sie in den Sattel. Seine Arme umschlangen fest ihre Taille, und er roch trotz des beißenden Qualmes den betörenden Duft ihrer offenen Haare. „Der Junge reitet bei Euch mit. Er hat der Primadonna und damit auch mir das Leben gerettet", wies er seinen Leibwächter an, der den Jungen mit einem schwungvollen Satz auf sein Pferd zog.

Hinter ihnen begannen die Flammen aus den oberen Stockwerken des Hauses durch die zerbrochenen Fenster nach draußen zu schlagen, und die zwei Reiter gaben ihren Pferden die Sporen. Die Menschen, die eben noch versucht hatten, mit ihren Wassereimern das Feuer zu begrenzen, stoben wild auseinander und versuchten sich vor den herabfallenden Glassplittern und brennenden Dachschindeln in Sicherheit zu bringen. Auch dieses Gehöft war jetzt verloren...

Johann Georg ritt mit Margarita in den Armen über die mit Menschen gefüllte Brücke auf sein Schloss zu, während hinter ihm Altendresden von den Flammen verschlungen wurde. Die Menschen blickten entsetzt auf das alles verzehrende Inferno und sahen erstaunt ihren Kurfürsten, der eine Frau aus den Flammen gerettet hatte und nun selbstbewusst mit ihr durch die Menge hindurchritt. Mitten in der Verzweiflung dieser Katastrophe erblickten sie in seinem Gesicht ein Leuchten und eine Zuversicht, die ihnen in diesem schrecklichen Moment Hoffnung gab und viele vor Ehrfurcht auf die Knie fallen ließ.

Margarita hingegen lehnte sich in ihrer Erschöpfung eng an Johann Georg, der sie wie einen Schatz in seinen Armen fest umschlungen hielt.

„Verzeih mir, dass ich dich allein gelassen habe! Wenn ich

dich an das Feuer verloren hätte, wäre ich mit dir in dieser Hölle verglüht, denn ich liebe dich, Margarita. Ich liebe dich ganz und gar!"

Margarita nahm seine rechte Hand und legte sie liebevoll auf ihren Bauch. „Giovanni, du hast nicht nur mich aus den Flammen gerettet, sondern auch dein Kind, das ich unter meinem Herzen trage."

Überrascht und überwältigt von dieser Hoffnung auf neues Leben inmitten der Zerstörung, die hinter ihnen wütete, küsste er zärtlich Margaritas Haupt, und eine ihm so ungewohnte, winzige Träne rann über seine Wangen. Gott hatte ihm das Glück der wahren Liebe geschenkt, und dieses Geschenk war wertvoller als alle Reichtümer der Welt.

Die Liebe zu dieser Frau würde von nun an sein Leben bestimmen.

Zum Hintergrund der Romanhandlung

Die Romanhandlung beruht auf der historisch verbürgten Entführung der Sängerin Margarita Salicola (auch: Margherita, Margerita) (1662–1706), die in mehreren Studien untersucht wurde. Vor allem der Aufsatz von Michael Walter „Der Fall Salicola, oder die Sängerin als symbolisches Kapital" gibt Aufschluss über die konkreten Geschehnisse.

Margarita Salicola war zu Lebzeiten eine der bekanntesten Sängerinnen Europas. Sie zählte zu den wenigen Frauen, die den Kastraten zur ernsthaften Konkurrenz wurden, da es Frauen offiziell bis ins 18. Jahrhundert hinein untersagt war, auf Opernbühnen oder in der Kirche zu singen. Hauptsächlich die Republik Venedig bildete hier eine Ausnahme. In den Waisenhäusern, die mit Kindern von Kurtisanen gefüllt waren, wurden hervorragende Musikerinnen herangezogen, die als Sängerinnen oder Instrumentalistinnen ihr Geld verdienten. Auch Antonio Vivaldi (1678–1741) leitete ab 1703 ein derartiges Waisenhausorchester.

Margarita Salicola, die aus einer Schauspielerfamilie stammte, wurde vermutlich in Venedig musikalisch ausgebildet und begann eine erfolgreiche Karriere als Sängerin. Bekannt wurde sie auch aufgrund ihrer außergewöhnlich hellen Haare („La bionda").

Der sächsische Kurfürst Johann Georg III. (1647–1691) hörte sie im Februar 1685 in Carlo Pallavicinos Oper „Penelope la casta" als Penelope, während er unter dem Namen Giovanni Conte di Hoyerswerda für Militärverhandlungen in Venedig weilte. Er engagierte sie noch in Venedig für die ungeheuer hohe Summe von 1.500 Talern jährlich. Zudem ist verbürgt, dass er ihr einen teuren Diamantring schenkte und sie zur Kammerfrau ernannte. Da sie aber unter der Protektion von Ferdinando Carlo Gonzago Herzog von Mantua (1652–1708) stand und er nicht seine Einwilligung zum neuen Engagement der Salicola gab, verließ sie heimlich mit dem Generaladjutanten Hans Sigismund von Pflug und ihrem Bruder Francesco Salicola Venedig. Danach ist noch ein Auftritt in Piazzola bei Padua verbürgt, wo sie konzertant Ausschnitte aus der Oper „Penelope la casta" gegeben hat.

Daraufhin begannen die diplomatischen Verwicklungen. Der Herzog von Mantua bezichtigte den sächsischen Kurfürsten der Entführung und forderte die sofortige Rückkehr der Sängerin oder ein Duell. Darauf reagierte Johann Georg III. nicht, weil es unter seiner Würde lag, auf eine derartige Duellforderung einzugehen. In Dresden sorgten sich allerdings die Minister um den Frieden im Kurfürstentum, da der Herzog von Mantua enge Verbindungen zum französischen Hof pflegte.

Margarita Salicola traf mit dem Kurfürsten nach der Flucht über die Alpen wieder bei Augsburg zusammen, wo sie ein Konzert vor dem bayerischen Kurfürsten Maximilian II. Emanuel (1662–1726) gab, der sich als Vermittler im Konflikt mit Mantua anbot. Dank seines Einflusses konnte der Streit tatsächlich später beigelegt werden. Unterdessen reiste der sächsische Kurfürst mit der Sängerin weiter nach Dresden, wo sie im April 1685 gemeinsam mit ihrem Bruder eintraf. Dieser reiste jedoch bald wieder in Richtung Italien ab und tauchte in der Schweiz unter, wo sich seine Spur verlor.

Der Herzog von Mantua hatte in der Zwischenzeit die Schwester und die Eltern der Salicola gefangen genommen und versuchte dadurch, die Sängerin zur Rückkehr zu bewegen. Margarita Salicola war aber eine Mätresse des Kurfürsten geworden und wollte ihre Position am sächsischen Hof keinesfalls gefährden. Johann Georg III. setzte deshalb ein Schreiben auf, in dem er offiziell erklärte, nichts von der Verbindung der Sängerin zum Herzogtum Mantua gewusst zu haben; der Herzog von Mantua akzeptierte die Entschuldigung und der Konflikt war nach langem Ringen beigelegt.

Im Jahre 1686 brachte Salicola in Dresden einen Sohn zur Welt, den Johann Georg III. offiziell anerkannte: Es handelte sich um Johann Georg Maximilian von Fürstenhoff (1686–

1753), der den Vornamen des Vaters erhielt und unter dem Namen „von Fürstenhoff" in den Adelsstand erhoben wurde. Er erhielt eine umfassende Ausbildung und wirkte später als Festungsbauoffizier und Architekt in der Stadt. Auf ihn gehen u. a. die Allee bei Schloss Moritzburg, das Stallgebäude im Residenzschloss Dresden und das Dresdner Zeughaus (heute: Albertinum) zurück.

Johann Georg III., der als „sächsischer Mars" in die Geschichtsbücher eingegangen ist, hat sich seinen Ruhm vor allem durch den Sieg gegen die Türken in der Schlacht am Kahlenberg vor Wien 1683 erobert. Der Protestant hatte es unter den anderen katholischen Verbündeten schwer und rang um Anerkennung seitens des Kaisers Leopold I. (1640–1705). Dieser ignorierte den Sachsen so oft es ging und beleidigte das Ehrgefühl des Kurfürsten, indem er die sächsischen Truppen nach dem Sieg vor Wien nur mit spärlicher Beute und ohne Verpflegung und Quartier nach Sachsen zurückkehren ließ.

Da ihm die politische Anerkennung innerhalb der europäischen Großmächte versagt blieb, versuchte der sächsische Kurfürst nun durch die Wiedereinführung der italienischen Oper in Dresden, die bereits unter seinem Vater eine Blütezeit erlebt hatte, die Stellung Sachsens zu verbessern. Margarita Salicola war dafür das perfekte Mittel – sie war die erste Sängerin nördlich der Alpen, die in einem Opernhaus auftrat, und zudem muss sie außergewöhnlich schön gewesen sein. Dass er sie zusätzlich zur Mätresse nahm, verstärkte nach außen hin seinen Geltungsdrang.

Tatsächlich wurde Dresden damit wieder zu einem wichtigen kulturellen Zentrum Europas. Viele Fürstentümer baten in Dresden um die Möglichkeit, Sänger auszuleihen oder kamen in die Residenzstadt, um hier italienische Oper zu erleben. Johann Georg III. hatte ebenfalls eine der ersten deutschen Schauspielgesellschaften unter Johannes Velten (1640–1692) an seinen Hof verpflichtet, besuchte selbst viele Aufführungen und beeinflusste damit auch seine Söhne, die seine

Theaterbegeisterung teilten und fortführten.

Am 6. August 1685 brach in Altendresden (heutige Dresdner Neustadt) in der Meißner Gasse bei einem Kunsttischler ein großes Feuer aus, das diesen Stadtteil fast völlig zerstörte. Daraufhin ordnete der Kurfürst eine Neugestaltung der späteren Neustadt an, die unter seinem Sohn Friedrich August I. (1670–1733) (genannt August der Starke) fortgeführt wurde. Johann Georg III. starb 1691 bei einem Feldzug gegen Frankreich in Tübingen. Margarita Salicola blieb bis 1693 unter den Kurfürsten Johann Georg IV. (1668–1694) und Friedrich August I. in Dresden und reiste von dort über Wien wieder nach Italien. Einige Quellen sprechen davon, dass sie 1695 in Modena, Mailand und Florenz gesungen hat. Zahlreiche Lobeshymnen und Gedichte wurden ihr gewidmet. Eines fand sich im „Musikalischen Wochenblatt" (1870) und soll die historische Bedeutung der Sängerin hervorheben:

„Dass Orpheus sich bis in die Hölle gewagt, um mit seinem lieblichen Instrument seine entführte Liebste zu erlösen, war ein großer Ruhm, aber Deine gewaltige Stimme verändert jede Qual und bringt den getrübten Gemütern lauter Freude. Mehr als Sterne am Himmel und Sandkörnchen am Meer sind Deine Ehrentaten, Salicola, daher wird dich heute Apollo zu seiner Tochter erklären. Denn du bist eine Göttin der Musik und des Theaters! Mit deiner göttlichen Stimme, Manier und deinem freundlichen Angesicht gewinnst du alle Herzen. Der dich anschauet und höret, meint, die Erde sei in ein Paradies verwandelt. Niemals wird die neidische Zunge der Zeit deinen Namen verdunkeln – er wird eingedruckt in Marmorstein ewiglich bleiben!"[1]

Um den Ablauf der Romanhandlung im Sinne der künstlerischen Freiheit und der inneren Dramatik zu straffen, wurden manche Ereignisse, Personen und Handlungsstränge erfunden oder zeitlich verschoben. Insbesondere der Brand von Altendresden wurde um einige Monate vorgezogen.

---

[1] Musikalisches Wochenblatt, 1. Jg., Nr. 16, 15. April 1870, S. 242 f. Das Zitat wurde sprachlich abgewandelt und modernisiert.

Personenverzeichnis

von Bayern, Maximilian Emanuel (1662–1726)

- Kurfürst von Bayern; bot sich als Vermittler im Konflikt zwischen Sachsen und Mantua an
- heiratete am 15. Juli 1685 Maria Antonia von Österreich in Wien

de Berla, Maurice

- fiktiver Name, den Vialardi 1685 tatsächlich als Inkognito für eine Reise nach München verwendete

von Braunschweig, Ernst August (1629–1698)

- wurde 1692 der erste Kurfürst von Braunschweig-Lüneburg (Kurhannover) und ließ das erste Opernhaus in Hannover errichten
- war 1685 in Venedig, wo er sich mit Johann Georg III. traf und verlieh ebenfalls seine Soldaten an die venezianische Republik

von Braunschweig, Sophie (1630-1714)

- geborene Prinzessin von der Pfalz; verheiratet mit Herzog Ernst August von Braunschweig
- Stammmutter des britischen Königshauses

Canossa, Marchese (Lebensdaten und Vorname unbekannt)

- half Johann Georg III. die Probleme bei den venezianischen Behörden zur Ausreise der Salicola zu überwinden und verschaffte der Sängerin gültige Papiere

Canavese, Giuseppe (Lebensdaten unbekannt)

- sang mit Margarita Salicola in der Oper „Penelope la casta“; war vermutlich kein Kastrat, sondern Tenor (im Roman als Kastrat bezeichnet)
- sollte ebenfalls nach Dresden verpflichtet werden

Cecchi, Domenico (1615–1717)

- italienischer Kastrat und Geheimagent, der nach Dresden verpflichtet werden sollte, ist dort nicht nachweisbar
- war später am Hofe von Ernst August von Brauschweig angestellt

Contarini, Marco (1631–1689)

- Prokurator von San Marco in Venedig
- Piazzolo gehörte zum Familienbesitz
- besaß eine umfassende Sammlung von Instrumenten und Noten, Förderer der Musik

Corte, Andrea

- fiktive Figur, Agent und Auftragsmörder in Venedig

Flemming, Heino Heinrich von (1632–1706)

- Generalfeldmarschall, Geheimer Kriegsrat Johann Georgs III.

Foscati, Paolo

- fiktive Figur, Leibdiener des Herzog von Mantua

von Fürstenhoff, Johann Georg (1696–1753)

- Sohn von Johann Georg III. und Margarita Salicola, Halbbruder von Johann Georg IV. und August dem Starken, Architekt in Dresden

Grimani, Abbate Vincenzo (Lebensdaten unbekannt)

- Direktor des Theaters San Giovanni Grisostomo in Venedig

Gonzaga, Ferdinando Carlo Herzog von Mantua (1652–1708)

- auch Carl IV., Herzog von Mantua
- keine männlichen Nachkommen; letzter Nachkomme der Familie Gonzaga

Gonzaga, Anna Isabell (1655–1703)

- erste Frau von Ferdinando Carlo Gonzaga Herzog von Mantua, Ehe blieb kinderlos

Guidoborn (Lebensdaten und Vorname unbekannt)

- bayerischer Gesandter von Maximilian Emanuel, der im Konflikt um die Salicola vermittelnd eingriff und zwischen München und Dresden hin- und herreiste

Giustinian, Marc Antonio (1619–1688)

- Doge in Venedig von 1684–1688
- gab üppige und verschwenderische Feste

von Haugwitz, August Adolph (1647–1706)

- Dichter und Lyriker
- schrieb mehrere Schauspiele für den Dresdner Hof
- geboren in der Oberlausitz, verstarb auf Schloss Neschwitz

von Haugwitz, Friedrich Adolph (1637–1705)

- geboren in Niedergurig bei Bautzen
- studierte bereits mit 14 Jahren in Altdorf Philosophie, Geschichte und Jurisprudenz; lange Auslandsaufenthalte (England, Niederlande, Frankreich)
- Oberhofmarschall, Geheimer Kriegsrat und Obersteuereinnehmer am Hofe Johann Georgs III.

von Haugwitz, Ursula Margarethe (1650-1713)

- Schwester von Friedrich Adolph von Haugwitz
- Mätresse von Johann Georg III.
- verheiratet mit Rudolph von Neitschütz (1627–1703)

Haye, Marquis della (Lebensdaten unbekannt)

- französischer Botschafter in Venedig

Mazzolini, Giulio (Lebensdaten unbekannt)

- venezianischer Agent und Diplomat
- wurde am 8. März 1685 vermutlich auf Befehl des Herzogs von Mantua in Venedig ermordet

Melani, Domenico (1629–1693)

- Kastrat, der unter Johann Georg II. nach Dresden kam
- wurde später Kammerherr der Kurfürstenwitwe und übernahm organisatorische Aufgaben im Theaterwesen
- wurde mit der Wiederaufnahme der italienischen Oper unter Johann Georg III. betraut

Miltitz, Hans Dietrich von (1632–1697)

- Kammerherr am Hofe Johann Georgs III.
- lebte in Niederjahna, verh. mit Ursula Perpetua von Pflugk
- nahm nicht an der Reise nach Italien teil

Molino, Girolamo (Lebensdaten unbekannt)

- italienischer Agent und Handelspartner, Vermittler und Übersetzer, der für Johann Georg III. in Venedig tätig war

Morgenstern, Doktor Johann Ernst (Lebensdaten unbekannt)

- Leibarzt von Johann Georg III., begleitete ihn nach Venedig
- praktizierte auch, indem er sich nur das Urin von Patienten anschaute, ohne sie selbst zu Gesicht zu bekommen

Pallavicino, Carlo (1630–1688)

- italienischer Opernkomponist des 17. Jahrhunderts
- war unter Johann Georg II. in Dresden angestellt, weihte dort das neue Opernhaus ein
- kehrte unter Johann Georg III. mit der Salicola zurück an den Dresdner Hof, wo er große Erfolge feierte

von Pflug, Hans Sigismund (Lebensdaten unbekannt)

- in der Literatur auch Pflugk
- Kammerjunker und Generaladjutant von Johann Georg III.

von Platen, Clara Elisabeth (1648–1700)

- Mätresse des Herzogs Ernst August von Braunschweig
- Frau des Oberhofmarschalls Franz Ernst von Platen
- Drahtzieherin in der Königsmarck-Affäre

von und zu Polheim-Parz, Matthias Julius Freiherr (1660–1704)

- Kammerherr und Rittmeister am Hofe Johann Georg III.
- im Roman als Oberkämmerer bezeichnet

von und zu Polheim-Parz, Margarethe Susanne

- Favoritin von Johann Georg III., zog sich nach dessen Tod 1692 auf Schloss Oberbürg bei Nürnberg zurück

Reuß, Heinrich IV. (1649–1697)

- Generalmajor und Kammerherr, war mit in der Schlacht von Kahlenberg, machte den ersten Angriff und während des Kampfes saß er ununterbrochen 16 Stunden zu Pferde

von der Sahla, August Abraham (1643-1685)

- Kämmerer von Johann Georg III., anfangs kursächsischer Generaladjutant, danach Amtshauptmann zu Eilenburg, und Kammerherr
- reiste 1685 mit nach Italien, wo er in Venedig verstarb

Salicola, Angiola (Lebensdaten unbekannt)

- Sängerin, Schwester von Margarita Salicola

Salicola, Francesco (Lebensdaten unbekannt)

- Schauspieler, Bruder von Margarita und Angiola Salicola

Salicola, Laura (Lebensdaten unbekannt)

- Schauspielerin; Mutter von Francesco, Margarita und Angiola

Salicola, Margarita (1662–1706)

- Sängerin, erste Primadonna jenseits der Alpen
- Mätresse von Johann Georg III., ein gemeinsamer Sohn
- war von 1685 bis 1693 am Dresdner Hof als Sängerin tätig

Salicola, Matteo (Lebensdaten unbekannt)

- Schauspieler, Vater von Margarita, Angiola und Francesco

von Savoyen, Prinz Eugen (1663–1736)

- kämpfte mit Johann Georg III. in der Schlacht am Kahlenerg gegen die Türken, zählt zu den bedeutendsten Feldherrn des Habsburgerreiches

de Sorlisi, Bartholomeo (1632–1672)

- wirkte ab 1666 am Dresdner Hof
- wurde in den Adelsstand erhoben
- heiratete eine Protestantin und löste einen Skandal aus

von Schönfeld, Hans Rudolph (gest. 1687)

- wurde 1680 in Bautzen in das Leibregiment des Kurfürsten aufgenommen, befehligte ab 1682 das Leibregiment des sächsischen Kurfürsten
- kehrte nicht von dem Feldzug nach Morea zurück

della Torre, Eleonore

- fiktiver Name einer Gattin von Lucio della Torre

della Torre, Lucia

- fiktive Tochter von Eleonore und Lucio della Torre

della Torre, Lucio (Lebensdaten unbekannt)

- Adliger, der Johann Georg III. in seinem Palazzo Quartier bot und ihn in diplomatischen Fragen beriet

della Torre, Magdalena

- fiktive Tochter von Eleonore und Lucio della Torre

Velten, Johannes (1640–1691)

- Deutscher Schauspieler und Begründer einer der esrten deutschen Schauspielgruppen, die bei Hofe spielten
- am sächsischen Hof angestellt

Vialardi, Carlo Maria (Lebensdaten unbekannt)

- Kammerherr und Staatssekretär am Hofe des Herzogs von Mantua, jüngerer Bruder von Romualdo Vialardi

Vialardi, Romualdo (Lebensdaten unbekannt)

- Staatsminister und Leiter der Leibgarde von Ferdinando Carlo Gonzaga, Herzog von Mantua

Musik hat eine wunderbare Kraft,
in einer bestimmten Art und Weise
die starken Gemütsregungen in uns wieder wach zu rufen,
welche vor längst vergangenen Zeiten gefühlt wurden.

Charles Darwin (1809–1882)